DANÇA DA CHUVA

A marca FSC é a garantia de que a madeira utilizada na fabricação do papel interno deste livro provém de florestas de origem controlada e que foram gerenciadas de maneira ambientalmente correta, socialmente justa e economicamente viável.

O Greenpeace — entidade ambientalista sem fins lucrativos —, em sua campanha pela proteção das florestas no mundo todo, recomenda às editoras e autores que utilizem papel certificado pelo FSC.

DENNIS LEHANE

DANÇA DA CHUVA

Tradução:
LUCIANO VIEIRA MACHADO

COMPANHIA DAS LETRAS

Copyright © 1999 by Dennis Lehane.

Título original:
Prayers for rain

Projeto gráfico da capa:
João Baptista da Costa Aguiar

Foto da capa:
Edu Marin Kessedjian

Preparação:
Isabel Cury

Revisão:
Otacílio Nunes
Marise Simões Leal

Os personagens e as situações desta obra são reais apenas no universo da ficção; não se referem a pessoas e fatos concretos, e sobre eles não emitem opinião.

Dados Internacionais de Catalogação na Publicação (CIP)
(Câmara Brasileira do Livro, SP, Brasil)

Lehane, Dennis
  Dança da chuva / Dennis Lehane ; tradução Luciano Vieira Machado. — São Paulo : Companhia das Letras, 2006.

  Título original: Prayers for rain.
  ISBN 85-359-0938-9

  1. Ficção norte-americana I. Título.

06-8404   CDD-813

Índice para catálogo sistemático:
1. Ficção : Literatura norte-americana 813

2006

Todos os direitos desta edição reservados à
EDITORA SCHWARCZ LTDA.
Rua Bandeira Paulista, 702, cj. 32
04532-002 — São Paulo — SP
Telefone: (11) 3707-3500
Fax: (11) 37073501
www.companhiadasletras.com.br

*Para meus amigos
John Dempsey, Chris Mullen e Susan Hayes,
que me deixaram roubar algumas
de suas melhores falas,
sem reclamar.

E para
o saudosíssimo
Andre.*

Ouvi os velhos, bem velhos, dizerem "Tudo o que é belo passa e se vai como as águas".

W. B. YEATS

No sonho, eu tenho um filho. Ele tem uns cinco anos, mas sua voz e sua inteligência são de alguém de quinze. Ele está sentado no assento ao meu lado, cinto de segurança bem apertado, as pernas mal chegam à borda do banco do carro. É um carro grande, velho, com um volante do tamanho de um aro de pneu de bicicleta, e nós avançamos por uma manhã de fim de dezembro cor de cromo fosco. Estamos em alguma área rural, ao sul de Massachusetts mas ao norte da linha Mason-Dixon — talvez no Delaware, ou no sul de Nova Jersey —, e silos axadrezados em vermelho e branco apontam à distância, erguendo-se de campos lavrados em tom cinza-claro de jornal, queimados pela neve da última semana. Não há nada à nossa volta, exceto os campos e os silos longínquos, um moinho de vento gelado e silencioso, milhas de negros cabos telefônicos rebrilhando com o gelo. Nenhum outro carro, ninguém. Apenas meu filho e eu e a dura estrada cor de ardósia, rasgada nas congeladas plantações de trigo.
Meu filho diz: "Patrick".
"O quê?"
"Hoje é um bom dia."
Lanço um olhar à quieta manhã cinzenta, absolutamente silenciosa. Para além do silo mais distante, uma pequena nuvem de fumaça ergue-se de uma chaminé. Embora eu não possa ver a edificação, consigo imaginar o calor da casa. Sinto o cheiro do assado num forno e

vejo as vigas aparentes de cerejeira encimando uma cozinha construída com madeira cor de mel. Do puxador da porta do forno pende um avental. Sinto o quanto deve ser bom estar dentro de casa numa silenciosa manhã de dezembro.
Olho para meu filho e digo: "Sim, é".
Meu filho responde: "Vamos seguir em frente o dia inteiro. A noite inteira. Vamos seguir em frente sempre e sempre".
"Claro", respondo.
Meu filho olha pela janela e diz: "Pai".
"Diga."
"Vamos seguir em frente, sem parar nunca."
Volto a cabeça, e ele me olha com meus próprios olhos.
"Certo, vamos seguir em frente, sem parar nunca."
Ele põe sua mão na minha. "Se a gente parar, fica com falta de ar."
"Sei."
"Se a gente ficar com falta de ar, morre."
"É verdade."
"Não quero morrer, pai."
Passo a mão em seu cabelo liso. "Eu também não."
"Então vamos seguir em frente, sem parar nunca."
"Certo, amigão", digo-lhe sorrindo. Sinto o cheiro de sua pele, de seu cabelo, um cheiro de recém-nascido num corpo de cinco anos de idade. "Nós nunca vamos parar."
"Ótimo."
Ele se reclina no banco e adormece com o rosto encostado na minha mão.
Diante de mim, a estrada cinzenta estende-se pelos campos brancos empoeirados, e minha mão segura o volante com leveza e segurança. A estrada é reta e plana e estende-se diante de mim por milhares de quilômetros. A neve mais antiga, varrida pelo vento, eleva-se dos campos num farfalhar suave e vai se depositar nas fendas do asfalto, diante da grade do radiador.

Nunca vou parar o carro. Nunca vou sair dele. A gasolina nunca vai acabar. Nunca vou ficar com fome. Aqui está quentinho. Tenho meu filho. Ele está em segurança. Eu estou em segurança. Vou avançar sempre. Não vou me cansar. Não vou parar nunca.

Infinita, a estrada se abre diante de mim.

Meu filho afasta a cabeça de minha mão e diz: "Onde está mamãe?".

"Não sei", respondo.

"Mas está tudo bem?", diz ele olhando para mim.

"Está tudo bem", respondo. "Tudo ótimo. Volte a dormir."

Meu filho adormece novamente. Continuo dirigindo. E ambos desapareceremos quando eu acordo.

1

Na primeira vez que vi Karen Nichols, ela me deu a impressão de ser o tipo de mulher que passa as meias a ferro.

Ela era loira, delicada, e desceu de um vw Bug 1998 verde-amarelado no momento em que eu e Bubba cruzávamos a avenida em direção à igreja de São Bartolomeu, levando na mão nosso café-da-manhã. Estávamos em fevereiro, mas o inverno se esquecera de dar as caras naquele ano. À exceção de uma nevasca e uns poucos dias de temperaturas abaixo de zero, o tempo se mostrava bastante ameno. Naquele dia, a temperatura já beirava os dez graus, e eram apenas dez da manhã. Digam o que quiserem contra o aquecimento global, mas desde que ele me livre da encheção de tirar a neve da calçada, sou a favor.

Karen Nichols ergueu a mão à altura das sobrancelhas, embora o sol da manhã não estivesse assim tão forte, e me deu um sorriso meio hesitante.

"Senhor Kenzie?"

Eu lhe dei meu sorriso "mamãe-gostou-que-você-raspou-o-prato" e estendi a mão. "Senhorita Nichols?"

Ela sorriu, não sei por quê. "Karen, sim. Cheguei antes da hora."

Sua mão deslizou suavemente na minha, tão macia e lisa que dava a impressão de uma luva. "Pode me chamar de Patrick. Este é o senhor Rogowski."

Bubba grunhiu e deu um encontrão no próprio café.

A mão de Karen Nichols afastou-se da minha, e ela

recuou quase imperceptivelmente, como se com medo de ter de estender a mão a Bubba. Temendo que, se o fizesse, não a teria de volta.

Ela estava com uma jaqueta de camurça marrom que ia até a metade da coxa, pulôver grafite de gola careca, jeans impecável e tênis Reebok de um branco cintilante. Nada em sua aparência dava a impressão de que uma dobra, uma mancha, um grãozinho de poeira tivesse estado em suas proximidades, num raio de um quilômetro.

Ela tocou com os dedos delicados a tez suave do pescoço. "Puxa, uma dupla de detetives particulares de verdade!" Seus olhos azul-claros se apertaram, da mesma forma que o nariz arrebitado, e ela riu novamente.

"Eu sou o detetive particular", disse eu. "Ele está só visitando os bairros pobres."

Bubba grunhiu novamente e me deu um chute na bunda.

"Deitado, Lulu", disse eu. "Aqui."

Bubba tomou uns goles de café.

Karen Nichols dava a impressão de que achava ter se enganado ao nos procurar. Decidi então não levá-la ao meu escritório no campanário da igreja. Se uma pessoa está em dúvida quanto a me contratar ou não, levá-la ao campanário normalmente não é uma boa estratégia de relações públicas.

Como era sábado e não havia aulas, e o ar, embora carregado de umidade, não estivesse nem um pouco frio, Karen Nichols, Bubba e eu andamos até um banco do pátio da escola. Eu me sentei. Karen Nichols usou um lenço impecavelmente branco para limpar o assento e se sentou. Bubba franziu o cenho ao ver que não havia espaço no banco, me fez uma cara feia e então sentou no chão à nossa frente. Depois de cruzar as pernas, olhou para nós na expectativa.

"Bom cachorrinho", disse eu.

Bubba me lançou um olhar dizendo que eu iria pagar por aquilo assim que estivéssemos longe de gente educada.

"Senhorita Nichols", disse eu. "Quem lhe indicou meu nome?"

Ela tirou os olhos de Bubba e me olhou por um instante, totalmente embaraçada. Seu cabelo loiro era curto como o de um menino e me fez lembrar fotografias que eu vira de mulheres em Berlim na década de 20. Eles estavam fixados à cabeça com gel, mas, ainda que não pudessem sair do lugar nem se expostos ao deslocamento de ar de uma turbina a jato, ela o prendera acima da orelha esquerda, logo abaixo da risca, com uma presilhinha preta com a figura de um besouro.

Seus grandes olhos azuis se desanuviaram e ela deu aquele risinho nervoso novamente. "Meu namorado."

"E o nome dele é...", disse eu, imaginando que devia ser Tad, ou Ty, ou Hunter.

"David Wetterau."

Aquilo era demais para minhas habilidades paranormais.

"Acho que nunca ouvi falar dele."

"Ele conheceu uma pessoa que trabalhava com você. Acho que uma mulher..."

Bubba levantou a cabeça e me lançou um olhar rancoroso. Ele me culpava por Angie ter terminado nossa sociedade, por ter se mudado do nosso bairro, comprado um Honda, e também porque agora ela vestia conjuntos Anne Klein e não nos visitava mais.

"Angela Gennaro?", perguntei a Karen Nichols.

Ela sorriu. "Sim, esse é o nome da pessoa."

Bubba soltou outro grunhido. Logo, logo ele estaria uivando para a Lua.

"E por que você está precisando de um detetive particular, senhorita Nichols?"

"Karen." Ela se voltou para mim, enfiou uma mecha de cabelo imaginária atrás da orelha.

"Karen, por que está precisando de um detetive particular?"

Um sorriso triste e chocho crispou-lhe os lábios, e

ela fitou os próprios joelhos por um instante. "Tem um cara na academia que eu freqüento, sabe?"

Assenti com um gesto de cabeça.

Ela engoliu em seco. Suponho que com isso ela achava que eu já seria capaz de adivinhar a história toda. Eu tinha certeza de que ela estava prestes a me contar alguma coisa desagradável, e uma certeza ainda maior de que ela possuía, no máximo, um conhecimento bastante superficial de coisas desagradáveis.

"Ele tem me assediado, vai atrás de mim no estacionamento. A princípio, era só um aborrecimento, sabe?" Ela levantou a cabeça, procurando em meus olhos alguma compreensão. "Então a coisa piorou. Ele começou a ligar para minha casa. Eu o evitava na academia, mas algumas vezes vi seu carro estacionado na frente de minha casa. David terminou se enchendo daquilo e foi tomar satisfações. O cara negou tudo e ameaçou David." Ela piscou, cingiu o punho cerrado da mão direita com os dedos da mão esquerda. "David não é fisicamente... temível? É a palavra certa?"

Fiz que sim com a cabeça.

"Então, Cody — esse é o nome dele, Cody Falk — riu de David e ligou para mim na mesma noite."

Cody. Eu já o estava odiando.

"Ele ligou e me disse que sabia muito bem o quanto eu queria aquilo, que eu com certeza nunca tinha tido uma boa... uma boa..."

"Foda", disse Bubba.

Ela teve um leve sobressalto, olhou para ele e voltou os olhos depressa para mim. "Sim. Uma boa, bem... em minha vida. E ele sabia que intimamente eu queria que ele me desse uma. Eu deixei este bilhete no carro dele. Eu sabia que era uma bobagem, mas eu... bem, eu o deixei."

Ela enfiou a mão na bolsa, tirou um pedaço de papel de carta roxo amassado. Numa perfeita caligrafia estilo Palmer, ela escrevera:

Senhor Falk,
Por favor, deixe-me em paz.
Karen Nichols

"Na primeira vez que voltei à academia", disse ela, "quando fui pegar o carro, ele tinha posto o meu bilhete no pára-brisa, no mesmo lugar onde eu o deixara no dele. Se você o virar, vai ver o que ele escreveu." Ela apontou para o papel em minha mão.

Virei o papel. No verso Cody Falk escrevera apenas uma palavra:

Não.

Eu estava começando mesmo a odiar aquele escroto.

"E ontem, sabe?" Seus olhos se encheram de água, ela engoliu em seco várias vezes, e um forte tremor pulsava no meio da garganta.

Pus minha mão na sua, e Karen fechou os dedos sobre ela.

"O que ele fez?"

Ela sorveu o ar com força e eu o ouvi ressoar no fundo da garganta. "Ele destruiu o meu carro."

Bubba e eu olhamos imediatamente para o vw Bug verde brilhante estacionado próximo ao portão do pátio da escola. Parecia ter acabado de sair da fábrica, e com certeza a parte interna ainda cheirava a carro novo.

"Aquele carro?", disse eu.

"O quê?", disse ela seguindo meu olhar. "Oh, não, não. Aquele é o carro do David."

"Um cara?", disse Bubba. "Um cara usa aquele carro?"

Olhei para ele e balancei a cabeça.

Bubba fechou a cara, abaixou a vista para suas botas de combate e levantou-as, apoiando-as sobre os joelhos.

Karen sacudiu a cabeça como para desanuviar os pensamentos. "Eu tenho um Corolla. Eu queria um Camry, mas não tínhamos dinheiro para isso. David está entrando num novo negócio, ainda estamos pagando o crédito educativo, então comprei o Corolla. E agora ele está acabado. Cody Falk derramou ácido em cima dele e furou o radiador. O mecânico falou que derramaram xarope no motor."

"Você contou isso à polícia?"

Ela fez que sim, e percebi que seu pequeno corpo tremia. "Não há provas contra ele. Ele disse à polícia que estava no cinema naquela noite e foi visto ao entrar e ao sair. Ele..." O rosto traiu um grande desalento, e ela corou. "A polícia não pode tocar nele, e a companhia de seguros não vai cobrir a perda."

Bubba levantou a cabeça em minha direção.

"Por que não?", falei.

"Porque eles não receberam meu último pagamento. Mas eu... eu o enviei. Eu o mandei três semanas atrás. Eles disseram que enviaram um aviso, mas não recebi. E, e..." Ela abaixou a cabeça, e lágrimas caíram em seus joelhos.

Ela colecionava animaizinhos de pelúcia, não havia dúvida. Com certeza o Corolla destruído tinha adesivos tipo rosto sorridente ou um daqueles peixinhos em que se lê "Jesus". Ela lia romances de John Grisham, ouvia soft rock, adorava chás-de-cozinha e nunca assistira a um filme de Spike Lee.

Ela nunca imaginara que aquilo pudesse lhe acontecer.

"Karen", disse eu em voz baixa. "Qual o nome de sua companhia de seguros?"

Ela levantou a cabeça, enxugou as lágrimas com as costas da mão. "State Mutual".

"E a agência do correio em que você postou o cheque?"

"Bem, eu moro em Newton Upper Falls", disse ela, "mas não estou bem certa. Meu namorado, sabe?", acrescentou ela fitando os tênis brancos impecáveis, como se envergonhada, "ele mora em Back Bay, e eu vou muito lá."

Falou como se aquilo fosse um pecado, e me peguei me perguntando onde criavam gente como ela, e, se houvesse uma semente, como eu poderia arrumar uma, se algum dia planejasse ter uma filha.

"Você atrasou algum pagamento antes?"

Ela balançou a cabeça. "Nunca."

"Há quanto tempo você pagava esse seguro?"

"Desde que terminei a universidade. Sete anos."

"Onde Cody Falk mora?"

Ela passou a ponta dos dedos nos olhos, para se certificar de que as lágrimas tinham secado. Como não usava maquiagem, nada ficou borrado. Ela tinha a beleza sadia das mulheres dos anúncios de creme Nívea.

"Não sei. Mas toda noite ele está na academia às sete."

"Que academia?"

"No Mount Auburn Club, em Watertown." Ela mordeu o lábio inferior, depois ensaiou o seu sorriso colgate. "Sinto-me tão ridícula."

"Senhorita Nichols", disse eu. "Você não tem de tratar com gente como Cody Falk, está entendendo? Ele é uma pessoa ruim e você não fez nada para criar essa situação. Ele fez."

"É?" Ela se esforçou para abrir um largo sorriso, mas seu olhar ainda traía medo e perplexidade.

"Sim. Ele é um sujeito mau. Ele gosta de assustar as pessoas."

"É verdade", disse ela balançando a cabeça. "Dá para ver isso em seus olhos. Quanto mais me fazia sentir incomodada no estacionamento, mais ele parecia gostar."

Bubba deu um risinho. "Incomodada? Espere só a gente fazer uma visitinha a Cody."

Karen Nichols olhou para Bubba, e por um instante pareceu ter pena de Cody Falk.

Em meu escritório, liguei para meu advogado, Cheswick Hartman.

Karen Nichols partira no vw do namorado. Eu lhe disse que fosse direto a sua companhia de seguros para entregar um outro cheque. Quando Karen disse que eles não cobririam a perda, respondi que eles o fariam quando ela chegasse lá. Ela se perguntou, em voz alta, se te-

ria condições de pagar meus honorários. Eu lhe disse que, se ela pudesse me pagar um dia de trabalho, tudo bem, porque aquele caso não me exigiria mais que isso.
"Um dia?"
"Um dia", disse eu.
"E quanto a Cody?"
"Você nunca mais vai ouvir falar em Cody." Fechei a porta de seu carro, ela partiu e me fez um pequeno aceno ao chegar ao primeiro semáforo.

"Dê uma olhada em 'fofa' no dicionário", disse eu a Bubba quando estávamos no escritório. "Veja se tem a foto de Karen Nichols embaixo da definição."

Bubba olhou para a pequena pilha de livros no parapeito da janela. "Como posso saber qual é o dicionário?"

Cheswick atendeu o telefone, e eu lhe falei do problema de Karen Nichols com a companhia de seguros.
"Ela tem pagamentos em atraso?"
"Nenhum."
"Não tem problema. Você disse que é um Corolla?"
"Ahn-ran."
"Que carro seria esse? Um de vinte e cinco mil dólares?"
"É mais para uns catorze."

Cheswick deu um risinho. "Os carros estão ficando mesmo tão baratos?" Que eu soubesse, Cheswick tinha um Bentley, um Mercedes V10 e dois Range Rovers. Quando queria se igualar ao povão, ele usava um Lexus.

"Eles vão pagar o seguro", disse ele.
"Eles disseram que não vão pagar", disse eu, só para provocá-lo.

"E eles vão me enfrentar? Eu pego o telefone já de saco cheio, e eles vão saber que já estão devendo cinqüenta mil. Eles vão pagar", repetiu ele.

Quando desliguei, Bubba perguntou: "O que ele disse?".

"Disse que eles vão pagar."

Ele balançou a cabeça. "Cody também, amigo. Cody também."

20

* * *

Bubba passou no depósito onde morava para resolver algumas coisas, e eu liguei para Devin Amronklin, policial da Homicídios, um dos poucos desta cidade que ainda falam comigo.

"Homicídios."

"Diga isso com mais convicção, baby."

"Ei, ei. Aposto como é a persona non grata número um do Departamento de Polícia de Boston. A polícia mandou você encostar o carro recentemente?"

"Não."

"Então evite. Você ia ficar admirado com o que alguns caras daqui querem encontrar em seu porta-malas."

Fechei os olhos por um instante. Ser o primeiro da lista negra do departamento de polícia não era bem o que eu esperava àquela altura de minha vida.

"Não se pode ser popular demais", disse eu. "Você é o cara que põe algemas num colega policial."

"Ninguém nunca foi com a minha cara", disse Devin, "mas a maioria deles tem medo de mim, o que é tão bom quanto. Por outro lado, você é um famoso bundão."

"Famoso? Não diga."

"O que está havendo?"

"Preciso da ficha de um tal de Cody Falk. Principalmente o que tiver a ver com assédio sexual."

"E o que eu ganho com isso?"

"Minha eterna amizade?"

"Uma sobrinha minha", disse ele, "quer toda a coleção da Barbie de presente de aniversário."

"E você não está a fim de ir a uma loja de brinquedos."

"E eu ainda estou pagando uma gorda pensão para um menino que não quer falar comigo."

"Quer dizer então que você quer que eu compre a coleção da Barbie."

"Acho que dez bastam."

"Dez?", disse eu. "Você está de..."

"Falk com 'F'?"
"F de falcatrua", disse eu, e desliguei.
Devin me ligou uma hora depois e me disse que levasse as Barbies ao seu apartamento na noite seguinte.
"Cody Falk, trinta e três anos. Sem nenhuma condenação."
"Mas..."
"Mas", disse Devin, "foi preso uma vez por violar um mandado obtido contra ele por Bronwyn Blythe. As queixas foram retiradas. Preso por assediar Sara Little. As queixas foram retiradas quando a senhorita Little se recusou a testemunhar contra ele e deixou o estado. Apontado como suspeito de ter estuprado uma certa Anne Bernstein, foi chamado para depor. A coisa deu em nada porque a senhorita Bernstein se recusou a apresentar queixa, submeter-se a exame de corpo de delito e identificar o agressor."
"Bom sujeito", disse eu.
"Um docinho-de-coco."
"Só isso?"
"Sim, salvo que ele foi condenado por delinqüência quando ainda era menor de idade, mas o processo foi arquivado."
"Claro."
"Ele está incomodando alguém novamente?"
"Talvez", disse eu com prudência.
"Use luvas", disse Devin, e desligou.

2

Cody Falk estava com um Audi Quattro cinza-pérola, e às nove e meia daquela noite nós o vimos sair do Mount Auburn Club, o cabelo recém-penteado e ainda molhado, o cabo da raquete de tênis para fora da sacola. Usava uma jaqueta de couro sobre um colete de linho creme, uma camisa branca abotoada até o pescoço e calça jeans desbotada. Sua pele era muito bronzeada. Ele andava como se esperasse que as coisas saíssem de seu caminho.

"Como eu odeio esse cara", eu disse a Bubba. "E ainda nem o conheço."

"Odiar é legal", disse Bubba. "E é de graça."

O Audi de Cody deu dois bips quando ele acionou o controle remoto preso ao chaveiro para desligar o alarme e abrir o porta-malas.

"Se você tivesse deixado, a esta altura ele já teria explodido."

Bubba queria prender uma carga de C-4 ao motor e ligar o explosivo ao transmissor do alarme. A explosão poderia arrasar metade de Watertown e atirar o Mount Auburn Club lá para os lados de Rhode Island. Bubba não conseguia entender por que aquilo não era uma boa idéia.

"Não se mata um cara por ter destruído o carro de uma mulher."

"É mesmo?", disse Bubba. "Onde está escrito isso?"

Devo admitir que ele me pegou.

"Além do mais", disse Bubba, "se ela bobear, ele a estupra."

Fiz que sim com a cabeça.

"Odeio estupradores", disse Bubba.

"Eu também."

"Seria ótimo que ele nunca mais fizesse isso."

Eu me virei no assento do carro. "Nós não vamos matá-lo."

Bubba deu de ombros.

Cody Falk fechou o porta-malas, ficou de pé junto dele por um instante, o queixo rijo levantado, olhando do estacionamento as quadras de tênis. Ele dava a impressão de estar posando para alguma coisa, talvez um retrato, e, com seus abundantes cabelos negros e traços esculturais, tronco cuidadosamente modelado e roupas caras e macias, poderia muito bem passar por modelo. Parecia consciente de estar sendo observado, mas não por nós. Dava a impressão de ser o tipo de sujeito que pensa estar sempre sendo olhado com admiração ou inveja. Esse era o mundo de Cody Falk, e acabávamos de entrar nele.

Cody saiu do estacionamento, entrou à direita. Nós o seguimos através de Watertown e contornamos Cambridge. Ele dobrou à esquerda na rua Concord e entrou no Belmont, um dos bairros mais chiques de nossa cidade.

"Quem nasceu primeiro, o ovo ou a galinha?", disse Bubba, bocejando na mão fechada e olhando pela janela.

"Não tenho idéia."

"Você disse isso da última vez que lhe perguntei."

"E daí?"

"Daí que eu queria que alguém me desse uma resposta convincente. Isso me emputece."

Saímos da via principal, para entrar, seguindo Cody Falk, num universo de tons castanho-escuros em que carvalhos imensos ladeavam edifícios estilo Tudor com fachadas cor de chocolate; o sol poente deixara em sua esteira uma névoa cor de bronze que dava às ruas invernais uma luminosidade outonal, um ar de leveza e bem-estar, de riqueza herdada, bibliotecas particulares com vidros coloridos, cheias de teca escura e delicadas tapeçarias.

"Ainda bem que pegamos o Porsche", disse Bubba.

"Você não acha que o Crown Victoria serviria?"

Meu Porsche é um Roadster 63. Comprei pouco mais que a carcaça dez anos atrás e passei os cinco anos seguintes adquirindo peças e restaurando-o. Não gosto do carro em si, mas devo admitir que quando estou atrás do volante sinto-me como se fosse o cara mais bacana de Boston. Talvez do mundo. Angie costumava dizer que eu ainda tinha de amadurecer muito. Angie com certeza tinha razão, mas o fato é que até bem pouco tempo atrás ela dirigia uma perua.

Cody Falk parou numa pequena entrada para carros ao lado de uma grande edificação com paredes de estuque, estilo colonial. Eu apaguei os faróis e parei atrás dele no momento em que a porta da garagem se erguia com um chiado. Mesmo com as janelas dele fechadas, dava para ouvir a surda pulsação das caixas de som de seu carro. Seguimos atrás dele pela entrada, sem que ele ouvisse nada. Desliguei o motor um segundo antes que entrássemos com ele na garagem. Ele saiu do Audi e nós saímos do Porsche quando a porta da garagem começou a se fechar. Ele abriu o porta-malas, eu e Bubba passamos sob a porta e entramos.

Ele pulou para trás quando me viu, erguendo as mãos à sua frente como se estivesse repelindo o ataque de um bando. Então os olhos começaram a semicerrar-se. Não sou um sujeito muito alto, e Cody parecia em boa forma, alto e musculoso. Seu medo de um desconhecido em sua garagem já estava dando lugar ao cálculo, pois ele me examinara, vira que eu estava desarmado.

Então Bubba fechou o porta-malas que impedia Cody de vê-lo, e Cody teve um sobressalto. Bubba tem esse efeito sobre as pessoas. Ele tem o rosto de uma criança demente de dois anos de idade — como se suas feições, ao contrário de seu cérebro e de sua consciência, se tivessem suavizado e parado de amadurecer — em cima de um corpo que me lembra um vagão de aço com braços e pernas.

"Que diabos..."

Bubba tinha tirado a raquete de tênis da sacola dele, e a girava devagar na mão. "Quem nasceu primeiro, o ovo ou a galinha?", perguntou ele a Cody.

Olhei para Bubba e revirei os olhos.

"O quê? Porra, como vou saber?"

Bubba sacudiu os ombros e arremessou a raquete no porta-malas do Audi, fazendo um sulco de uns vinte centímetros.

"Cody", disse eu quando a porta da garagem se fechou com estrondo atrás de mim. "Você não vai falar nada, a menos que eu lhe faça uma pergunta direta, entendeu?"

Ele me fitou.

"Isso foi uma pergunta direta, Cody."

"Ah, sim, entendi", disse Cody, lançando um olhar a Bubba e parecendo se encolher.

Bubba tirou a capa da raquete e jogou-a no chão.

"Por favor, não bata no carro novamente", disse Cody.

Bubba levantou a mão num gesto conciliador e balançou a cabeça, assentindo. E, com um gracioso movimento em direção contrária ao lado do corpo em que segurava a raquete, acertou a janela de trás do Audi. O vidro explodiu e desabou numa chuva de estilhaços no banco de trás do carro.

"Porra!"

"Não falei para ficar calado, Cody?"

"Mas ele acabou com meu..."

Como um índio armado de uma machadinha, Bubba enfiou-lhe a raquete na testa, fazendo-o chocar-se contra a parede da garagem. Ele desabou no chão, o sangue jorrou do ferimento acima da sobrancelha direita, e ele deu a impressão de estar prestes a chorar.

Agarrei-o pelos cabelos e joguei-o contra a porta do lado do motorista.

"Qual o seu meio de vida, Cody?"
"Eu... o quê?"
"O que é que você faz?"
"Sou *restaurateur*."
"É o quê?", disse Bubba.
Olhei para ele por cima do ombro. "Ele é dono de restaurantes."
"Ah."
"Quais?", perguntei a Cody.
"O Boatyard, em Nahant. Sou dono também do Flagstaff, no centro, e de uma parte do Tremont Street Grill e do Fours, em Brookline... Eu... eu..."
"Psst", disse eu. "Tem alguém em casa?"
"O quê?", disse ele, lançando em volta olhares esgazeados. "Não, não, sou solteiro."
Obriguei-o a se pôr de pé. "Cody, você gosta de assediar mulheres. Quem sabe até violentá-las de vez em quando, espancá-las quando elas não entram no jogo?"
O olhar de Cody se anuviou, enquanto uma grande gota de sangue lhe escorria nariz abaixo. "Não, não faço isso. Quem..."
Dei um golpe com as costas da mão em cima do ferimento. Ele gritou.
"Quieto, Cody. Calminha. Se você incomodar uma mulher mais uma vez — qualquer mulher — vamos incendiar seus restaurantes e colocar você numa cadeira de rodas pro resto da vida. Está entendendo?"
Alguma coisa em minha fala, que tinha a ver com mulheres, fez ressurgir o imbecil que havia nele. Talvez o fato de ouvir que não poderia desfrutar delas da forma como gostava. Fosse lá o que fosse, ele balançou a cabeça, contraiu a mandíbula e me lançou um olhar em que se via um brilho de cruel divertimento, como se ele achasse ter descoberto meu calcanhar-de-aquiles: minha preocupação com o "sexo fraco".
"Bem. Sim, bem", disse ele. "Não posso concordar com isso."

Afastei-me dele. Bubba deu a volta no carro, puxou um 22 de sua capa militar, enroscou o silenciador, apontou-o para o meio da cara de Cody Falk e puxou o gatilho.

O cão da arma bateu numa câmara vazia, mas a princípio Cody pareceu não se dar conta disso. Ele fechou os olhos e gritou "Não!", caindo de bunda no chão.

Quando abriu os olhos, estávamos debruçados sobre ele. Ele tocou o nariz com os dedos, surpreso ao perceber que ainda estava lá.

"O que aconteceu?", perguntei a Bubba.

"Não sei. Eu carreguei esta arma."

"Tente novamente."

"Claro."

Cody estendeu as mãos em nossa direção. "Esperem!"

Bubba apontou para o peito de Cody e puxou o gatilho novamente.

Um novo estalo seco.

Cody Falk desabou no chão, olhos bem fechados novamente, o rosto contorcido numa máscara de horror. Lágrimas escorreram de sob suas pálpebras, e um forte cheiro de urina subiu de uma mancha escura que ia se estendendo pela perna esquerda de sua calça.

"Merda", disse Bubba. Ele levantou a arma à altura do próprio rosto para examiná-la, depois apontou para Cody novamente, no momento em que este abria um olho.

Cody fechou o olho novamente enquanto Bubba puxava o gatilho pela terceira vez, e novamente o cão foi parar numa câmara vazia.

"Você comprou esse troço num ferro-velho?", eu perguntei.

"Cala a boca. Ele vai funcionar." Com um rápido movimento de pulso, ele pôs o cilindro para fora. O olho dourado de uma bala nos fitou, destoando do círculo de pequenos orifícios vazios. "Está vendo? Tem uma aqui."

"Uma", disse eu.

"Uma basta."

Cody de repente ensaiou lançar-se contra nós.

Levantei o pé, meti-o no peito dele, jogando-o no chão novamente.

Bubba repôs o tambor e apontou a arma. Ele atirou de novo no vazio, e Cody gritou. Ele atirou no vazio uma segunda vez, e Cody deixou escapar um som esquisito, a meio caminho entre o riso e o choro.

Ele pôs as mãos sobre os olhos e disse: "Não, não, não, não, não, não, não, não, não", depois emitiu aquele riso-choro novamente.

"Na sexta vez com certeza vou acertar", disse Bubba.

Cody olhou para a ponta do silenciador, forçando a parte de trás da cabeça contra o chão. Sua boca estava escancarada como se gritasse, mas a única coisa que ouvimos foi um som baixo e agudo "Na, na, na".

Agachei-me ao seu lado e puxei-lhe a orelha direita para junto de minha boca.

"Odeio gente que maltrata mulheres, Cody. Odeio mesmo. Fico o tempo todo pensando: e se essa mulher fosse minha irmã? Minha mãe? Está entendendo?"

Cody tentou livrar a orelha de minha mão, mas eu a apertei com força. Seus olhos reviravam e suas bochechas se enchiam de ar e se esvaziavam.

"Olhe para mim."

Cody moveu os olhos e olhou para o meu rosto.

"Se a companhia de seguros não pagar o carro, Cody, vamos voltar aqui com a conta."

O pânico em seus olhos arrefeceu, enquanto sua expressão se desanuviava. "Eu não toquei no carro dessa piranha."

"Bubba."

Bubba apontou para a cabeça de Cody.

"Não! Ouçam, ouçam. Eu... eu... Karen Nichols, não é?"

Levantei a mão para Bubba.

"Tudo bem, seja lá como vocês chamem isso, eu a incomodei um pouco. Mas era só um jogo. Só um jogo. Mas o carro dela não. Eu não..."

Dei-lhe um soco na barriga. Ofegante, ele abria e fechava a boca tentando respirar um pouco de oxigênio.

"Tudo bem, Cody. É um jogo. E este é o último tempo. Ponha isto na cabeça: se eu ouvir falar que uma mulher — qualquer que seja — está sendo assediada nesta cidade, se alguma for violentada nesta cidade ou simplesmente passar um dia de cão nesta cidade, Cody, vou dar como certo que foi você. E então a gente volta aqui."

"E a gente acaba com essa tua carcaça", disse Bubba.

Um suspiro de alívio escapou dos lábios de Cody quando ele voltou a respirar.

"Diga que entendeu, Cody."

"Entendi", ele conseguiu dizer.

Olhei para Bubba. Ele deu de ombros. Balancei a cabeça.

Bubba tirou o silenciador do 22, colocou o revólver num bolso da capa, o silenciador no outro. Ele foi até a parede, pegou a raquete de tênis, voltou e ficou de pé junto de Cody Falk.

Eu disse: "Você precisa saber que não estamos de brincadeira, Cody".

"Eu sei! Eu sei!", disse ele, desta vez aos guinchos.

"Você acha que ele sabe?", perguntei a Bubba.

"Acho que ele sabe", disse Bubba.

Cody soltou um suspiro gutural de alívio e olhou para o rosto de Bubba com uma gratidão quase constrangedora.

Bubba sorriu e meteu a raquete de tênis nas fuças de Cody Falk.

Cody ergueu o corpo como se sua espinha estivesse em chamas. Um terrível soluço saiu de sua boca, ele cruzou os braços sobre o estômago e vomitou sobre as coxas.

"Mas a gente nunca pode ter certeza, não é?", disse Bubba, jogando a raquete de tênis em cima do capô do carro.

Vi Cody tentando resistir às pontadas de dor que lhe percorriam o corpo inteiro, crispando-lhe os intestinos, o peito, os pulmões. O suor escorria-lhe pelo rosto como uma chuva de verão.

Bubba abriu a portinha de madeira que dava para a rua.

Finalmente Cody virou a cabeça em minha direção, e a careta em seu rosto me lembrou o sorriso de um esqueleto.

Perscrutei seus olhos para ver se o medo se transformaria em raiva, e a vulnerabilidade daria lugar à tranqüila superioridade do predador nato. Esperei para ver aquele olhar que Karen Nichols vira no estacionamento, o mesmo que eu vira pouco antes de Bubba puxar o gatilho de seu 22 pela primeira vez.

Esperei mais um pouco.

A dor começou a diminuir, a crispação do rosto ia se dissipando, a pele do alto da testa se descontraiu e a respiração foi voltando ao ritmo normal. Mas o medo continuou. Ele calara bem fundo, e vi que se passariam muitas noites até que Cody conseguisse dormir mais de uma ou duas horas, e pelo menos um mês até que pudesse fechar a garagem atrás de si. Durante muito, muito tempo, pelo menos uma vez por dia, ele haveria de olhar por cima do ombro, temendo que eu e Bubba estivéssemos em sua cola. Eu tinha quase certeza de que Cody Falk passaria o resto da vida em estado de terror.

Enfiei a mão no bolso do casaco, tirei o bilhete que Karen Nichols deixara no carro dele, amassei-o em minha mão, reduzindo-o a uma bola.

"Cody", sussurrei.

Seus olhos se ergueram de imediato.

"Da próxima vez, as luzes simplesmente vão se apagar." Levantei-lhe o queixo com os dedos. "Está entendendo? Você não vai ver nem ouvir a gente."

Enfiei o bilhete embolado em sua boca. Seus olhos se arregalaram e ele fez um esforço para não vomitar. Dei-lhe um tapa embaixo do queixo, e sua boca se fechou.

Levantei-me, andei até a porta, mantendo-me de costas para ele.

"E você vai morrer, Cody. Você vai morrer."

3

Passaram-se seis meses antes que eu voltasse a pensar seriamente em Karen Nichols.

Uma semana depois que demos um jeito em Cody Falk, recebi pelo correio um cheque assinado por ela, um rosto sorridente desenhado dentro do "O" de seu nome, patinhos amarelos ornamentando as bordas do cheque, e no bilhete anexo ela escrevera: "Obrigada! Você é realmente o máximo!".

Considerando-se o que estava para acontecer, eu gostaria de poder dizer que nunca mais tive notícias dela até aquela manhã, seis meses depois, em que ouvi a notícia no rádio, mas a verdade é que ela me ligou uma vez, algumas semanas depois que recebi o cheque.

Sua ligação caiu na caixa postal. Cheguei em casa uma hora depois, para pegar meus óculos de sol, e ouvi a mensagem. O escritório não abrira naquela semana porque eu estava indo para as Bermudas com Vanessa Moore, uma advogada tão desinteressada em relacionamentos sérios quanto eu. Ela gostava de praia, porém, e gostava de daiquiri, de gin-fizz aromatizado com abrunho e de longas sestas seguidas de massagens no final da tarde. Ela ficava absolutamente irresistível num traje de passeio, estonteante de biquíni, e era a única pessoa das minhas relações pelo menos tão superficial quanto eu. Assim sendo, por um ou dois meses nos entendemos muito bem.

Eu estava pegando meus óculos de sol numa das últimas gavetas da escrivaninha quando a voz de Karen

Nichols se elevou do minúsculo alto-falante. Levei um minuto para reconhecer sua voz, não porque tivesse esquecido de como era, mas porque estava muito diferente. Parecia rouca, cansada e desgastada.

"Olá, senhor Kenzie. Aqui é Karen. O senhor, ahn... me ajudou há um mês, talvez umas seis semanas. Sim, então, ouça, ligue para mim. Eu, ah, eu queria lhe falar uma coisa." Houve uma pausa. "O.k., bom, me ligue." E ela deixou o número.

Vanessa tocou a buzina na avenida.

Nosso avião partiria daí a uma hora, o trânsito estaria um verdadeiro inferno, e Vanessa era capaz de fazer com os quadris e com os músculos das panturrilhas um troço que com certeza devia ser proibido em boa parte da civilização ocidental.

Eu estava prestes a apertar o botão para ouvir a mensagem novamente quando Vanessa tornou a buzinar, mais forte e por muito mais tempo, e por um lapso meu dedo acionou o botão de "apagar". Sei o que Freud diria desse engano, e com certeza ele estaria certo. Mas eu tinha o número do telefone de Karen Nichols em algum lugar, estaria de volta dentro de uma semana, e me lembraria de ligar para ela. Os clientes precisam entender que eu também tenho a minha vida.

Então, fui viver a minha vida, deixei Karen Nichols cuidando da sua e, naturalmente, me esqueci de ligar para ela.

Meses depois, quando ouvi a notícia sobre ela no rádio, eu estava voltando do Maine com Tony Traverna, um ladrão considerado por quem o conhecia como o melhor arrombador de cofres de toda a Boston e o homem mais estúpido do universo.

Tony T., segundo se dizia, não tinha mais miolos que uma sopa em lata. Se o prenderem numa sala cheia de bosta de cavalo, vinte e quatro horas depois ele ainda vai estar procurando o cavalo. Tony T. pensava que Karl Marx fosse um dos irmãos Marx, e certa vez tentou descobrir em que dia da semana apresentavam o programa *Saturday Night Live*.

Até então, toda vez que Tony T. queria escapar da justiça, ia se refugiar no Maine. Fora para lá dirigindo um carro, embora não tivesse carta de motorista. Ele nunca conseguira tirar carta porque não passava na prova escrita. Nove vezes. Não obstante, ele sabia dirigir e, como tinha também o seu lado esperto, ainda não haviam inventado uma fechadura capaz de detê-lo. Então ele roubava um carro e dirigia durante três horas até a cabana de pesca no Maine, que herdara de seu finado pai. No caminho, ele pegava algumas caixas de Heineken e várias garrafas de Bacardi, porque, além de ter o menor cérebro do mundo, Tony T. parecia decidido a ter o fígado mais resistente — depois se entocava na cabana e ficava vendo desenhos animados na televisão até que viessem buscá-lo.

Tony Traverna juntara um bom dinheiro ao longo dos anos, e mesmo levando-se em conta tudo o que gastara com álcool e com as mulheres que ele pagava para se vestirem de índias e chamá-lo de "Atirador", dava para imaginar que ainda sobrava um bocado guardado em algum lugar. Bastante, de todo modo, para comprar uma passagem de avião. Mas, em vez de escapulir e voar para a Flórida, para o Alasca ou para algum lugar onde seria mais difícil encontrá-lo, Tony sempre ia de carro para o Maine. Talvez, como alguém certa vez disse, porque ele não soubesse o que era um avião.

A captura de Tony T. estava a cargo de Mo Bags, um ex-policial caxias e durão, que não hesitaria em se lançar em perseguição de Tony com todo um arsenal de bombas de gás lacrimogêneo, cassetetes elétricos, socos-ingleses e nunchakus, se não fosse por um recente ataque de gota que lhe lancetava o quadril direito como formigas-de-fogo toda vez que ele rodava mais de trinta quilômetros de carro. Além disso, Tony e eu já tínhamos uma história. Mo sabia que eu o encontraria sem problema, e que Tony não ia escapar de minhas mãos. Dessa vez sua fiança tinha sido paga por sua namorada, Jill Dermott. Jill era a última de uma série de mulheres que, quando batiam o olho em Tony, sentiam uma irresistível vontade de cuidar dele como uma mãe. Isso fora assim durante toda a vida de Tony, ou pelo menos desde quando eu o conheci. Bastava Tony entrar num bar (e ele estava sempre entrando num bar), sentar-se ao balcão e começar a conversar com o barman ou com a pessoa sentada ao seu lado, e meia hora depois a maioria das mulheres solteiras do bar (e algumas das casadas) apressava-se em sentar-se nas cadeiras à sua volta, pagando-lhe drinques, ouvindo a lenta e leve cadência de sua voz, e chegando à conclusão de que aquele rapaz só precisava mesmo de carinho, amor e talvez de algumas aulas noturnas.

Tony tinha uma voz suave e um desses rostos pequenos, mas francos, que inspiram confiança. Olhos tristes assomando no alto de um nariz recurvo e um sorriso em amplo arco, uma espécie de curvatura perpétua nos lábios, como a dizer que Tony também estivera lá, meu amigo, e o que se podia fazer senão pagar uma rodada de bebidas e partilhar sua história com todos os companheiros, tanto os antigos como os novos?

Com um rosto como aquele, se Tony tivesse optado por uma carreira de escroque, com certeza teria tido sucesso. Mas, ao fim e ao cabo, Tony não era esperto o bastante para o papel de escroque, e talvez tivesse escrúpulos demais para isso. Tony amava seus semelhantes. Eles o confundiam tanto quanto tudo o mais, mas ele os amava de verdade. Infelizmente, gostava muito de cofres. Ele os adorava. Talvez um pouquinho mais do que aos seres humanos. Tinha ouvidos capazes de ouvir uma pena pousando na superfície da Lua e dedos tão ágeis que podiam alinhar as cores de um cubo mágico sem nem ao menos olhar para ele. Nos seus vinte e oito anos no planeta, Tony arrombara um número incrível de cofres; por causa disso, toda vez que o trabalho noturno de um maçarico reduzia uma caixa-forte a uma carcaça esburacada, os tiras tocavam para o apartamento de Tony no Southie, antes mesmo de passar no Dunkin' Donuts para tomar um café, e os juízes assinavam mandados de busca em menos tempo do que a maioria de nós leva para preencher um cheque.

Mas o verdadeiro problema de Tony, pelo menos em termos legais, não eram os cofres, e tampouco a estupidez (embora isso não ajudasse); era a bebida. Todas as suas condenações à prisão, à exceção de duas, foram por dirigir embriagado, e a última não fora diferente: dirigir na contramão na Northern Avenue às três da manhã, resistência à prisão (ele não parou), destruição intencional de propriedade (ele bateu o carro) e fuga do local do acidente (ele subiu num poste telefônico, convencido de que os policiais não o veriam três metros acima do carro destruído, numa noite escura).

Quando eu entrei na cabana de pesca, Tony, que estava sentado no chão da sala, levantou os olhos para mim como a dizer: "Por que demorou tanto?". Ele soltou um suspiro e acionou o controle remoto para desligar *Os anjinhos*, levantou um tanto cambaleante e bateu nas coxas para que o sangue voltasse a circular.

"Ei, Patrick. Mo mandou você?"

Fiz que sim com a cabeça.

Tony olhou em volta procurando os sapatos, encontrou-os debaixo de uma almofada que estava no chão. "Quer uma cerveja?"

Dei uma olhada em volta. No dia e meio em que ficara ali, Tony conseguiu encher o peitoril de todas as janelas de garrafas de Heineken vazias. As garrafas verdes captavam a luz do sol refletida pelo lago e a projetavam na sala sob a forma de minúsculas cintilações esmeraldinas, de modo que se tinha a impressão de estar num pub irlandês no dia de Saint Patrick.

"Não, obrigado, Tony. Estou tentando cortar a cerveja no café-da-manhã."

"É coisa de religião?"

"Mais ou menos isso."

Ele passou uma perna sobre a outra, levantou o tornozelo até a cintura, ficou saltando no outro pé tentando calçar um sapato. "Você vai me algemar?"

"Você vai fugir?"

Ele conseguiu calçar o sapato e cambaleou ao pôr o pé no chão. "Não, cara. Você sabe disso."

Fiz que sim. "Então, nada de algemas."

Ele me deu um sorriso agradecido, levantou o outro pé do chão e começou a saltar novamente tentando calçar o outro sapato. Quando finalmente conseguiu, recuou até o sofá e, ofegante depois de tanto esforço, deixou-se cair. Os sapatos de Tony não tinham cadarços, apenas velcro. Diziam que... ora, deixa pra lá. Dá para imaginar. Tony fechou o velcro e se levantou.

Esperei que ele pegasse uma muda de roupas, seu game boy e alguns gibis para a viagem. Já à porta, ele parou e olhou esperançoso para a geladeira.

"Posso pegar uma para a viagem?"

Achei que uma cerveja não podia fazer nenhum mal a um sujeito que estava indo para a cadeia. "Claro."

Tony abriu a geladeira e arrebanhou logo uma dúzia.

"Sabe", disse ele quando saíamos da cabana, "é para o caso de pegarmos um engarrafamento ou coisa assim."

E de fato pegamos engarrafamentos — um pouco na saída de Lewiston, de Portland e das estações balneárias de Kennebunkport e Ogunquit. A amena manhã estival pouco a pouco se tornava um dia abrasador. Sob o sol a pino, as árvores, as ruas e os outros carros tinham um brilho intenso, quase branco, ofuscante e implacável.

Tony sentou-se na parte de trás da Cherokee 91 preta que comprei quando o motor de meu Crown Victoria pifou na primavera. A Cherokee era ótima para as minhas raras expedições de caça a criminosos, porque tinha uma grade de metal entre o banco da frente e a parte de trás. Tony se acomodou atrás da grade de metal, as costas apoiadas na capa de vinil do pneu sobressalente, esticou as pernas como um gato no peitoril ensolarado de uma janela. Ao abrir a terceira cerveja do começo da tarde, arrotou o gás da segunda.

"Desculpe, cara."

Tony cruzou o olhar com o meu pelo retrovisor. "Desculpe. Não sabia que você fazia tanta questão de..."

"Da educação mais elementar?"

"Isso aí, é."

"Se eu lhe disser que tudo bem arrotar em meu carro, Tony, você vai achar que pode dar uma mijada."

"Não, cara. Mas eu devia ter trazido um balde ou alguma coisa assim."

"Vamos parar na próxima saída da rodovia."

"Você é legal, Patrick."

"Ah, sim. Eu sou o máximo."

E de fato paramos várias vezes no Maine e uma vez em New Hampshire. Isso acontece quando você põe um fugitivo alcoólatra em seu carro com uma dúzia de cervejas, mas, pra falar a verdade, aquilo não me incomodava muito. Eu gostava da companhia de Tony da mesma forma que a gente curte uma tarde com um sobrinho de doze anos um tanto retardado mas muito alegre e boa gente.

A certa altura, quando atravessávamos New Hampshire, o game boy de Tony de repente parou de emitir os bipes e outros sinais eletrônicos. Olhei pelo retrovisor e vi que ele caíra no sono e roncava placidamente, os lábios mexendo-se devagar e um dos pés movendo-se para a frente e para trás feito uma cauda de cachorro.

Acabava de atravessar a fronteira de Massachusetts e apertei o botão de busca automática do rádio, na esperança de pegar a WFNX enquanto ainda estávamos dentro da área do sinal de sua fraca antena, quando ouvi o nome de Karen Nichols em meio à cacofonia de chiados e estalos da estática. Os números digitais desfilaram na tela LED do rádio, antes que este captasse por um breve instante um fraco sinal do 99,6:

"... agora identificada sob o nome de Karen Nichols, residente em Newton, ao que parece saltou do..."

O sintonizador saiu da emissora e pulou para 100,7.

Dei uma leve guinada no carro ao girar o botão de controle manual para voltar à freqüência 99,6.

Tony acordou lá atrás e disse: "Que é isso?".

"Psst", fiz eu levantando o dedo.

"... segundo informações do departamento de polícia. Ainda não se sabe como a senhorita Nichols entrou no terraço panorâmico de Custom House. Agora vamos à previsão do tempo. O meteorologista Gil Hutton prevê mais calor..."

Tony esfregou os olhos. "Que merda, essa história, hein?"

"Você já ouviu falar?"

Ele bocejou. "Vi no noticiário hoje de manhã. A franga mergulhou de cabeça de Custom House, completamente pelada, esqueceu que gravidade mata, cara. Sabia? A gravidade mata."

"Cala a boca, Tony."

Ele recuou como se eu lhe tivesse dado uma porrada, depois se voltou para pegar mais uma cerveja.

Podia haver uma outra Karen Nichols em Newton. Provavelmente muitas. Era um nome americano banal e bastante comum. Tão aborrecido e banal como Mike Smith e Ann Adams.

Mas o frio que se espalhava em minha barriga me dizia que a Karen Nichols que pulara do terraço de Custom House era a mesma que eu conhecera seis meses antes. A que passava as meias a ferro e tinha uma coleção de bichinhos de pelúcia.

Aquela Karen Nichols não parecia ser o tipo de mulher que pula nua de um edifício. Apesar disso, eu sabia. Eu sabia.

"Tony?"

Ele olhou para mim com os olhos tristes de um hamster sob a chuva. "Sim?"

"Desculpe ter gritado com você."

"Tudo bem." Ele tomou um gole de cerveja e continuou olhando para mim apreensivo.

"A mulher que pulou...", disse eu, sem saber direito por que estava me explicando para um sujeito como Tony, "pode ser que seja uma pessoa que eu conheci."

"Mas que merda, cara. Sinto muito. Às vezes as pessoas fazem esse tipo de coisa, sabe?"

Dirigi a atenção para a rodovia, varrida por reflexos de um azul metálico sob o sol forte. Mesmo com o ar-condicionado ligado no máximo, eu sentia o calor pinicando a minha nuca.

Os olhos de Tony lacrimejavam, e o sorriso que trazia no rosto era grande demais, largo demais. "Cara, às vezes você é levado a fazer certas coisas, sabe?"

"Você está falando da bebida?"

Ele balançou a cabeça. "Como essa sua amiga que pulou, sabe?" Ele se ajoelhou, apertou o nariz contra a grade que nos separava. "Como eu... uma vez eu fui no barco de um cara, sabe? Eu não sei nadar, mas eu vou andar de barco. Pegamos uma tempestade, juro por Deus, o barco virava todo para a esquerda, depois todo para a direita, as ondas pareciam uma putas dumas muralhas nos cercando por todos os lados. E, claro, fiquei no maior cagaço, porque, se eu caio, estou perdido. Mas eu também... nem sei como dizer. Eu fiquei assim como se estivesse contente, sabe? Numas de 'Ótimo. Minhas perguntas vão ter resposta. Não vou ter de me preocupar mais com o como, quando e por que eu vou morrer. Vou morrer. Agora mesmo. E isso é uma espécie de alívio'. Você nunca sentiu isso?"

Olhei por cima do ombro o seu rosto pressionado contra os pequenos quadrados de aço, a carne de suas faces estufadas para o meu lado como um colchão de espuma.

"Uma vez", disse eu.

"É mesmo?" Seus olhos se arregalaram e ele se afastou um pouco da grade. "Quando?"

"Um sujeito estava com uma espingarda na minha cara. Eu tinha certeza de que ele ia puxar o gatilho."

"E só por um segundo" — disse Tony, aproximando o indicador e o polegar deixando um espaço mínimo entre os dois —, "só por um segundo você pensou 'Isso podia ser legal'. Certo?"

Sorri para ele pelo retrovisor. "Talvez uma coisa assim. Não me lembro mais."

Ele se agachou. "Foi isso o que senti no barco. Talvez sua amiga... talvez ela tenha se sentido assim na noite passada. Tipo: 'Eu nunca voei. Vamos tentar'. Entende o que estou querendo dizer?"

"Na verdade não." Olhei pelo retrovisor. "Tony, por que você entrou no barco?"

Ele esfregou o queixo. "Por causa que eu não sabia nadar", disse ele, dando de ombros.

Nossa viagem chegava ao fim, a estrada parecia infinita diante de mim, e o cansaço dos últimos cinqüenta quilômetros pesava em meus olhos como um pêndulo de aço.

"Ah, vá", disse eu. "Fala sério."

Tony levantou o queixo, o rosto crispado pelo esforço de pensar.

"Foi por não saber", disse ele, e arrotou.

"Como assim?"

"Foi por isso que fui no barco, acho. Isso que não se sabe, tudo o que a gente não sabe nesta merda de vida, sabe? Isso termina fazendo a gente pirar. Você quer saber de todo jeito."

"Mesmo que não se saiba voar?"

Tony sorriu. "Porque não se sabe voar."

Ele bateu a mão na grade, arrotou novamente e pediu desculpas. Depois se enrodilhou no chão e ficou cantando baixinho a música-tema dos Flintstones.

Quando chegamos a Boston, ele roncava novamente.

4

Quando entrei pela porta da frente com Tony Traverna, Mo Bags levantou a cabeça de seu sanduíche de almôndega e molho italiano e disse: "Ei, imbecil! Como vai?". Eu tinha quase certeza de que ele estava falando com Tony, mas com Mo a gente nunca sabe.

Ele largou o sanduíche, limpou os dedos engordurados e a boca com um guardanapo, deu a volta na escrivaninha, enquanto eu fazia Tony sentar numa cadeira.

Tony disse: "Olá, Mo".

"Não me venha com 'Olá, Mo', seu babaca. Passa o punho."

"Ora vamos, Mo...", disse eu.

"O quê?" Mo enfiou uma algema no punho esquerdo de Tony e prendeu a outra no braço da cadeira.

"Como vai a sua gota?", perguntou Tony, parecendo sinceramente interessado.

"Melhor do que você, estúpido. Melhor do que você."

"Bom ouvir isso", disse Tony, soltando um arroto.

Mo apertou os olhos, voltando-se para mim. "Ele está bêbado?"

"Não sei." Passei os olhos por um *Trib* que estava em cima do divã de couro de Mo. "Tony, você está bêbado?

"Não, cara. Ei, Mo, tem aí um banheiro que eu possa usar?"

"Esse cara está bêbado", disse Mo.

Retirei as páginas de esportes que revestiam o jornal e pude ver a primeira página. Karen Nichols merecera uma manchete acima da dobra: MULHER SALTA DE CUSTOM HOUSE. Ao lado do artigo havia uma foto colorida de Custom House à noite.

"Esse cara está completamente bêbado", disse Mo. "Kenzie?"

Tony arrotou novamente e começou a cantar "Raindrops keep fallin' on my head".

"Certo. Ele está bêbado", disse eu. "Cadê o meu dinheiro?"

"Você deixou ele beber?", disse Mo, ofegante como se tivesse um pedaço de almôndega entalado no esôfago.

Peguei o jornal e li a abertura da notícia. "Mo."

Tony percebeu o tom de minha voz e parou de cantar.

Mo, porém, estava furioso demais para notar. "Eu não entendo, Kenzie. Não entendo porra nenhuma de caras como você. Você quer sujar minha ficha."

"Ela já está suja", disse eu. "Me passe o dinheiro."

A matéria começava assim: "Uma moradora de Newton, aparentemente desesperada, saltou para a morte, na noite passada, do terraço de um dos monumentos mais apreciados de nossa cidade".

Mo perguntou a Tony: "Dá para acreditar no que esse cara diz?".

"Claro."

"Cala a boca, imbecil. Ninguém está falando com você."

"Preciso ir ao banheiro."

"O que foi que eu falei?" Respirando ruidosamente pelas narinas, Mo foi para trás de Tony e deu-lhe um cascudo leve na parte de trás da cabeça.

"Tony", disse eu. "É aquela porta ali. Logo depois do sofá."

Mo riu. "Ora, ele vai levar a cadeira junto?"

Ouviu-se um súbito estalido quando Tony abriu as algemas que lhe prendiam o pulso. Ele se precipitou em direção ao banheiro.

Mo disse: "Ei!".

Tony olhou por cima do ombro. "Eu tenho de ir, cara."

"Identificada como Karen Nichols", continuava o artigo, "a mulher abandonou no terraço sua pasta e suas roupas antes de saltar para a morte..."

Uma massa de carne atingiu meu ombro, voltei-me e vi Mo recuando o punho fechado.

"Que diabo você está fazendo, Kenzie?"

Voltei à leitura do jornal. "Meu dinheiro, Mo."

"Você está namorando com esse estúpido? Você comprou cerveja pra ele pra despertar seu lado romântico?"

O terraço da Custom House fica a uma altura de vinte e seis andares. Se você cai, com certeza vê de relance o topo de Beacon Hill, o Government Center, os arranha-céus do centro financeiro, e finalmente Faneuil Hall e o mercado Quincy. Tudo isso em um ou dois segundos — um turbilhão de tijolos, de vidros e de luzes amarelas, antes de se esborrachar no chão. Uma parte de você bate e volta, a outra não.

"Você está me ouvindo, Kenzie?", disse Mo, tentando me socar de novo.

Esquivei-me do soco, larguei o jornal e apertei sua garganta. Empurrei-o contra a escrivaninha, forçando-o a deitar-se de costas.

Tony saiu do banheiro e disse: "Puta merda. Uau".

"Está em que gaveta?", perguntei a Mo.

Ele arregalou os olhos e me fitou, sem entender.

"Em que gaveta está o meu dinheiro, Mo?"

Diminuí a pressão em sua garganta.

"Na do meio."

"Tomara que não seja um cheque."

"Não, não. É dinheiro vivo."

Eu o soltei e ele ficou ali, ofegando, enquanto eu dava a volta na escrivaninha, abria a gaveta e achava o dinheiro preso num elástico.

Tony sentou-se novamente na cadeira e algemou o próprio punho.

Mo levantou o corpo, pôs os pés no chão, passou a

mão na garganta e ficou tossindo feito um gato engasgado com uma bola de pêlos.

Saí de trás da escrivaninha e apanhei o jornal do chão.

Os olhinhos de Mo turvaram-se de desespero.

Alisei as páginas do jornal, dobrei-o com cuidado e enfiei debaixo do braço.

"Mo", disse eu. "Você está com um berro no coldre do tornozelo esquerdo e uma matraca de chumbo no bolso de trás."

Os olhos de Mo se anuviaram ainda mais.

"Tente sacá-los e eu vou lhe mostrar o tamanho do meu mau humor hoje."

Mo tossiu, abaixou a vista e resmungou com voz rouca: "Seu nome está sujo nessa profissão".

"Bah", disse eu. "Que pena, hein?"

Mo disse: "Você vai ver. Você vai ver. Sem Gennaro, ouvi dizer que você vai ficar sem um tostão. No próximo inverno você estará aqui me implorando trabalho. Implorando".

Olhei para Tony. "Você está bem?"

Ele levantou o polegar.

"Na Nashua Street", eu disse a ele, "há um guarda chamado Bill Kuzmich. Diga a ele que é meu amigo, ele vai lhe dar uma mão."

"Legal", disse Tony. "Será que ele vai me trazer uma biritinha de vez em quando?"

"Ah, claro, Tony. Pode contar com isso."

Li o jornal sentado no meu carro na frente do escritório de fianças de Mo Bags na Ocean Street, em Chinatown. O jornal não dizia muito mais do que eu ouvira no rádio, mas havia uma foto de Karen Nichols tirada da carteira de motorista.

Era a mesma Karen Nichols que me contratara seis meses antes. Na foto ela parecia tão radiosa e inocente como no dia em que a conheci, sorrindo para a câmera como se acabasse de ouvir do fotógrafo que seu vestido era lindo e os sapatos também.

Ela entrara na Custom House à tarde, fizera uma visita guiada no terraço, chegando a comentar com alguém no escritório imobiliário sobre as novas oportunidades de multipropriedade surgidas desde que o governo decidira captar fundos suplementares vendendo um monumento histórico à Marriott Corporation. Mary Hughes, a corretora, lembrava-se de uma mulher distraída, um tanto evasiva sobre a natureza de seu trabalho.

Às cinco horas, quando o acesso ao terraço foi fechado para todos, exceto para residentes munidos do código de desbloqueio das entradas, Karen se escondeu em algum lugar do terraço, e às nove saltou.

Durante quatro horas, ela ficou lá no alto, vinte e seis andares acima do cimento azulado, em dúvida sobre se devia ou não levar aquilo adiante. Eu me perguntava se ela tinha se encolhido a um canto, se se pusera a dar voltas ou se ficara lá do alto, contemplando a cidade, o céu, as luzes. Quanto de sua vida, com seus altos e baixos, com suas súbitas guinadas, ela ficou repassando? Em que momento tudo aquilo se cristalizou até o momento em que ela ergueu as pernas sobre aquela mureta de um metro e vinte de altura para se precipitar no espaço negro?

Botei o jornal no banco do passageiro, fechei os olhos por um instante.

Por trás de minhas pálpebras, ela caía. Pálida e franzina contra um céu noturno, ela caía, a fachada em calcário bege da Custom House passando vertiginosamente por trás dela como uma cascata.

Abri os olhos e vi dois estudantes de medicina de Tufts que, de jaleco branco, sugavam freneticamente seu cigarro enquanto avançavam a passos rápidos pela Ocean.

Levantei os olhos para o letreiro do ESCRITÓRIO DE FIANÇAS MO BAGS e me perguntei de onde me vinha a inspiração para bancar o Durão. Durante toda a vida procurei evitar demonstrações de machismo. Eu tinha certeza de que podia me virar num confronto violento, e isso me bastava, porque tinha a mesma certeza de que, tendo crescido onde cresci, sempre haveria gente mais louca, mais dura e mais malvada que eu. E eles morriam de vontade de provar isso. Quantos sujeitos eu conheci na infância que morreram ou foram para a cadeia, e houve até o caso de um cara que ficou tetraplégico, tudo porque desejavam mostrar ao mundo os grandes fodões que eram. Mas o mundo, segundo minha experiência, é como Las Vegas: você pode ganhar uma ou duas vezes, mas se voltar à mesa de jogo com muita freqüência, se exagerar um pouco nessa coisa de lançar os dados, o mundo vai pôr você em seu lugar e tomar sua carteira, seu futuro, ou os dois.

A morte de Karen Nichols me aborrecia, como era de esperar. Porém, mais do que simplesmente isso, eu começava a me dar conta de que, no curso do último ano, aos poucos fora perdendo o gosto pelo meu trabalho. Estava cansado de caçar devedores, de desmascarar fraudes contra companhias de seguros, de ir atrás de homens que representavam comédia com suas amantes esqueléticas e de mulheres que não se contentavam em trocar bolas com seus professores de tênis argentinos. Eu estava farto, acho, de gente — de seus vícios previsíveis, suas necessidades previsíveis e seus desejos ocultos. A patética estupidez de toda essa espécie desgraçada. E sem Angie para revirar os olhos de vez em quando junto comigo, para fazer um comentário irônico a toda essa triste e maltrapilha mascarada, a coisa já não tinha a menor graça.

Do banco do passageiro, o rosto radioso e esperançoso de Karen Nichols, digno da rainha da festa da escola, me olhava, oferecendo-me seu sorriso de dentes brancos, boa saúde e beatífica ignorância.

Ela viera a mim em busca de ajuda. Achei que lhe tinha dado, e talvez tivesse mesmo. Durante os seis meses seguintes, porém, ela se distanciara de uma tal forma da pessoa que eu conhecera que bem podia haver uma desconhecida no corpo que caíra de Custom House na noite anterior.

47

Ah, sim, e o pior de tudo... ela me telefonara. Seis semanas depois que eu dera um jeito em Cody Falk. Quatro meses antes de sua morte. Em algum momento daquele terrível processo de desintegração.

E eu não respondi ao seu telefonema.

Eu estava ocupado.

Ela se afogava, e eu estava ocupado.

Lancei mais um olhar ao seu rosto e resisti ao impulso de desviar os olhos de seus olhos cheios de esperança.

"Tudo bem", disse eu em voz alta. "Tudo bem, Karen. Vou ver o que posso descobrir. Vou ver o que posso fazer."

Uma chinesa que passava na frente do carro me viu falando sozinho. Ela olhou para mim. Fiz-lhe um aceno. Ela balançou a cabeça e seguiu o seu caminho.

Ela continuava a balançar a cabeça quando dei partida no carro.

Maluco, ela parecia estar pensando. Como todo mundo neste nosso planeta desgraçado. Somos todos muito loucos.

5

A primeira impressão que temos dos desconhecidos, no primeiro encontro, muitas vezes é correta. O cara que está sentado ao seu lado num bar, por exemplo, de camisa azul, unhas sujas e cheirando a óleo diesel — pode ter certeza de que é mecânico. Querer ir além disso é arriscado, mas é uma coisa que a gente faz o tempo todo. Nosso mecânico — certamente tenderemos a pensar — bebe Budweiser, gosta de futebol e de filmes em que um monte de coisas explodem. Mora num apartamento que cheira como suas roupas.

Há uma boa probabilidade de que essas suposições sejam certas.

E uma boa probabilidade de que não sejam.

Quando conheci Karen Nichols, imaginei que ela crescera num bairro elegante, no seio de uma classe média bem estabelecida, e passara seus anos de formação ao abrigo de desentendimentos e confusões, longe de pessoas não-brancas. Imaginei também (tudo isso num átimo, no tempo de um aperto de mão) que seu pai era um médico ou um pequeno empresário de sucesso, dono, talvez, de uma pequena cadeia de lojas de equipamentos para golfe. Supus também que a mãe, depois de cuidar da casa e dos filhos quando eles estavam em idade escolar, arranjara um emprego de meio período numa livraria ou num escritório de advocacia.

A verdade é que quando Karen Nichols tinha seis anos de idade, seu pai, um tenente da marinha estacionado em Fort Devens, foi morto a tiros por outro tenente, na cozinha da casa de Karen. O nome do assassino era Reginald Crowe, a quem Karen chamava de tio Reggie, embora na verdade eles não fossem parentes consangüíneos. Ele era o melhor amigo de seu pai, morava na casa ao lado, e atirara no peito dele duas vezes com um 45, quando ambos estavam tomando as costumeiras cervejas de sábado à tarde.

Karen, que estava na casa vizinha brincando com os filhos de Crowe, ouviu os tiros, correu para casa e deparou com o pai estendido aos pés do tio Reggie. Ao ver Karen, o tio Reggie apontou o revólver para o próprio peito e disparou.

Havia uma fotografia dos dois cadáveres, que algum diligente repórter do *Trib* encontrara nos arquivos de Fort Devens e publicara no jornal, dois dias depois de Karen ter saltado para a morte.

Lia-se na manchete da página 3, que trazia o relato do caso: A SUICIDA ERA ATORMENTADA PELOS FANTASMAS DO PASSADO, e a história serviu para animar por no mínimo meia hora a conversa em volta dos bebedouros de toda a cidade.

Eu nunca teria imaginado que Karen, aos seis anos de idade, tinha sido uma testemunha tão próxima do horror. A casa no bairro elegante e afastado veio alguns anos depois, quando sua mãe se casou com um cardiologista que morava em Weston. A partir daí, Karen Nichols cresceu tranqüila e livre de preocupações.

E embora eu tivesse quase certeza de que a mídia dera um certo destaque ao seu suicídio por causa do edifício de onde ela pulara, e não pelas razões que motivaram seu gesto, eu me dizia também que ela se tornara, pelo menos por algum tempo, o símbolo macabro da maneira como o mundo, ou o destino, destrói os nossos sonhos. Porque depois de nosso primeiro e único encontro, seis meses antes, Karen Nichols escorregara num declive mais íngreme que a face norte do Eiger.

Um mês depois que resolvi seu problema com Cody Falk, o namorado dela, David Wetterau, tropeçou ao atravessar a Congress Street fora da faixa, na hora do rush. O tropeção não teve nenhuma conseqüência grave — uma queda de joelhos que abriu um buraco numa perna da calça —, mas quando ele estava no chão, um Cadillac, tentando desviar-se dele, atingiu-o na fronte com a quina do pára-lama traseiro. Desde então Wetterau ficou em coma.

No decorrer dos cinco meses seguintes Karen Nichols foi se afundando cada vez mais, perdendo o emprego, o carro e finalmente o apartamento. Nem mesmo a polícia conseguiu descobrir onde ela estava morando nos últimos dois meses. Apareciam psiquiatras nos noticiários para explicar que o acidente de David Wetterau, associado ao fim trágico de seu pai, destruíra alguma coisa na psique de Karen, cortando as amarras que a prendiam a preocupações e pensamentos convencionais, terminando por levá-la à morte.

Tive uma educação católica, por isso não ignoro a história de Jó, mas o cortejo de desgraças que se abateu sobre Karen Nichols nos meses que antecederam sua morte me incomodava. Eu sei que a boa sorte, tanto quanto a má, nunca vem sozinha. Sei que a má sorte se arrasta por muito, muito tempo, com uma desgraça levando a outra, até que todas elas, pequenas e grandes, parecem explodir como uma enfiada de petardos no 4 de Julho. Eu sei que, às vezes, simplesmente acontecem coisas ruins a pessoas boas. Ainda assim, se as coisas começaram com Cody Falk, achei que talvez não tivessem parado depois de minha intervenção. Claro, nós lhe pregamos um tremendo susto, mas as pessoas são estúpidas, principalmente os predadores. Talvez ele tivesse superado o medo e resolvido atacar Karen pelos flancos, e não de frente, decidira destruir seu frágil universo por ter açulado a mim e a Bubba contra ele.

Concluí que Cody precisava receber outra visita.

Primeiro, porém, eu queria conversar com os policiais que estavam investigando a morte de Karen. Quem sabe eles pudessem me dar alguns elementos para evitar que eu chegasse à casa de Cody despreparado para a incursão.

"São os detetives Thomas e Stapleton", me disse Devin. "Vou dizer a eles que falem com você. Mas espere alguns dias."

"Eu gostaria de entrar em contato mais depressa."

"E eu adoraria tomar um banho com Cameron Diaz. Mas nenhuma dessas duas coisas vai acontecer."

Sendo assim, esperei. E esperei. Finalmente deixei alguns recados e reprimi a vontade de ir atrás de Cody Falk e arrancar dele respostas, antes de saber que perguntas devia fazer.

Em meio à longa espera, fiquei ansioso e copiei da ficha de Karen seus últimos endereços de que se tinha notícia, vi nos jornais que ela trabalhara na seção de abastecimento do Hotel Four Seasons, e saí do escritório.

A pessoa que dividira um apartamento com Karen Nichols chamava-se Dara Goldklang. Enquanto falava na sala de estar que dividira com Karen durante dois anos, Dara corria numa esteira rolante de frente para a janela como se estivesse na reta final de uma pista de corrida. Ela estava com um top branco esportivo e short preto de elastano, e ficava o tempo todo olhando para mim por cima do ombro.

"Até o acidente de David", disse ela, "ela raramente ficava por aqui. Sempre na casa de David. Em geral, ela vinha pegar a correspondência, lavava roupa e ia passar a semana na casa de David. Ela era doida pelo cara. Vivia para ele."

"Como ela era? Só encontrei com ela uma vez."

"Karen era uma pessoa doce", disse ela, emendando quase imediatamente: "Você acha minha bunda muito grande?".

"Não."

"Você não olhou", disse ela, bufando e continuando a correr. "Vamos, olhe. Meu namorado diz que ela está cada vez maior."

Voltei a cabeça. Sua bunda era do tamanho de uma maçã. Se o namorado dela achava que era grande, eu me perguntava em que menina de doze anos ele vira uma menor.

"Seu namorado está errado." Acomodei-me numa espécie de sofá de couro vermelho sustentado por uma concha e uma base de vidro. Talvez tenha sido o móvel mais feio que vi até hoje. Com certeza foi o mais feio em que me sentei.

"Ele diz que preciso fortalecer minhas panturrilhas."

Olhei para os músculos de suas panturrilhas. Eles pareciam pedras chatas avultando sob a pele.

"E dar um jeito nos peitos", disse ela, ofegante. Ela se voltou para que eu pudesse dar uma olhada em seus seios sob o top. Eles tinham mais ou menos o tamanho, a forma e a firmeza de duas bolas oficiais de beisebol.

"O que seu namorado faz?", perguntei. "Dá aulas de educação física?"

Ela riu, e sua língua descansou sobre o lábio inferior. "Por faa-voor. Ele é corretor de valores na State Street. O corpo dele é feio. É como se ele tivesse um pequeno Buda sob os músculos abdominais. Seus braços são magros e a bunda já está começando a ficar mole."

"E mesmo assim ele quer que você seja perfeita?"

Ela fez que sim.

"Parece uma coisa hipócrita", disse eu.

Ela levantou as mãos. "Sim, bem, eu ganho vinte e dois mil e quinhentos por ano como gerente de restaurante, e ele tem uma Ferrari. Como sou frívola, não é?" Ela deu de ombros. "Gosto da mobília do apartamento dele, gosto de comer no Café Louis e no Aujourd'hui. Gosto deste relógio que ele comprou para mim."

Ela levantou o pulso para que eu o visse. Era um

modelo esportivo, de aço inoxidável, que valia uns mil dólares ou mais, de forma que ela estava bem equipada para uma sessão de ginástica.

"Muito bonito", disse eu.

"Que carro você tem?"

"Um Escort", menti.

"Está vendo?" Ela sacudiu o dedo por cima do ombro. "Você é legal e tudo, mas com essas roupas, esse carro...?" Ela balançou a cabeça. "Ah, não. Eu não dormiria com um cara como você."

"Não me lembro de ter pedido isso."

Ela girou a cabeça em minha direção, olhou para mim enquanto novas gotas de suor brotavam em sua testa. Então ela riu.

Ri também.

Que divertimento naqueles trinta segundos!

"Então, Dara", disse eu. "Por que Karen perdeu o lugar dela neste apartamento?"

Ela se virou para a janela. "Bem, foi triste, sabe? Karen, como eu disse, era uma pessoa doce. Era também meio... bem, ingênua... você sabe o que quero dizer. Ela não tinha o senso prático das realidades."

"Senso prático das realidades", eu repeti devagar.

Ela fez que sim. "É assim que meu terapeuta chama — sabe, as coisas que nos servem de base, e não apenas pessoas, mas preceptores e..."

"Preceptores?", perguntei.

"Ahn?"

"Preceptores", disse eu, "são professores encarregados da educação de crianças. Preceitos são princípios, artigos de fé."

"Certo. Foi isso que eu disse. Preceitos e princípios e, sabe, os pequenos ditados, ideais e filosofias a que nos agarramos para agüentar a barra a cada dia. Karen não tinha nada disso. Tinha apenas David. Ele era sua vida."

"Aí, quando ele se acidentou..."

Ela balançou a cabeça. "Ei, não me julgue mal. Eu

entendo o quanto foi traumático para ela." Suas costas estavam cobertas de suor e sua pele brilhava ao sol da tarde. "Senti muito por ela, chorei por ela. Mas, depois de um mês inteiro nessa toada, eu disse a mim mesma: 'A vida continua'."

"Esse seria um de seus princípios?"

Ela olhou por cima do ombro para ver se eu estava rindo da sua cara. Mantive o olhar tranqüilo e empático.

Ela fez que sim. "Mas Karen passava o dia dormindo, andando com as roupas do dia anterior. Às vezes dava para sentir que não estava cheirando nada bem. Ela simplesmente... bem, ela se afundou, sabe? E era uma coisa triste, partia meu coração, mas de novo pensei... É tocar a bola pra frente."

Princípio número dois, imaginei.

"Certo? Eu até tentei arranjar alguém para ela."

"Outro homem?"

"Sim!", respondeu ela rindo. "Quer dizer, tudo bem, David era o máximo. Mas David agora é um *vegetal*. Quer dizer, 'Olá! Bata o quanto quiser, não tem mais ninguém em casa'. Há outros peixes no mar. Isto aqui não é *Romeu e Julieta*. É a vida real. A vida é dura. Então, eu disse: 'Karen, você tem de sair e encontrar uns caras. Quem sabe uma boa transa não lhe poria as idéias no lugar?'."

Ela olhou por cima do ombro enquanto apertava um botão da esteira rolante várias vezes. A esteira foi diminuindo a velocidade até chegar ao ritmo de um velhinho passeando no calçadão. Suas passadas foram ficando mais largas, mais lentas e frouxas.

"Agi errado?", ela perguntou olhando para a janela.

Deixei a pergunta sem resposta. "Quer dizer então que Karen estava deprimida, dormia o dia inteiro. Ela faltava ao trabalho?"

Dara Goldklang fez que sim. "Foi por isso que a mandaram embora. Faltava demais. E quando ia trabalhar, parecia um trapo velho, você sabe: cabelos engordurados, sem maquiagem, meias desfiadas."

"Meu Deus do céu", disse eu.

"Olhe, eu a avisei. Avisei mesmo."

A esteira parou completamente, Dara Goldklang desceu, enxugou o rosto e o pescoço com uma toalha, bebeu um pouco de água de uma garrafa de plástico. Ela abaixou a garrafa, lábios ainda crispados, e seu olhar procurou o meu.

Quem sabe ela estava tentando esquecer minhas roupas e o carro que pensava que eu tinha. Quem sabe estava pensando em se rebaixar, refrescar as idéias aplicando o método a que parecia acostumada.

Eu disse: "Então ela perdeu o emprego e foi ficando dura".

Ela inclinou a cabeça para trás, abriu a boca, derramou um pouco de água sem que os lábios ao menos tocassem na garrafa. Engoliu algumas vezes, depois voltou a cabeça à posição normal e enxugou os lábios devagar, com uma ponta da toalha.

"Antes disso ela já estava sem um puto. Porque tinha um problema no seguro-saúde de David."

"Que tipo de problema?"

Ela deu de ombros. "Karen estava tentando pagar as contas do hospital. Elas eram gigantescas. Ela ficou sem um tostão. Eu disse, sabe, um ou dois meses sem pagar o aluguel, tudo bem. Não gosto disso, mas entendo. Mas, no terceiro mês, pensei: ela tem de ir embora se não puder dar um jeito. Quer dizer, nós éramos amigas e tudo... boas amigas... mas é a vida."

"A vida", disse eu. "Claro."

Seus olhos se arregalaram quando ela balançou a cabeça. "A questão é a vida, certo? Ela é como um trem. Ele está sempre em movimento e você tem de correr na frente dele, certo? Se você pára durante muito tempo para recuperar o fôlego, ele passa por cima. Então, mais cedo ou mais tarde você tem de parar de ficar pensando nos outros e pensar em si mesmo."

"Um belo princípio", disse eu.

Ela sorriu, andou em direção à cadeira horrível e me estendeu a mão. "Quer que eu o ajude a levantar?"

"Não, estou bem. A cadeira não é tão ruim."

Ela riu, sua língua descansou sobre o lábio inferior novamente, como Michael Jordan preparando-se para mais uma cesta.

"Eu não estava falando da cadeira."

Eu me levantei e ela recuou. "Eu sei que não, Dara."

Ela pôs uma mão na região sacra e se inclinou para tomar outro gole de água. "E qual é o problema, exatamente?", disse ela em tom cantante.

"Eu tenho meus critérios", respondi, me dirigindo à porta.

"Em relação a desconhecidos?"

"Em relação a seres humanos", respondi, e caí fora.

6

O interior da Pickup on South Street, a empresa de material cinematográfico recentemente criada por David Wetterau, era um vasto depósito repleto de câmeras de 18 e de 35 milímetros, lentes, lâmpadas, filtros, tripés, gruas de filmagem e trilhos para essas gruas. Ao longo da parede leste havia mesinhas parafusadas ao chão, a espaços de três metros, onde jovens trabalhavam inspecionando equipamentos. Junto à parede oeste, um rapaz e uma moça faziam rolar uma enorme grua sobre os trilhos, a mulher sentada lá no alto, manobrando um volante parecido com o de um caminhão.

Os empregados ou estagiários, de ambos os sexos, formavam um mar de bermudões, camisetas amarrotadas, tênis de lona e botas Doc Martens sem meias, e todos eles tinham pelo menos um brinco ornando a cabeça submersa numa montanha de cabelo, ou sem cabelo nenhum. Eu simpatizava com eles, provavelmente porque me lembravam os colegas com quem eu andava na faculdade. Rapazes e moças descontraídos, olhar febril de ambição artística, do tipo que quando bebe fala pelos cotovelos, e um conhecimento enciclopédico das melhores lojas de discos usados, dos melhores sebos, dos melhores brechós — em suma, de quaisquer fornecedores de artigos de segunda mão.

A Pickup on South Street fora fundada por David Wetterau e Ray Dupuis. Ray Dupuis era um dos caras de cabeça raspada, e a única coisa que o distinguia dos demais era o fato de parecer alguns anos mais velho e sua camiseta amarrotada ser de seda. Ele pôs seus tênis Chuck Taylors em cima da escrivaninha toda riscada que fora trazida às pressas para o meio daquele caos, recostou-se numa cadeira de escritório de couro sujo e indicou num gesto largo a bagunça à sua volta.

"Meu reino", disse ele com um sorriso irônico.

"Muito trampo?"

Ele passou os dedos nas bolsas escuras sob os olhos. "Ah, sim."

Dois sujeitos entraram a passo acelerado no depósito. Iam lado a lado, procurando andar emparelhados, ainda que parecessem estar correndo a toda a velocidade. O da esquerda tinha o que parecia a combinação de uma câmera e um detector de metal amarrado ao peito, e um pesado cinturão em volta da cintura com bolsos enormes que lembravam os cinturões de munição dos soldados.

"Avance um pouquinho, um pouquinho", disse o *cameraman*.

O jovem do outro lado fez o que ele pediu.

"Agora! Pare e volte! Pare e volte!"

O outro parou, girou sobre os calcanhares e começou a correr no sentido contrário, no que foi logo imitado pelo *cameraman*.

Então ele parou, levantou as mãos e gritou: "Aaron! Você chama isso de acertar o foco?".

Um monte de trapos encimado por uma cabeleira negra desgrenhada e um bigode descaído à la Fu Manchu desviou os olhos do controle remoto em sua mão. "É o que estou fazendo, Eric. O problema são os projetores, cara."

"Conversa!", berrou Eric. "Os projetores estão em ordem."

Ray Dupuis sorriu e desviou o olhar de Eric, que parecia prestes a explodir de raiva.

"Esse pessoal da Steadicam...", disse Dupuis. "São como estrelas do futebol. Hiperespecializados, hipersensíveis."

"Aquele troço no peito dele é uma Steadicam?", perguntei.
Ele fez que sim.
"Sempre achei que era sobre rodas."
"Não."
"Quer dizer então que a cena de abertura de *Nascido para matar*", disse eu, "era um sujeito andando em volta daquelas barracas de campanha com uma câmera amarrada ao peito?"
"Claro. A mesma coisa naquela seqüência de *Os bons companheiros*. Você acha que eles iam fazer a máquina rolar descendo os degraus?"
"Nunca pensei nisso por esse ângulo."
Ele acenou com a cabeça para o rapaz do controle remoto. "E ele é o operador que está tentando acertar o foco à distância."
Olhei novamente para o jovem, enquanto eles se preparavam para refilmar a cena, ajustando tudo o que precisava ser ajustado.
Sem saber o que falar, terminei dizendo: "Legal".
"Quer dizer que é cinéfilo, senhor Kenzie?"
Fiz que sim. "Pra falar a verdade, gosto mais dos filmes antigos."
Ele ergueu as sobrancelhas: "Então você sabe de onde tiramos o nome de nossa empresa?".
"Claro", disse eu. "Sam Fuller, 1953. Um filme horrível, um grande título."
Ele sorriu. "Era exatamente isso que David dizia." Ele apontou para Eric, que passava por nós em velocidade novamente. "Era aquilo que David ia pegar no dia em que se acidentou."
"A Steadicam?"
Ele fez que sim. "É por isso que não entendo", acrescentou ele.
"Não entende o quê?"
"O acidente. Ele não devia estar onde estava."
"Na esquina da Congress com a Purchase?"
"Sim."

"Onde ele devia estar?"

"Em Natick."

"Natick", disse eu. "Terra do jogador Doug Flutie e das moças de cabelão?"

Ele balançou a cabeça. "Sem contar o centro comercial Natick, claro."

"Claro. Mas Natick fica a uns trinta quilômetros de distância."

"Isso mesmo. E era lá que estava a Steadicam", disse ele, indicando a câmera com um gesto de cabeça. "Em comparação com ela, todos esses equipamentos que temos aqui — e alguns custam uma verdadeira fortuna — não passam de bugigangas. O cara de Natick estava vendendo uma a preço de banana. David correu para lá, mas não chegou. Não se sabe por quê, ele voltou e foi para aquela esquina." Ele apontou pela janela em direção ao centro financeiro, alguns quarteirões ao norte.

"Você contou isso à polícia?"

Ele fez que sim. "Eles me procuraram alguns dias depois, disseram ter absoluta certeza de que foi um acidente. Conversei longamente com um detetive e terminei convencido de que eles tinham razão. David tropeçou em plena luz do dia, diante de umas quarenta testemunhas. Portanto, não ponho em dúvida o fato de que foi um acidente. O que eu queria saber é por que diabos ele deu meia-volta antes de chegar a Natick e vir para cá. Eu disse isso ao detetive, e ele me respondeu que seu trabalho era verificar se tinha sido um acidente. E quanto a isso ele estava satisfeito. Tudo o mais era 'irrelevante'. Palavras dele."

"E você?"

Ele esfregou a cabeça lisa. "David não era irrelevante. David era simplesmente um sujeito formidável. Não estou dizendo que era perfeito. Ele tinha lá seus defeitos, certo, mas..."

"Por exemplo?"

"Bem, ele não entendia nada de administração e era

um tremendo paquerador quando Karen não estava por perto."

"E ele a traía?", perguntei.

"Não", disse ele, balançando a cabeça enfaticamente. "Não, era mais uma questão de provar que ainda agradava. Ele gostava da atenção de mulheres bonitas, de saber que elas o apreciavam. Claro, era uma coisa pueril, e talvez de tanto brincar com fogo ele terminasse por se queimar, mas pode acreditar: ele amava Karen e estava decidido a se manter fiel a ela."

"Fiel no corpo, se não no espírito", disse eu.

"Exatamente", disse ele com um sorriso, depois suspirou. "Ouça, eu banquei esta empresa com o dinheiro de meu pai, certo? Eu avalizei os empréstimos. Sem meu nome, esta empresa nunca ia decolar. Tenho grande paixão por ela e não sou bobo, mas David... ele tinha talento. Ele era a cara e a alma desta empresa. As pessoas fechavam negócios conosco porque David saía e fazia os contatos. David procurava as empresas de cinema independentes, os industriais, o pessoal dos departamentos comerciais. Foi David quem convenceu a Warner Brothers a comprar de nós a grua de filmagem Panther quando eles estavam fazendo aquele filme do Costner aqui no ano passado. E, como eles gostaram da grua, nos procuraram para repor suas câmeras 35 milímetros, seus projetores, filtros, suportes de microfone." Ele deu um risinho. "Eles estavam sempre quebrando alguma coisa. Numa dessas, começaram a transferir seu material para nossa câmera Rank, e a segunda equipe passou a trabalhar com nossas Avids. E foi David quem fez todo esse dinheiro entrar, não eu. David tinha charme e muito pique, porém, mais que isso, inspirava confiança. Sua palavra valia, e ele nunca sacaneava ninguém num negócio. David com certeza garantiria o sucesso desta empresa. Mas, sem ele?" Ele lançou o olhar em volta da sala e, com um sorriso triste e um leve sacudir de ombros diante de toda aquela juventude, de toda aquela energia e equipamentos, falou: "Provavelmente vamos afundar dentro de um ano e meio".

"Quem sai ganhando se isso acontecer?"

Ele refletiu um pouco sobre isso, bateu nos joelhos nus com as mãos: "Alguns concorrentes, acho, mas não de modo significativo. Não tínhamos tantos negócios assim, e, se formos à falência, não vai sobrar muita coisa para a concorrência açambarcar".

"Vocês têm esse contrato com a Warner Brothers."

"É verdade. Mas foi a Eight Millimeter que pegou o filme de Branagh que a Fox Searchlight rodou aqui, e a Martini Shot, o filme de Mamet. Quer dizer, todos tínhamos nossa fatia do bolo, e nenhuma era pequena ou grande demais. Posso lhe garantir que ninguém vai ganhar milhões e nem mesmo centenas de dólares porque David saiu de cena." Ele pôs as mãos atrás da cabeça e olhou para as vigas de aço e tubulações aparentes do sistema de aquecimento. "Mas bem que ia ser legal. Como David costumava dizer, talvez não ficássemos ricos, mas com certeza viveríamos com conforto."

"E quanto ao seguro?"

Ele pressionou a cabeça para a frente com as mãos, os cotovelos enquadrando-lhe o rosto. "O que tem o seguro?"

"Ouvi dizer que Karen Nichols ficou a zero, tentando pagar as despesas médicas de David."

"E isso o levou a concluir que..."

"Que ele não tinha seguro."

Ray Dupuis ficou me examinando, pálpebras abaixadas, o corpo imóvel. Esperei, mas depois de um minuto sob aquele olhar terminei por levantar as mãos num gesto enfático.

"Ouça, Ray, não estou desconfiando de ninguém aqui. Você teve de se mostrar criativo em matéria de finanças para evitar que o barco afundasse? Tudo bem. Ou você..."

"Foi David", disse ele calmamente.

ta você ser esperto para notar. Barbara Bel Geddes em *Um corpo que cai*, se Jimmy Stewart fosse esperto o bastante para ver o que ela escondia por trás dos óculos."

"Sim."

"Era uma coisa meio surrealista."

"Como assim?"

"Bem, não existem mulheres como Karen, a não ser no cinema."

"Você quer dizer que era tudo fingimento?"

"Não. É que eu simplesmente não tinha certeza se Karen sabia quem ela era. Como se tivesse feito tanto esforço para encarnar um ideal que terminou por perder contato com a própria personalidade."

"E quando David se acidentou?"

Ele deu de ombros. "Ela se segurou por algum tempo, e aí afundou, cara. Que dizer, foi horrível ver aquilo. Ela veio aqui, e tive vontade de lhe pedir a carteira de identidade para me certificar de que era a mesma pessoa. Estava sempre muito bêbada. Completamente perdida. Sabe, era como se ela tivesse vivido a vida inteira em um filme, e o filme chegasse ao fim."

Eu não disse nada.

"É como essas crianças que trabalham como atores", disse ele. "Elas desempenham um papel o quanto podem, mas estão travando uma batalha perdida contra a evolução hormonal. Um dia elas acordam, já não são crianças nem estrelas de cinema, não existem mais papéis para elas, e elas afundam."

"E então Karen..."

Seus olhos se anuviaram por um instante e ele expirou ruidosamente. "Meu Deus, ela me partia o coração. O coração de todos nós. Ela vivia para David. Todos que os viam por dois segundos percebiam isso. E, quando David se acidentou, ela morreu. Só que seu corpo levou quatro meses para segui-lo."

Ficamos em silêncio por um instante, e eu lhe passei a carta endereçada à companhia de seguros. Ele a segurou por um instante e lançou um olhar a ela. Finalmente ele deu um sorriso amargo.

"Não tem 'P'", disse ele balançando a cabeça.

"Como assim?"

Ele virou a carta para que eu pudesse ver. "O segundo nome de David era Philip. Quando abrimos esta empresa, de repente ele assinou o nome com um grande 'P' no meio. Só nos documentos e cheques da empresa, e em nenhum outro lugar. Eu costumava dizer que o 'P' queria dizer 'pretensioso', só pra tirar um sarro dele."

Olhei para a assinatura. "Mas aí não tem nenhum 'P'."

Ele balançou a cabeça e deixou cair a carta na gaveta. "Imagino que ele não estava se sentindo muito pretensioso naquele dia."

"Ray."

"Sim?"

"Você pode me dar uma cópia dessa carta e algum outro documento com a assinatura dele *com* o 'P'?"

Ele sacudiu os ombros. "Claro." Ele pegou um memorando em que David assinara com um portentoso 'P'.

Acompanhei-o a uma máquina Xerox encardida, e ele pôs a carta sob a tampa.

"O que é que você está imaginando?"

"Ainda não sei bem."

Ele pegou a cópia na bandeja e me passou. "É só um 'P', senhor Kenzie."

Balancei a cabeça. "Você tem algum documento com a sua assinatura?"

"Claro." Ray me levou ao lugar onde estava a escrivaninha e me entregou um memorando escrito e assinado por ele.

"Sabe qual é a manha da falsificação?", disse eu enquanto virava o memorando de ponta-cabeça.

"Uma boa caligrafia?"

Balancei a cabeça. "Gestalt."

"Gestalt."

"Você vê a assinatura como um todo, não um ajuntamento de letras."

Com todo o cuidado, sob a assinatura dele de cabeça para baixo, copiei com uma caneta a forma que tinha sob meus olhos. Quando terminei, virei a folha de papel e lhe mostrei.

Ele a examinou, abriu a boca e arqueou as sobrancelhas. "Nada mau. Uau!"

"E essa foi minha primeira tentativa, Ray. Pense no que eu poderia fazer com a prática."

7

Liguei novamente para Devin e o acordei.
"Teve alguma sorte com a senhorita Diaz?"
"Nenhuma. As mulheres... sabe como é."
"Não consigo falar com a detetive Thomas nem com Stapleton. Eles não me ligam de volta."
"Stapleton era um dos protegidos de Doyle. É por isso."
"Ah."
"Mesmo que você tivesse visto Hoffa* tomando um café num boteco, Stapleton não responderia ao seu telefonema."
"E a detetive Thomas?"
"Essa é menos previsível. E hoje está trabalhando sozinha."
"Tenho uma chance, então."
"Vocês, *micks*...** Que posso dizer a você? Fique na linha. Deixe-me ver onde ela está."

Esperei uns dois ou três minutos, e ele voltou à linha. "Você tem uma dívida comigo. Preciso lembrá-lo?"
"É evidente", disse eu.
"Sempre é evidente", disse Devin com um suspiro. "A detetive Thomas está num caso de morte-por-estupidez

(*) Hoffa: líder sindical americano que desapareceu em 1975. (N. T.)
(**) Micks: termo pejorativo para irlandeses. (N. T.)

em Back Bay. Você pode encontrá-la na ruazinha entre a Newbury e a Commom."

"Perto de que cruzamento?"

"Darthmouth com Exeter. Não se meta com ela. Ela é jogo duro, cara. É capaz de te comer e te cuspir fora, sem nem ao menos piscar."

A detetive Joella Thomas saiu da ruela que dava para a Dartmouth Street e se abaixou para passar sob a fita da cena do crime, ao mesmo tempo que descalçava as luvas de borracha. Do outro lado da fita amarela, ergueu o corpo, tirou a primeira luva com um movimento brusco e sacudiu a mão para fazer sair o talco branco de sua pele negra. Ela gritou para um sujeito que estava sentado no pára-choque da van do médico-legista.

"Larry, ele é todo seu."

Larry nem ao menos levantou a cabeça da página de esportes do jornal. "Ele continua morto?"

"Cada vez mais", disse Joella tirando a outra luva, notando que eu estava ao seu lado, mas mantendo os olhos em Larry.

"Ele lhe disse alguma coisa?", disse Larry, virando uma página do jornal.

Joella Thomas rolou uma pastilha Life Savers de um lado para o outro da boca e balançou a cabeça. "Disse que o 'outro mundo'..."

"Sim?"

"Não passa de uma grande festa."

"Que bom. Vou dizer a minha mulher." Larry dobrou o jornal, jogou-o dentro da van atrás dele. "Esse Sox só enche o saco, sabe o que quero dizer?"

Joella Thomas sacudiu os ombros. "Sou fã de hóquei."

"O Bruins também enche o saco." Larry nos deu as costas para procurar alguma coisa dentro da van.

Joella Thomas, que já estava se voltando, pareceu lembrar-se de minha presença. Virou a cabeça devagar em minha direção, olhou para mim através das lentes dos óculos escuros sem armação. "Sim?"

"Detetive Thomas?", disse eu, estendendo a mão.

Ela me apertou rapidamente os dedos e ajeitou os ombros de forma a ficar de frente para mim.

"Patrick Kenzie. Devin Amronklin deve ter lhe falado de mim."

Ela inclinou a cabeça, e eu ouvi a pastilha bater num dente de trás. "Você não podia me procurar na delegacia, senhor Kenzie?"

"Pensei em adiantar as coisas."

Ela enfiou as mãos nos bolsos da jaqueta e se inclinou ligeiramente para trás. "Não, você não gosta de entrar em delegacias desde que causou a baixa de um policial. Estou enganada, senhor Kenzie?"

"As celas ficam próximas demais."

"Hum." Ela recuou um pouco para deixar passar Larry e outros dois policiais forenses.

"Detetive", disse eu. "Sinto muito que uma investigação minha tenha levado à prisão um de seus cole..."

"Blá-blá-blá", fez Joella Thomas abanando a mão diante de meu rosto. "Não se preocupe com ele, senhor Kenzie. Ele era da velha escola, da velha guarda." Ela se voltou para a calçada. "Pareço-lhe da velha escola?"

"De jeito nenhum."

Magra e espigada, Joella Thomas devia ter bem um metro e oitenta. Estava com uma jaqueta oliva trespassada sobre uma camiseta preta. Seu distintivo dourado pendia de um fio de náilon em volta do pescoço e combinava com as três argolas do brinco da orelha esquerda. A orelha direita era nua e lisa como sua cabeça raspada.

Enquanto nos deixávamos ficar ali na calçada, o calor aumentava cada vez mais e o orvalho da manhã se evaporava numa fina névoa. Aquela manhã de domingo mal começava, as cafeteiras Krups dos yuppies já deviam estar funcionando e os donos de cachorros preparavam-se para levá-los a passear.

Joella removeu o invólucro de papel-alumínio de suas pastilhas Life Savers e tirou uma. "Menta?"
Ela me estendeu o cartucho e eu peguei uma. "Obrigado."
Ela recolocou o cartucho no bolso da jaqueta, olhou para a ruela, depois para o telhado do prédio fronteiro.
Segui o seu olhar. "Ele pulou?"
Ela balançou a cabeça. "Caiu. Foi para o telhado para tomar um pico durante uma festa. Sentou na beirada, injetou a droga e ficou contemplando as estrelas." Ela imitou o movimento de alguém inclinando-se para trás. "Deve ter visto um cometa."
"Ai", fiz eu.

Joella Thomas partiu o bolinho de aveia, mergulhou-o na enorme caneca de chá e levou-o à boca. "Então você quer informações sobre Karen Nichols."
"Sim."
Ela mastigou e tomou um gole de chá. "Você acha que ela pode ter sido empurrada?"
"Ela foi?"
"Negativo." Ela se recostou na cadeira e ficou olhando um velho jogar migalhas de pão para uns pombos lá fora. Com o pequeno rosto estreito e o nariz curvo, o velho se parecia com as aves que alimentava. Estávamos no Jorge's Café de Jose, a uns cem metros do lugar onde aconteceu a tragédia. O Jorge's servia nove tipos de bolinhos, quinze de sonho, cubos de tofu, e parecia ter monopolizado o mercado de farelo de trigo.
"Foi suicídio", disse Joella Thomas sacudindo os ombros. "Absolutamente claro: morte por gravidade. Não há sinais de luta, tampouco marcas de solas de sapatos que não os da vítima nas imediações do lugar de onde ela saltou. Diabo, não podia ser mais claro."
"E o suicídio dela fazia sentido?"
"Como assim?"

"O fato de estar deprimida por causa do acidente com o namorado et cetera?"

"É o que se supõe."

"E essa razão lhe parece suficiente?"

"Ah, estou vendo aonde você quer chegar." Ela balançou a cabeça. "Escute: suicídios raramente fazem sentido. Vou lhe dizer uma coisa: a maioria dos suicidas não deixa carta. Só uns dez por cento escrevem. Os demais simplesmente se matam e deixam todo mundo na dúvida."

"Deve haver um ou dois pontos em comum."

"Entre as vítimas?" Outro gole de chá, outro meneio de cabeça. "Todos eles, naturalmente, têm depressão. Mas quem não tem? Você acorda todo dia dizendo: 'Que bom! Estar vivo é o máximo'?"

Dei um risinho e balancei a cabeça.

"Duvido. Eu também não. E quanto ao seu passado?"

"Ahn?"

"Seu passado." Ela apontou a colher em minha direção, depois mexeu o chá. "Você está perfeitamente em paz com tudo o que lhe aconteceu no passado, ou existem algumas coisas — coisas sobre as quais você não comenta — que incomodam, fazem você estremecer quando pensa nelas vinte anos depois?"

Pensei sobre a pergunta. Certa vez, quando eu era bem pequeno — seis ou sete anos — e acabara de levar uma surra de cinturão do meu pai, entrei no quarto que dividia com minha irmã, vi-a ajoelhada junto de suas bonecas e dei-lhe um soco na parte de trás da cabeça com toda a força. A expressão de seu rosto — choque, medo, mas também uma súbita e cansada resignação — se cravou em minha memória como um prego. Mesmo hoje, mais de vinte e cinco anos depois, seu rosto de menina de nove anos surgiu diante de mim naquele café de Back Bay e senti uma onda de vergonha tão absoluta que temi ser esmagado por suas poderosas garras.

E aquela era apenas uma das lembranças. A lista era longa, e ia aumentando ao longo de uma vida de equívocos, erros de avaliação e impulsos descontrolados.

"Dá para ver em seu rosto", disse Joella Thomas. "Há coisas no seu passado com as quais você nunca vai se reconciliar."

"E você?"

Ela confirmou com um gesto de cabeça. "Ah, sim", disse ela , recostando-se em seguida na cadeira, levantando os olhos para o ventilador do teto e expirando ruidosamente. "Ah, sim", repetiu. "O fato é que todos temos. Todos nós carregamos nosso passado, fazemos a maior confusão de nosso presente, e tem dias em que a gente não vê nenhum sentido em tocar a vida para a frente. Os suicidas são simplesmente os que levam a idéia adiante. Eles dizem 'Continuar *assim*? Dane-se. Hora de descer do ônibus'. E na maioria das vezes a gente nem fica sabendo qual foi a gota que fez transbordar o copo. Vi casos que pareciam não fazer nenhum sentido. No ano passado uma jovem mãe de Brighton... pelo que todos falaram, amava o marido, os filhos, o cachorro. Tinha um excelente emprego, ótimas relações com os pais. Não tinha problemas de dinheiro. Aí ela foi ser madrinha de casamento de sua melhor amiga. Depois do casamento, ela vai para casa, enforca-se no banheiro, ainda com o horrível vestido de gaze de seda. Agora... será que teve alguma coisa a ver com o casamento? Será que ela estava secretamente apaixonada pelo noivo? Ou talvez pela noiva? Teria ela se lembrado do próprio casamento, de todas as esperanças que tivera à época, e enquanto seus amigos faziam o juramento, ela teve de encarar quão frio e diferente de sua fantasia era seu próprio casamento? Ou de repente teria simplesmente se cansado de viver aquela vida desgraçada?" Joella moveu os ombros devagar. "Não sei. Ninguém sabe. Posso garantir que nenhuma pessoa de suas relações — nenhuma — pressentiu alguma coisa."

Meu café esfriara, mas ainda assim tomei um gole.

"Senhor Kenzie", disse Joella Thomas. "Karen Nichols se matou. É indiscutível. O senhor perde tempo procurando o porquê. De que isso vai adiantar?"

"Você não a conheceu", disse eu. "Isso não foi normal."

"Nada é normal", disse Joella Thomas.

"Você descobriu onde ela estava morando nos dois últimos meses?"

Ela negou com um gesto de cabeça. "Não, mas acho que vai aparecer algum senhorio quando precisar alugar o apartamento para outra pessoa."

"E até lá?"

"Até lá ela está morta. Ninguém vai se importar com o atraso."

Revirei os olhos.

Ela revirou os seus também, inclinou-se para a frente e me examinou com seu olhar espectral.

"Deixe-me perguntar-lhe uma coisa."

"Claro", disse eu.

"Com todo o respeito, porque o senhor parece ser um cara legal."

"Manda."

"O senhor se encontrou com Karen só uma vez?"

"Sim, só uma."

"E acredita quando lhe digo que ela se matou sozinha, sem a participação de ninguém?"

"Sim."

"Então, senhor Kenzie, por que diabos quer saber o que aconteceu com ela *antes*?"

Recostei-me na cadeira. "Você já se sentiu como se tivesse cometido um grande erro e com vontade de consertar as coisas?"

"Claro."

"Karen Nichols deixou uma mensagem na minha secretária eletrônica quatro meses atrás", disse eu. "Ela me pediu que ligasse de volta. Eu não liguei."

"E daí?"

"Daí que não tenho uma justificativa aceitável para não ter ligado."

Joella Thomas pôs os óculos escuros, que lhe deslizaram pelo nariz. Ela me olhou por cima das lentes. "E o senhor se acha tão bom — será que entendi bem? — que, se tivesse retornado a ligação, ela estaria viva?"

"Não. Acho que estou em dívida com ela por ter deixado de lhe responder sem um bom motivo."

Ela olhou para mim, a boca ligeiramente aberta.

"Você acha que eu sou louco", disse eu.

"Acho que o senhor é louco. Ela era uma mulher adulta. Ela..."

"O noivo dela foi atingido por um carro. Foi um acidente?"

Ela fez que sim. "Eu chequei. Havia quarenta e seis pessoas à sua volta quando ele tropeçou, e todas elas dizem o que aconteceu: ele tropeçou. Uma radiopatrulha estava estacionada um quarteirão adiante, na Atlantic com a Congress. Ela se dirigiu ao local ao ouvir o impacto e chegou doze segundos depois do acidente. O dono do carro que atingiu Wetterau era um turista, Steven Kearns. Ele ficou tão arrasado que até hoje continua mandando flores para o hospital de Wetterau."

"Tudo bem", disse eu. "Por que Karen Nichols desmoronou completamente — perdeu o emprego, o apartamento?"

"Sintomas de depressão", disse Joella Thomas. "A pessoa se refugia na caverna negra dos próprios pensamentos e esquece suas responsabilidades para com o mundo real."

Duas mulheres de meia-idade com óculos de sol Versace levantados para cima da cabeça pararam perto de nossa mesa, bandejas nas mãos, e olharam em volta procurando um lugar vazio. Uma delas olhou para minha xícara quase vazia, para as migalhas de pão no prato de Joella, e deu um suspiro ruidoso.

"Belo suspiro", disse Joella. "Será que treinou muito?"

A mulher pareceu não ter ouvido. Ela trocou um olhar com a amiga. A amiga suspirou.

"É contagioso", disse eu.

Uma mulher disse à outra: "Acho certo tipo de comportamento inconveniente. E você?".

Joella me deu um largo sorriso. "Inconveniente", disse ela. "Elas querem me chamar de negra suja e falam 'inconveniente'. Faz mais o estilo delas." Ela levantou a cabeça em direção às mulheres, que olhavam para todos os lados menos para onde estávamos. "Não é?"

As mulheres suspiraram mais um pouco.

"Humm", fez Joella como se elas tivessem concordado. "Vamos indo?", disse ela, levantando-se.

Olhei para as migalhas, para a xícara de chá e para minha xícara de café.

"Pode deixar", disse ela. "As maninhas aqui vão cuidar disso." Ela encarou a primeira suspirosa. "Não é, meu bem?"

A mulher desviou o olhar para o balcão.

"Sim", disse Joella Thomas com um sorriso largo. "É isso mesmo. Todo o poder às meninas. É isso aí, senhor Kenzie."

Quando chegamos à rua, as mulheres ainda estavam de pé com a bandeja na mão ao lado da mesa, praticando seus suspiros e esperando, pelo visto, que algum empregado viesse limpar a mesa.

Andamos um pouco, sentindo o perfume do jasmim na brisa matinal, enquanto a rua começava a encher-se de gente tentando equilibrar nas mãos o volumoso jornal de domingo, sacos de papel branco contendo bolinhos, copinhos de café ou de suco de frutas.

"Por que ela o contratou?", disse Joella.

"Ela estava sendo assediada."

"O senhor conversou com ele?"

"Hum-hum."

"E acha que ele entendeu o recado?"

"Na época achei." Parei, e ela parou também. "Detetive, Karen Nichols foi violentada ou agredida nos meses anteriores a sua morte?"

Joella Thomas perscrutou o meu rosto em busca de alguma coisa — provavelmente sinais de demência, a febre de um homem empenhado numa busca autodestrutiva.

"Caso tenha sido", disse ela, "você vai procurar o agressor novamente?"

"Não."

"É mesmo? Então vai fazer o quê?"

"Passar a informação a um agente da lei."

Ela abriu um largo sorriso, deixando à mostra os dentes mais brancos que vi em minha vida. "Hum-hum."

"É verdade."

Ela balançou a cabeça como a refletir consigo mesma. "A resposta é não. Tanto quanto sei, ela não foi violentada nem agredida."

"O.k."

"Mas... sabe, senhor Kenzie..."

"Sim."

"Se o que eu vou lhe dizer vazar para a imprensa, eu acabo com a sua raça."

"Entendido."

"Quer dizer, eu o aniquilo."

"Saquei."

Ela enfiou as mãos nos bolsos, encostou o corpão num poste de iluminação. "Só para você não me tomar por um tira simpático que vai logo dando o serviço para todos os detetives particulares desta cidade... Sabe o cara que você derrubou o ano passado?"

Esperei.

"Ele não gostava de policiais mulheres e com toda a certeza não morria de amores por policiais negras. Se ainda assim uma de nós quisesse se afirmar, ele dizia a todo mundo que ela era lésbica. Depois que você interveio, houve um grande remanejamento no departamento, e eu fui transferida do departamento dele para a Homicídios."

"Que é onde você devia estar."

"Onde eu *merecia* estar. Então, vamos dizer que o que vou lhe dizer é uma pequena retribuição, certo?"

"Certo."

"Antes de morrer, sua amiga foi presa duas vezes em Springfield. Por prostituição."

"Ela estava se prostituindo?"

Ela fez que sim. "Sim, ela era uma prostituta."

8

A mãe e o padrasto de Karen Nichols, Carrie e Christopher Dawe, moravam em Weston, numa vasta mansão colonial igual à do presidente Jefferson. Ela se situava numa rua de casas igualmente amplas, com gramados do tamanho de Vancouver, cintilantes com as gotículas espalhadas por aspersores automáticos que chiavam levemente. Eu pegara o Porsche, lavara e fizera um polimento antes de ir, e escolhera, para a circunstância, o estilo verão descontraído que os jovens de *Barrados no baile* pareciam apreciar. Um leve colete de cashmere sobre uma camiseta branca nova, calça cáqui Ralph Lauren e mocassins marrom-amarelados. Na Dorchester Avenue, uma vestimenta como essa me valeria uma vaia em no máximo três ou quatro segundos, mas ali ela me parecia ser *de rigueur*. Se eu estivesse com óculos escuros de quinhentos dólares e se não fosse irlandês, talvez até me convidassem para jogar golfe. Mas aí é que está: Weston não teria se tornado o bairro mais caro de uma cidade cara se não tivesse estabelecido certos padrões.

Quando entrei no caminho que levava à porta da casa dos Dawe, eles a abriram de par em par e, da soleira, enlaçando-se pela cintura, fizeram largos acenos para mim, tal como Robert Young e Jane Wyatt num velho filme preto-e-branco.

"Senhor Kenzie?", disse o dr. Dawe.

"Sim, senhor. Prazer em conhecê-los." Cheguei à soleira e recebi dois fortes apertos de mão.

"Como foi para chegar?", perguntou a sra. Dawe. "O senhor veio pelo Pike, não é?"

"Sim, senhora. Foi ótimo. O trânsito estava bom."

"Muito bom", disse o dr. Dawe. "Vamos entrando, senhor Kenzie. Entre."

Ele estava com uma camiseta desbotada e uma calça amarrotada. A cabeleira negra e o cavanhaque bem aparado tinham manchinhas grisalhas que lhe davam um toque de distinção, e seu sorriso era agradável. Ele não correspondia de modo algum à imagem do versátil cirurgião do Hospital Geral de Massachusetts, com folha corrida de excelentes serviços e complexo de Deus. Dava mais a impressão de fazer recitais de poesia em Inman Square, bebericar chás de ervas e citar Ferlinghetti.

Ela vestia uma blusa xadrez em preto e cinza, calça preta colante, sandálias pretas, e seus cabelos eram escuros e brilhantes, da cor do mirtilo. Devia ter no mínimo cinquenta anos — pelo menos era o que eu supunha, considerando o que eu sabia de Karen Nichols —, mas parecia dez anos mais nova, e aqueles trajes informais me faziam pensar numa jovem que pela primeira vez ia tomar vinho à noite com as colegas, sentada no chão de pernas cruzadas.

Eles me conduziram por um vestíbulo de mármore banhado numa luz âmbar, passamos em seguida por uma escadaria branca que se inclinava graciosamente para a esquerda como um cisne esticando o pescoço. Entramos numa espécie de escritório duplo aconchegante que, com suas vigas de cerejeira aparentes no teto e seus tapetes orientais de tons suaves, acentuava ainda mais a impressão geral de conforto que inspiravam as confortáveis cadeiras forradas de couro e os sofás e poltronas combinando. A sala era grande, mas a princípio parecia pequena, porque as paredes, pintadas de salmão escuro, eram forradas de livros e CDs, além de uma peça absolutamente kitsch: metade de uma canoa erguida na vertical, que servia de móvel para bibelôs, livros de bolso de lombadas gastas e velhos discos de trinta e três rotações, em sua maioria dos anos 60: Dylan e Joan Baez ao lado de Donovan e os Byrds; Peter, Paul & Mary; Blind Faith. Varas de pescar, chapéus de pescadores e maquetes de escunas laboriosamente trabalhadas em seus mínimos detalhes se distribuíam ao longo das paredes, nas prateleiras, sobre as escrivaninhas. Havia uma velha mesa de fazenda por trás do sofá, e um pouco acima o que me pareceu serem pinturas originais de Pollock e Basquiat, além de uma litogravura de Warhol. Nada tenho contra Pollock nem Basquiat, se bem que eu não trocaria meu pôster de Marvin, o Marciano, por nenhum dos dois, mas procurei me sentar de modo a evitar a visão da gravura de Warhol. Acho que Warhol é para a arte o que Rush é para o rock, ou seja: um pé-no-saco.

A escrivaninha do dr. Dawe ocupava o canto oeste. Sobre ela havia pilhas de revistas e livros de medicina, duas maquetes de um barco e um pequeno gravador rodeado de pilhas de microcassetes. A de Carrie Dawe, que ficava no canto leste, apresentava um aspecto ordeiro e minimalista, salvo por uma agenda encadernada em couro, sobre a qual se via uma caneta de prata, e um maço de papel datilografado. Num segundo olhar observei que ambas as escrivaninhas eram artesanais, feitas de sequóia canadense ou talvez de teca do Extremo Oriente — era difícil ter certeza por causa da luz difusa. Usando o mesmo processo com que se constroem cabanas de toros, a madeira tinha sido trabalhada à mão, as partes ajustadas umas às outras, depois do que se deixou que o tempo se encarregasse de soldá-las de forma muito mais efetiva do que o fariam chapas de metal e maçarico. Só então os móveis estariam prontos para ser vendidos. Em leilão privado, não tenho dúvida. Quanto à velha mesa de fazenda, pude perceber que não se tratava de um falso rústico, era rústica de verdade — e francesa.

Pode-se dizer que a sala era aconchegante, mas aconchegante com um gosto refinado, alimentado com dinheiro a rodo.

Sentei numa ponta do sofá, Carrie sentou-se na outra, cruzou as pernas e, como imaginei que faria, ficou brincando distraidamente com as borlas do xale que lhe cobria as costas, enquanto fixava em mim os olhos verdes cheios de doçura.

O dr. Dawe acomodou-se numa cadeira com rodinhas e aproximou-a da mesinha de centro entre nós.

"Então, senhor Kenzie, minha mulher me falou que o senhor é detetive particular."

"Sim, senhor."

"Acho que nunca tinha encontrado um", disse ele, acariciando o cavanhaque. "Querida?"

Carrie Dawe confirmou com um aceno de cabeça e apontou um dedo para mim "O senhor é o primeiro."

"Uau!", fiz eu. "Puxa vida!"

O dr. Dawe esfregou as mãos e inclinou-se para a frente. "Qual foi seu caso favorito?"

Sorri. "Foram tantos."

"É mesmo? Vamos, fale-nos de um deles."

"Para ser sincero, senhor, eu gostaria muito, mas estou com pouco tempo e não queria incomodá-los. Eu só queria fazer algumas perguntas sobre Karen."

Ele estendeu a mão por sobre a mesinha de centro. "Pode perguntar, senhor Kenzie. Pode perguntar."

"Como conheceu minha filha?", perguntou Carrie Dawe a meia-voz.

Voltei a cabeça e tive a impressão de surpreender em seus olhos verdes um brilho fugaz que me pareceu a expressão de uma funda tristeza.

"Ela me contratou seis meses atrás."

"Por que motivo?", perguntou ela.

"Ela estava sendo assediada por um homem."

"E o senhor conseguiu fazer que ele parasse?"

Fiz que sim. "Sim, senhora, fiz."

"Bem, obrigada, senhor Kenzie. Tenho certeza de que isso ajudou Karen."

"Senhora Dawe", disse eu. "Karen tinha algum inimigo?"

83

Ela me deu um sorriso desconcertado. "Não, senhor Kenzie. Karen não era de fazer inimigos. Ela era uma criatura inofensiva demais para isso."

Inofensiva, pensei. Criatura, pensei.

Carrie Dawe inclinou a cabeça em direção ao marido, que retomou a palavra.

"Senhor Kenzie, segundo a polícia, Karen se suicidou."

"Sei."

"Há algum motivo para que duvidemos da veracidade dessa conclusão?"

Balancei a cabeça. "Nenhum, senhor."

"Hum-hum", fez ele balançando a cabeça, parecendo em seguida mergulhar em seus próprios pensamentos enquanto o olhar, depois de passar rapidamente pelo meu rosto, ficou a vagar pela sala. Por fim ele voltou a me encarar diretamente nos olhos. Sorriu, bateu as mãos de leve nos joelhos como se tivesse chegado a uma decisão final. "Acho que um pouco de chá agora iria muito bem. E você?"

Devia haver um interfone na sala, ou a empregada estava esperando atrás da porta, porque mal ele falou a porta do escritório se abriu e uma mulher baixinha entrou com uma bandeja sobre a qual havia um conjunto de chá para três pessoas.

A mulher, que teria cerca de trinta e cinco anos, estava de short e camiseta. Os cabelos curtos, castanho-claros, distribuíam-se na cabeça como tufos de grama artificial. Sua pele era muito pálida e muito ruim, faces e queixo cobertos de acne, pescoço cheio de manchas, a pele dos braços seca e escamosa.

Mantendo os olhos baixos, ela apoiou a bandeja na mesinha de centro entre nós.

"Obrigada, Siobhan", disse a senhora Dawe.

"De nada, senhora. Precisa de mais alguma coisa?"

Siobhan tinha um forte sotaque irlandês, ainda mais carregado que o de minha mãe. Em sua boca, muitas vezes o "i" virava "a", o "e" virava "u", o ditongo aberto "éu" virava "ai". Ele só é tão carregado nas cidades frias e cinzentas do norte, onde ficam as refinarias, e a fuligem paira sobre elas como uma nuvem.

Os Dawe não responderam. Com todo o cuidado, prepararam as três partes de seus respectivos conjuntos de chá — primeiro, o potinho de creme, que estava em cima, depois o açúcar, e por último o chá. Em seguida eles serviram o chá em xícaras tão delicadas que eu jamais ousaria espirrar nas suas proximidades.

Siobhan continuava esperando, lançando-me olhares furtivos por sob as pálpebras semicerradas, enquanto um rubor se espalhava por suas faces pálidas.

O dr. Dawe terminou de preparar seu chá fazendo a colher girar lentamente e raspar de leve a porcelana da xícara. Ele a levou aos lábios, notou que eu não tinha tocado na minha, e em seguida viu Siobhan de pé à minha esquerda.

"Siobhan", disse ele. "Boa menina, pode ir embora." Ele riu e acrescentou: "Estou vendo que você está cansada. Por que não tira uma folga esta tarde?".

"Sim, doutor. Obrigada."

"Obrigado digo eu. Este chá está maravilhoso."

A jovem saiu da sala com os ombros descaídos, as costas encurvadas, e quando a porta se fechou atrás dela o dr. Dawe disse: "Excelente menina. Simplesmente excelente. Está conosco praticamente desde o instante em que desembarcou, catorze anos atrás". "Sim...", acrescentou ele depois de uma pausa. "Então, senhor Kenzie, estávamos nos perguntando por que está investigando a morte de minha enteada se não há nada a investigar, não é?" Ele franziu o nariz acima da xícara de chá e tomou um gole.

"Bem, senhor", disse eu enquanto pegava o potinho de creme. "Estou mais interessado em sua vida, ou melhor, nos seis meses que antecederam a sua morte."

"E por que razão?", perguntou Carrie Dawe.

Despejei um pouco de chá fumegante na xícara, pus um pouquinho de açúcar e de creme. Minha mãe deve ter se revirado no túmulo: creme era para o café, leite para o chá.

"Ela não me pareceu ser do tipo que se suicida", disse eu.

"Todos nós não somos?", perguntou Carrie Dawe.

Eu a fitei. "Como assim?"

"Dadas as circunstâncias certas (ou antes, erradas), nós todos não somos capazes de nos matar? Uma desgraça aqui, uma desgraça ali..."

A sra. Dawe me observou por cima da xícara, e eu tomei um gole da minha antes de responder. O dr. Dawe tinha razão: o chá era excelente, com ou sem creme. Desculpe, mamãe.

"Com toda a certeza, senhora. Mas o declínio de Karen parece ter sido... bem, drástico demais."

"E o senhor baseia essa opinião num conhecimento íntimo?", disse o dr. Dawe.

"Como?"

Ele levantou um pouco a xícara em minha direção. "O senhor e minha enteada eram íntimos?"

Devo ter apertado os olhos com ar de perplexidade, pois ele arqueou as sobrancelhas, exultante.

"Ora, vamos, senhor Kenzie. Aqui não costumamos falar dos mortos, mas não ignoramos que a vida sexual de Karen nos meses que antecederam sua morte era... digamos, bastante intensa."

"Como o senhor sabe disso?"

"Ela caíra na mais baixa vulgaridade", disse Carrie Dawe. "De repente ela começou a falar da forma mais crua. Estava bebendo, usando drogas. Essa decadência seria trágica, não fosse tão comum. Certa vez ela chegou a se oferecer ao meu marido."

Olhei para o dr. Dawe e ele balançou a cabeça enquanto punha a xícara de chá na mesinha de centro. "É verdade, senhor Kenzie. É verdade. Era uma verdadeira peça de Tennessee Williams toda vez que Karen aparecia por aqui."

"Eu não vi esse lado de sua personalidade", disse eu. "Eu a conheci antes do acidente com David."

Carrie disse: "E que impressão ela lhe deu?".

"Ela me deu a impressão de ser uma pessoa doce e, sim, talvez um pouco ingênua demais para este mundo, mas de qualquer forma inocente, senhora Dawe. Não era o tipo de mulher capaz de pular nua de Custom House."

Carrie Dawe crispou os lábios e balançou a cabeça. Seu olhar desviou-se de mim, do marido, e foi fixar-se em algum ponto no alto da parede. Ela sorveu o chá com tanta força que o ruído me pareceu o de botas pisoteando folhas de outono.

"Foi ele quem o enviou?", disse ela finalmente.

"O quê? Quem?"

Ela inclinou a cabeça para trás e fitou em mim os frios olhos verdes. "Não temos mais nada, senhor Kenzie. Transmita-lhe este recado, está bem?"

Respondi bem devagar: "Não tenho a menor idéia do que vocês estão querendo me dizer".

Ela deu um risinho tão leve que soou como sininhos de vento. "Tenho certeza de que tem."

Mas o dr. Dawe disse: "Talvez não. Talvez não".

Ela olhou para o marido, os dois olharam para mim, e de repente senti o peso de uma raiva tão contida que me deu vontade de fugir de minha pele, atirar meu esqueleto janela abaixo e sair correndo feito um louco pelas ruas de Weston chacoalhando os ossos.

"Se não está aqui para nos extorquir, senhor Kenzie, então por quê?"

Voltei-me para ele e vi que a luz em seu rosto lhe dava um aspecto doentio. "Não estou bem certo de que tudo o que aconteceu com sua filha nos meses que precederam a sua morte tenha sido mero acidente."

Ele se inclinou para a frente com um ar de absoluta gravidade. "Isso é um 'pressentimento'? Uma coisa que sente nas 'entranhas', xerife?" Seus olhos estavam novamente com o brilho maníaco quando ele se recostou. "Vou lhe dar quarenta e oito horas para resolver o caso, mas, se não conseguir, vai ficar vigiando as ruas de Roxbury no próximo inverno." Ele bateu palmas e acrescentou: "Que tal?".

"Estou apenas tentando descobrir por que sua filha morreu."

"Ela morreu", disse Carrie Dawe, "porque era fraca."

"Como assim, minha senhora?"

Ela me deu um sorriso caloroso. "Não há aí nenhum mistério, senhor Kenzie. Karen era fraca. Algumas coisas não saíram como ela esperava, e ela não resistiu à pressão. A filha que eu dei à luz era fraca. Ela precisava o tempo todo de apoio. Precisou de acompanhamento psiquiátrico durante vinte anos. Sempre precisou de alguém que lhe segurasse a mão e lhe dissesse que tudo iria dar certo, que o mundo era um lugar seguro." Ela levantou as mãos como a dizer *Que será, será*. "Pois bem, o mundo não é um lugar seguro. Karen descobriu isso, e essa descoberta a esmagou."

"Pesquisas mostraram", disse Christopher Dawe inclinando a cabeça em direção à esposa, "que o suicídio é um ato intrinsecamente agressivo-passivo. Já ouviu falar disso, senhor Kenzie?"

"Sim."

"Ele visa não tanto a ferir a pessoa que se mata, mas as pessoas que ficam." Ele pôs um pouco mais de chá na xícara. "Olhe bem para mim, senhor Kenzie."

Olhei.

"Sou um homem cerebral, e isso me trouxe não pouco sucesso profissional." Seus olhos negros brilharam de orgulho. "Como homem de intelecto, talvez eu seja menos sensível às necessidades afetivas dos outros. Com certeza eu poderia ter dado mais apoio emocional a Karen, em sua juventude."

"Você fez o melhor que pôde, Christopher", disse sua mulher.

Ele abanou a mão, negando. Seus olhos mergulharam nos meus. "Eu sabia que Karen nunca tinha superado a morte de seu pai biológico, e agora vejo que deveria ter me esforçado mais para lhe dar provas de meu amor. Mas somos criaturas imperfeitas, senhor Kenzie. Nós todos. O senhor, eu, Karen. E a vida é uma sucessão de sofrimentos. Por isso, pode ficar certo de que eu e minha mulher vamos lamentar muito, nos anos vindouros, as coisas que não fizemos por nossa filha. Mas essa dor não é para consumo externo. Essa dor é nossa. E essa perda é nossa. Ignoro o objetivo de sua estranha investigação, mas permita-me dizer-lhe que a acho um tanto mórbida."

A sra. Dawe disse: "Senhor Kenzie, posso lhe fazer uma pergunta?".

Olhei para ela. "Claro."

Ela apoiou a xícara no pires. "Isso não é necrofilia?"

"O quê?"

"Seu interesse em minha filha?" Ela estendeu a mão e deslizou os dedos no tampo da mesinha de centro.

"Ah, não, senhora."

"Tem certeza?"

"Tenho, sim."

"Então o que é?"

"Para ser bem sincero, eu não sei bem."

"Por favor, senhor Kenzie, o senhor deve ter alguma idéia", disse ela alisando a barra da blusa sobre as coxas.

De repente me senti oprimido naquela sala, como se suas paredes se fechassem sobre mim. Senti-me impotente. Tentar lhes explicar o meu desejo de reparar erros cuja vítima já não podia beneficiar-se da reparação me parecia impossível. Como explicar em poucas palavras a influência das forças que governam nossa vida e muitas vezes a determinam?

"Estou esperando, senhor Kenzie."

Levantei o braço ante o absurdo daquilo. "Ela me deu a impressão de ser uma pessoa que respeitava todas as normas."

"E que normas são essas, senhor Kenzie?", perguntou o dr. Dawe.

"As da sociedade, suponho. Ela tinha seu emprego, abriu uma conta conjunta com o noivo e economizava para o futuro. Ela se vestia e falava da forma como a Madison Avenue nos diz que é o certo fazer. Ela comprou um Corolla, quando na verdade queria um Camry."

"Já não sei mais do que o senhor está falando", disse a mãe de Karen.

"Ela fazia tudo dentro do figurino", disse eu. "E no entanto foi aniquilada. Só quero saber se tudo isso pode ser posto na conta do acaso."

"Hum-hum", fez Carrie. "Tem ganhado muito dinheiro atacando moinhos de vento, senhor Kenzie?"

"É meu meio de vida", respondi com um sorriso.

Ela contemplou o serviço de chá à sua direita. "Ela foi enterrada num caixão lacrado."

"Como?"

"Karen foi enterrada num caixão lacrado porque seus despojos não podiam ser expostos." Seus olhos enevoados brilhavam na penumbra crescente quando ela os pousou em mim. "Até o modo como se suicidou, entende, foi agressivo, foi uma forma de nos ferir. Ela privou seus amigos e sua família da possibilidade de vê-la pela última vez, de pranteá-la da forma correta."

Eu não tinha a menor idéia de como responder àquilo, por isso me mantive calado.

Com ar de cansaço, Carrie Dawe girou um pouco a mão. "Quando Karen perdeu David, depois o emprego, e finalmente o apartamento, ela nos procurou. Para pedir dinheiro e um lugar para morar. A essa altura não havia dúvidas de que ela estava se drogando. Eu me recusei — não Christopher, senhor Kenzie, eu — a financiar seu egocentrismo e consumo de drogas. Continuamos a pagar as consultas psiquiátricas, mas decidi que, no mais, ela teria de aprender a andar com as próprias pernas. Em retrospecto, pode ter sido um erro. Mas nas mesmas circunstâncias acho que eu optaria por agir da mesmíssima forma." Ela se inclinou para a frente, fazendo um gesto para que eu fizesse o mesmo. "Isso lhe parece cruel?", perguntou ela.

"Não necessariamente."

O dr. Dawe bateu palmas novamente, e aquilo soou como um tiro na sala silenciosa.

"Bem, foi uma coisa formidável! Não me lembro da última vez em que me diverti tanto." Ele se levantou e estendeu a mão. "Mas tudo que é bom acaba. Senhor Kenzie, obrigado pelo divertimento que nos proporcionou, e espero que não se passe muito tempo antes que você e sua trupe de menestréis apareçam por aqui de novo."

Ele abriu a porta e se postou ao lado.

Sua mulher ficou onde estava e se serviu de mais um pouco de chá. Quando estava pondo açúcar, ela disse: "Cuide-se, senhor Kenzie".

"Até logo, senhora Dawe."

"Até logo, senhor Kenzie", disse ela numa voz lânguida e cantante enquanto colocava o creme no chá.

O dr. Dawe me conduziu pelo vestíbulo, e só então vi as fotografias na parede do fundo. Elas certamente estavam à minha esquerda quando entrei, mas, ladeado pelos Dawe, andando depressa e ofuscado por tanta gentileza e animação, eu não as tinha visto.

Havia pelo menos umas vinte, todas de uma menina de cabelos pretos. Em algumas ela ainda era bebê, em outras já era uma garotinha. O dr. Dawe e sua esposa, mais jovens, apareciam na maioria delas, segurando a menina, beijando a menina, rindo com a menina. Em nenhuma das fotos a menina parecia ter mais de quatro anos de idade.

Karen aparecia em algumas fotos, muito jovem e usando aparelho nos dentes, mas sempre sorridente e, considerando as coisas em retrospecto, os cabelos loiros, a tez delicada e a aura de perfeição absoluta tão típica da alta classe média me pareciam pejados de um desespero pungente. Havia também um rapaz alto e magro em várias fotos. Seus cabelos iam rareando e descobrindo-lhe a fronte à medida que a garotinha crescia, o que me levou a supor que estava perto dos trinta anos. Provavelmente o irmão do doutor, pensei. Os dois tinham o mesmo rosto estreito, o mesmo olhar brilhante, ausente — sempre em movimento, sem dúvida, raramente imóvel —, de forma que o jovem das fotos dava a impressão de que a câmera captara a sua imagem no instante exato em que desviava o olhar.

Dei uma olhada nas fotos. "O senhor tem outra filha, doutor?"

Ele veio para junto de mim e tocou de leve meu cotovelo. "Quer que eu diga como voltar, senhor Kenzie?"

"Quantos anos ela tem agora?"

"O senhor está com um belo cashmere", disse o dr. Dawe. "Comprou na Neiman?"

Ele me encaminhou para a porta.

"Saks", disse eu. "Quem é o rapaz? Irmão? Filho?"

"Saks", repetiu ele, sacudindo a cabeça, satisfeito. "Eu devia ter imaginado."

"Quem o está chantageando, doutor?"

Seu olhar malicioso se pôs a vaguear. "Dirija com cuidado, senhor Kenzie. Há muitos loucos na estrada."

E muitos loucos nesta casa também, pensei enquanto ele me empurrava delicadamente para fora.

9

Observado da soleira da porta pelo dr. Christopher Dawe, andei em direção ao meu carro, que estava estacionado atrás de um Jaguar verde-oliva na estradinha de acesso à garagem. Eu não sabia o que ele pretendia com aquilo; talvez temesse que, caso não bancasse a sentinela, eu podia dar meia-volta e invadir a casa para roubar os sabonetinhos perfumados do banheiro. Entrei no Porsche e ouvi um barulho de papel amassado quando me sentei ao volante. Pus a mão sob o traseiro, tirei um pedaço de papel do assento, coloquei-o no banco do passageiro enquanto manobrava o carro em direção à rua. Passei na frente da casa no momento em que o dr. Dawe fechava a porta, avancei um quarteirão, parei num semáforo e olhei para o bilhete no banco ao meu lado:

ELES ESTÃO MENTINDO.
COLÉGIO WESTON, LOGO QUE PUDER.

A letra era cerrada, irregular e feminina. Avancei mais um quarteirão, peguei meu guia do leste de Massachusetts sob o banco do passageiro e me pus a folhear até achar a página de Weston. O colégio ficava perto de onde eu estava, uns oito quarteirões a leste e dois ao norte.

Fiz o trajeto passando por ruas marchetadas de sol e encontrei Siobhan esperando embaixo de uma árvore no outro extremo de uma quadra de tênis fronteira ao estacionamento. Manteve a cabeça baixa enquanto corria em direção ao meu carro e se sentava ao meu lado.

"Pegue à esquerda na saída e vá depressa, tá?"
Fiz o que ela pediu. "Para onde vamos?"
"Sair daqui. Esta cidade tem olhos, senhor Kenzie."
Então deixamos Weston, com Siobhan sempre de cabeça baixa, roendo os cantos das unhas. De vez em quando ela levantava a vista para me dizer que entrasse à direita aqui, à esquerda ali, em seguida abaixava a cabeça novamente. Quando eu queria lhe fazer perguntas, ela balançava a cabeça como se, não sei como, pudessem me ouvir num conversível a sessenta quilômetros por hora, em estradas praticamente desertas. Depois de mais algumas rápidas indicações de sua parte, entramos num estacionamento atrás da Faculdade Saint Regina. A Saint Regina era uma faculdade católica exclusivamente feminina, onde a classe média e os carolas matriculavam suas filhas na esperança de fazê-las se esquecer de sexo. O que tinha o efeito contrário, é claro. Quando eu estava na faculdade fizemos várias incursões noturnas por ali, e eu voltava para casa machucado e um tanto pasmo com a ferocidade das boas moças católicas e de seus apetites reprimidos.

Siobhan desceu do carro logo que paramos numa vaga. Desliguei o motor e segui-a por um caminho que levava à entrada do dormitório principal. Andamos por algum tempo em silêncio, passamos pelo campus silencioso e deserto como sobreviventes de uma bomba de nêutrons; à nossa volta, a grama e as árvores estavam secas e amareladas. Os amplos edifícios cor de chocolate e as muretas de pedra calcária pareciam desolados, como se sem vozes para ricochetear em suas fachadas ficassem fracos, ameaçando dissolver-se no calor.

"É uma gente perversa."
"Os Dawe?"
Ela fez que sim. "Ele pensa que é Deus."
"Como todos os médicos, não é?"
Ela sorriu. "Acho que sim."
Chegamos a uma ponte de pedra sobre uma minús-

cula lagoa de águas argênteas sob o sol. Siobhan escolheu um lugar no meio da ponte e apoiou os cotovelos. Imitei-lhe o gesto e nos pusemos a fitar a água ali embaixo, enquanto nossas imagens nos olhavam da superfície metálica.

"Perverso", disse Siobhan. "Ele gosta de tortura — tortura mental. Ele gosta de mostrar aos outros o quanto é inteligente e o quanto os outros são imbecis."

"E com Karen, como foi?"

Ela inclinou o corpo mirrado sobre o balaústre e contemplou a própria imagem, como se se perguntasse como ela fora parar ali e a quem pertenceria. "Ah", disse ela em tom de imprecação, e balançou a cabeça. "Ele a tratava como a um animalzinho e a chamava 'minha lampadinha apagada'." Ela franziu os lábios e expirou com força. "Sua lampadinha apagada."

"Você a conhecia bem?"

Ela deu de ombros. "Sim, desde que cheguei aqui, treze anos atrás. Ela era uma pessoa excelente, até quase no final."

"Então ela mudou?"

"Sim", respondeu ela com voz sumida, olhos fitos num bando de patos que desciam bamboleando a outra margem do rio. "Depois acho que ela ficou um pouco perturbada. Ah, senhor Kenzie, ela queria morrer. Queria tanto, tanto."

"Queria morrer ou queria ser salva?"

Ela voltou a cabeça para mim. "Isso não é a mesma coisa? Querer ser salvo? Num mundo como este? É..." Seu rosto pequeno se anuviou, assumiu uma expressão amarga, e ela balançou a cabeça várias vezes.

"É o quê?"

Ela olhou para mim como se olha para uma criança que pergunta por que o fogo queima e as estações mudam.

"Bem, é como rezar para chover, não é, senhor Kenzie?" Levantou as mãos para cima, para o céu sem nuvens "Rezar para chover no meio de um deserto, fazer uma dança da chuva."

Saímos da ponte, atravessamos um grande campo de futebol, passamos por um pequeno renque de árvores e diversas aléias em aclive, que levavam aos dormitórios. Siobhan levantou a cabeça para olhar os grandes edifícios.

"Eu sempre me perguntei como seria freqüentar a universidade."

"Você freqüentou a universidade em sua terra?"

Ela balançou a cabeça. "Não tinha dinheiro para isso. E eu não era a mais brilhante da turma, se é que me entende."

"Fale-me dos Dawe", disse eu. "Você falou que eles são perversos. Não ruins, mas perversos."

Ela balançou a cabeça e se sentou num banco de pedra calcária, tirou um maço de cigarros amassado do bolso da blusa e me ofereceu um. Quando recusei com um gesto de cabeça, ela tirou um cigarro torto do maço, endireitou-o entre os dedos e o acendeu. Antes de falar, ela tirou da ponta da língua um fragmento de fumo.

"Uma vez os Dawe deram uma festa de Natal", disse ela. "Houve uma tempestade naquela noite, por isso pouca gente compareceu e comeram muito menos do que tinha. Antes desse Natal, a senhora Dawe uma vez me viu pegando as sobras de uma festa e me explicou, com todas as letras, que os pobres é que agiam assim e que eu devia jogar fora todas as sobras de uma festa. Então, depois daquela ceia, eu joguei tudo fora. Às três da manhã o doutor Dawe entrou no meu quarto segurando a carcaça do peru. Ele atirou o peru na minha cama, me acusando de jogar comida fora. Gritou que era de origem humilde e que o que eu jogara fora podia alimentar sua família por uma semana." Ela deu mais uma tragada no cigarro e tirou outro pequeno fragmento de fumo da língua. "Ele me obrigou a comer a carcaça do peru."

"O quê?"

Ela confirmou com um gesto de cabeça. "Ele se sentou à beira da cama e foi me enfiando na boca, pedaço por pedaço, até amanhecer o dia."

"Mas isso é..."

"Contra a lei, não tenho dúvida. O senhor já tentou procurar um emprego doméstico, senhor Kenzie?"

Fitei-a nos olhos. "Você está no país em situação irregular, não é, Siobhan?"

Siobhan cravou em mim aquele seu olhar neutro, fechado — um olhar que parecia dizer que se algum dia ela tivera sonhos, fazia muito tempo que eles tinham se dissipado, nas suas muitas jornadas.

"Acho que devia limitar suas perguntas ao assunto que lhe diz respeito, senhor Kenzie."

Levantei a mão e balancei a cabeça.

"Quer dizer então que você foi obrigada a comer a comida jogada no lixo."

"Oh, ele a tinha lavado", disse ela com um sarcasmo que logo lhe morreu na garganta. "Ele deixou isso bem claro. Ele a tinha lavado antes de trazê-la e me obrigar a comer." Um grande sorriso se estampou em seu rosto ressequido, coberto de acne. "Eis aí o seu bom doutor, senhor Kenzie."

"Essa agressão alguma vez chegou a extrapolar os limites do psicológico?"

"Ah, não", disse ela. "Comigo não. Acho que com Karen também não. Ele despreza as mulheres, senhor Kenzie. Deve achar que somos indignas até de seu toque." Ela refletiu mais um pouco sobre o assunto, depois balançou a cabeça vigorosamente. "Não. Mais para o final eu passava muito tempo com Karen. A gente bebia um bocado, pra falar a verdade. Acho que ela teria me contado, se fosse o caso. Ela não morria de amores pelo padrasto."

"Fale-me sobre ela."

Siobhan cruzou as pernas, deu uma tragada no cigarro. "Ela estava um trapo, senhor Kenzie. Ela implorou a eles que a deixassem ficar só por algumas semanas, sabe? Implorou. De joelhos diante da mãe. E a mãe disse: 'Oh, é impossível, minha querida. Você tem de aprender' — qual foi mesmo a palavra? — 'a se assumir'. Foi isso mesmo. 'Você tem de aprender a se assumir, minha querida'. Karen chorava aos seus pés e a mãe mandou que eu trouxesse chá. Então eu e Karen passamos a nos encontrar para beber, e depois ela saía para transar com desconhecidos."

"Você sabe onde ela estava morando?"

"Num motel", disse ela, num tom um tanto lúgubre. "Não sei o nome. Ela disse que estava na... periferia, foi isso o que disse."

Balancei a cabeça.

"Foi só o que ela me disse. Na periferia, num motel. Acho..." Ela abaixou os olhos para o joelho, deu um piparote no cigarro, atirando-o do banco.

"O quê?"

"Nos dois últimos meses, ela estava com bastante dinheiro. Dinheiro vivo. Não lhe perguntei de onde vinha, mas..."

"Você desconfiou..."

"Prostituição", disse ela. "De repente ela começou a falar de sexo da forma mais grosseira. Não tinha nada a ver com ela."

"É isso que não consigo entender", disse eu. "Seis meses antes, ela era uma pessoa totalmente diferente. Ela era..."

"Toda doçura e pureza, não é?"

Concordei.

"Não se podia imaginar que ela tivesse um só pensamento sujo."

"Exatamente."

"Ela sempre foi assim. Para poder resistir a toda a loucura da merda daquela casa, ela se transformou naquilo. Mas não acho que aquilo fosse natural, sabe? Acho que ela se esforçava para se enquadrar numa imagem ideal."

"E todas aquelas fotos do vestíbulo?", perguntei. "Nelas eu vi um jovem que podia ser um irmão mais novo do médico e uma menininha."

Ela suspirou. "Naomi. A única filha que os dois tiveram."

"Ela morreu?"

Siobhan confirmou com um gesto de cabeça. "Há muito tempo. Acho que hoje ela teria uns catorze, talvez uns quinze anos. Morreu pouco antes de completar quatro anos."

"Como?"

"Há uma pequena lagoa atrás da casa. Era inverno, e ela correu atrás da bola em cima da superfície congelada." Siobhan deu de ombros. "O gelo se rompeu."

"Quem estava cuidando dela?"

"Wesley."

Imaginei por um instante a menina andando pela superfície branca congelada atrás da bola e então...

Senti meu corpo estremecer.

"Esse Wesley é o irmão mais novo do doutor Dawe?", perguntei.

Ela negou com a cabeça. "Filho. O doutor Dawe era viúvo quando conheceu Carrie, viúva com uma filha. Eles se casaram, tiveram a menina, e ela morreu."

"E Wesley..."

"Ele não teve a menor responsabilidade na morte de Naomi", disse ela com uma ponta de raiva. "Mas puseram a culpa nele, porque, segundo eles, a menina estava sob sua responsabilidade. Ele se distraiu um instante, e ela correu para a lagoa. O doutor Dawe culpou o filho porque não podia pôr a culpa em Deus, podia?"

"Você sabe como eu posso entrar em contato com Wesley?"

Ela acendeu outro cigarro e balançou a cabeça. "Ele se afastou da família há muito tempo. O doutor proibiu que se pronuncie o nome dele em sua casa."

"Karen tinha contato com ele?"

Mais um sacudir de cabeça. "Já faz bem uns dez anos que ele foi embora. Acho que ninguém sabe o que foi feito dele." Ela deu uma pequena tragada no cigarro. "O que o senhor pretende fazer agora?"

Dei de ombros. "Não sei. Ah, Siobhan, os Dawe disseram que Karen tinha sessões com um psiquiatra. Você sabe o nome dele?"

Ela começou a negar com a cabeça.

"Ora, vamos...", disse eu. "Você deve tê-lo ouvido muitas vezes nesses anos todos."

Ela entreabriu a boca, mas então balançou a cabeça novamente. "Sinto muito, mas não consigo me lembrar."

Levantei-me do banco. "Tudo bem. Vou dar um jeito de descobrir."

Siobhan me fitou por um bom tempo, a fumaça do cigarro elevando-se entre nós. Tinha um ar tão circunspecto, tão falto de leveza, que me perguntei se o intervalo entre as vezes que rira em sua vida se media em meses ou em anos.

"O que é que está procurando exatamente, senhor Kenzie?"

"A razão da morte de Karen", respondi.

"Ela morreu porque pertencia a uma família de monstros. Ela morreu porque David se acidentou. Ela morreu porque não conseguiu suportar isso."

Dei-lhe um sorriso meio desavorado. "É isso o que tenho ouvido dizer."

"Então, se me permite perguntar, essa resposta não o satisfaz?"

"Pode ser que eu termine por aceitá-la", disse eu sacudindo os ombros. "Quero continuar o jogo até o fim, Siobhan. Estou apenas tentando descobrir um dado concreto que me permita dizer: Tudo bem. Agora entendo. Quem sabe, nas mesmas circunstâncias, eu tivesse feito a mesma coisa."

"Ah", disse ela. "Que coisa mais católica! Sempre procurando as razões."

Dei um risinho. "Não praticante, Siobhan. Definitivamente não praticante."

Ao ouvir isso ela revirou os olhos, inclinou-se para trás e ficou fumando por algum tempo sem dizer nada.

O sol declinava por entre nuvens brancas e gordas. Siobhan disse: "O senhor está procurando um motivo, não é? Comece pelo homem que a violentou".

"Como?"

"Ela foi violentada, senhor Kenzie. Seis semanas antes de sua morte."

"Ela lhe disse isso?"

Siobhan fez que sim.

"Ela lhe falou o nome do sujeito?"

Ela balançou a cabeça. "Ela disse apenas que tinham lhe garantido que nunca mais ele a incomodaria. E aí ele a violentou."

"O puto do Cody Falk", disse eu em voz baixa.

"Quem é esse?"

"Um fantasma", disse eu. "Só que ele ainda não sabe disso."

10

Cody Falk levantou-se às seis e meia na manhã seguinte e ficou na varanda do fundo de sua casa com uma toalha amarrada na cintura, bebericando café. Mais uma vez, ele parecia estar posando para admiradores imaginários. Queixo vigoroso ligeiramente levantado, a xícara de café agarrada com firmeza bem no alto, olhos um tanto úmidos, vistos através do meu binóculo. Ele contemplava o quintal como se inspecionando seu feudo. Em sua cabeça, eu tinha certeza, ressoava a voz do locutor de um anúncio da Calvin Klein.

Levantou o punho para abafar um bocejo, como se o comercial já tivesse começado a aborrecê-lo, e então voltou para dentro de casa, fechou as portas corrediças de vidro e passou a chave.

Deixei meu posto de observação e, depois de dar a volta no quarteirão, estacionei duas casas adiante da de Cody e fui andando até a porta de sua casa. Três horas antes, eu encontrara suas chaves sobressalentes dentro de uma caixinha presa na parte de baixo do tubo de esgoto da casa, e usei-as para entrar.

A casa cheirava àqueles sachês que as pessoas compram na Crate & Barrel, e ao que parecia Cody tinha encomendado todo o mobiliário da casa pelo mesmo catálogo. Era rústico estilo Santa Fé. À minha esquerda encontrava-se uma sala de jantar em cerejeira. As almofadas das cadeiras tinham motivos ameríndios que combinavam com o tapete. Uma cômoda e uma arca de carvalho com frisos astecas serviam de bar, e vi que estava cheio de garrafas, a maioria delas com apenas um terço do conteúdo. As paredes eram pintadas de um dourado escuro. Parecia o tipo de sala que um decorador de interiores se desdobra para nos vender. Dê o fora de Boston e vá para Austin, Cody. Você vai se sentir tão melhor...

Ouvi o chuveiro sendo aberto no pavimento de cima e saí da sala de jantar.

No centro da cozinha, quatro banquetas de encosto alto rodeavam uma mesa cujo grosso tampo imitava um cepo de açougueiro. Metade do espaço dos armários de carvalho claro estava ocupada, em sua maior parte, por taças e copos de martíni, umas poucas latas de legumes em conserva, alguns alimentos asiáticos à base de arroz. Pela quantidade de cardápios de supermercados e restaurantes com entrega de pratos em domicílio, podia-se ver que Cody não era muito chegado em cozinhar. Na pia havia dois pratos enxaguados, uma xícara de café e três copos.

Abri a geladeira. Quatro garrafas de Tremont Ale, uma embalagem de creme e uma caixinha com arroz e carne de porco frita. Nem sinal de condimentos. Não havia leite, nem refrigerante, nem frutas. Nenhum sinal de que ali algum dia tivesse havido outra coisa além de cerveja, creme e o prato chinês da noite anterior.

Atravessei a sala de jantar e o vestíbulo e senti o cheiro de couro da sala de estar antes mesmo de entrar. Também ali a decoração era inspirada em ambientes do Sudoeste — cadeiras de carvalho escuro de encosto alto, forradas com couro cor de mirtilo. Uma mesinha de centro com pés grossos. Tudo parecia novo e bem encerado. A pilha de revistas e de prospectos em papel brilhante sobre a mesinha de centro era bem a cara do dono — GQ, *Men's Health*, *Details*, meu Deus do céu, e catálogos da Brookstone, da Sharper Image e da Pottery Barn. O soalho de madeira de lei rebrilhava.

Podia-se fotografar a parte térrea da casa e pôr numa

revista. Tudo combinava, embora nada desse a menor pista sobre a personalidade do proprietário. O soalho brilhante apenas acentuava a impressão de falsa vitalidade do ambiente. Essas salas eram para exposição, não para a convivência humana.

O ruído do chuveiro cessou.

Saí da sala de estar, subi os degraus depressa, calçando as luvas. Lá em cima, tirei o porrete do bolso de trás da calça na frente da porta do banheiro. Ouvi Cody sair do boxe e começar a se enxugar. Meu plano era simples: Karen Nichols fora violentada. Cody Falk era um estuprador. Vamos cuidar para que ele nunca mais estupre ninguém.

Pus um joelho no chão e olhei pelo buraco da fechadura. Cody estava inclinado para a frente enxugando os tornozelos, o alto da cabeça a cerca de um metro da porta.

Quando abri a porta com um pontapé, acertei Cody Falk na cabeça, ele tombou para trás e caiu de bunda no chão. Levantou os olhos para mim, e eu lhe dei um golpe com o porrete, mais ou menos um quarto de segundo antes de perceber que o homem que estava no chão não era Cody Falk.

Ele era loiro, ombros largos, peito e braços que traíam um excesso de musculação. Ele desabou no mármore italiano, arqueou as costas e ficou resfolegando feito um atum fresco recém-atirado no cais.

Havia duas portas de acesso ao banheiro: aquela pela qual eu tinha entrado e outra à minha esquerda. Cody Falk estava na porta da esquerda. Estava vestido da cabeça aos pés, com uma chave inglesa na mão, e sorriu quando tentou acertar minha cabeça com ela.

Dei um passo para trás, e o sujeito que estava no chão agarrou meu tornozelo. O golpe de Cody Falk por pouco não acertou meu olho esquerdo, mas atingiu meu ouvido esquerdo, e todos os sinos das catedrais de uma cidade santa começaram a tocar ao mesmo tempo dentro de minha cabeça.

O sujeito que estava no chão era forte. Mesmo debilitado, agarrava-se com força à minha perna. Dei-lhe um pontapé na cabeça e um soco na boca de Cody.

O soco não foi lá grande coisa. Eu tinha perdido o equilíbrio, meu ouvido zumbia, e de qualquer forma eu nunca fui muito bom em boxe. Ainda assim, o golpe pegou Cody desprevenido, e seus olhos refletiram uma ponta de surpresa e de autopiedade. E, mais importante, obrigou-o a recuar.

O cara que estava no chão gritou quando lhe chutei a cabeça pela segunda vez. Consegui livrar minha perna do seu abraço e avancei um passo em direção a Cody, que levou a mão à boca e ergueu a chave novamente.

O sujeito do chão conseguiu agarrar a perna de minha calça e puxá-la, fazendo-me cambalear.

Cody resfolegou, surpreso, vendo minha cabeça oscilar como um balão, quando cambaleei.

Ao segundo golpe, tudo em volta se tingiu de um cinza ondulante, e meu ombro se chocou contra a parede.

O sujeito que estava no chão se ajoelhou e lançou-se de cabeça contra as minhas costas, e Cody estava radiante ao erguer a chave inglesa acima da cabeça.

Não me lembro do terceiro golpe.

"Que devemos fazer, Leonard?"

"Apenas o que já lhe disse, senhor Falk. Chamar a polícia."

"Ah, Leonard, a coisa é um pouco mais complicada do que você imagina."

Abri os olhos e vi em dobro. Dois Codys — um sólido, outro transparente, fantasmagórico — andavam de um lado para o outro na cozinha. Ele tamborilava os dedos no balcão, passando a língua sem parar no corte do lábio superior, que àquela altura estava inchado.

Eu estava no chão, costas apoiadas na parede, os pés encostados na mesa. Meus pulsos estavam amarrados às minhas costas. Apalpando as costas, senti uma espécie de barbante. Não necessariamente a melhor coisa com que amarrar uma pessoa, mas dava conta do recado.

Cody e Leonard não estavam olhando para mim. Cody andava de um lado para o outro ao longo do balcão próximo à pia. Leonard estava sentado numa banqueta, uma toalha cheia de gelo apertada contra a parte de trás da cabeça. Algumas pústulas vermelhas lhe pontuavam um lado do pescoço, e seu maxilar imponente destacava-se do rosto pequeno como o de Lincoln no monte Rushmore. Um caso de abuso de esteróides, imaginei, um maluco que passava a vida marombando até as articulações necrosarem. Tudo isso para impressionar garotas com quem não conseguiria trepar, quando a coisa rolasse, por ter ficado totalmente impotente.

"O cara invadiu sua casa, senhor Falk. Ele nos agrediu."

"Humm", fez Cody tocando o lábio superior com todo o cuidado. Ele abaixou os olhos para mim, as duas cabeças movendo-se depressa, e meu estômago embrulhou.

Nossos olhares se encontraram e ele me deu um largo sorriso, acompanhado de um aceno com a mão. "Bem-vindo novamente, senhor Kenzie."

Apertei os lábios, tentando debelar o gosto de algodão embebido em solução de bateria. Ele sabia meu nome, o que significava que certamente estava com a minha carteira. O que não era nada bom.

Cody se agachou ao meu lado, e o Cody transparente se aproximou um pouco mais do Cody sólido, de modo que agora era como se eu estivesse vendo um Cody e meio, em vez de dois.

"Como se sente?"

Respondi com uma careta.

"Não muito bem, não é? Vai vomitar?"

Tentei ignorar a bile que me subia peito acima. "Estou tentando evitar."

Ele inclinou a cabeça para o lado da mesa. "Leonard vomitou. Leonard também está com um feio machucado na base da coluna, por causa da queda. Ele está meio puto, Patrick."

Leonard me olhou de cara feia.

"O que o Leonard faz nesta casa?"

"Ele é meu guarda-costas." Cody deu um tapa na minha cara, não com muita força, mas também não foi um afago. "Depois que você e seu amigo me fizeram aquela visita, achei que podia precisar de alguma proteção."

"E a Sociedade Protetora de Animais estava fazendo uma liquidação?", perguntei.

Leonard debruçou-se sobre o balcão e os músculos de seu antebraço se retesaram. "Continue falando, seu puto, e..."

Cody o fez calar-se com um gesto. "Então, onde está o seu amigo, Pat? O grandalhão imbecil que gosta de atacar as pessoas a raquetadas."

Tentei inclinar a cabeça em direção à frente da casa, mas senti muita dor e a náusea aumentou ainda mais.

"Está aí na rua, Cody."

Cody balançou a cabeça. "Não, não está. Nós demos uma volta enquanto você dormia. Não tem ninguém aí fora."

"Tem certeza?"

Um lampejo de dúvida perpassou-lhe o olhar, mas logo se apagou. "A esta altura ele já teria entrado aqui arrasando tudo, acho."

"Quando ele fizer isso, Cody, o que você vai fazer?"

Cody puxou um 38 da cintura e sacudiu-o diante de meu rosto. "Atirar nele, claro."

"Claro", disse eu. "Ele vai ficar ainda mais louco."

Cody deu um risinho e passou o cano do revólver na minha narina esquerda. "Desde que você me humilhou, Pat, tenho sonhado com algo assim. Chega a me dar uma ereção, se você quer saber. Que acha disso?"

"Acho que suas zonas erógenas precisam passar por uma revisão."

Ele puxou o cão da arma com o polegar e apertou com mais força a arma em minha narina.

"Quer dizer que você vai me matar agora, Cody?"

Ele deu de ombros. "Para falar com franqueza, pensei que tinha matado você no banheiro. Eu nunca tinha nocauteado ninguém antes. Nem ao menos tinha tentado."

"É sorte de principiante. Parabéns."

Ele sorriu e me deu outro tapa na cara. Fechei os olhos e, quando os abri, os dois Codys tinham voltado, sendo que o transparente estava à direita do Cody real.

"Senhor Falk", disse Leonard.

"Humm?", fez o outro examinando alguma coisa em um lado da minha cabeça.

"Estamos com um problema. Ou o senhor chama a polícia ou nós o levamos para algum lugar e acabamos com ele."

Cody balançou a cabeça e depois se inclinou para olhar mais de perto o lado de minha cabeça. "Você está sangrando um bocado."

"Na têmpora?"

Ele balançou a cabeça. "É mais pelo ouvido."

Ouvi um zumbido distante, agudo, pela primeira vez. "Na parte de dentro ou na parte de fora?"

"Nas duas."

"Bem, você me acertou uns belos golpes."

Ele pareceu satisfeito. "Obrigado. Eu queria fazer a coisa bem-feita."

Ele afastou o cano do revólver de meu nariz e sentou-se novamente no chão, na minha frente, mantendo o 38 apontado para o meio da minha cara.

Enquanto eu o observava, tive a impressão de ver uma idéia surgindo em seu cérebro. Seu olhar se tornou glacial e tirou todo o calor da sala.

Eu sabia o que ele ia dizer, antes mesmo que abrisse a boca.

"E se nós o matarmos mesmo?", perguntou Cody a Leonard.

Os olhos de Leonard se arregalaram, e ele pôs a toalha com gelo no balcão à sua frente.

"Bem..."

"Claro que você vai receber uma recompensa", disse Cody.

"Sim, senhor Falk, concordo, mas temos de pensar bem..."

"Como assim?", disse Cody piscando para mim do outro lado do cão da arma. "Estamos com a carteira e as chaves dele. O Porsche está estacionado na frente da casa dos Lowenstein. Colocamos o carro na garagem, enfiamos o sujeito dentro do porta-malas e o levamos para algum lugar." Ele se inclinou para a frente e esfregou o cano da arma em meus lábios. "E lá a gente o mata a tiros... não, a gente o mata a facadas."

Os olhos arregalados de Leonard encontraram os meus.

"Sabe como é, Leonard", disse eu. "Você acaba comigo, exatamente como no cinema."

Cody inclinou-se e me bateu de novo. Aquilo estava começando a me chatear.

"Matar alguém", conseguiu articular Leonard, "não é uma coisa que se decide assim sem mais nem menos, senhor Falk."

"E por quê?"

"Ahn, bem..."

"Não é fácil", disse eu a Cody. "A gente sempre se esquece de alguma coisa."

"Por exemplo?", perguntou Cody, parecendo não estar lá muito curioso.

"Por exemplo, que alguém sabe que eu estou aqui. Ou, de todo modo, que alguém poderia imaginar que eu estou aqui. E que iria atrás de você."

Cody riu. "E, deixe-me ver se me lembro, 'queimar meus restaurantes e me deixar tetraplégico'? É isso mesmo?"

"Pra começar, sim."

Cody refletiu um pouco, encostou a cabeça na mesa, semicerrou os olhos e se pôs a olhar para mim cada vez mais excitado. Ele parecia tonto como um menino de doze anos em seu primeiro peep show.

"Gosto muito dessa idéia, pode acreditar", disse ele.

"Ótimo, Cody", disse eu balançando a cabeça vigorosamente. "Fico feliz por você."

Ele arregalou os olhos e se inclinou um pouco mais, ficando mais próximo de mim. Dava para sentir a mistura acre de café e pasta de dentes em seu hálito.

"Já estou ouvindo seus gritos." Uma lingüinha fina tocou de leve o corte do lábio. "Você está deitado de costas e eu enfio a faca em seu peito." Ele fendeu o ar com o punho cerrado. "Aí eu ergo a faca novamente, dou-lhe uma segunda facada." Seus olhos brilhavam. "Depois uma terceira. Uma quarta. Você grita feito um bezerro, o sangue sai aos esguichos de seu peito, e eu continuo a golpeá-lo." Ele cortou o ar muitas outras vezes, a boca se alargou num ricto horroroso.

"Não é possível...", principiou Leonard. Sua boca secou de repente, e ele engoliu em seco várias vezes. "Senhor Falk? Se formos fazer isso, não podemos tirá-lo daqui antes do anoitecer. Vamos ter de esperar um bocado."

Cody não tirava os olhos de mim, observando-me da mesma forma que se observa uma formiga tentando carregar o guardanapo num piquenique. "A gente leva o corpo para a garagem e enfia no porta-malas do carro dele."

"E depois?", disse Leonard lançando um olhar em minha direção, depois olhando novamente para Cody. "Ficamos rodando com ele o dia inteiro? Num Porsche 63? Não podemos matá-lo à luz do dia. Não vai dar certo."

Àquela altura Cody estava com uma cara de menino que, na noite de Natal, acabasse de ouvir que só poderia abrir os presentes no dia seguinte. Ele voltou a cabeça e olhou para Leonard. "Você está amarelando, Leonard?"

"Não, senhor Falk. Estou só tentando ajudar."

Cody olhou para o relógio na parede, acima de minha cabeça. Olhou para o quintal da casa, olhou para mim, depois bateu com a mão várias vezes no chão e gritou: "Puta que pariu! Puta que pariu! Puta que pariu!".

Caiu de joelhos no chão e deu um pontapé na porta do armário, avançou contra mim feito um animal, os tendões retesados no pescoço, e aproximou o rosto do meu até as pontas de nossos narizes se tocarem.

"Você", disse ele. "Você vai morrer, está entendendo, seu desgraçado?"

Fiquei calado.

Cody bateu a cabeça na minha. "Eu perguntei se você entendeu."

Lancei-lhe um olhar neutro, apagado.

Ele bateu a cabeça na minha uma segunda vez.

Procurei controlar a dor que me lancetava a fronte e continuei calado.

Cody bateu no meu rosto e se pôs de pé cambaleante. "E se nós o matarmos aqui mesmo, agora mesmo?"

Leonard levantou as mãos enormes. "E os vestígios, senhor Falk? Os vestígios? Digamos que uma pessoa saiba ou mesmo suspeite que ele estava vindo aqui, e então ele aparece morto. Aí vem a polícia técnica, certo? Eles vão encontrar minúsculos fragmentos de seu corpo em lugares que a gente nunca imaginaria. Ranhuras no estribo do carro, que o senhor nunca imaginou que existissem, podem ter fragmentos do crânio dele."

Cody se encostou na mesa, passou a mão na boca várias vezes e respirou ruidosamente pelas narinas.

Finalmente falou: "Você acha então que devemos mantê-lo aqui até anoitecer. É isso que você aconselha".

Leonard assentiu. "Sim, senhor."

"E depois para onde o levamos?"

Leonard deu de ombros. "Conheço um lixão em Medford que pode servir."

"Um lixão?", disse Cody. "Um monturinho de merda ou um lixão de verdade?"

"Um lixão de verdade."

Cody refletiu longamente sobre o assunto, deu a volta à mesa algumas vezes. Ele abriu a torneira da pia, mas em vez de pegar água com a mão e molhar o rosto, apenas se inclinou e ficou fungando na água corrente por algum tempo. Ele esticou o corpo até os músculos da região sacra estalarem. Olhou para mim várias vezes, enquanto mordiscava a parte interna das bochechas.

"Tudo bem", disse ele finalmente. "Dá pra segurar essa." Ele sorriu para Leonard. "Mas é um barato, não?"

"O quê, senhor?"

Ele bateu palmas com força, depois cerrou os punhos e levantou-os acima da cabeça. "Isso! Leonard, temos chance de fazer uma coisa monumental. Uma puta duma coisa monumental!"

"Sim, senhor. Mas o que vamos fazer nesse meio-tempo?" Leonard estava curvado sobre o balcão, como se seus ombros de repente estivessem suportando o peso de um reboque.

Cody abanou a mão. "Nesse meio-tempo estou me lixando. Ele pode ficar vendo filmes conosco na sala de estar. Posso cozinhar ovos e dar-lhe na boca. Engordar o novilho, essas coisas."

Leonard parecia não estar entendendo nada daquele ataque verborrágico, mas balançou a cabeça e disse: "Sim, senhor. Boa idéia".

Cody se ajoelhou à minha frente. "Você gosta de ovos, Pat?"

Olhei-o nos olhos radiantes de felicidade. "Você a violentou?"

Ele inclinou a cabeça para a esquerda, ficou fitando o vazio por algum tempo. "Quem?"

"Você sabe quem, Cody."

"O que você acha?"

"Acho que você é o principal suspeito, senão eu não estaria aqui."

"Ela me escreveu cartas", disse ele.

"O quê?"

Ele confirmou com um gesto de cabeça. "Você não sabia essa parte da história. Ela me escrevia cartas perguntando por que eu não respondia aos seus sinais. Será que eu não era macho?"

112

"Mentira."

Ele deu um risinho e bateu na coxa. "Não, não. Essa é a melhor parte."

"Cartas", disse eu. "Por que Karen haveria de lhe escrever cartas, Cody?"

"Porque ela estava querendo a coisa, Pat. Ela estava morrendo de vontade. Ela era uma piranha como todas as outras."

Balancei a cabeça.

"Não acredita em mim? Ah, espere um pouco, vou buscá-las."

Ele se pôs de pé e passou o revólver a Leonard.

Leonard disse: "Que quer que eu...?".

"Atire nele se ele se mexer."

"Ele está amarrado."

"Eu pago seu salário, Leonard. Não discuta comigo, porra!"

Cody saiu da cozinha e então ouvi seus passos subindo a escada.

Leonard pôs o revólver em cima do balcão e soltou um suspiro.

"Leonard", disse eu.

"Não fale comigo, seu puto."

"Ele está cada vez mais entusiasmado com a idéia. Ele não vai..."

"Eu disse..."

"Ele não vai se acalmar daqui até mais tarde, se é isso que você está esperando."

"Cale essa porra dessa matraca."

"Matar uma pessoa, ele está pensando. Isso é que é ter peito. Uma nova experiência."

"Cale a boca." Leonard pressionou os olhos com as costas das mãos.

"E quando ele fizer isso, Leonard... vamos e venhamos, você acha que ele é esperto o bastante para não se deixar apanhar?"

"Um monte de gente consegue."

"Claro", disse eu. "Mas esses caras são profissionais. Ele vai pirar. Vai levar um troféu de matador para casa, contar a um amigo ou a um desconhecido num bar. E aí o que vai acontecer, Leonard? Você acha que ele vai segurar a barra quando o promotor aparecer?"

"Estou lhe dizendo para calar essa..."

"Ele vai desmontar num abrir e fechar de olhos. E entregar você como quem passa manteiga na torrada, Leonard."

Leonard pegou o revólver e apontou para mim. "Cale a boca ou eu mesmo vou acabar com você agora mesmo."

"Tudo bem", disse eu. "Mas só uma coisa, Leonard. Só..."

"Pare de falar meu nome!" Ele abaixou a arma e pôs as mãos nos olhos novamente.

"... só mais uma coisa, e não estou inventando. Eu tenho alguns amigos terríveis, muito terríveis. Rezem para que os tiras peguem vocês antes."

Ele levantou a cabeça, tirou as mãos dos olhos. "Você acha que tenho medo de seus amigos?"

"Acho que você está começando a ter. E com razão, Leonard. Você já foi em cana?"

Ele balançou a cabeça.

"Mentira. Meu palpite é que você já andou envolvido com uma ou outra gangue. Lá para os lados de North Shore, eu diria."

Ele disse: "Sem essa. Você acha que vai me encagaçar com essa mentirada? Sou faixa preta, seu puto. Estou no sétimo estágio...".

"Ainda que você seja o filho bastardo de Bruce Lee e Jackie Chan, Leonard, Bubba Rogowski e seu bando vão pular em cima de você como ratos num bocado de carne moída."

Ao ouvir o nome de Bubba, Leonard pegou o revólver novamente. Desta vez ele não apontou. Simplesmente o agarrou.

Lá em cima, Cody Falk andava de um lado para outro, martelando o soalho com os passos pesados.

Leonard soprou o ar por sua boca mole. "Bubba Rogowski", sussurrou ele, depois do que temperou a garganta. "Negativo, nunca ouvi falar nesse cara."

"Claro", Leonard", disse eu. "Claro."

Leonard olhou para o revólver em sua mão e depois para o meu rosto.

"É verdade, eu..."

"Você se lembra de Billyclub Morton?", disse eu. "Vamos, faça uma forcinha. Ele era um cara de North Shore."

Leonard fez que sim, e notei que apareceu um pequeno tique na maçã do rosto do lado esquerdo.

Eu disse: "Você sabe quem o liquidou, Leonard? Sabe, é uma de suas façanhas mais famosas. Ouvi dizer que o crânio ficou feito um tomate estourado por uma dinamite. Dizem que tiveram que fazer a identificação pelas arcadas dentárias. Dizem...".

Leonard interrompeu: "O.k., o.k., foda-se".

Lá de cima veio o barulho de uma gaveta sendo arrancada do móvel. Cody gritou: "Eureca!".

Resisti ao impulso de lançar um olhar assustado por cima do ombro ou em direção ao teto. Continuei falando calmamente, em voz baixa.

"Dê o fora, Leonard. Pegue o revólver e vá embora. Não vacile."

"Eu..."

"Leonard", eu disse num murmúrio. "Não há alternativa: os policiais ou Bubba Rogowski. Mas alguém vai pegar você. Você sabe disso. Cody não tem competência para esse tipo de coisa. Então pare de bancar o babaca. Ou você entra de cabeça nessa história ou dá o fora agora."

Leonard disse: "Eu não quero matar você, cara. Eu só...".

"Então se manda", disse eu baixinho. "É agora ou nunca."

Leonard se levantou, apoiou a mão suada na mesa e respirou fundo várias vezes.

115

Escorei na parede para me levantar, tudo começou a girar, e tive a impressão de não sentir mais o nariz e a boca.
"Leve o revólver", disse eu. "Vá embora."
Leonard voltou para mim o rosto, que não passava de uma máscara de estupidez, medo e perplexidade.
Balancei a cabeça.
Ele passou a mão na boca.
Procurei o seu olhar.
E então Leonard balançou a cabeça, assentindo.
Resisti ao impulso de dar um enorme suspiro de alívio.
Ele passou por mim e saiu pela porta de vidro que dava para a varanda dos fundos da casa. Ele não olhou para trás. Uma vez lá fora, apressou o passo, abaixou a cabeça, atravessou o jardim e saiu pelo portão lateral.
Um a menos, pensei, balançando a cabeça e aspirando grandes volumes de ar para clarear minha visão.
Ouvi os passos de Cody aproximando-se da escada.
Só faltava um.

11

    Abaixei-me e levantei-me várias vezes para reativar a circulação nas pernas, aspirando o máximo de oxigênio que podia.
    Os passos de Cody chegaram ao alto da escada e começaram a descer.
    Desloquei-me devagar ao longo da parede para o canto da cozinha.
    Quando Cody chegou ao fim da escada gritou "Eureca!" novamente. Ao entrar na cozinha, porém, tropeçou no meu pé, e um maço de papéis coloridos caiu de suas mãos quando ele se chocou contra uma banqueta e caiu pesadamente no chão sobre o quadril e o ombro direitos.
    Acho que nunca chutei nada com tanta força como daquela vez. Chutei-lhe as costelas, as virilhas, a barriga, a espinha e a cabeça. Pisei na parte posterior dos joelhos, nos ombros, nos dois tornozelos. Um deles se quebrou com um estalo seco. Cody encostou o rosto no chão e gritou.
    "Onde você guarda suas facas?", perguntei.
    "Meu tornozelo! Meu tornozelo, porra! Você..."
    Meti o salto do sapato em sua têmpora, e ele deu outro grito de dor.
    "Onde, Cody? Diga, senão quebro o outro tornozelo." Pensei no revólver na minha cara, no brilho de seus olhos quando decidiu me matar, e dei-lhe outro chute nas costelas.
    "Na gaveta de cima. Na mesa."
    Fui para o outro lado da mesa e fiquei de costas para

a gaveta para abri-la. Cortei meus dedos na lâmina da primeira faca, mas finalmente consegui segurar o cabo e tirei-a da gaveta.
Cody se ajoelhou.
Voltei para perto dele enquanto lutava para cortar o barbante entre meus pulsos.
"Fique deitado, Cody."
Cody se virou de lado, levantou o joelho até o peito, apalpou o tornozelo, soprou entre os dentes e rolou de costas.
Eu raspava o barbante com a faca e senti que ele ia se rompendo e os pulsos começaram a se apartar. Sempre de olho em Cody, que se contorcia a meus pés, continuei cortando.
As últimas fibras em volta de meus pulsos se partiram e eles ficaram livres.
Deixei a faca em cima do balcão e movimentei a mão em pequenos círculos para normalizar a circulação.
Observando Cody levantar o tornozelo no ar e segurar o joelho gemendo, senti uma espécie de cansaço, uma sensação cada vez mais freqüente nos últimos tempos — uma espécie de amargura que se instalara como células cancerígenas, que tinha a ver com o meu trabalho e com aquilo em que eu me transformara.
Em minha juventude, porém, acho que eu esperava me tornar uma pessoa diferente. Mas que tipo de vida eu estava levando? Lidando com gente como Leonard e Cody Falk, invadindo casas, agredindo gente, quebrando ossos de tornozelos de seres humanos — mesmo que de humanos que não merecessem o nome...
Cody Falk respirava em haustos sibilantes, agora que o primeiro momento de choque tinha passado e a dor começava a pegar firme.
Passei por cima dele para pegar as folhas de papel coloridas que ele deixara cair. Ao todo eram dez, todas endereçadas a Cody, todas escritas numa caligrafia de adolescente.
Todas eram assinadas por Karen Nichols.

Cody,
No clube, você parece gostar de seu corpo tanto quanto eu. Eu o vejo levantando pesos, vejo as gotas de suor em sua pele e me imagino passando a língua entre suas coxas. Me pergunto quando você vai cumprir suas promessas. Naquela noite, no estacionamento, você não viu isso em meu olhar? Você não se tocou, Cody? Algumas mulheres não gostam de ser paqueradas, elas querem ser agarradas. Elas querem ser derrubadas. Querem ser penetradas, Cody, não querem nada com agrados. Não seja delicado, seu babaca. Você está a fim? Venha e tome.
Ou você não é capaz disso, Cody?
Ou tudo não passa de balela?

Estou esperando,
Karen Nichols

As outras cartas eram mais do mesmo — escarnecendo, pedindo, desafiando Cody a agir.

Entre as folhas, encontrei o bilhete que Karen deixou no carro de Cody, aquele que eu tinha embolado e enfiado em sua boca. Cody o alisara e guardara de lembrança.

Cody olhou para mim. Sua boca sangrava, ele estava com um dente quebrado e dois chacoalhavam quando ele falava.

"Está vendo? Foi ela quem pediu. Literalmente."

Dobrei nove páginas e guardei-as no bolso da jaqueta. Fiquei com a décima e com o bilhete que enfiara na boca de Cody na mão. Balancei a cabeça.

"Quando foi que você e Karen terminaram por fazer... sexo?"

"No mês passado. Ela me chamou para o seu novo endereço. Está numa das cartas."

Limpei a garganta. "E foi gostoso, Cody?"

Ele revirou os olhos por um instante. "Foi sujo. Um sujo bom. O melhor que já tive nos últimos tempos."

Minha vontade era pegar meu revólver no porta-luvas do carro e descarregar nele. Eu queria ver sua carne despregando-se dos ossos.

Encostei-me na parede por um instante e fechei os olhos. "Ela resistiu? Tentou defender-se?"

"Claro", disse ele. "Foi um jogo. Ela sustentou o jogo até quando fui embora. Ela até chorou. Ela era muito louca. Bem do jeito que eu gosto."

Abri os olhos, mas os mantive no balcão e na geladeira. Por um instante não consegui olhar para Cody. Simplesmente não suportava.

"Você até guardou o bilhete que ela deixou em seu carro", disse eu, segurando o papel junto de minha perna.

Pelo canto do olho, vi-o sorrir com os lábios sangrentos e mover a cabeça no chão num arremedo de assentimento.

"Claro. Foi com ele que começou o jogo. O primeiro contato."

"Você notou alguma diferença entre o bilhete e as cartas?"

Agora eu olhava diretamente para ele. Forcei-me a isso.
"Não. Deveria?"

Eu me agachei e ele virou a cabeça para me encarar.
"Sim, Cody, deveria."

"Por quê?"

Segurei a carta na mão esquerda, o bilhete na direita, e coloquei-os diante de seus olhos.

"Porque as letras não são iguais, Cody. Nem ao menos se parecem."

Ele tentou rolar para longe de mim, olhos arregalados de terror. Seu corpo se contraiu violentamente, como se eu já o tivesse golpeado.

Quando me levantei, ele rolou novamente, indo parar debaixo da pia.

Permaneci onde estava, vendo-o tentar se enfiar no armário. Peguei então a faca de açougueiro, fui até a sala, cortei o comprido fio elétrico de uma lâmpada, voltei para a cozinha e com ele amarrei as mãos de Cody às suas costas.

Ele disse: "O que você vai fazer?".

Não respondi. Puxei os braços dele para trás e amarrei a ponta do fio no pé de aço da geladeira. Era um pé pequeno e fino, porém mais forte do que quatro Codys, mesmo depois de um dia de estupro e de muita malhação.

"Onde está minha carteira, as chaves do carro e tudo o mais?"

Ele indicou com a cabeça um armário acima do fogão. Eu o abri e encontrei todos os meus objetos pessoais.

Quando eu estava metendo tudo no bolso, Cody disse: "Você vai me torturar".

Balancei a cabeça. "Não, não tocarei mais em você, Cody."

Ele apertou a cabeça contra a geladeira e fechou os olhos.

"Mas vou dar um telefonema."

Cody abriu um olho.

"Sabe, eu conheço um cara..."

Cody virou a cabeça e olhou para mim.

"Bem, vou lhe contar quem é ele quando eu voltar."

"O quê?", disse Cody. "Não, me conte. Que cara?"

Deixei-o ali e saí para a varanda pelas portas de vidro corrediças, passei pelo alto portão de madeira e contornei a casa. Peguei o *Trib* nos degraus da entrada, fiquei parado um instante ouvindo os sons que vinham das casas vizinhas. Estava tudo tranqüilo. Não havia ninguém por perto. Resolvi aproveitar a oportunidade; fui até o Porsche, entrei e, uma vez no volante, fui até a garagem de Cody. Lá eu estava protegido dos olhares indiscretos pela casa de Cody, à minha direita, e pela longa fileira de choupos que margeavam a linha divisória da propriedade, à minha esquerda.

Entrei na garagem pela porta usada por mim e por Bubba da primeira vez, e, na fria penumbra próximo ao Audi de Cody, fiz uma chamada de meu celular.

"MacGuire's", atendeu uma voz de homem.

"É Big Rich quem está falando?"

"Sim, é, sim." Agora a voz tinha uma ponta de aborrecimento.

121

"Olá, aqui é Patrick Kenzie. Quero falar com Sully."
"Olá, Patrick! O que é que está havendo?"
"O mesmo de sempre."
"Saquei. Espere um pouco. Sully está lá atrás."
Esperei um instante e então Martin Sullivan atendeu na sala de trás do bar MacGuire's.
"Sully."
"Tudo bem, Sul?"
"Patrick. O que manda?"
"Tenho um vivo para você."
Seu tom de voz ficou sombrio. "No duro?"
"No duro."
"E alguém tentou conversar com ele?"
"Hum-hum. Uma mudança de hábitos me parece fora de questão."
"Bem, não é de estranhar", disse Sully. "Essa doença é como o ebola, cara."
"É verdade."
"Ele está esperando?"
"Sim. Ele não vai sair."
"Já estou com uma caneta."
Dei-lhe o endereço.
"Escute, Sul, neste caso há algumas circunstâncias atenuantes. Poucas, mas existem."
"E daí?"
"Daí procure não causar nenhum dano permanente. Basta que sejam grandes."
"Tudo bem."
"Obrigado, cara."
"Você manda. Você vai estar aí?"
"Não. Quanto você chegar, já vou estar longe", respondi.
"Obrigado pela dica, irmão. Te devo essa."
"Você não deve nada a ninguém, cara."
"Paz pra você." Ele desligou.
Achei um rolo de fita isolante numa prateleira, entrei na casa pela outra porta da garagem, cheguei a um salão de jogos vazio exceto por um Stair-Master no centro e al-

guns halteres no chão. Atravessei o salão e abri outra porta, que dava para a cozinha, dei mais dois passos e estava diante de Cody Falk novamente.

"Que cara?", disse ele imediatamente. "Você disse que conhecia um cara. Quem é o cara?"

Eu disse: "Cody, isso é muito importante".

"Que cara?"

"Pare de falar desse cara. Depois a gente fala nisso. Cody, preste atenção no que vou dizer."

Ele olhou para mim, todo candura e inocência, tomado de um súbito desejo de agradar, os olhos mal dissimulando o pavor que o dominava.

"Quero que você responda com toda a honestidade, certo? Qualquer que seja a resposta, não vou censurar você. Só preciso saber. Você destruiu ou não destruiu o carro de Karen Nichols?"

Em seu rosto vi o mesmo embaraço que vira quando estive ali com Bubba.

"Não", disse ele com firmeza. "Eu... sabe, não faz meu gênero. Por que eu iria destruir um carro em perfeito estado?"

Balancei a cabeça. Ele estava falando a verdade.

A luzinha do meu desconfiômetro tinha se acendido naquela noite na garagem com Bubba, mas eu estava furioso demais com Cody por causa da história do assédio para prestar-lhe atenção.

"Você não o destruiu mesmo, não é?"

Ele balançou a cabeça. "Não." Ele olhou para o tornozelo. "Pode me trazer um pouco de gelo?"

"Você não quer saber quem é o cara?"

Ele engoliu em seco, e seu pomo-de-adão subiu e desceu.

"No geral, ele é boa gente. Um sujeito normal, tem seu trabalho, leva a sua vida. Mas uns dez anos atrás dois dementes invadiram a casa dele, violentaram sua mulher e sua filha quando ele estava fora. Nunca pegaram os caras. A mulher dele se recuperou o quanto é possível depois de encontros com filhos-da-puta como você, mas a filha dele, sabe, Cody? Ela simplesmente se fechou em si mesma e se deixou levar. Agora ela está num hospício há dez anos. Ela não fala. Fica simplesmente fitando o vazio. Hoje está com vinte e três anos, mas parece ter quarenta." Agachei-me na frente dele. "Esse cara, sabe? Desde então, quando ouve falar de um estuprador, ele junta sua... como dizer... sua tropa, acho que se pode chamar assim... Bem, algum dia você já ouviu a história do cara que alguns anos atrás num conjunto habitacional... acharam o sujeito sangrando por todos os poros e com o próprio pau enfiado na boca?"

Cody encostou-se na geladeira e ficou mudo.

"Então você conhece a história", disse eu. "Não se trata de invenção, aconteceu mesmo, Cody. Foi meu amigo e a turma dele."

A voz de Cody reduziu-se a um murmúrio. "Por favor."

"Por favor?", disse eu, arqueando as sobrancelhas. "Certo. Tente isso com o cara e o pessoal dele."

"Por favor", repetiu ele. "Não faça isso."

"Continue treinando, Cody", disse eu. "Você está quase conseguindo o tom certo."

"Não", gemeu ele.

Desenrolei trinta centímetros de fita isolante cortei-a com os dentes. "Ouça, acho que nessa história de Karen talvez metade tenha sido um engano. Você recebeu esses bilhetes e, como é um imbecil..." Dei de ombros.

"Por favor", disse ele. "Por favor, por favor, por favor."

"Mas houve muitas outras mulheres, não houve, Cody? Outras que não *pediram* isso. Outras que nunca deram queixa na polícia."

Cody tentou abaixar os olhos antes que eu pudesse ver a verdade neles.

"Espere", disse ele num sussurro. "Eu tenho dinheiro."

"Gaste com um terapeuta. Depois que meu amigo e o pessoal dele acertarem você, você vai precisar de um."

Fechei sua boca com a fita isolante e ele ficou de olhos saltados.

Ele gritou, mas o grito saiu abafado e longínquo por trás da fita.

"*Bon voyage*, Cody", disse eu, passando pela porta de vidro. "*Bon voyage.*"

12

O padre que celebrava a missa ao meio-dia em Saint Dominick do Sagrado Coração estava agindo como se tivesse ingressos para o jogo do Sox à uma hora. Padre McKendrick entrou na nave central ladeado de dois coroinhas que tinham de correr para acompanhá-lo. Ele despachou rapidamente as fórmulas de acolhida, o rito penitencial e a oração de abertura como se a Bíblia estivesse em chamas, passou à leitura da carta de são Paulo aos romanos como se o apóstolo tivesse se excedido no café no momento em que a redigiu. Quando ele fechou o Evangelho segundo são Lucas e fez um gesto para que todos se sentassem, eram doze horas e sete minutos e os fiéis pareciam cansados.

Ele agarrou vigorosamente, com as duas mãos, o suporte de madeira inclinado em que descansava o Evangelho e encarou os paroquianos com uma frieza que beirava o desdém. "Paulo escreveu: 'Devemos acordar das trevas e vestir a armadura de luz'. O que vocês acham que significa isso, acordar das trevas e vestir uma armadura de luz?"

Na época em que eu ia à missa regularmente, essa era a parte da missa de que eu menos gostava. O padre tentava explicar uma linguagem profundamente simbólica, escrita há quase dois mil anos, e aplicá-la ao Muro de Berlim, à Guerra do Vietnã, à votação do aborto na Suprema Corte, às chances do Bruins na Stanley Cup. Ele nos enchia com seus raciocínios elaborados.

"Bem, significa o que ele diz", continuou padre McKendrick como se estivesse falando com uma platéia de meninos de escola trazidos de microônibus. "Significa sair da cama. Abandonar as trevas de seus desejos venais, as recriminações mesquinhas, o ódio aos vizinhos, a desconfiança da esposa e a facilidade com que deixam seus filhos serem corrompidos pela televisão. Saiam para o ar livre, diz são Paulo, saiam para a luz! Deus é a lua, as estrelas e, principalmente, Deus é o sol. Sintam o calor do sol. Transmitam-no aos outros. Façam o bem. Dêem uma contribuição extra na hora da coleta hoje. Sintam Deus trabalhando em vocês. Dêem as roupas de que vocês *gostam* para um albergue. Sintam o Senhor. Ele é a armadura de luz. Saiam e façam o que é certo." Ele esmurrou o suporte de madeira para dar mais ênfase a suas palavras. "Façam o que é *luz*, estão entendendo?"

Olhei para os fiéis à minha volta. Várias pessoas balançaram a cabeça em sinal de assentimento. Nenhum deles parecia ter a mínima idéia do que o padre McKendrick estava falando.

"Muito bem", disse ele. "Todos de pé."

Todos nos levantamos. Olhei o relógio. Exatamente dois minutos. O sermão mais rápido que ouvi em minha vida. Não havia dúvida de que o padre McKendrick tinha ingressos para o jogo do Red Sox.

Os paroquianos pareciam desconcertados, mas contentes. A única coisa que os bons católicos amam mais do que a Deus é um sermão curto. Podem ficar com sua música de órgão, com seu coro, com seu incenso e com suas procissões. Dêem-nos um padre com um olho na Bíblia e o outro no relógio, e nós viremos em número pelo menos igual ao dos que vão ao sorteio do peru, uma semana antes do Dia de Ação de Graças.

Enquanto alguns fiéis circulavam entre os bancos com cestinhos de vime recolhendo os óbolos, padre McKendrick abreviava a oferenda dos dons e a consagração da hóstia com uma expressão no olhar que parecia dizer aos dois coroinhas de onze anos que aquilo não era um campeonato de dentes-de-leite, mas de primeira divisão. Portanto, vamos com isso, meninos, fiquem espertos.

Cerca de três minutos e meio depois, logo depois de sapecar o pai-nosso, o reverendo McKendrick nos pediu que trocássemos os cumprimentos da paz. Ele não parecia muito satisfeito com aquilo, mas havia regras a cumprir, imagino. Assim, apertei as mãos do marido e da mulher que estavam ao meu lado e dos três velhos que estavam no banco vizinho e das duas velhas do banco da frente.

Ao fazer isso, consegui cruzar o olhar com o de Angie. Ela estava lá na frente, a nove fileiras do altar, e, no momento em que se voltou para apertar a mão de um adolescente gorducho que estava logo atrás, ela me viu. Pensei ter surpreendido em seu rosto uma fugaz expressão de surpresa, de felicidade e de aflição, depois ela inclinou ligeiramente a cabeça em sinal de reconhecimento. Fazia seis meses que eu não a via, mas fui forte o bastante para resistir ao desejo de fazer um aceno e soltar um grito de alegria. Afinal de contas estávamos numa igreja, onde grandes demonstrações de afeto causam estranheza. Além disso, estávamos na igreja do padre McKendrick, e eu tinha a impressão de que, se gritasse, ele ia me mandar para o inferno.

Sete minutos depois, estávamos do lado de fora. Se dependesse do padre, estaríamos na rua em quatro minutos, mas vários paroquianos mais idosos atrasaram a fila da Santa Comunhão, e McKendrick os observava aproximar-se lutando com seus andadores, tendo no rosto uma expressão que dizia: Deus pode ter o dia inteiro, mas eu não.

Na calçada na frente da igreja, fiquei olhando Angie sair e parar no alto da escadaria para falar com um senhor idoso vestido num terno de tecido de algodão leve. Ela apertou entre as suas a mão trêmula do velho, inclinou-se quando ele lhe disse alguma coisa e abriu um largo sorriso quando ele terminou de falar. Surpreendi o gorduchinho, que teria uns treze anos, esticando a cabeça por trás do braço da mãe para dar uma olhada no decote de Angie no momento em que ela se inclinou em direção ao velho de terno de tecido de algodão. O menino sentiu-se observado e se voltou para me olhar. O rosto cheio de espinhas ficou vermelho feito um pimentão, por força do velho e bom sentimento de culpa católico. Sacudi vigorosamente o dedo em sua direção e o pirralho benzeu-se apressadamente, baixando os olhos para os sapatos. No sábado seguinte certamente ele estaria no confessionário, confessando desejos concupiscentes. Em sua idade, a lista seria interminável.

Vai ter de rezar seiscentas ave-marias, meu filho.
Sim, padre.
Você vai ficar cego, meu filho.
Sim, padre.

Angie abriu caminho por entre a multidão que se demorava na escadaria de pedra. Afastava com os dedos as mechas de cabelo dos olhos, embora pudesse resolver o problema simplesmente levantando a cabeça. Ela a mantinha abaixada, porém, enquanto se aproximava de mim, temendo talvez que eu surpreendesse alguma coisa em seu rosto que me fizesse ganhar o dia ou, ao contrário, que me magoasse.

Ela cortara o cabelo. Bem curto. Todos aqueles cachos luxuriantes cor de chocolate que se matizavam de castanho desde o fim da primavera e o início do verão — aquelas tranças, grossas como cordas, que lhe desciam até a parte inferior das costas e que cobriam completamente seu travesseiro e o meu e que ela levava uma hora para escovar antes de dormir — haviam desaparecido. Agora o cabelo lhe descia pelas maçãs do rosto e morria abruptamente na altura da nuca.

Se Bubba a visse iria chorar. Bem, talvez não chorasse. Talvez atirasse em alguém. Na cabeleireira de Angie, para começar.

"Não diga uma palavra sobre meu cabelo", disse ela ao levantar a cabeça.

"Que cabelo?"

"Obrigada."

"Não, estou falando sério. Que cabelo?"

Seus olhos cor de caramelo estavam impenetráveis como as águas sombrias de uma lagoa. "O que você está fazendo aqui?"

"Ouvi dizer que os sermões estão um arraso."

Ela deslocou o peso do corpo de uma perna para outra. "Ah."

"Não posso aparecer por aqui?", disse eu. "Para ver uma velha amiga?"

Seus lábios se crisparam. "Da última vez que você apareceu, chegamos a um acordo de que o telefone bastava, não foi?"

Seus olhos se encheram de dor, perturbação e orgulho ferido.

A última vez fora no inverno. Encontramo-nos para tomar um café. Almoçamos juntos. Passamos então a uns drinques. Como bons amigos. De repente estávamos no tapete da sala de estar de seu novo apartamento, ofegantes, vozes roucas, tendo deixado as roupas na sala de jantar. Foi um momento de sexo raivoso, triste, violento, estimulante, vazio. De volta à sala de jantar, apanhando as nossas roupas e sentindo o frio do inverno roubar o calor de nossos corpos, Angie dissera: "Estou com uma pessoa".

"Uma pessoa?", disse eu enquanto vestia meu agasalho, que estava embaixo de uma cadeira.

"Outra pessoa. Não podemos fazer isso. Essa história tem de acabar."

"Então volte para mim. Dane-se a pessoa."

Nua da cintura para cima e furiosa com aquilo, ela olhou para mim, os dedos desembaraçando as alças do sutiã, que tinha ficado em cima da mesa da sala de jantar. Em minha condição de homem, eu levava vantagem, podendo vestir-me mais depressa: bastava botar a cueca, a calça jeans e o agasalho — e já estava pronto.

Angie, atarantada com o sutiã, parecia meio perdida.

"A gente não dá certo, Patrick."

"Claro que dá."

Tive uma sensação de dura inexorabilidade quando ela terminou de pôr o sutiã e procurou o suéter na cadeira.

"Não, a gente não dá certo. A gente quer, mas não dá. Nas pequenas coisas, tudo bem. Nas coisas importantes, a gente trava."

"E você e a Pessoa?", disse eu, enfiando os pés nos sapatos. "Vai tudo às mil maravilhas, não é?"

"Pode ser, Patrick. Pode ser."

Observei-a passar o suéter pela cabeça, sacudindo em seguida a abundante cabeleira para soltar as últimas mechas da gola.

Apanhei a minha jaqueta que estava no chão. "Se a Pessoa é tão simpática com você, Ange, o que é que nós fizemos na sala?"

"Um sonho", disse ela.

Da porta, lancei um rápido olhar ao tapete. "Bonito sonho."

"Talvez", disse ela em tom neutro. "Mas agora acordei."

Aquela tarde de janeiro chegava ao fim quando saí do apartamento de Angie. A cidade perdera suas cores. Escorreguei no gelo e me agarrei ao tronco de uma árvore escura para não cair. Fiquei com a mão encostada na árvore por um bom tempo, esperando que passasse o imenso vazio dentro de mim.

Finalmente me animei a ir embora. Estava ficando escuro, o frio aumentava, e eu estava sem luvas. Eu estava sem luvas, e o frio era cortante.

"Você ouviu falar de Karen Nichols, não é?", perguntei, enquanto Angie e eu caminhávamos em Bay Village, à sombra das árvores mosqueadas de sol.

"E quem não ouviu?"

A tarde estava nebulosa, batida por uma brisa úmida que acariciava a pele, entrava pelos poros como sabão e tinha um cheiro forte que anunciava aguaceiros iminentes.

Angie deu uma olhada na grande massa de gaze que cobria meu ouvido. "A propósito, o que aconteceu?"

"Um sujeito me acertou com uma chave inglesa. Um ferimento feio, mas não quebrou nada."

"Houve hemorragia interna?"

"Um pouco", respondi, sacudindo os ombros. "Mas deram um jeito no pronto-socorro."

"Você se divertiu um bocado, não?"

"Adoidado."

"Você leva muita porrada, Patrick."

Revirei os olhos, desviei a conversa de minhas habilidades físicas ou da falta delas.

"Preciso saber mais sobre David Wetterau."

"Por quê?"

"Você indicou meu nome a Karen Nichols por intermédio dele, não foi?"

"Foi."

"Para começar, como você o conheceu?"

"Ele estava iniciando um pequeno negócio. A Sallis & Salk prestou alguns serviços para ele e seu sócio."

A Sallis & Salk era a companhia em que Angie agora trabalhava. Um monstro de segurança de alta tecnologia que prestava todo tipo de serviço, desde proteção a chefes de Estado até instalação e monitoramento de alarmes contra roubos. Quase todos os empregados eram ex-policiais ou ex-agentes federais, e todos ficavam muito bem em seus ternos pretos.

Angie parou. "E que caso é esse em que você está trabalhando, Patrick?"

"Tecnicamente, não há um caso."

"Tecnicamente", disse ela, balançando a cabeça.

"Ange" disse eu. "Tenho motivos para acreditar que toda a série de desgraças que se abateram sobre Karen Nichols nos meses que precederam a sua morte não foi acidental."

Ela se encostou na grade de ferro batido em frente a um edifício de arenito castanho-avermelhado, passou a mão no cabelo curto, parecendo por um instante se deixar abater pelo calor. Seguindo a tradição do Velho Mundo de seus pais, Angie sempre vestia uma roupa domingueira para ir à missa. Naquele dia ela estava com uma calça pregueada de linho creme, uma blusa de seda branca sem mangas e um blazer que ela tirou logo que começamos a andar.

Mesmo com o serviço porco que fizeram no cabelo (tudo bem, não foi um serviço porco; na verdade era bem atraente, se você não a conhecesse antes), ela continuava um verdadeiro arraso.

Ela olhou para mim e sua boca se abriu numa perfeita forma oval de perguntas não formuladas.

"Você vai me dizer que eu estou louco", disse eu.

Ela balançou a cabeça devagar. "Você é um bom detetive. Não tiraria uma coisa dessas do nada."

"Obrigado", disse eu em voz baixa. Senti um alívio muito maior do que esperava pelo fato de que pelo menos uma pessoa não punha em dúvida a validade de minha investigação.

Retomamos a caminhada. Bay Village fica em South End e costuma ser chamada de Gay Village pelos homófobos e pelos defensores da família, por causa da predominância de casais do mesmo sexo no bairro. Angie se mudara para lá no outono passado, poucas semanas depois de ter saído de meu apartamento. Ficava a uns cinco quilômetros de Dorchester, mas podia muito bem ficar na face oculta de Plutão. Com seus poucos e densos quarteirões, suas fachadas arredondadas de arenito cor de chocolate, seu calçamento de pedras avermelhadas, Bay Village está firmemente plantado entre a Columbus Avenue e a Mass Pike. Enquanto o resto do South End vai ficando cada vez mais na moda — galerias, cafés e bares decorados no estilo Los Angeles brotando feito ervas daninhas, ao passo que os antigos habitantes que salvaram aquele recanto da degradação urbana das décadas de 1970 e 80 vão sendo expulsos implacavelmente por especuladores que procuram comprar tudo a preço de banana hoje para revender mais caro um mês depois —, Bay Village parece o último remanescente dos velhos tempos em que todo mundo se conhecia. Confirmando a reputação do bairro, a maioria das pessoas com quem cruzamos eram casais de gays ou de lésbicas, pelo menos dois terços deles passeando com seus cães, e todos eles acenavam para Angie, trocavam alguns cumprimentos, comentários sobre o tempo e as últimas fofocas do bairro. Ocorreu-me que ali existia uma verdadeira comunidade, mais que em qualquer outro bairro em que eu estivera nos últimos tempos, inclusive no meu. Aquelas pessoas se conheciam e pareciam preocupar-se umas com as outras. Um homem disse a Angie que na noite anterior pusera para correr dois rapazes que rondavam o carro dela e sugeriu que ela instalasse um alarme. Talvez eu não conseguisse entender certas sutilezas, mas aquilo me parecia ser a própria essência dos valores familiares. Eu me perguntava como era possível que os bons cristãos escondidos na esterilidade e no artificialismo dos bairros chiques vissem a si mesmos como a encarnação desse ideal, quando nem ao menos conheciam as pessoas que moravam quatro casas adiante das suas.

Contei a Angie tudo o que sabia até aquela altura sobre os últimos meses de vida de Karen Nichols — seu mergulho brutal no álcool e nas drogas, as cartas enviadas em seu nome para Cody Falk, minha certeza de que não fora Cody o responsável pela destruição de seu carro, o estupro de que fora vítima e a prisão por prostituição.

À exceção de um "Meu Deus", quando cheguei à parte do estupro, Angie ficou calada enquanto atravessávamos South End, depois a Huntington Avenue, para finalmente ladear a ampla sede da Igreja da Ciência Cristã, com sua piscina cintilante e seus edifícios encimados por domos.

Quando terminei, Angie disse: "Então por que esse interesse em David Wetterau?".

"Porque foi o primeiro fio da malha a ser puxado. Foi aí que começou a desagregação de Karen."

"E você acha que podem tê-lo empurrado no trânsito?"

Dei de ombros. "Em circunstâncias normais, com quarenta e seis testemunhas, eu não suspeitaria isso. Mas como naquele dia ele não devia estar naquela esquina, e agora com essas cartas que alguém enviou a Cody, tenho certeza de que alguém fez todo o possível para destruir Karen Nichols."

"Levando-a ao suicídio?"

"Não necessariamente, embora eu não descarte essa hipótese. Por enquanto, digamos apenas que alguém estava resolvido a destruir sua vida pouco a pouco."

Ela balançou a cabeça e sentamos à beira da piscina. Ela mergulhou distraidamente os dedos na água.

"Wetterau e Ray Dupuis montaram sua firma de equipamentos para filmagem, e a Sallis & Salk foi contratada para investigar todos os empregados e estagiários. Não se descobriu nada que desabonasse nenhum deles."

"E quanto a Wetterau?"

"Que tem ele?"

"Ele passou no teste?"

Ela olhou a própria imagem refletida no espelho-d'água. "Foi ele quem nos contratou."

"Mas não era ele quem estava pagando. Ele tinha um Volkswagen, e Karen me disse que eles compraram um Corolla porque não tinham dinheiro para comprar um Camry. Ray Dupuis pediu que investigassem seu sócio?"

Angie contemplava as ondinhas que se formavam em volta de seus dedos. "Sim." Ela balançou a cabeça, olhos ainda fitos na água. "Wetterau passou no teste. Muitíssimo bem."

"A Sallis & Salk tem alguém que faça análise grafológica?"

"Claro. Temos pelo menos dois especialistas em falsificação. Por quê?"

Passei-lhe as duas amostras que conseguira da assinatura de Wetterau — uma com o "P" e outra sem.

"Você pode me fazer o favor de verificar se essas duas assinaturas foram feitas pela mesma pessoa?"

Angie as pegou. "Acho que sim."

Ela se voltou, ergueu um joelho à altura do peito, apoiou o queixo sobre ele e olhou para mim.

"O que é?"

"Nada. Estou só olhando."

"Está vendo alguma coisa boa?"

Ela virou a cabeça para a igreja de forma a fugir da pergunta e deixar bem claro que o flerte não fazia parte do cardápio do dia.

Chutei o contorno da piscina e me esforcei para não dizer o que eu vinha sentindo nos últimos meses. Por fim, não resisti.

"Ange", disse eu. "Essa coisa está começando a me desgastar."

Ela me lançou um olhar perplexo. "Karen Nichols?"

"Tudo isso. O trabalho, o... Já não tem..."

"... a menor graça?", disse ela com um pequeno sorriso.

Sorri também. "Sim, exatamente."

Ela abaixou os olhos. "E quem disse que a vida é para ter graça?"

"E quem disse que não é para ter?"

O pequeno sorriso voltou-lhe aos lábios. "Tudo bem. Ponto para você. Você está pensando em abandonar?"

Dei de ombros. Eu ainda era relativamente jovem, mas isso ia mudar.

"Está se ressentindo de todos os ossos quebrados?"

"Todas as vidas quebradas", disse eu.

Ela abaixou o joelho e mergulhou os dedos na água novamente. "E o que você iria fazer?"

Levantei-me, estiquei o corpo tentando aliviar as dores e cãibras que sentia nas costas desde aquela manhã na casa de Cody Falk. "Eu não sei. Simplesmente estou realmente... cansado."

"E Karen Nichols?"

Olhei para ela. Sentada à beira da piscina de águas transparentes, a pele bronzeada pelo sol de verão e seus grandes olhos pretos tão assustadoramente inteligentes como antes, cada centímetro dela me fazia doer o coração.

"Quero falar em seu nome", disse eu. "Quero provar

para alguém — talvez a pessoa que tentou destruir sua vida, talvez para mim mesmo — que sua vida era valiosa. Faz sentido?"

Ela olhou para mim com uma expressão terna e aberta. "Sim, sim. Faz, sim, Patrick." Ela fez um gesto com a mão que estava fora da água e ficou de pé ao meu lado. "Vou lhe fazer uma proposta."

"Manda."

"Se você conseguir provar que o acidente de David Wetterau merece ser revisto, eu entro no caso. Sem cobrar nada."

"E quanto à Sallis & Salk?"

Ela soltou um suspiro. "Estou começando a me perguntar se todos aqueles casos de merda que eles me passam não são apenas para que eu ganhe experiência. É..." Ela levantou a mão da água, depois a deixou cair novamente. "Bom, mas de qualquer forma, não estou sobrecarregada na firma. Posso ajudá-lo... tirar uma folga ou outra se precisar, e quem sabe vai ser..."

"Divertido?"

Ela sorriu. "Sim."

"Quer dizer então que se eu provar que o acidente de Wetterau foi suspeito, você entra no caso. É isso que você propõe?"

"Eu não vou *entrar* no caso. Posso ajudá-lo aqui e ali, quando puder." Ela se levantou.

"Está bem."

Estendi a mão. Ela a apertou. A pressão de sua mão me abriu buracos no peito e no estômago. Eu estava sequioso dela. Eu me derreteria ali mesmo, se ela pedisse.

Ela retirou a mão da minha, enfiou-a no bolso como se estivesse queimando.

"Eu..."

Ela recuou um passo, esquivando-se do que viu em meu rosto, fosse lá o que fosse. "Não diga nada."

Dei de ombros. "Tudo bem. Mas eu penso."

"Psst." Ela pôs o dedo nos lábios, sorriu, mas seus olhos úmidos brilhavam. "Psst", fez ela de novo.

13

O motel Holly Martens, de Mishawauk, uma cidadezinha não muito longe de Springfield, ficava a cinqüenta metros de um trecho da Rodovia 147 invadido pela grama, agora amarelada. Simples aglomeração de edifícios de paralelepípedos formando um T, o Holly Martens se espalhava ao longo de uma extensão de terra de um marrom sujo e terminava num lamaçal grande e escuro que bem podia guardar os restos de um dinossauro. O Holly Martens dava a impressão de ser parte de uma base aérea militar ou abrigo antiaéreo dos anos 50, e nada em seu aspecto convidava o visitante a voltar uma segunda vez. Vi que havia uma piscina à minha esquerda quando estacionei na frente da recepção. Vazia e rodeada por uma grade encimada de arame farpado, estava atulhada de garrafas de cerveja verdes e marrons, cadeiras de jardim comidas pela ferrugem, embalagens de fast-food e um carrinho de supermercado velho. Numa tabuleta descascada fixada na grade lia-se: PISCINA SEM SALVA-VIDAS BANHO PERIGOSO. É possível que tivessem esvaziado a piscina para evitar que os clientes jogassem garrafas de cerveja dentro dela. Ou então as garrafas eram jogadas justamente porque a piscina fora esvaziada. Talvez o salva-vidas tivesse levado a água consigo ao ir embora. Talvez também fosse melhor eu parar de me fazer perguntas sobre coisas que nada tinham a ver comigo.

A recepção cheirava a cachorro molhado, cavacos de madeira, desinfetante e jornais sujos de resíduos fecais e respingos de urina. Isso porque atrás do balcão de recepção havia pelo menos seis gaiolas, todas ocupadas por roedores — porquinhos-da-índia em sua maioria, alguns hamsters guinchando em suas rodas, patinhas pedalando feito loucas, focinhos levantados para o alto do cilindro como se eles se perguntassem por que não conseguiam chegar ao topo.

Contanto que não haja ratos, pensei. Por favor, ratos não.

A mulher atrás do balcão era uma loira descorada muito magra. Seu corpo, que parecia feito apenas de cartilagem, dava a impressão de que a gordura tomara o mesmo chá de sumiço que o salva-vidas, privando-a dos peitos e da bunda. Sua pele era tão queimada e dura que parecia madeira nodosa. Podia ter qualquer idade entre vinte e oito e trinta e oito, e via-se que ela já passara por tudo e mais alguma coisa antes de completar vinte e cinco anos.

Ela me deu um sorriso largo e franco, com uma leve sugestão de desafio. "Olá! Você é o cara que ligou?"

"Ligou?", disse eu. "Para tratar de quê?"

O cigarro entre seus lábios estremeceu. "Do ar-condicionado."

"Não", disse eu. "Sou detetive particular."

Ela riu com o cigarro preso entre os dentes. "Verdade?"

"Verdade."

Ela tirou o cigarro, fez cair a cinza no chão atrás de si e se inclinou sobre o balcão. "Como o Magnum?"

"Igualzinho ao Magnum", eu disse, tentando erguer e baixar as sobrancelhas naquele estilo que é a marca registrada de Tom Selleck.

"Eu assisto as reprises", disse ela. "Rapaz, ele era o maior charme, sabe?" Ela arqueou uma sobrancelha e abaixou a voz. "Por que será que os homens não usam mais bigode?"

"Será que é porque as pessoas logo pensam que eles são homossexuais ou caipiras?"

Ela balançou a cabeça. "Com certeza, com certeza. Mas é uma pena."

"Não há dúvida", disse eu.

"Nada como um homem de bigode."

"Certíssimo."

"Bom, que posso fazer por você?"

Eu lhe mostrei a foto da carta de motorista de Karen Nichols que eu recortara do jornal. "Você a conhece?"

Ela olhou a foto por um bom tempo, depois negou com a cabeça. "Mas não é aquela mulher?"

"Que mulher?"

"A que pulou de um edifício no centro da cidade?"

Confirmei. "Ouvi dizer que ela ficou aqui por algum tempo."

"Não", ela disse baixando a voz. "Ela parece um pouco... certinha demais para um lugar como este aqui, sabe?"

"Que tipo de gente vem aqui?", perguntei, como se já não soubesse.

"Ah, gente legal", disse ela. "Pessoas muito simpáticas. O sal da terra, sabe? Mas só que talvez elas tenham uma aparência menos fina do que a média. Vêm muitos motociclistas."

Vamos investigar isso, pensei.

"Caminhoneiros."

Isso também.

"Gente precisando de um lugar para... bem, trocar idéias, fazer um balanço da vida."

Leia-se: *junkies* e gente em liberdade condicional.

"Muitas mulheres solteiras?"

Seus olhos brilhantes se anuviaram. "Tudo bem, meu querido, vamos direto ao ponto. O que você está procurando aqui?"

Bem no estilo de uma calejada mulher de bandido. Magnum ficaria impressionado.

Eu disse: "Alguma mulher já ficou um tempinho aqui e foi embora sem pagar a conta? Digamos, uma semana ou mais?".

Ela lançou um olhar ao livro de registros em cima do balcão e a malícia voltou aos seus olhos. "Talvez."

"Talvez?" Inclinei o ombro para o balcão, emparelhando-o com o seu.

Ela sorriu e encostou o cotovelo no meu. "Sim, talvez."

"Você pode dar alguma informação sobre ela?"

"Ah, claro", disse ela sorrindo. Tinha um belo sorriso; dava para ver a criança nele, antes das muitas horas de tablado, dos cigarros e dos rigores do sol. "Mas meu velho pode lhe dizer muito mais."

Eu não sabia ao certo se "velho" significava pai ou marido. Naquelas bandas, podia significar um ou outro. Diabo, num lugar como aquele podia significar os dois ao mesmo tempo.

Mantive o cotovelo no lugar em que estava. Ah, essa mania de viver perigosamente. "Como por exemplo...?"

"Como por exemplo, por que não fazemos algumas apresentações para começar? Como é seu nome?"

"Patrick Kenzie", disse eu. "Meus amigos me chamam de Magnum."

"Mentira", disse ela com um risinho. "Aposto como não chamam."

"Aposto como você tem razão."

Ela abriu a mão e a estendeu. Fiz o mesmo e trocamos um aperto de mão com os cotovelos apoiados no balcão, como se fôssemos disputar uma queda-de-braço.

"Eu me chamo Holly", disse ela.

"Holly Martens?", disse eu. "Como o sujeito daquele filme antigo?"

"Quem?"

"*O terceiro homem*", eu disse.

"O meu velho, sabe? Quando ele pegou este lugar aqui ele era chamado Molly Martensson's Lie Down. Tinha um belo luminoso de neon no telhado, dava um belo efeito à noite. Então meu velho, Warren, tinha um amigo, Joe, que era muito bom para consertar coisas. Então Joe arrancou o M, substituiu por um H, depois pintou de preto o O-N apóstrofo S. As letras não estão bem centradas, mas à noite fica bonito do mesmo jeito."

"E a parte do 'Lie Down'?"

"Não estava no letreiro."

"Graças a Deus."

Ela bateu a mão no balcão. "Foi isso mesmo que eu disse!"

"Holly!", chamou alguém dos fundos da recepção. "O desgraçado do gerbo cagou nos meus papéis!"

"Eu não tenho nenhum gerbo!", gritou ela em resposta.

"Então foi o desgraçado desse porco anão. Quantas vezes já lhe disse que não os deixasse sair das gaiolas?"

"Eu crio porquinhos-da-índia", disse ela, baixinho, como se fosse um segredo que guardasse com carinho.

"Notei que tem hamsters também."

Ela confirmou com um gesto de cabeça. "Tinha também uns furões, mas eles morreram."

"Diabo."

"Você gosta de furões?"

"Nem um pouco", disse eu sorrindo.

"Não seja tão ranzinza. Os furões são divertidos." Ela estalou a língua. "São divertidíssimos."

Ouvi um estalido e um chiado vindo de trás dela, forte demais para os cilindros dos hamsters, e Warren entrou na sala de recepção pilotando uma cadeira de rodas de couro preto e metal cromado brilhante.

As pernas acabavam logo abaixo dos joelhos, mas o resto do corpo era compacto. Estava com uma camiseta preta sem mangas sobre um peito largo como o casco de um barco pequeno, e fortes tendões avultavam ferozmente nos braços e antebraços. Seu cabelo era de um loiro descorado como o de Holly, aparado rente nas têmporas. Penteado para trás, descia em massa volumosa desde a fronte até os ombros. Os músculos de seu poderoso maxilar não tinham descanso, e as mãos, calçadas com mitenes de couro preto, pareciam capazes de quebrar um mourão de carvalho de uma cerca como se fosse madeira compensada.

Ele não olhou para mim enquanto se aproximava de Holly. Ele disse: "Querida?".

Ela voltou a cabeça e fitou seu belo rosto com uma adoração tão imediata e tão absoluta que invadiu a sala como um quarto corpo.

"Baby?"

"Você sabe onde pus os comprimidos?" Warren avançou com a cadeira para junto da escrivaninha e procurou nas gavetas de baixo.

"Os brancos?"

Ele ainda não olhara para mim. "Não, os amarelos, amor. Os das três horas."

Ela inclinou a cabeça como se tentasse lembrar. Então aquele maravilhoso sorriso lhe iluminou o rosto, ela bateu palmas e Warren também sorriu, fascinado com seu encanto.

"Claro que sei, baby!" Ela tirou de sob o balcão um frasco de comprimidos cor de âmbar. "Fique esperto!"

Ela jogou o frasco para ele, que o pegou no ar sem desviar os olhos de Holly.

Ele jogou dois comprimidos na boca e se pôs a mastigá-los. Seus olhos ainda estavam perdidos nos dela quando disse: "O que você está querendo, Magnum?".

"Os últimos objetos de uso pessoal de uma mulher que morreu."

Ele estendeu o braço e tomou a mão de Holly. Passou o polegar pelas costas da mão dela, ficou observando a pele como se guardasse cada pinta na memória.

"Por quê?"

"Ela morreu."

"Você já disse isso." Ele virou a palma da mão dela para cima, traçou linhas com o dedo. Holly acariciou com a outra mão o cabelo dele.

"Ela morreu", eu disse. "E ninguém está nem aí."

"Ah, mas você está, não é? Puxa, assim você se mostra um ótimo sujeito, não é?", disse ele, agora passando os dedos no punho da mulher.

"Estou tentando."

"Essa mulher — era uma baixinha e loira que se entupia de Quaalude e de Midori desde as sete da manhã?"

"Ela era baixinha e loira. Quanto ao resto, não sei."

"Chegue aqui, amor." Delicadamente, fez que Holly se sentasse em seu colo e afastou espessas mechas de cabelo de sua nuca. Holly mordeu o lábio inferior, olhou nos olhos dele e seu queixo tremeu.

Warren voltou a cabeça de modo que o peito de Holly ficou apertado contra seu ouvido e então ele me olhou diretamente pela primeira vez. Ao ver seu rosto de frente, surpreendi-me ao ver quão jovem ele era. Menos de trinta, talvez, olhos azuis de criança, faces lisas como as de uma debutante, candura de um surfista purificado pelo sol.

"Você chegou a ler o que Denby escreveu sobre *O terceiro homem?*", perguntou Warren.

Esse Denby era David Denby, pensei, crítico de cinema da revista *New Yorker*. Eu nunca podia imaginar que Warren o citasse, ainda mais porque sua mulher acabava de dizer que nunca ouvira falar no filme a que eu me referira.

"Acho que não."

"Ele diz que nenhum adulto no mundo do pós-guerra tem o direito de ser inocente como Holly Marten era."

Sua mulher exclamou: "Ei!".

Ele tocou o nariz dela com a ponta do dedo. "A personagem do filme, querida, não você."

"Ah, então tudo bem."

Ele olhou para mim novamente. "Concorda, senhor detetive?"

Fiz que sim. "Sempre achei que Calloway era o único herói do filme."

Ele estalou os dedos. "Trevor Howard. Eu também." Ele levantou os olhos para a mulher, ela enterrou o rosto em seu cabelo e o cheirou. "Os objetos de uso pessoal da mulher... você não está procurando alguma coisa de valor, está?"

"Como jóias, por exemplo?"

"Jóias, câmeras, esse tipo de coisa que se pode penhorar."

"Não", disse eu. "Estou procurando os motivos de sua morte."

"A mulher que você procura", disse ele, "ocupou o 15 B. Baixinha, loira e se dizia chamar Karen Wetterau."

"Era a própria."

"Venha", disse ele fazendo um gesto em direção ao portãozinho ao lado da escrivaninha. "Vamos dar uma olhada juntos."

Aproximei-me da cadeira de rodas e Holly virou o rosto sem o afastar da cabeça dele e me olhou com olhos sonolentos.

"Por que você está se mostrando tão gentil?", perguntei.

Warren deu de ombros. "Porque ninguém nunca foi gentil com Karen Wetterau."

14

A uns trezentos metros do fundo do motel havia um celeiro, para além de um mirrado bosque de árvores secas e partidas e de uma pequena clareira escurecida por óleo de motor. Como se estivesse passeando numa estrada recém-asfaltada, Warren Martens fez avançar sua cadeira de rodas por entre galhos apodrecidos, folhas mortas acumuladas ao longo dos anos, pequenas garrafas vazias, peças de carro abandonadas e os alicerces arruinados de um edifício que devia ter morrido mais ou menos na mesma época em que Lincoln.

Holly ficou na recepção para o caso de aparecer algum cliente, visto que o Ritz estava lotado, e Warren me fez descer uma rampa de madeira nos fundos do motel em direção ao celeiro, já meio derreado, onde ele guardava os objetos abandonados nos quartos pelos hóspedes. Ele tomou a dianteira quando chegamos à altura do grupo de árvores, aumentando a velocidade até o chiado das rodas cobrir o estalejar das folhas secas. Havia uma águia da Harley-Davidson costurada no meio do encosto de couro de sua cadeira, ladeada de adesivos em que se lia: OS MOTOQUEIROS ESTÃO EM TODA PARTE; UM DIA DE CADA VEZ; SEMANA DA MOTO, LACONIA, NEW HAMPSHIRE; O AMOR ACONTECE.

"Qual o ator de que você mais gosta?", gritou ele por sobre o ombro, enquanto os fortes braços impulsionavam as rodas por cima das folhas crepitantes.

"Entre os atuais ou os antigos?"

"Os atuais."

"Denzel", disse eu. "E você?"

"Eu diria Kevin Spacey."

"Ele é bom."

"Fiquei fã dele desde *Wiseguy*. Lembra dessa série?"

"Mel Profitt", disse eu, "e Susan, sua irmã incestuosa."

"Muito bem", disse ele erguendo a mão em minha direção, e eu bati nela. "O.k.", disse ele, cada vez mais animado por ter encontrado um maluco por cinema em meio àquelas árvores secas. "Diga qual sua atriz preferida entre as atuais, e não vale dizer Michelle Pfeiffer."

"Por que não?"

"O *sex-appeal* pesa demais. Isso pode invalidar o julgamento."

"Ah", fiz eu. "Joan Allen, então. E você?"

"Sigourney. Com ou sem armas automáticas." Ele olhou para mim enquanto eu o alcançava. "E o melhor ator entre os antigos?"

"Lancaster", disse eu. "Nem se discute."

"Mitchum", disse ele. "Nem se discute. Atriz?"

"Ava Gardner."

"Gene Tierney", disse ele.

"Podemos não concordar no varejo, mas pode-se dizer que temos um gosto impecável."

"Sem dúvida", disse ele com um risinho, depois inclinou a cabeça para trás e ficou olhando os galhos negros passando acima de sua cabeça. "O que dizem sobre bons filmes é a pura verdade."

"O que é que dizem?"

Sempre com a cabeça inclinada para trás, ele continuou impulsionando as rodas da cadeira, como se conhecesse cada centímetro daquele deserto. "Eles levam você para outro mundo. Quando vejo um bom filme, não *esqueço* que não tenho pernas. Eu *tenho* pernas. Elas são as de Mitchum porque eu sou Mitchum, e são minhas também as mãos que acariciam os braços nus de Jane Greer. Os bons filmes, cara, eles nos dão outra vida. Eles lhe dão um outro futuro, pelo menos por algum tempo."

147

"Por duas horas", disse eu.

"Sim", disse ele com outro risinho, dessa vez mais melancólico. "Sim", repetiu ele, em tom mais brando, e por um instante senti sobre nós todo o peso de sua existência — o motel em petição de miséria, as árvores secas, os membros-fantasma aos trinta anos de idade, e aqueles hamsters escalando interminavelmente o pequeno cilindro, guinchando feito loucos.

"Não foi um acidente de moto", disse ele, como se respondendo a uma pergunta que, ele percebia, eu desejava fazer. "A maioria das pessoas acha que estourei minha moto numa curva." Ele olhou para mim por cima do ombro e balançou a cabeça. "Eu estava transando aqui certa noite, quando ainda era o Molly Martenson's Lie Down. Transando com uma mulher que não a minha. Aí Holly apareceu — fula da vida, me chamando de filho-da-puta para baixo —, me jogou a aliança na cara e se mandou. Fui correndo atrás dela. Naquela época ainda não havia grades em volta da piscina, e ela estava vazia e eu escorreguei. Caí no lado mais fundo." Ele sacudiu os ombros. "Eu me quebrei pela metade." Com um gesto, ele indicou o terreno à nossa volta. "Ganhei tudo isto a título de indenização."

Ele parou a cadeira de rodas diante do celeiro e abriu o cadeado da porta. O celeiro um dia fora vermelho, mas, por força do sol e do desleixo, agora tinha um tom salmão meio amarelado e pendia para a direita, inclinando-se para a terra como se a qualquer momento fosse se deitar de lado para dormir.

Eu me perguntava como uma espinha quebrada podia ter levado à amputação das duas pernas, mas resolvi esperar que ele me dissesse ou me deixasse com essa dúvida, se não quisesse contar.

"E o engraçado é que agora Holly gosta de mim duas vezes mais. Talvez porque agora eu não esteja mais em condições de sair galinhando por aí, não é?"

"Talvez", disse eu.

Ele sorriu. "Eu também achava isso. Mas sabe o que acontece? Sabe o que realmente acontece?"

"Não."

"O fato é que Holly é uma dessas pessoas que só vivem plenamente quando alguém precisa delas. Como aqueles porcos anões que ela tem. Os desgraçados morreriam se tivessem de se virar sozinhos." Ele olhou para mim, balançou a cabeça como para si mesmo, abriu a porta do celeiro e eu entrei atrás dele.

A maior parte do espaço do celeiro era ocupada por um verdadeiro mercado das pulgas, com mesinhas de centro de três pés, luminárias estragadas, espelhos partidos e televisores com tubos de imagem estourados por socos ou pontapés. Chapas de aquecimento enferrujadas, penduradas na parede do fundo pelos cabos elétricos, junto com pinturas de quinta categoria representando campos vazios, palhaços e flores em vasos, todas elas com manchas de suco de laranja, fuligem ou café.

No primeiro terço do celeiro, porém, havia um amontoado de malas e roupas abandonadas pelos clientes, livros e sapatos, bijuterias derramando-se de uma caixa. À minha esquerda, Holly ou Warren tinha passado uma corda amarela em volta de alguns objetos cuidadosamente empilhados: uma batedeira nova, xícaras, copos e serviços de porcelana ainda nas caixas da loja; um prato com a seguinte inscrição: LOU & DINA, AGORA E PARA SEMPRE, 4 DE ABRIL DE 1997.

Warren me viu olhando para ele.

"Pois é. Recém-casados. Vieram para cá na noite de núpcias, desembrulharam os presentes, e por volta das três da manhã quebrou o maior pau entre eles. Ela foi embora com o carro, ainda com latas amarradas no pára-choque de trás. Ele saiu correndo atrás dela pela estrada, seminu. Foi a última vez que os vi. Holly não me deixou vender esses troços. Diz que eles vão voltar. Digo a ela: 'Querida, já se passaram dois anos'. Holly diz: 'Eles vão voltar'. Bom, é isso."

"É isso aí", repeti, ainda um pouco espantado com aqueles presentes e com o prato, o noivo seminu correndo atrás da noiva na solidão das três da manhã, enquanto na estrada ressoava o matraquear de latas de conserva.

Warren deslocou-se com a cadeira de rodas para a minha direita. "Aqui estão as coisas dela. De Karen Wetterau. Não é muito."

Aproximei-me de uma caixa de papelão com a marca da firma Chiquita Banana e levantei a tampa. "Quanto tempo faz que a viu pela última vez?"

"Uma semana. Depois fiquei sabendo que ela pulou de Custom House."

Olhei para ele. "Você sabia."

"Claro que sabia."

"E Holly?"

Ele balançou a cabeça. "Ela não mentiu para você. Ela é o tipo de mulher que quer ver *tudo* pelo lado positivo. Se não conseguir, então ela ignora a realidade. Alguma coisa nela a impede de estabelecer relações entre as coisas. Mas vi a fotografia no jornal e em poucos minutos a reconheci. Ela estava muito diferente, mas era a mesma pessoa."

"Como era ela?"

"Triste. A pessoa mais triste que vi em muito tempo. Morria de tristeza. Eu deixei de beber, mas passei perto dela algumas noites enquanto ela bebia. Mais cedo ou mais tarde ela iria se insinuar para mim. Certa vez em que a repeli, ela se mostrou bastante desagradável, insinuando que meu equipamento não funcionava. E eu: 'Karen, perdi muita coisa nesse acidente, mas isso não'. Diabo, mesmo nesta condição ainda tenho a potência de meus dezoito anos; o soldado se põe em posição de sentido por qualquer nadinha. De todo modo, eu disse: 'Ouça, não leve a mal, mas eu amo minha mulher'. Ela riu e disse: 'Ninguém ama ninguém. Ninguém ama ninguém'. E vou lhe dizer uma coisa, cara, ela acreditava no que estava dizendo."

"Ninguém ama", disse eu.

"Ninguém ama", repetiu ele balançando a cabeça.

Ele coçou o alto da cabeça, olhou em volta enquanto eu pegava uma foto emoldurada de cima da caixa. O vidro se partira, e alguns fragmentos entraram nas ranhuras da moldura. A foto era do pai de Karen, em seu uniforme de gala de oficial da marinha, segurando a mão da filha, ambos piscando por causa da luz do sol.

"Karen", disse Warren. "Acho que ela estava no fundo de um buraco negro. Então o mundo era um buraco negro. As pessoas à sua volta acham que amor é mentira, então amor é mentira."

Uma outra foto emoldurada, também com o vidro quebrado. Karen e um cara de boa aparência, de cabelos pretos. David Wetterau, pensei. Ambos bronzeados e com roupas em tons suaves, de pé no convés de um navio de cruzeiro, olhos um tanto vidrados por causa dos daiquiris que tinham nas mãos. Grandes sorrisos. Tudo às mil maravilhas.

"Ela me disse que estava noiva de um cara que foi atingido por um carro."

Confirmei com um gesto de cabeça. Mais uma foto dela e Wetterau, mais fragmentos de vidro caíram em minha mão quando a peguei. Mais uma série de grandes sorrisos. A foto fora tirada numa festa, e por trás das cabeças dos dois, penduradas na parede da sala de estar, viam-se bandeirolas em que se lia FELIZ ANIVERSÁRIO.

"Você sabia que ela estava se prostituindo?", perguntei enquanto punha a foto no chão, ao lado das outras duas.

"Eu imaginei", disse ele. "Um monte de caras vinham visitá-la, só um ou outro aparecia uma segunda vez."

"Você conversou com ela sobre isso?" Peguei um maço de avisos de cobrança enviados para seu antigo endereço em Newton, uma foto polaróide dela e David Wetterau.

"Ela negou, depois se ofereceu para me chupar por cinqüenta pilas." Ele girou os ombros e olhou para as molduras que estavam no chão. "Eu devia ter dado um chute na bunda dela, mas... cara, ela já parecia ter sido chutada demais."

Encontrei correspondências devolvidas ao remetente — apenas faturas, todas com um carimbo em letras vermelhas DEVOLVIDA POR FRANQUIA INSUFICIENTE. Deixei-as de lado, tirei duas camisetas, um short, algumas calças e meias brancas, um relógio de pulso parado.

"Você disse que a maioria dos caras não voltava. E que me diz dos que voltaram?"

"Foram apenas dois. Um deles eu vi muito por aqui. Um ruivinho pilantra mais ou menos da minha idade. Ele pagava o quarto."

"Em dinheiro?"

"Sim."

"E o outro cara?"

"Tinha uma aparência melhor. Loiro, talvez com trinta e cinco anos. Costumava vir à noite."

Embaixo das roupas encontrei uma caixa branca de papelão de uns quinze centímetros de altura. Tirei a fita cor-de-rosa que havia em cima e abri-a.

Olhando por cima de meu ombro, Warren disse: "Merda! Holly não me falou sobre esses troços".

Convites de casamento. Talvez uns duzentos, impressos em caracteres elegantes rosa claro: DR. E SRA. CHRISTOPHER DAWE TÊM O PRAZER DE CONVIDÁ-LO PARA O CASAMENTO DE SUA FILHA, A SENHORITA KAREN ANN NICHOLS, COM O SR. DAVID WETTERAU, EM 10 DE SETEMBRO DE 1999.

"No próximo mês", disse eu.

"Merda", repetiu Warren. "Ela se adiantou um pouco, não acha? Ela os encomendou uns oito ou nove meses antes do casamento."

"Minha irmã encomendou os dela com onze meses de antecedência. Ela faz o tipo garota modelo." Dei de ombros. "Karen também era assim quando a conheci."

"Fala sério?"

"Sim, Warren."

Recoloquei os convites na caixa e a fita na tampa. Seis ou sete meses atrás, ela se sentara à mesa, acariciara o papel, quem sabe até aspirara o seu perfume. Feliz.

Sob um livrinho de palavras cruzadas, encontrei mais fotos. Essas estavam sem moldura, num envelope branco com o carimbo do correio de Boston, datado de 15 de maio do mesmo ano. Não havia o endereço do remetente. O envelope fora enviado ao apartamento de Karen em Newton. Mais fotos de David Wetterau. Só que a mulher que aparecia nelas não era Karen Nichols. Era morena, estava toda vestida de preto, corpo de modelo, um ar meio *blasé* por trás dos óculos escuros. Nas fotos, ela e David Wetterau estavam na varanda de um café. De mãos dadas. Beijando-se.

Warren ficou olhando as fotos enquanto eu as passava uma a uma. "Ah, isso não é nada bom."

Balancei a cabeça. As árvores em volta do café estavam nuas. Situei aquela cena no mês de fevereiro, durante nosso oloroso não-inverno, não muito depois que eu e Bubba fomos visitar Cody Falk, e pouco antes de David Wetterau sofrer o trauma na cabeça.

"Você acha que foi ela quem tirou essas fotos?", perguntou Warren.

"Não. Elas foram feitas por um profissional — tomadas de um telhado com uma teleobjetiva, com enquadramento perfeito." Fui repassando uma a uma devagar, para que ele percebesse o que eu queria dizer. "Close-ups de suas mãos enlaçadas."

"Quer dizer que você acha que contrataram alguém para fazer as fotos."

"Sim."

"Alguém como você?"

Confirmei com um gesto de cabeça. "Alguém como eu, Warren."

Warren tornou a olhar para as fotos em minha mão. "Mas na verdade ele não está fazendo nada de errado com essa moça."

"É verdade", disse eu. "Mas, Warren, se você recebesse fotos como essas de Holly com um desconhecido, como se sentiria?"

Seu rosto se anuviou e ele ficou em silêncio por alguns instantes. "Tem razão", disse ele. "Ponto para você."

"A questão é saber *por que* alguém enviaria essas fotos para Karen."

"Você acha que foi para dar um nó em sua cabeça?"

Dei de ombros. "Não há dúvida de que essa é uma possibilidade bem real."

A caixa estava quase vazia. Encontrei seu passaporte, depois a certidão de nascimento, depois a prescrição de um frasco de Prozac. Mal olhei para ele. Parecia-me bastante normal que ela precisasse de Prozac depois do acidente de David, mas então eu notei a data da receita: 23/10/1998. Ela já tomava antidepressivos muitos antes de eu a conhecer.

Segurei o frasco e olhei o nome da médica que receitou o remédio: Dra. Bourne.

"Posso levar isto?"

Warren balançou a cabeça. "Claro."

Pus o frasco no bolso. Agora só havia na caixa uma folha de papel branco. Eu a virei e tirei da caixa.

Era uma folha do receituário da doutora Diane Bourne, datado de 6 de abril de 1994, com observações sobre a paciente Karen Nichols, entre as quais as seguintes:

[...] A natureza repressiva da paciente é bastante acentuada. Ela parece viver num constante estado de negação — negação das conseqüências da morte de seu pai, negação de suas relações angustiosas com a mãe e com o padrasto, negação das próprias inclinações sexuais, que na opinião de seu terapeuta são bissexuais, com matizes incestuosos. A cliente enquadra-se nos modelos clássicos de comportamento passivo-agressivo e resiste terminantemente a deles tomar consciência. A cliente tem uma auto-estima baixa, o que é perigoso, uma identidade sexual confu-

sa, e na opinião de seu terapeuta uma visão potencialmente mórbida de como o mundo funciona. Se as próximas sessões não resultarem em algum progresso, sugiro uma internação voluntária num hospital psiquiátrico qualificado [...]
Dra. Bourne

"Que é isso?", quis saber Warren.
"As anotações da psiquiatra de Karen."
"Que diabo ela estava fazendo com isso?"
Olhei para ele e vi a expressão de perplexidade em seu rosto. "Essa é que é a questão, não?"
Com a aquiescência de Warren, fiquei com as anotações da psiquiatra e com as fotos de David Wetterau com a outra mulher. Em seguida, juntei as outras fotos, as roupas, o relógio quebrado, o passaporte e os convites de casamento e coloquei-os de volta na caixa. Contemplei aquelas coisas que serviam como prova da existência de Karen Nichols, apertei o nariz entre o polegar e o indicador e fechei os olhos por um segundo.
"As pessoas às vezes nos cansam, não?", disse Warren.
"Sim, cansam", respondi, levantando-me e dirigindo-me para a porta.
"Cara, você deve viver cansado."
Enquanto ele fechava o celeiro, eu disse: "Esses dois caras que viviam procurando Karen...".
"Sim?"
"Eles vinham juntos?"
"Às vezes. Às vezes não."
"Você pode me dizer mais alguma coisa sobre eles?"
"O sujeito ruivo, como já lhe disse, era um escroto. Um canalha. O tipo do sujeito que pensa ser mais esperto que todo mundo. Quando ele fazia a reserva de um quarto, sacava notas de cem como se fossem notas de um, sabe? Karen toda derretida por ele, e ele a olhando como se ela fosse um pedaço de carne, piscando para mim e para Holly. Um bostão."

"Peso, altura, esse tipo de coisa?"

"Digamos que ele tinha um metro e setenta, um metro e setenta e cinco, rosto coberto de sardas, cabelo com um corte horrível — camisas de seda, calça jeans preta. Devia pesar entre setenta e cinco e oitenta quilos, Doc Martens engraxados nos pés."

"E o outro cara?"

"Mais fino. Tinha um Mustang Shelby GT-500 preto, 68, conversível. Quantos desses teriam sido produzidos? Uns quatrocentos?"

"Acho que mais ou menos isso."

"Fazia o estilo esporte chique: jeans rasgado, suéter com gola em V sobre camiseta branca. Óculos escuros de duzentos dólares. Nunca veio à recepção, nunca ouvi a sua voz, mas tenho a impressão de que era ele quem mandava."

"Por quê?"

Ele deu de ombros. "O jeito dele. O tonto e Karen andavam sempre atrás dele e corriam a atendê-lo quando ele falava. Eu não sei. Devo ter visto o cara umas cinco vezes, sempre de longe, e ele me dava nos nervos. Como se eu não fosse digno de olhar para ele ou coisa assim."

Ele fez o caminho de volta pelo terreno escuro, e eu fui atrás. O ar à nossa volta parecia ainda mais parado e mais úmido. Em vez de seguir em direção à rampa atrás da recepção, ele me levou a uma mesa de piquenique com o tampo eriçado de pequenas farpas. Warren parou ao lado da mesa e eu sentei em cima dela, certo de que minha calça jeans me protegeria das farpas.

Ele não olhou para mim. Mantinha a cabeça baixa, olhos fitos nos buracos da madeira nodosa.

"Eu cedi uma vez", disse ele.

"Como assim?"

"Ao desejo de Karen. Ela ficava falando em deuses negros, em jornadas sombrias e em lugares obscuros para onde podia me levar e..." Ele lançou um olhar por sobre o ombro à recepção do motel, e a silhueta de sua mulher movimentou-se por trás da cortina. "Eu não... quer dizer... o que é que leva um homem que tem a melhor mulher do mundo a sair por aí...?"

"Enganando-a?", disse eu.

Cheio de vergonha, ele fitou em mim os olhos agora diminutos. "É."

"Não sei", disse eu. "Você é que pode me dizer."

Ele tamborilou os dedos no braço da cadeira, contemplando atrás de mim a solidão das árvores partidas e da terra escura. "É o lado escuro da gente, sabe? A oportunidade de chafurdar em lugares hediondos enquanto faz um troço muitíssimo gostoso. Às vezes você não quer estar em cima de uma mulher que olha para você com tanto amor nos olhos. Quer estar em cima de uma mulher que olha para sua cara e saca tudo de você. Conhece seu lado desagradável, seu lado ruim." Ele olhou para mim. "E gosta de você assim. Quer você assim."

"Quer dizer que você e Karen..."

"Trepamos a noite inteira, cara. Feito bichos. E foi bom. Ela era louca. Sem inibições."

"E depois?"

Ele desviou os olhos novamente, respirou fundo e falou devagar. "Depois... ela disse: 'Está vendo?'."

"'Está vendo'?"

Ele balançou a cabeça. "'Está vendo? Ninguém ama ninguém.'"

Ficamos mais algum tempo ali na mesa de piquenique, ambos calados. Cigarras estridulavam no alto das árvores raquíticas e racuns se agitavam nas sarças do outro lado da clareira. O celeiro dava a impressão de ter-se inclinado mais alguns centímetros, e a voz de Karen Nichols sussurrava naquela paisagem desolada:

Está vendo? Ninguém ama ninguém.

Ninguém ama ninguém.

15

Fui trabalhar num bar depois de me encontrar com Angie naquela mesma noite. O bar, situado na fronteira entre Dorchester e Southie, chamava-se Live Bootleg e pertencia a Bubba. Embora ele não estivesse lá — corria o boato de que fora para a Irlanda do Norte buscar algumas armas que tinha deixado por lá —, eu podia beber por conta da casa.

Isso teria sido ótimo se eu estivesse a fim de beber, mas não era o caso. Fiquei enrolando com uma cerveja por uma hora, e ainda estava pela metade quando Shakes Dooley, o proprietário oficial, substituiu-a por outra.

"É um crime", disse Shakes enquanto derramava a cerveja velha na pia, "ver um sujeito fino como você desperdiçando uma cerveja de excelente qualidade."

Eu fiz "hum-hum" e voltei às minhas anotações.

Às vezes acho mais fácil me concentrar em meio a uma pequena multidão. Sozinho, no meu apartamento ou no escritório, tenho uma clara percepção da noite que se escoa, de mais um dia que fica para trás. Num bar, porém, num fim de tarde de domingo, ouvindo o barulho distante dos bastões num jogo do Red Sox na televisão, o estalido das bolas de bilhar caindo nas caçapas no salão dos fundos, a conversa fiada de homens e mulheres jogando keno e jogos de tabuleiro, fazendo o possível para retardar a chegada da segunda-feira com suas buzinas, seus patrões ranzinzas e pesadas responsabilidades, tenho a impressão de que todos esses ruídos se misturam numa espécie de suave zumbido constante, e minha mente se abstrai de tudo e não vê senão as anotações à minha frente, entre um descanso de copo e uma tigelinha de amendoim.

Partindo da confusão de informações que recolhera sobre Karen Nichols, estabeleci uma cronologia sumária. Feito isso, rabisquei alguns comentários ao acaso, ao lado do registro de fatos concretos. Em algum instante desse meio-tempo, o Red Sox tinha perdido, e a multidão tinha diminuído um pouco, se bem que para falar a verdade não era exatamente uma multidão. Tom Waits cantava no jukebox, e duas vozes altercavam no salão de bilhar.

K. Nichols
(n. 16/11/70; m. 4/8/99)

a. Morte do pai, 1976.

b. Mãe casa com dr. Christopher Dawe, 79. Muda-se p/ Weston.

c. Conclui secundário no Mount Alvernia, 88.

d. Forma-se em gerenciamento de hotéis no Johnson & Wales, 92.

e. Contratada, Four Seasons Hotel, Boston, Dep. Abastecimento, 92.

f. Promovida a subgerente no Dep. Abast., 96.

g. Noivado com David Wetterau, 98.

h. Assediada por C. Falk. Carro destruído. Primeiro contato comigo: fevereiro de 99.

i. Acidente de Wetterau, 15 de março de 99. (Ligar p/ Devin e Oscar novamente, tentar ver o relatório do DPB.)

j. Seguro do carro invalidado por falta de pagamento.

k. Em maio, recebe fotos de D. Wetterau com outra mulher.

l. Demitida do emprego em 18 de maio de 99, devido a atrasos e faltas.

m. Sai do apartamento, 30 de maio de 99.

n. Muda-se para o motel Holly Martens em 15 de junho de 99. (Onde teria ficado nessas duas semanas?)

o. Vista com o Ruivo Metido e com o Loiro Chique no motel HM, junho-agosto de 99.

p. C. Falk recebe nove cartas assinadas por K. Nichols, março-julho de 99.
q. Karen recebe anotações confidenciais da psiquiatra (data incerta).
r. Violentada por C. Falk, julho de 99.
s. Presa por prostituição, julho de 99, Terminal de ônibus, Springfield.
t. Suicídio, 4 de agosto de 99.

Recapitulação:
Cartas falsificadas enviadas a C. Falk sugerem o envolvimento de uma terceira pessoa na "má sorte" de K. Nichols. O fato de C. Falk não ter vandalizado o carro sugere o mesmo. A terceira pessoa pode ser o Ruivo Metido, o Loiro Chique, ou ambos. (Ou nenhum dos dois.) O envio das anotações psiquiátricas faz supor ser a terceira pessoa um funcionário da psiquiatra. Além disso, a possibilidade de os empregados na área de psiquiatria disporem de informações confidenciais sobre os cidadãos dá ensejo à terceira pessoa de se imiscuir na vida de K. Nichols. O motivo, porém, parece inexistente. Além disso, a hipótese...

"Motivo de quê?", disse Angie.
Cobri a página com a mão e olhei para ela por cima do ombro. "Sua mãe não lhe ensinou...?"
"Sei que é falta de educação ler por cima do ombro de alguém." Ela jogou a bolsa no assento vazio à sua esquerda e sentou-se ao meu lado. "Como estão indo as coisas?"
Suspirei. "Se ao menos os mortos pudessem falar."
"Então não estariam mortos."
"Esse seu intelecto", disse eu, "é espantoso."
Ela me deu um tapinha no ombro e jogou seus cigarros e isqueiro no balcão à sua frente.
"Angela!", exclamou Shakes Dooley enquanto corria em nossa direção. Ele segurou a mão dela e se inclinou para beijar-lhe o rosto. "Ora, ora, quanto tempo!"

"Olá, Shakes. Nem uma palavra sobre o cabelo, tá?"
"Que cabelo?", disse Shakes.
"Foi justamente isso que eu disse a ela."
Angie me deu mais um tapinha. "Você pode me trazer uma vodca pura, Shakes?"
Shakes sacudiu-lhe a mão vigorosamente antes de soltá-la. "Até que enfim alguém que bebe feito gente grande!"
"Nosso amigo aqui não está gastando nada?", disse Angie acendendo um cigarro.
"Agora ele bebe feito uma freira. O pessoal já está começando a comentar." Shakes pôs uma dose generosa de Finlandia gelada num copo e colocou-o diante de Angie.
"Então", disse eu depois que Shakes se afastou, "voltou rastejando, hein?"
Ela deu um risinho e tomou um gole de Finlandia. "Continue assim. Com isso terei mais prazer em torturar você mais adiante."
"Tudo bem, eu me rendo. O que você faz aqui? Querendo se misturar com o povão?"
Ela revirou os olhos enquanto tomava mais um gole. "Descobri umas coisas estranhas em relação a David Wetterau." Ela levantou o indicador. "Na verdade, duas. A primeira foi fácil. Sabe a carta que ele escreveu para a companhia de seguros? Pois bem, meu colega diz que ela foi forjada."
Girei em meu banco, voltando-me para ela. "Você já começou a se ocupar disso?", disse eu.
Ela pegou o maço de cigarros e tirou um.
"Num domingo", disse eu.
Ela acendeu o cigarro, sobrancelhas arqueadas.
"E já conseguiu alguma coisa."
Ela dobrou os dedos, soprou neles, poliu uma medalha imaginária no próprio peito. "Duas coisas."
"Certo", disse eu. "Você é a maior."
Ela pôs a mão em concha junto ao ouvido e se inclinou para a frente.

"Você é o máximo. Uma verdadeira bomba. A melhor entre as melhores."

"Você já disse isso." Ela se inclinou ainda mais, a mão ainda junto do ouvido.

Limpei a garganta. "Você é, sem a menor contestação nem reserva, a mais inteligente, a mais bem-dotada e perspicaz detetive particular em toda a cidade de Boston."

Sua boca se abriu naquele largo e um tanto assimétrico sorriso que abre buracos em meu peito.

"Foi tão difícil assim?", disse ela.

"Devia ter saído redondo da minha língua. Não sei o que há de errado comigo."

"Acho que você está sem prática de lamber o traseiro dos outros."

Inclinei-me para trás, lancei um olhar demorado à curva de sua anca, à forma como sua bunda se comprimia contra o assento.

"Por falar em traseiros", disse eu, "permita-me dizer-lhe que o seu continua um arraso."

Ela agitou o cigarro sob o meu nariz. "Corta essa, seu depravado."

Coloquei as mãos no balcão. "Sim, senhora."

"Segunda coisa estranha." Angie pôs um bloco de estenografia no balcão e o abriu. Ela girou o banco, de modo que nossos joelhos quase se tocaram. "Pouco antes das cinco no dia do acidente, David Wetterau ligou para Greg Dunne, o cara da Steadicam, e cancelou o encontro. Disse que sua mãe estava doente."

"Ela estava?"

Ela confirmou com a cabeça. "Com câncer. Cinco anos antes. Ela morreu em 94."

"Quer dizer que ele mentiu sobre..."

Ela levantou a mão. "Ainda não terminei." Ela esmagou o cigarro no cinzeiro, espalhando vários pequenos fragmentos ainda em brasa. "Às quatro e quarenta, Wetterau recebeu um telefonema em seu celular. Durou quatro minutos e foi feito de uma cabine telefônica da High Street."

"Perto do cruzamento da Congress com a Purchase."

"Dois quarteirões de distância, para ser exata. Mas o mais curioso não é isso. Nosso contato na Celular One me disse onde Wetterau estava quando recebeu o telefonema."

"Mal posso esperar para ouvir."

"Dirigia-se para oeste, na direção de Natick."

"Quer dizer então que às quatro e quarenta ele estava indo pegar a Steadicam."

"E às cinco e vinte ele está no cruzamento da Congress com a Purchase."

"Prestes a ter a cabeça amassada."

"Certo. Ele estacionou o carro na South Street, seguiu pela Atlantic até a Congress e tropeçou quando atravessava a Purchase."

"Você conversou com algum policial sobre isso?"

"Bem, você sabe o que a polícia pensa de nós dois em geral, e de mim em particular."

Balancei a cabeça. "Talvez agora você pense duas vezes antes de atirar num policial."

"Ah, ah", fez ela. "Felizmente, a Sallis & Salk tem excelentes relações com o DPB."

"Aí você pediu a alguém de lá que ligasse."

"Não. Liguei para Devin."

"Você ligou para Devin."

"Ahn-ran. Pedi para falar com ele e ele me ligou em dez minutos."

"Dez minutos."

"Talvez quinze. Bom, de todo modo, consegui o depoimento das testemunhas. Das quarenta e seis." Ela deu um tapinha na bolsa de couro macio na cadeira à sua esquerda. "Tchan-tchan-tchan-tchan!"

"Mais uma aí, pessoal?", disse Shakes Dooley, esvaziando o cinzeiro de Angie e enxugando a bolacha sob seu copo.

"Claro", disse Angie.

"E para a madame?", disse Shakes dirigindo-se a mim.

"Nada por enquanto, Shakes. Obrigado."

Shakes disse baixinho "Que donzela", e foi pegar outra Finlandia para Angie.

"Se bem entendi", eu disse a Angie, "você ligou para Devin, e quinze minutos depois conseguiu uma coisa que venho tentando conseguir há quatro dias."

"Mais ou menos isso."

Shakes pôs a bebida na frente dela. "Olhaí, boneca."

"Boneca", repeti, quando ele se afastou. "Quem ainda fala 'boneca' hoje em dia?"

"Mas na boca dele até que não soa mal", disse Angie, tomando em seguida um pouco de vodca. "Vá entender."

"Cara, estou puto com Devin."

"Por quê? Você passa o tempo todo lhe pedindo favores. Fazia quase um ano que eu não ligava para ele."

"É verdade."

"Além do mais, sou mais bonita."

"Há controvérsias."

Ela bufou. "Pergunte por aí, cara."

Tomei um gole de minha cerveja. Estava sem gelo. Os europeus adoram, eu sei, mas adoram também morcela e Steven Seagal.

Quando Shakes passou novamente, pedi outra.

"Claro, mas passa as chaves do carro." Ele colocou uma Becks gelada na minha frente, lançou um olhar de deboche a Angie e foi embora.

"Tenho notado que ultimamente não inspiro muito respeito nas pessoas."

"Provavelmente porque você anda saindo com uma advogada que pensa que um bom guarda-roupa compensa a falta de cérebro."

Girei minha cadeira. "Ah, você a conhece?"

"Não, mas ouvi dizer que metade dos homens da décima segunda conhecem."

"Grrrr, miauuu."

Ela me deu um sorriso triste enquanto acendia outro cigarro. "Os gatos têm de ter garras para poder lutar. Pelo que ouço dizer, a única coisa que ela tem é uma bela pasta, uma bela cabeleira e peitos, que ela ainda está pagando a prestações." Seu sorriso ficou mais largo e ela piscou para mim. "Certo, docinho?"

"Como vai a Pessoa?"

O sorriso murchou e ela estendeu a mão para a bolsa. "Vamos voltar para David Wetterau e Karen..."

"Ouvi dizer que o nome dele é Trey", disse eu. "Você está saindo com um cara chamado Trey, Ange."

"Como você..."

"Nós somos detetives, lembra-se? Da mesma forma que você descobriu que estou saindo com Vanessa."

"Vanessa", disse ela como se estivesse com a boca cheia de cebolas.

"Trey", disse eu.

"Cale a boca", disse ela mexendo dentro da bolsa.

Tomei um pouco de cerveja. "Você fica questionando meus gostos e anda dormindo com um sujeito chamado *Trey*."

"Não estou mais dormindo com ele."

"Bem, não estou mais dormindo com ela."

"Parabéns."

"Igualmente."

Houve um silêncio mortal entre nós durante um minuto, enquanto Angie tirava várias folhas de papel de fax da bolsa e alisava-as no balcão. Tomei mais um pouco de cerveja, mexi na bolacha de papelão do copo, esforçando-me para reprimir um sorriso que insistia em tomar conta do meu rosto. Olhei para Angie. Os cantos de sua boca também tremiam.

"Não olhe para mim", disse ela.

"Por que não?"

"Estou lhe dizendo..." Ela perdeu a batalha e fechou os olhos quando o sorriso se abriu em seu rosto.

O meu veio meio segundo depois.
"Não sei por que estou sorrindo", disse Angie.
"Eu também não."
"Canalha."
"Piranha."
Ela riu e girou a cadeira, com o copo na mão. "Sentiu saudade de mim?"
Você nem imagina quanto.
"Nem um pouquinho", respondi.

Mudamos para uma mesa comprida no fundo, pedimos alguns sanduíches e os devoramos sem parar de conversar. Fiz um resumo dos acontecimentos até aquela altura, contei em detalhe meu encontro com Karen Nichols, meus dois confrontos com Cody Falk, minha conversa com Joella Thomas, com os pais de Karen, como Siobhan e Holly e Warren Martens.

"O motivo do crime", disse Angie. "A gente está sempre voltando ao motivo."

"Eu sei."

"Quem foi que destruiu o carro dela, e por quê?"

"Pois é."

"Por que", disse eu, "alguém sentiu necessidade de foder com a vida dessa mulher de tal forma que ela acabou por se jogar de um edifício, em vez de continuar a desfrutá-la?"

"E eles teriam ido até o ponto de provocar o acidente de David Wetterau?"

"Não podemos esquecer também a questão da abordagem", disse eu.

Ela mastigou o sanduíche, limpou o canto da boca com um guardanapo. "Como assim?"

"Quem enviou a Karen as fotos de David com a outra mulher? Diabo, quem tirou as fotos?"

"Elas me parecem profissionais."

"A mim também." Trinquei uma batata frita na boca.

"E quem deu a Karen as anotações da psiquiatra? Essa é a grande questão."

Angie concordou. "E por quê?", ela disse. "Por quê, por quê, por quê?"

A noite foi longa. Nós lemos os depoimentos de todas as quarenta e seis testemunhas do acidente de David. Pelo menos metade delas não tinha visto coisa nenhuma, e a outra metade confirmava a hipótese da polícia: Wetterau meteu o pé num buraco, foi atingido na cabeça por um carro que fez o possível para *não* atingi-lo.

Angie até fizera um desenho grosseiro da cena do acidente. Ele mostrava a posição de cada uma das quarenta e seis testemunhas na hora do acidente, e parecia a representação de uma partida de futebol depois de um chute para fora do campo. A maioria das testemunhas — vinte e seis — estava no ângulo oeste do cruzamento da Purchase com a Congress. Corretores da bolsa, em sua maioria, que se dirigiam para a South Station depois de um dia de trabalho no centro financeiro e estavam esperando o sinal abrir. Outras treze encontravam-se no ângulo noroeste, de frente para David Wetterau quando este atravessava a rua. Havia mais duas testemunhas no ângulo nordeste, e uma terceira que vinha atrás de Steven Kearns, o motorista que terminou por atingir a cabeça de Wetterau. Das cinco testemunhas restantes, duas tinham descido da calçada no ângulo sudeste quando o sinal ficara amarelo, e três atravessavam a rua, na faixa ou fora dela, como David Wetterau — duas indo em direção oeste, rumo ao centro financeiro, uma em direção leste.

O único que viu o acidente de perto foi o homem que ia em direção leste. Seu nome era Miles Brewster. Logo depois que ele passou por David Wetterau, este tropeçou no buraco. O carro já estava atravessando o cruzamento. Quando Wetterau caiu, Steven Kearns imediatamente deu uma guinada, obrigando as pessoas que atravessavam na faixa a se dispersarem.

"Todos, menos Brewster", comentei.

"Ahn?" Angie levantou os olhos da foto de David Wetterau com a outra mulher.

"Por que o tal de Brewster também não se assustou?"

Ela arrastou a cadeira para mais perto da minha e olhou o desenho.

"Ele está aqui", disse eu pondo o dedo na silhueta tosca que ela chamara de T7. "Ele passara por Wetterau, portanto estava de costas para o carro."

"Certo."

"Ele ouve os pneus cantando, vira-se para *trás*, vê o carro indo *em sua direção*, mas ainda assim..." Encontrei seu depoimento e o li em voz alta. "Ele está, abre aspas, 'a trinta centímetros do cara, braço estendido em sua direção, sabe, meio paralisado' quando Wetterau é atingido."

Angie tirou o papel de minha mão e o leu. "Sim, mas você pode ficar paralisado numa situação como essa."

"Mas ele não está paralisado, ele está *estendendo a mão*." Aproximei minha cadeira da mesa, apontei a T7 no desenho. "Ele estava de costas, Ange. Teve de se voltar para ver o que estava acontecendo. Seu braço não está paralisado, mas suas pernas sim? Ele está, segundo diz, a uns trinta, talvez cinqüenta centímetros dos pneus e de um carro totalmente descontrolado."

Ela olhou o desenho, passou a mão no rosto. "Você sabe que, legalmente, não podíamos estar com esses depoimentos. Não podemos conversar com Brewster e deixar que ele perceba que conhecemos seu depoimento original."

Soltei um suspiro. "Isso torna tudo mais difícil."

"É verdade."

"Mas a gente precisa saber mais desse cara, não acha?"

"Sem dúvida."

Ela recostou-se na cadeira, levou a mão à cabeça maquinalmente para afastar o cabelo que não estava mais lá.

Ela notou o que fizera ao mesmo tempo que eu e respondeu ao meu riso malicioso me mostrando o dedo médio.

"Certo", disse ela, batendo a caneta no bloco de anotações. "Quais são nossas prioridades, então?"

"Primeiro, conversar com a psiquiatra de Karen."

Ela balançou a cabeça. "Há um puta vazamento de informações do consultório dela."

"Em seguida, falar com Brewster. Você tem o endereço?"

Ela tirou uma folha de papel de sob a pilha de papel de fax. "Miles Brewster", disse ela. "Landsdowne Street, número 12." Ela levantou os olhos do papel, ainda com a boca aberta.

"Ei, qual é o problema?"

"Landsdowne, número 12", disse ela. "Esse endereço fica no..."

"Fenway Park."

Ela deu um suspiro. "Como é que os policiais não notaram isso?"

Dei de ombros. "Isso acontece. Um recruta colhendo depoimentos na cena do acidente. Quarenta e seis testemunhas, ele está cansado."

"Merda."

"Mas agora Brewster está envolvido no caso."

Angie largou o papel de fax na mesa. "Não foi um acidente."

"Não parece mesmo."

"Qual a sua hipótese?"

"Brewster anda em direção leste, Wetterau em direção oeste. Brewster estende a perna quando ele passa. Bum."

Ela balançou a cabeça concordando, o cansaço cedendo lugar à excitação na expressão de seu rosto. "Brewster diz que estava estendendo a mão para ajudar Wetterau a *levantar-se*."

"Mas na verdade estava empurrando-o para o chão", disse eu.

Angie acendeu um cigarro e ficou olhando o desenho através da fumaça. "Cara, a gente descobriu um troço feio."

Fiz que sim. "Eu diria que um troço feio de dar medo."

16

O consultório da dra. Diane Bourne ficava no segundo andar de um edifício de arenito castanho-avermelhado na Fairfield Street, entre uma galeria especializada em cerâmica africana de cozinha de meados do século XIII e um lugar onde costuravam adesivos em lona, fixando-os em seguida a ímãs, para melhor aderirem à geladeira.

A decoração do consultório era uma mistura de Laura Ashley com Inquisição espanhola. As poltronas e os sofás macios, ornados com motivos florais, inspiravam uma doce impressão de suavidade, logo suplantada por suas cores — vermelho-sangue e preto-ébano, carpetes nas mesmas cores, quadros de Bosch e de Blake na parede. Sempre imaginei que a sala de recepção de um psiquiatra devia dizer "Por favor, conte-me os seus problemas", e não "Por favor, não grite".

Diane Bourne teria perto de quarenta anos e era tão magra que tive de me controlar para não encomendar uma comida qualquer e forçá-la a engolir. Usando um vestido branco justo sem mangas que lhe cobria o pescoço e descia até os joelhos, ela se destacava daquele fundo escuro como um fantasma vagando pela solidão da charneca. Sua cabeleira e sua pele eram tão claras que era difícil saber onde terminava uma e começava a outra, e até os olhos eram de um cinza translúcido de um céu de nevasca. O vestido justo, em vez de realçar sua magreza, parecia acentuar suas poucas curvas, a parte saliente de suas panturrilhas, dos quadris e dos ombros. A impressão geral que ela dava, pensei vendo-a sentar-se atrás de sua mesa de vidro fumê, era a de um motor — bem azeitado, bem regulado, acelerando impaciente a cada sinal vermelho.

Tão logo sentamos diante dela, a dra. Diane Bourne empurrou um pequeno metrônomo para a sua esquerda, desobstruindo, assim, nossa visão, e acendeu um cigarro.

Ela olhou para Angie e lhe deu um pequeno sorriso sombrio. "Em que posso ajudá-los?"

"Estamos investigando a morte de Karen Nichols", disse Angie.

"Sim", disse ela, aspirando uma pequena nuvem de fumaça branca. "O senhor Kenzie disse isso ao telefone." Ela fez cair um pouquinho de cinza num cinzeiro de cristal. "Ele se mostrou", disse ela olhando-me com seus olhos cinza enevoados, "cauteloso quanto a todo o resto."

"Cauteloso", repeti eu.

Ela deu mais uma tragada no cigarro e cruzou as longas pernas. "Esse termo lhe agrada?"

"Ah, sim", respondi, erguendo e abaixando as sobrancelhas várias vezes.

Ela me deu o esboço de um sorriso e se voltou novamente para Angie. "Como espero ter deixado claro para o senhor Kenzie, não estou disposta a discutir nada sobre a terapia da senhorita Nichols."

Angie estalou os dedos. "Seria uma loucura."

Diane Bourne voltou-se para mim. "Não obstante, o senhor Kenzie insinuou no..."

"Insinuou?", disse Angie.

"Sim, insinuou no telefone que dispunha de informações que poderiam — é isso mesmo, senhor Kenzie? — pôr em dúvida a ética de meu comportamento em relação a Karen Nichols."

Respondi ao seu arquear de sobrancelhas arqueando as minhas duas vezes. "Eu diria que não me exprimi de forma..."

"Tão articulada?"

"Prolixa", disse eu. "No mais, porém, foi isso mesmo, doutora Bourne."

A dra. Bourne moveu o cinzeiro um pouco para a esquerda, para que pudéssemos ver o pequeno gravador atrás dele. "Tenho o dever de informá-los de que esta conversa está sendo gravada."

"Que bonito", disse eu. "Permita-me perguntar... onde o comprou? Na Sharper Image, não foi? Nunca vi um tão chique." Olhei para Angie. "Você já viu?"

"Ainda estou no 'insinuou'", disse ela.

Balancei a cabeça. "Essa foi boa. Já fui acusado de muitas coisas, mas disso..."

Diane Bourne tirou um pouco da cinza do cigarro, passando-o no cristal Waterford. "Vocês dois estão apresentando um número formidável."

Angie bateu em meu ombro e eu quis lhe dar um tapa na nuca, mas ela se esquivou na última hora. Então ambos sorrimos para Diane Bourne.

Ela deu outra pequena tragada no cigarro. "Um troço à la Butch Cassidy e Sundance, sem conotações homossexuais."

"Normalmente nos comparam a Nick e Nora."

"Ou Chico e Groucho", lembrou Angie.

"Mas com conotações homossexuais. Mas essa história de Butch e Sundance..."

"Um senhor elogio", disse Angie.

Encostei os cotovelos na mesa da dra. Bourne, fitando por sobre o pêndulo do metrônomo seus olhos claríssimos. "Por que uma de suas pacientes estaria de posse de suas anotações profissionais, doutora?"

Ela não disse nada. Manteve-se calada, os ombros ligeiramente curvados, com se esperasse uma súbita lufada de ar frio.

Recostei-me na cadeira. "Pode me explicar isso?"

Ela inclinou a cabeça para a esquerda. "Pode repetir a pergunta, por favor?"

Angie repetiu. Eu a secundei com gestos.

"Não estou entendendo aonde vocês querem chegar." Ela raspou um pouco mais de cinza no cristal.

Angie disse: "Você costuma tomar notas durante as sessões com os pacientes?".

"Sim. Com a maioria..."

"E costuma enviar essas anotações para esses mesmos pacientes pelo correio?"

"Claro que não."

"Então", disse Angie, "como as anotações sobre uma sessão com Karen Nichols, datada de 6 de abril de 1994, foram parar nas mãos de Karen Nichols?"

"Não tenho a menor idéia", disse a dra. Bourne num tom de mal contida impaciência de uma inspetora escolar falando com uma criança. "Com certeza ela própria deve ter levado numa das sessões."

"Você mantém seus arquivos fechados?", perguntei.

"Sim."

"Então como Karen poderia ter acesso a eles?"

Seus traços finos se afrouxaram ao longo da linha do maxilar e seus lábios se entreabriram. "Ela não poderia", disse ela finalmente.

"O que pode significar", disse Angie, "que você ou alguém de seu consultório forneceu informações confidenciais, potencialmente perigosas, a uma paciente desajustada."

A dra. Bourne fechou a boca e contraiu as mandíbulas. "Dificilmente, senhorita Gennaro. Creio me lembrar de ter havido aqui um arrombamento há alguns..."

"Como?", disse Angie, inclinando-se para a frente. "A senhora acredita lembrar-se de ter havido um arrombamento?"

"Sim."

"Então deve haver um boletim de ocorrência."

"Um o quê?"

"Um boletim de ocorrência", disse eu.

"Não, ao que parecia, não tinha desaparecido nada importante."

"Só arquivos confidenciais", disse eu.

"Não, eu não disse..."

Angie falou: "Claro, porque você teria advertido seus outros pacientes de que...".

"Senhorita Gennaro, eu não disse..."

"... documentos confidenciais relacionados aos aspectos mais pessoais de suas vidas estavam nas mãos de um desconhecido." Angie olhou para mim. "Você não acha?"

"Nós poderíamos informá-los disso", disse eu. "Só para lhes prestar um serviço de utilidade pública."

O cigarro da dra. Bourne tinha se transformado num dedo enrugado de cinza branca no cinzeiro de cristal. Quando eu olhei, o dedo se desfez.

"Do ponto de vista prático", disse Angie, "ia ser difícil fazer isso."

"Não", disse eu. "Basta nós ficarmos aí fora no carro. Toda vez que virmos alguma pessoa rica aproximando-se do edifício e parecendo meio lelé, partimos do princípio de que é cliente da doutora Bourne e..."

"Vocês não vão fazer isso."

"... nós chegamos para ela e contamos do arrombamento."

"No interesse do bem comum", disse Angie. "As pessoas têm o direito de saber. Puxa, como somos legais, não?"

Balancei a cabeça. "Com certeza vamos achar bons presentes em nossos sapatinhos neste Natal."

Diane Bourne acendeu um segundo cigarro e ficou nos observando através da fumaça, olhar inexpressivo, dando a impressão de impassibilidade. "O que vocês querem?", disse ela, e eu percebi um tremor quase imperceptível em suas cordas vocais que lembrava o tique-taque do metrônomo.

"Para começar", disse eu, "queremos saber como essas anotações saíram de seu consultório."

"Não tenho a mínima idéia."

Angie acendeu um cigarro. "Pois trate de ter, minha senhora."

Diane Bourne descruzou as pernas e as pôs de lado,

com essa desenvoltura natural de todas as mulheres e de que os homens não são minimamente capazes. Ela levantou o cigarro até a altura da têmpora e se perdeu na contemplação do *Los* de Blake na parede do lado leste, um quadro que inspirava a mesma paz que um desastre aéreo.

"Eu tive uma secretária temporária há uns dois meses. Tive a impressão — não tenho nenhuma prova, notem bem — de que ela andou mexendo nos arquivos. Ela só ficou comigo uma semana, por isso não pensei mais nisso depois que ela foi embora."

"Seu nome?"

"Não me lembro."

"Mas você mantém arquivos."

"Claro. Vou pedir a Miles que lhes passe o dossiê quando vocês estiverem de saída." Ela sorriu. "Oh, me esqueci. Ele hoje não está aqui. Bem, vou deixar-lhe um bilhete pedindo que o envie a vocês."

Angie estava sentada a cerca de meio metro, senti que seu pulso se acelerava e seu sangue esquentava tanto quanto o meu.

Indiquei a outra sala apontando o polegar para trás. "E esse Miles, quem é?"

Ela de repente pareceu ter se arrependido de tocar no nome dele. "Ele, bem... é só uma pessoa que trabalha para mim meio período como secretário."

"Meio período", disse eu. "Quer dizer que ele trabalha em outro lugar?"

Ela fez que sim.

"Onde?"

"Por quê?"

"Curiosidade", disse eu. "Deformação profissional. Tente me agradar."

Ela soltou um suspiro. "Ele trabalha no hospital Evanton, em Wellesley."

"No hospital psiquiátrico?"

"Sim."

"O que ele faz?", perguntou Angie.

"Ele é encarregado dos arquivos."

"E há quanto tempo ele trabalha aqui?"

"Por que a pergunta?", disse ela com um pequeno movimento de cabeça.

"Eu estou tentando saber quem tem acesso aos seus arquivos, doutora."

Ela se inclinou para a frente, deixou cair mais cinza no cinzeiro. "Miles Lovell trabalha para mim há três anos e meio, senhor Kenzie. Quanto à segunda pergunta: não, ele não teria nenhum motivo para tirar as anotações do prontuário de Karen Nichols e enviá-las a ela pelo correio."

Lovell, pensei. Não Brewster. Usa um sobrenome falso, mas mantém o nome, por uma questão de comodidade. Um bom truque, se você se chama John. Mas meio imbecil, porém, se seu nome não é tão comum.

"Certo", disse eu com um sorriso. A personificação do detetive satisfeito. Não temos mais perguntas sobre o velho Miles Lovell. Ele já está em meu caderninho, minha senhora.

"Ele é o auxiliar mais digno de confiança que tive em minha vida."

"Não tenho a menor dúvida."

"Bem", disse ela. "Respondi a todas as suas dúvidas?"

Meu sorriso se abriu ainda mais. "Nem chegou perto."

"Fale-nos sobre Karen Nichols", disse Angie.

"Há muito pouco a falar..."

Meia hora depois ela continuava falando, apresentando os detalhes da psique de Karen Nichols com toda a uniformidade e emoção daquele seu metrônomo.

Karen, segundo Diane Bourne, era a clássica maníaco-depressiva bipolar. Durante anos ela tomara lítio, Depakote e Tegretol, além do Prozac que encontrei no celeiro de Warren. A questão de saber se a sua doença era

177

de origem genética tornou-se absolutamente irrelevante quando seu pai foi morto e o assassino se matou na frente dela. Conforme os padrões descritos nos manuais, segundo a dra. Bourne, Karen, longe de agir como criança ou como adolescente, se refugiara numa atitude excepcionalmente bem-comportada, encarnando o papel de filha, irmã e namorada perfeita.

"Como muitas garotas" continuou a dra. Bourne, "Karen tomou como modelo personagens da televisão. Em seu caso, principalmente as das séries antigas. Isso fazia parte de sua patologia — viver o mais que pudesse no passado e numa América idealizada, de forma que idolatrava a Mary Richards interpretada por Mary Tyler Moore, além de todas aquelas mães das sitcoms dos anos 50 e 60 — Barbara Billingsley, Donna Reed, novamente Mary Tyler Moore no papel da esposa de Dick Van Dyke. Ela lia Jane Austen, mas sem perceber toda a revolta e ironia subjacentes. Em vez disso, considerava aquelas obras descrições da vida que podia esperar se fosse uma jovem bem-comportada que optasse por um bom casamento, como Emma ou Elinor Dashwood. Assim, isso se tornou seu objetivo, e David Wetterau (seu Darcy ou Rob Petrie, se preferirem) representava, aos seus olhos, a chave da felicidade."

"E quando ele se transformou num vegetal..."

"Todos os seus demônios, reprimidos durante vinte anos, se voltaram contra ela. Fazia tempo que eu suspeitava que, se o modelo de vida adotado por Karen Nichols sofresse um sério dano, seu descontrole se manifestaria no plano sexual."

"Por que você esperava isso?", perguntou Angie.

"Foi a ligação de seu pai com a mulher do tenente Crowe que motivou o ato de violência extrema que resultou na morte do pai de Karen."

"Quer dizer então que o pai de Karen tinha um caso com a mulher de seu melhor amigo."

Ela confirmou com um gesto de cabeça. "Foi isso

que motivou o disparo. Acrescentem-se a isso certos aspectos do complexo de Electra que, numa menina de seis anos, devia estar desabrochando, se não em sua máxima intensidade, o sentimento de culpa motivado pela morte do pai e suas pulsões sexuais conflituosas em relação ao irmão, e você tem todos os ingredientes para..."

"Ela teve relações sexuais com o irmão?", disse eu interrompendo-a.

Diane Bourne negou com um gesto de cabeça. "Não. De modo algum. Mas, como muitas mulheres com um irmão postiço mais velho, durante sua adolescência ela teve consciência do despertar de sua sexualidade em relação a Wesley. No universo de Karen, a figura masculina era preponderante. Seu pai natural era um militar, um guerreiro. Seu padrasto encarna também a autoridade, à sua maneira. Wesley Dawe tinha crises psicóticas violentas e, até o seu desaparecimento, seguia um tratamento à base de antipsicóticos."

"Você tratava de Wesley?"

Ela fez que sim.

"Fale-nos sobre ele."

Ela franziu os lábios e balançou a cabeça. "Melhor não."

Angie olhou para mim. "Vamos ficar lá no carro?"

Concordei. "É só o tempo de pegar uma garrafa térmica de café, e a gente vai."

Nós nos levantamos.

"Sentem-se senhorita Gennaro, senhor Kenzie", disse Diane Bourne indicando as cadeiras com um gesto. "Puxa vida, como vocês são insistentes."

"É por isso que ganhamos um dinheirão", disse Angie.

A dra. Bourne recostou-se na cadeira, abriu as pesadas cortinas às suas costas e contemplou a fachada de tijolos aquecida pelo sol do outro lado da Fairfield Street. De repente, a forte luz do sol se refletiu no teto de metal de um caminhão. A psiquiatra fechou as cortinas e piscou os olhos na penumbra da sala.

"Na última vez que o vi", disse ela pressionando as

pálpebras com os dedos, "Wesley Dawe era um jovem raivoso e muito confuso."

"Quando foi isso?"

"Nove anos atrás."

"E que idade ele tinha?"

"Vinte e três. Seu ódio pelo pai era total. O ódio por si mesmo era apenas um pouco menor. Depois que ele atacou o doutor Dawe, sugeri que o internassem, para o seu bem e o de sua família."

"Atacou como?"

"Ele golpeou o pai, senhor Kenzie. Com uma faca de cozinha. E, como era típico de Wesley, ele errou o golpe. Acho que ele queria atingir o pescoço, mas o doutor Dawe conseguiu levantar o ombro a tempo, e Wesley fugiu de casa."

"E quando o pegaram, você..."

"Wesley não foi pego. Ele desapareceu naquela noite. Aliás, na noite em que Karen participava do baile de fim de ano no colégio."

"E em que isso afetou Karen?"

"Na época? Em nada." Os olhos de Diane Bourne refletiram um raio de luz que passara entre as cortinas, e o cinza neutro adquiriu um brilho de alabastro. "Karen Nichols tinha uma extraordinária capacidade de negação. Era seu principal escudo e sua principal arma. À época, acho que ela disse algo como 'Oh, Wesley nunca consegue se controlar', e ficou contando o baile nos mínimos detalhes."

"Da mesma forma que Mary Richards faria", disse Angie.

"Muito perspicaz, senhorita Gennaro. Exatamente como Mary Richards faria. Ver apenas o lado positivo. Mesmo em detrimento da própria psique."

"Voltemos a Wesley", disse eu.

"Wesley Dawe", disse ela, agora exausta por causa de tantas perguntas, "tinha um QI de gênio e uma psique fraca, atormentada. Uma combinação potencialmente letal. Se lhe tivessem dado a oportunidade de amadurecer, sua inteligência talvez conseguisse se sobrepor à psicose, e ele teria levado uma vida normal, por assim dizer. Mas, quando o pai o acusou da morte da irmã, ele descompensou e depois desapareceu. Foi realmente uma tragédia. Ele era um rapaz muito brilhante."

"Ao que parece, você o admirava", disse Angie.

Ela se recostou na cadeira e ficou olhando o teto. "Wesley ganhou um campeonato nacional de xadrez quando tinha nove anos. Imagine só. Aos nove anos de idade, era mais dotado em determinado campo que todas as crianças do país com menos de quinze. Ele teve o primeiro colapso nervoso aos dez anos. E nunca mais jogou xadrez." Ela inclinou a cabeça para a frente, fitou-nos com aqueles olhos claros. "Ele nunca mais jogou, ponto final."

Ela se pôs de pé, e sua silhueta branca tremeluzente nos dominou por um instante. "Deixe-me ver se encontro o nome da secretária temporária para vocês."

Ela nos levou a uma sala contígua em que havia uma escrivaninha e um arquivo. Abriu o arquivo com uma chave, vasculhou-o e finalmente tirou uma folha de papel. "Pauline Stavaris. Ela mora... posso ditar?"

"Já estou de caneta na mão", disse eu.

"Mora na Medford Street, número 35."

"Em Medford?"

"Everett."

"Telefone?"

Ela me deu o número.

"Acho que agora terminamos", disse Diane Bourne.

"Sem dúvida", disse Angie. "Foi um prazer."

Ela nos levou de volta ao consultório, depois até o vestíbulo, e apertou as nossas mãos.

"Karen não iria querer isso, sabe?"

Afastei-me dela. "É mesmo?"

Ela fez um gesto largo com a mão. "Toda essa lama que vocês estão remexendo, essas coisas que sujam sua reputação. Ela se preocupava demais com as aparências."

"Que aparência você acha que ela tinha quando os policiais a encontraram depois de uma queda do vigésimo sexto andar? Pode me responder, doutora?"

Ela esboçou um sorriso crispado. "Adeus, senhor Kenzie, senhorita Gennaro. Espero nunca mais ver vocês novamente."

"Pode esperar o que quiser", disse Angie.

"Mas não dê a coisa como certa", disse eu.

17

Liguei para Bubba do carro. "O que você está fazendo?"
"Acabo de descer do avião, vindo da terra dos elfos".
"Foi divertido?"
"Bah, um bando de anões furiosos, e nem me pergunte que língua eles falam porque não parece nada com inglês."
Carreguei ao máximo meu sotaque norte-irlandês. "Você foi dar umas bandas com a patota?"
"O quê?"
"Pelo amor de Deus, Rogowski, está com algodão nos ouvidos?"
"Corta essa", disse Bubba. "Merda!"
Angie pôs a mão em meu braço. "Pare de torturar o coitado."
"Angie está aqui comigo", disse eu.
"Não brinca. Onde?"
"Back Bay. Estamos precisando de entregador."
"Uma bomba?" Ele pareceu excitado como se tivesse um monte de bombas à sua volta e quisesse se livrar delas.
"Ah, não. Só um gravador."
"Ah", fez ele, parecendo frustrado.
"Ora, vamos", disse eu. "Lembre-se de que Angie está comigo. Depois nós vamos beber."
Ele grunhiu. "Shakes Dooley disse que você esqueceu como se bebe."
"Bom, você me ensina, irmão. Você me ensina."

* * *

"Quer dizer que a gente segue a doutora Bourne", disse Angie, "e depois dá um jeito de plantar um gravador na casa dela?"

"Sim."

"Que plano mais estúpido."

"Você tem um melhor?"

"Por enquanto não."

"Você acha que ela tem culpa no cartório?"

"Concordo que ela tem um comportamento meio suspeito."

"Então ficamos com meu plano até pintar outro melhor."

"Oh, com certeza deve haver um melhor. Vou descobrir. Pode confiar em mim."

Às quatro, uma BMW preta parou na frente do consultório da dra. Bourne. O motorista ficou dentro do carro fumando por algum tempo, depois saiu e ficou parado na rua, encostado no capô do carrão. Era um sujeito baixo que estava de camisa de seda verde enfiada na calça jeans apertada.

"Ele é ruivo", disse eu.

"O quê?"

Apontei para o sujeito.

"E daí? Tem um monte de gente ruiva. Principalmente nesta cidade."

Diane Bourne apareceu na entrada do edifício. O cara ruivo levantou a cabeça. Bem devagar, ela fez que não com a cabeça. O sujeito ergueu os ombros, embaraçado, quando ela desceu os degraus da escada e passou por ele, cabeça baixa, andando a passos rápidos e decididos.

O sujeito ficou olhando-a se afastar, depois se voltou devagar e ficou examinando a rua, como se de repente se tivesse dado conta de estar sendo observado. Ele jogou o cigarro na calçada e entrou na BMW.

Liguei para Bubba, que estava estacionado em Newbury, dentro de sua van. "Mudança de planos", disse eu. "Estamos seguindo uma BMW preta."

"Certo". O Senhor Imperturbável-em-Qualquer-Situação.

"Por que estamos seguindo esse cara?", perguntou Angie. Deixei que dois carros entrassem entre nós e a BMW antes de dar a partida.

"Porque ele é ruivo", disse eu. "Porque a doutora Bourne o conhece e agiu como se não o conhecesse. Porque ele parece um confabulador."

"Confabulador?"

Fiz que sim. "É."

"Que significa isso?"

"Não sei. Uma vez ouvi isso no seriado *Mannix*."

Seguindo a BMW, dirigimo-nos ao sul e à saída da cidade, com a van de Bubba colada em nosso pára-choque traseiro, e caímos no engarrafamento da hora do rush. Da Albany Street em diante, fizemos uma média de dez quilômetros por década, enquanto nos arrastávamos através de Southie, Dorchester, Quincy e Braintree. Uma hora e quinze minutos para percorrer trinta quilômetros. Bem-vindos a Boston; a gente vive só para a porra do trânsito.

Ele saiu da via expressa em Hingham, e nós o seguimos bem de perto durante uma meia hora, num trecho úmido e atravancado da Rodovia 228. Atravessamos Hingham — toda de casas coloniais brancas, cerquinhas brancas e gente branca —, passamos ao largo de uma série de centrais elétricas e de gigantescos tanques de gás sob fios de alta-tensão, e finalmente a BMW preta nos conduziu para dentro de Nantasket.

Antiga comunidade cuja atmosfera festiva, poluída de neon, atraía uma multidão de motoqueiros, de mulheres exibindo o ventre nu e o cabelo desgrenhado, Nantasket Beach adquirira um charme estéril de cartão-postal quando desmontaram o parque de diversões que outrora ficava de frente para a praia. Já não havia os passeios baratos de carrossel nem os palhaços de madeira sujos que a gente derrubava com uma bola para ganhar um peixinho anêmico numa sacola de plástico. Uma montanha-russa que, em seu tempo, era considerada a mais perigosa do país, tivera sua carcaça corcovada qual o esqueleto de um dinossauro destruída por bolas de demolição, sendo em seguida arrancada da terra pelas raízes, para que se pudesse construir condomínios com vista para o deque de madeira à beira-mar. Dos velhos tempos restaram apenas o próprio oceano e umas poucas lojas banhadas numa luz laranja doentia, ao longo da orla.

Logo eles substituíram as lojas por cafés, expulsaram os cabelos desgrenhados, e a partir do momento em que ninguém mais conseguia se divertir, eles chamaram aquilo de progresso.

Fiquei imaginando, enquanto margeávamos a praia, passando pelo lugar onde outrora havia a montanha-russa, se algum dia eu tivesse filhos e os levasse para conhecer os lugares que um dia foram importantes para mim, eu só poderia lhes mostrar os edifícios que os tinham substituído.

De repente, a BMW entrou à esquerda logo depois do fim do deque de tábuas, depois à direita, depois novamente à esquerda, e finalmente parou na entrada para carros de uma casinha branca estilo Cape Cod, com toldos e madeiramento verdes. Nós passamos por ela, e Angie olhou pelo retrovisor lateral.

"Que diabo ele está fazendo?"

"Quem?"

Ela balançou a cabeça, sem tirar os olhos do retrovisor. "Bubba."

Olhei pelo retrovisor, vi que Bubba parara sua van preta numa elevação a cinqüenta metros da frente da casa do ruivo. De repente, eu o vi precipitar-se para fora do carro, correr entre duas casinhas quase idênticas à do nosso suspeito e desaparecer em algum ponto do quintal.

"Isso não estava nos planos", disse eu.

"O ruivo entrou na casa", disse Angie.

Dei meia-volta, avancei pela rua em sentido contrário e passei pela frente da casa do ruivo no momento em que ele fechava a porta. Seguimos em frente e passamos pela van de Bubba. Avancei mais uns vinte metros e estacionei numa elevação à direita de outra casa em estilo Cape Cod, ainda em construção, erguendo-se no meio de uma terra marrom e nua.

Angie e eu saímos do carro e andamos em direção à van de Bubba.

"Odeio quando ele faz isso", disse ela.

Balancei a cabeça. "Às vezes me esqueço de que ele também tem cérebro."

Angie disse: "Eu sei que ele tem cérebro. A forma como ele usa é que não me deixa dormir à noite".

Chegamos à traseira da van no exato momento em que Bubba voltava aos saltos de entre as duas casas. Ele nos empurrou para o lado e abriu as portas traseiras.

"Bubba", disse Angie. "O que você fez?"

"Psst. Estou trabalhando." Ele jogou uma tesoura de jardinagem no fundo da van, apanhou uma sacola esportiva no piso e fechou as portas.

"O que você está...?"

Ele pôs o dedo em meus lábios. "Psst. Confie em mim. É uma boa idéia."

"Você vai usar explosivos pesados?", perguntou Angie.

"Você quer que eu use?", disse ele, levantando a mão para a porta da van.

"Não, Bubba, de jeito nenhum."

"Oh", fez ele, afastando a mão da porta. "Tenho de ir. Volto logo."

Ele nos empurrou e correu pelo gramado, o corpo dobrado em dois, em direção à casa do ruivo. Mesmo encurvado, Bubba correndo por um gramado passa tão despercebido como o Sputnik. Ele pesa um pouco menos que um piano, mas um pouco mais que uma geladeira, e tem aquela cara de recém-nascido demente encimada por tufos de cabelo castanho e plantada num pescoço cuja circunferência é mais ou menos igual à da barriga de um rinoceronte. Ele se desloca mais ou menos como um rinoceronte, mancando e pendendo um pouco para a direita, mas com uma tremenda rapidez.

De boca aberta, nós o vimos ajoelhar-se ao lado da BMW, forçar a fechadura no mesmo tempo que eu levaria para abri-la com uma chave e abrir a porta.

Angie e eu temíamos o soar de um alarme, mas houve só silêncio quando Bubba entrou no carro, arrancou de lá um objeto e o meteu no bolso da capa militar.

Angie disse: "O que ele está fazendo?".

Bubba abriu o zíper da sacola esportiva junto aos seus joelhos, mexeu lá dentro até encontrar o que procurava, tirou um pequeno objeto preto retangular e colocou no carro.

"É uma bomba", disse eu.

"Ele garantiu que não."

"Sim", disse eu. "Mas ele é... maluco, lembra?"

Bubba limpou com a manga da capa os lugares onde tocara dentro e fora do carro, fechou a porta com cuidado e veio correndo pelo gramado em nossa direção.

"Eu sou o máximo", disse ele.

"Concordo", disse eu. "O que você fez?"

"Quer dizer, eu sou grande, meu camarada. Sou mesmo. Às vezes me surpreendo." Ele abriu a porta da van e jogou a sacola esportiva no piso.

"Bubba", disse Angie, "o que é que tem na sacola?"

Bubba parecia a ponto de explodir de orgulho. Ele abriu bem a sacola e fez sinal para que olhássemos dentro. "Telefones celulares!", disse ele com o entusiasmo de um garoto de dez anos.

Inclinei-me para a frente. Era verdade. Uns dez ou doze celulares — Nokia, Ericsson, Motorola, quase todos pretos, alguns cinzentos.

"Genial", disse eu, fitando seu rosto radiante. "Mas por que é genial, Bubba?"

"Porque seu plano deu em nada, e eu bolei o meu."

"Minha idéia não era ruim."

"Ela deu em nada!", disse ele, felicíssimo. "Completamente furada, meu amigo. Colocar um microfone num gravador para que o sujeito — no começo não era uma mulher? — leve para casa."

"E daí?"

"Daí, o que aconteceria se o cara deixasse o gravador na sala de jantar antes de ir ao quarto fazer esse troço que vocês querem ouvir?"

"A gente esperava que isso não acontecesse."

Ele levantou o polegar em sinal de vitória. "O meu plano é muito bem pensado."

"Então", disse Angie. "Qual seria o seu plano?"

"Trocar o celular dele", disse Bubba. Ele apontou para a sacola. "Estes já estão com microfone. Só tive de encontrar um igual ao dele", acrescentou, tirando um Nokia grafite do bolso.

"Esse é o dele?"

Ele fez que sim.

Balancei a cabeça também, abri um sorriso do tamanho do dele, depois assumi um ar grave. "Bubba, não vá se ofender, mas... de que adianta isso? O cara está dentro de casa."

Erguendo as sobrancelhas várias vezes, Bubba inclinou-se um pouco para trás. "É?"

"É", confirmei. "E se o cara... como dizer? Por que diabos o sujeito vai precisar usar o celular se com certeza ele tem três ou quatro telefones fixos em casa?"

"Telefones fixos", disse Bubba devagar, enquanto o sorriso começava a dar lugar a um franzir de cenho. "Não pensei neles. Basta pegar um deles e ligar para onde quiser, não é?"

"Sim, Bubba. É o que estou querendo dizer. Com certeza ele está fazendo isso agora."

"Que azar", disse Bubba. "Eu cortei as linhas telefônicas lá atrás, sabe?"

Angie riu, segurou-lhe o rosto de querubim e beijou-lhe o nariz.

Bubba corou e olhou para mim, abrindo o sorriso novamente.

"Ahn..."

"Que foi?"

"Desculpe", disse eu.

"Desculpe o quê?"

"Ter duvidado de você. Está bem? Satisfeito?"

"E ter falado comigo como se eu fosse uma criança."

"E ter falado com você como se você fosse uma criança."

"E ter falado em tom de deboche", disse Angie.

Olhei para ela furioso.

"E o que ela disse", falou Bubba apontando o polegar para Angie.

Angie olhou por cima do ombro. "Ele está saindo novamente."

Entramos todos na van, Bubba fechou a porta e ficamos observando o ruivo através do vidro espelhado. Ele deu um chute no pneu dianteiro, abriu a porta do carro, debruçou-se sobre o banco e tirou o celular do console.

"Por que ele não ligou para as pessoas quando estava voltando?", perguntou Angie. "Se os telefonemas eram tão importantes..."

"Por causa do roaming", disse Bubba. "Se uma pessoa está em movimento é mais fácil interceptar a comunicação — ouvir a conversa ou clonar o telefone."

"E se ele estiver estático?", disse eu.

Ele franziu o cenho. "O que é que o chiado do rádio tem a ver com isso?"

"Não estou falando de estática", disse eu. "Estou perguntando se é diferente quando o telefone está parado."

"Ah", fez ele, voltando-se para Angie e revirando os olhos. "Mostrando o que aprendeu na faculdade novamente." Ele se voltou para mim. "Está certo, sabichão. Sim, se ele estiver 'estático', é mais difícil interceptar a transmissão. Ela precisa passar por cabos, telhados de zinco, antenas comuns e parabólicas, microondas e essa tralha toda, se é que você entende o que quero dizer."

O ruivo voltou para dentro da casa.

Usando apenas um dedo, Bubba digitou no teclado do laptop que estava no piso entre nós. Ele tirou do bolso uma folha de papel encardida. Numa caligrafia de menino de escola, ele fizera uma lista dos tipos de celular, dos respectivos números de série e freqüência para os aparelhos de gravação que estavam ao seu lado. Ele digitou o número de freqüência no laptop e sentou-se no piso da van.

"Nunca tentei isso", disse ele. "Espero que funcione."

Revirei os olhos e me encostei na lateral da van.

"Não estou ouvindo nada", disse eu depois de uns trinta segundos.

"Oops", disse Bubba levantando um dedo acima da cabeça. "Volume."

Ele se inclinou para a frente e apertou o botão do volume na base do laptop. Depois de alguns instantes, ouvimos a voz de Diane Bourne nos minúsculos alto-falantes.

"...Você bebeu, Miles? Claro que é um problema. Eles fizeram todo tipo de pergunta."

Sorri para Angie. "E você não queria seguir o ruivo."

Ela revirou os olhos e disse a Bubba: "Dá uma dentro depois de três anos e pensa que é Deus".

"Que perguntas?", disse Miles.

"Quem é você, onde você trabalha."

"Como eles ficaram sabendo da minha existência?"

Diane Bourne ignorou a pergunta. "Eles queriam saber de Karen, de Wesley, daquelas anotações das sessões que foram parar nas mãos de Karen, *Miles*."

"Certo, certo. Relaxe."

"Relaxar o cacete! Você é que vai ter de relaxar! Oh, meu Deus!", disse ela expirando ruidosamente. "Os dois são muito espertos, entendeu?"

Bubba me cutucou. "Está falando de vocês dois?"
Fiz que sim.
"Bobagem", disse Bubba. "Espertos... pois sim."
"Sim", disse Miles Lovell. "Eles são espertos. Já sabíamos disso."
"O que a gente não sabia é que eles iam fazer a ligação comigo. Ligue para ele!"
"Mas..."
"Dê um jeito nisso!", cortou ela, e desligou.
Mal desligou, Miles discou outro número.
Um homem atendeu. "Sim?"
"Dois detetives andaram metendo o nariz em nossos negócios", disse Miles.
"Detetives? Você quer dizer policiais?"
"Não, detetives particulares. Eles estão sabendo das anotações da psiquiatra."
"Alguém se esqueceu de recuperá-las?"
"Alguém estava bêbado. Que é que você quer que *Alguém* lhe diga?"
"Ah."
"Ela está fula."
"Nossa boa doutora?"
"Sim."
"Muito fula mesmo?"
"Muitíssimo."
"Será que vai ser preciso ter uma conversa com ela?"
"Talvez ela precise de mais que isso. Ela é o elo fraco da corrente."
"O elo fraco, hein?"
Houve uma longa pausa. Eu ouvia a respiração ofegante de Miles numa ponta da linha. Na outra, estática e o outro homem bufando.
"Você está aí?", perguntou Miles.
"Acho isso muito chato."
"O quê?"
"Trabalhar desse jeito."
"Talvez não tenhamos tempo de trabalhar do seu jeito. Escute, nós..."

"Não pelo telefone."
"Ótimo. O de sempre, então."
"O de sempre. Não fique tão preocupado."
"Não estou preocupado. Só estou querendo resolver isso mais rápido do que lhe permitiriam suas propensões naturais."
"Certamente."
"Estou falando sério."
"Sei disso", disse o outro, desligando.
Miles desligou e imediatamente discou um terceiro número.
Atendeu uma voz feminina na quarta vez que o telefone tocou, com voz grossa e descansada. "Sim."
"Sou eu", disse Miles.
"Ahn-ran."
"Lembra de quando a gente devia pegar uma coisa na casa de Karen?"
"O quê?"
"As anotações das sessões, lembra?"
"Ei, isso era tarefa sua."
"Ele está puto."
"E eu? Era tarefa *sua*."
"Não é isso o que ele acha."
"O que você está dizendo?"
"Estou dizendo que ele pode passar ao ataque. Tenha cuidado."
"Porra", exclamou a mulher. "Porra, Miles! Você está tirando uma da minha cara?"
"Fique calma."
"Não! Porra, Miles! Ele tem a gente na mão. Ele tem a gente na mão."
"Ele tem todo mundo na mão", disse Miles. "Só que..."
"Como? Só que o quê, Miles?"
"Não sei. Abra o olho."
"Obrigada, muitíssimo obrigada. Merda." Ela desligou.
Miles desligou, e nós ficamos na van observando a sua casa, esperando que ele pusesse a cabeça para fora

e nos levasse para o lugar aonde queria ir, fosse ele qual fosse.

"Você acha que a voz feminina era a doutora Bourne?"

Angie negou com a cabeça. "Não, muito mais jovem."

Balancei a cabeça.

Bubba disse: "Quer dizer que esse sujeito da casa fez uma coisa infame?".

"Sim, acho que sim."

Bubba enfiou a mão sob a capa militar, puxou um 22 e enroscou o silenciador. "Então, tá bom. Vamos lá."

"O quê?"

Ele olhou pra mim. "A gente bota a porta abaixo e apaga ele."

"Por quê?"

Ele deu de ombros. "Vocês disseram que ele fez uma coisa infame. Então vamos matá-lo a tiros. Vamos, vai ser divertido."

"Bubba", disse eu, pondo a mão em cima da sua, fazendo com que abaixasse a arma. "Ainda não sabemos com quem estamos lidando. Precisamos desse cara para nos levar até os seus cúmplices."

Os olhos de Bubba se arregalaram e ele ficou de boca aberta contemplando o lado da van como uma criança cujo balão de aniversário tivesse explodido no rosto.

"Cara", disse ele a Angie. "Por que ele me pede para acompanhar vocês se não posso atirar em ninguém?"

Angie pôs a mão em seu pescoço. "Vamos, vamos, meu amigo. Quem sabe esperar consegue tudo que é bom."

Bubba balançou a cabeça. "Sabe o que acontece com quem espera?"

"O quê?"

"Continua esperando", disse ele, franzindo o cenho. "E enquanto isso ninguém leva tiro." Ele tirou uma garrafa de vodca de sua capa, tomou uma boa golada e balançou a cabeça massuda. "Isso não é justo."

Pobre Bubba. Sempre comparecendo às festas com a roupa errada.

18

Miles Lovell saiu de casa pouco depois do pôr-do-sol, quando o céu se saturava de um vermelho vivo, e a brisa levava o cheiro de maresia para o interior.

Deixamos que ele nos tomasse a dianteira, depois entramos na estrada da praia e o alcançamos novamente na altura dos tanques de gás, no trecho da Rodovia 228 atulhado de detritos industriais. O trânsito agora estava bem mais tranqüilo, a maioria dos veículos seguia em direção à praia, não longe dali, por isso ficamos uns quatrocentos metros atrás dele, esperando que o céu escurecesse.

O vermelho, porém, se tornou ainda mais vivo, orlado de uma faixa azul-escura. Angie ia com Bubba na van, e eu seguia atrás no Porsche. Sempre na cola de Lovell, atravessamos Hingham, depois tomamos novamente a Rodovia 3, direção sul.

O trajeto não foi muito longo. Depois de passar por várias saídas, Lovell pegou a de Plymouth Rock, e um quilômetro e meio adiante entrou num labirinto de estradinhas de terra, cada uma mais poeirenta e esburacada que a outra; sempre atrás dele, torcíamos para não perdê-lo de vista numa curva do caminho ou numa vereda invadida por uma vegetação densa e baixa.

Como eu tinha abaixado os vidros da janela e desligado o rádio, de vez em quando ouvia o barulho de seus pneus na estrada avariada ou alguns compassos de jazz de seu aparelho de som, que chegavam até mim porque seu carro era conversível. Tanto quanto eu sabia, estávamos no coração da mata de Myles Standish; à nossa volta, pinheiros, bordos brancos e lariços erguiam-se para o céu púrpura, e senti o cheiro dos mirtilos muito antes de avistá-los.

Era um odor ao mesmo tempo doce e picante, mesclado a outro mais suave, de fruta fermentando à crua luz do sol. Uma fina névoa branca deslizava entre as árvores, à medida que a noite esfriava as águas do pântano. Ao ver os faróis traseiros do carro de Lovell serpearem no último trecho da estradinha que ia dar nas margens cediças, estacionei na última clareira antes do pântano.

A van de Bubba parou ao lado do Porsche. Saímos os três dos carros e fechamos as portas com todo o cuidado, de forma que ouvimos apenas o fraco ruído das travas. Cinqüenta metros à nossa frente, por entre um pequeno grupo de árvores raquíticas, ouvimos Miles Lovell abrir a porta, depois fechar. Os ruídos, deslocando-se no ar úmido por entre troncos finos, nos pareceram bem próximos.

Avançamos pelo caminho de terra escuro e molhado, e por entre as árvores avistamos um mar de mirtilos, ainda verdes naquele estágio de crescimento, as superfícies nodosas de seus frutos oscilando na bruma e tocando-se suavemente.

Passos ressoavam na mata, um corvo crocitava em meio à noite cada vez mais densa, e as copas das árvores farfalhavam ao leve sopro do vento. Por fim chegamos ao final do renque de árvores, agora já próximo ao pára-choque traseiro da BMW. Escondido atrás da última árvore, estiquei o pescoço e olhei em volta.

O pântano de mirtilos ondulava à minha frente. A bruma branca pairava alguns centímetros acima da superfície como um sopro invernal, e um imenso tablado escuro, em forma de cruz, dividia a superfície do pântano em quatro longos retângulos. Miles Lovell avançava sobre um dos braços mais curtos da cruz. No meio da cruz havia uma pequena cabana que abrigava uma bomba hidráulica; Lovell abriu a porta, entrou e fechou-a.

Saí do esconderijo e avancei rente à margem, esgueirando-me por trás do carro de Lovell, contando não ser visto por alguém que por acaso se encontrasse do outro lado do pântano, e olhei para a cabana. Ela era um pouco maior que os banheiros públicos e tinha uma janela do lado direito que dava para o longo tablado que cruzava o pântano na direção norte. Uma cortina de musselina me impedia de ver o interior, mas, quando o sol poente tingiu a vidraça de um laranja suave, vi a silhueta de Lovell passar e desaparecer do outro lado.

À exceção do carro, não havia esconderijo possível — apenas as margens cediças, o terreno enlameado à minha direita onde ressoava o sussurro de abelhas, mosquitos e grilos, que se preparavam para o turno da noite. Voltei para a linha de árvores. Angie, Bubba e eu avançamos por entre os finos troncos para o último grupo de árvores, fronteiro à cabana. Dali podíamos avistar a frente da cabana, a lateral esquerda e uma parte da cruz que se estendia até a margem oposta e desaparecia em meio a um matagal escuro.

"Merda", disse eu. "Eu devia ter trazido meu binóculo."

Bubba soltou um suspiro, tirou um binóculo de sua capa militar e me deu. Bubba e sua capa militar — às vezes sou capaz de jurar que ele traz um supermercado dentro dela.

"Você parece Harpo Marx com essa capa. Já lhe falei isso?"

"Umas setecentas ou oitocentas vezes."

"Ah." Em matéria de espirituosidade, eu estava em franca decadência.

Apontei o binóculo para a cabana, acertei o foco, e com isso consegui apenas uma nítida visão da fachada de madeira. Eu estava convencido de que não havia janela do outro lado, e como a que eu vira um pouco antes tinha uma cortina, pareceu-me que a única coisa a fazer era esperar que o misterioso desconhecido se encontrasse com Lovell e que os mosquitos e abelhas viessem nos fazer um ataque maciço. Naturalmente, se eles se atrevessem, com certeza Bubba teria uma lata de repelente em sua capa, talvez uma armadilha elétrica para fritá-los.

No alto, o céu derramava suas últimas gotas de sangue, tingindo-se gradualmente de azul-escuro. Os mirtilos verdes cintilavam contra esse novo cenário, enquanto a névoa passava do branco ao cinza-musgo e as árvores enegreciam.

"E se o sujeito com quem Miles ia se encontrar tiver chegado antes?", perguntei a Angie depois de algum tempo.

Angie lançou um olhar à cabana. "Tudo é possível. Mas então ele teria chegado por outro caminho. Na estrada só há sinais da passagem de Lovell, e deixamos os carros no lado norte."

Apontei o binóculo para a extremidade sul da cruz, no ponto em que o tablado desaparecia num mar de grandes caules amarelecidos e secos que se elevavam em meio a um charco indistinto invadido por nuvens de mosquitos. Definitivamente, aquele parecia ser o caminho menos atraente e mais difícil, e dificilmente seria escolhido, a menos que se quisesse contrair malária.

Atrás de mim, Bubba bufou, bateu o pé no chão e arrancou alguns raminhos de uma árvore.

Apontei o binóculo para a margem oposta, a ponta leste da cruz. Ali as margens pareciam mais firmes, e as árvores eram grossas, secas e altas. Tão grossas, na verdade, que, por mais que ajustasse o foco, eu só conseguia ver uma barreira de troncos negros e musgo verde que se estendia por uns cinqüenta metros.

"Se ele está aí, deve ter vindo pelo outro lado", disse eu apontando e sacudindo os ombros. "Acho que vamos poder vê-lo quando ele estiver saindo. Você trouxe uma máquina fotográfica?"

Angie fez que sim, tirou da bolsa uma pequena Pentax com ajuste de foco e flash automático, para fotos noturnas.

Sorri. "Foi um presente de Natal que eu dei a você."

"Natal de 1997", disse ela com um risinho. "O único presente seu que ouso mostrar em público."

Nossos olhares se cruzaram. Ela sustentou o meu olhar por um instante, e senti o aguilhão de um desejo repentino e irresistível. Ela abaixou os olhos, senti um súbito calor nas faces e voltei ao binóculo.

"Vocês, detetives particulares, fazem porcarias como esta todos os dias, não é?", disse Bubba ao cabo de mais uns dez minutos. Ele tomou mais uma golada de vodca da garrafa e arrotou.

"Oh, a gente às vezes tem direito a uma perseguição a bordo de nossos carros", disse Angie.

"Que merda de vida mais chata!", disse ele, impaciente, socando em seguida, maquinalmente, o tronco de uma árvore.

Ouvi um ruído surdo na cabana, e vi tremerem as pranchas mais baixas do telhado. Ao que parecia, Miles Lovell, preso entre quatro paredes, distribuía pontapés, tão entediado quanto Bubba.

Um corvo, talvez o mesmo que já tínhamos ouvido, crocitou sobrevoando o pântano, volteou graciosamente diante da cabana, mergulhou o bico na água e alçou vôo novamente em direção à negra muralha de árvores.

Bubba bocejou. "Vou embora."

"Tudo bem", disse Angie.

Ele roçou a mão nas árvores à sua volta. "Quer dizer... está tudo muito bom e tal, mas esta noite tem uma puta luta na televisão."

"Claro", disse Angie.

"É Bob Horrível contra Jamanta Delicado."

"Eu não perderia", disse Angie. "Mas infelizmente tenho de trabalhar."

"Eu gravo pra você", disse Bubba.

Angie sorriu. "É mesmo? Puxa, seria uma maravilha!"

Bubba não percebeu nada do sarcasmo. De repente ficou todo animado e esfregou as mãos: "Claro. Ouça, tenho um monte de lutas antigas gravadas. Um dia desses a gente podia...".

"Psst", fez Angie pondo o dedo nos lábios.

Virei a cabeça para a cabana e ouvi uma porta fechar-se, com um pequeno ruído, do outro lado. Virei na direção do ruído, vi um homem sair pelo outro lado da cabana e começar a avançar pelo tablado em direção ao grupo de árvores.

Eu só via as suas costas. Tinha cabelo loiro e cerca de um metro e noventa de altura. Era magro e andava de um jeito displicente, uma mão no bolso da calça e a outra balançando molemente. Usava calça cinza-claro e uma camisa de manga comprida branca dobrada até os cotovelos. Cabeça ligeiramente inclinada para trás, assobiava baixinho. Atravessando a névoa e o charco, o som chegava até nós.

"Parece que é a canção 'Camp town ladies'", disse Bubba.

"Não", disse Angie. "Não é."

"Então qual é, sua sabichona?"

"Não sei, só sei que não é essa."

"Ah, bom", disse Bubba.

O homem já chegara quase ao meio do tablado, e eu esperava que ele se voltasse, para poder ver seu rosto. Tínhamos ido ali só para ver com quem Miles ia se encontrar, e se o loiro tivesse um carro naquelas árvores, ele escaparia, mesmo se partíssemos em perseguição naquela mesma hora.

Peguei uma pedra no chão, atirei-a por entre as árvores no pântano. Ela foi cair sobre a massa movediça das bagas molhadas, cerca de dois metros à esquerda do homem loiro, provocando um ruído claro, audível a trinta metros de distância.

O homem parecia não ter ouvido. Ele continuou no mesmo passo, sempre assobiando.

"Estou lhe dizendo", falou Bubba apanhando uma pedra, "que é 'Camp town ladies'."

200

Bubba atirou sua pedra, na verdade um pedregulho de cerca de um quilo, que mal chegou ao meio do pântano, mas fez um barulho duas vezes maior. Mesmo assim o loiro não mostrou a menor reação.

Quando ele chegou ao final do tablado, tomei uma decisão. Se ele soubesse que alguém o seguia, iria desaparecer, mas ele ia desaparecer de qualquer jeito, e eu precisava ver seu rosto.

Gritei "Ei!", e minha voz fendeu a névoa e o ar imóvel acima do pântano, espantando um bando de pássaros que levantaram vôo de entre as árvores.

O homem parou na linha das árvores. Suas costas se enrijeceram. Seu ombro girou levemente para a esquerda. Em seguida ele levantou o braço, formando com ele um ângulo de noventa graus com o corpo, como um guarda parando o trânsito ou um convidado despedindo-se no final da uma festa.

Ele sabia que estávamos ali e queria que o soubéssemos.

Ele abaixou a mão e desapareceu em meio às árvores.

Precipitei-me em direção à margem lamacenta, com Angie e Bubba logo atrás de mim. Meu grito tinha sido alto o bastante para que Lovell o ouvisse, portanto já não era o caso de a gente se esconder. Agora nossa última esperança era agarrar Lovell enquanto ele estava sozinho no pântano, antes que também pudesse escapar, e obrigá-lo a falar.

Enquanto martelávamos o tablado com nossos sapatos, e o forte cheiro do pântano me parecia ainda mais pungente, Bubba disse: "Ora, vamos, cara, você devia me apoiar. Era 'Camp town', certo?".

"Era 'We're the boys of chorus'", disse eu.

"O quê?"

Acelerei com a impressão de que a cabana balançava de um lado para outro e de que o tablado ia ceder sob nossos pés.

"A canção dos Looney Tunes", disse eu.

"É mesmo!", disse Bubba, pondo-se a cantar: "Nós somos os meninos do coro. Esperamos que gostem do show. Sabemos que vocês nos adoram. Mas a hora de irmos chegou-ô!".

As palavras cantadas por Bubba ressoaram no silêncio e me deram a impressão de subir por minha coluna como insetos.

Quando cheguei à cabana, agarrei a maçaneta da porta.

Angie exclamou: "Patrick!".

Quando me voltei para ela, seu olhar furioso me petrificou. Eu não acreditava na bobagem que por pouco não fizera. Correr para uma porta fechada atrás da qual se escondia um desconhecido que podia estar armado e querer abri-la, como quase ia fazer, como se estivesse entrando em casa.

Angie continuava de boca aberta, cabeça inclinada, olhos fuzilando, estupefata, imagino, por aquela negligência quase criminosa.

Balancei a cabeça ante minha própria estupidez, afastei-me da porta enquanto Angie sacava o 38, deslocando-se para a esquerda e apontando para o meio da porta. Bubba já sacara sua arma — uma espingarda de cano serrado com coronha de pistola — e se postara à direita. Ele apontava para a porta, com todo o entusiasmo de um professor de geografia mostrando a localização da Birmânia num velho mapa escolar.

Ele disse: "Agora estamos preparados, gênio".

Saquei meu Colt Commander e, pondo-me à esquerda da ombreira da porta, bati na madeira com os nós dos dedos. "Miles, abra!"

Nada.

Bati novamente. "Ei, Miles, sou Patrick Kenzie, detetive particular. Só quero conversar."

Ouvi o barulho de um objeto caindo no soalho de madeira barata da cabana, seguido do chacoalhar de metais, como se alguém estivesse manipulando ferramentas.

Bati pela última vez. "Miles, nós vamos entrar, certo?" Alguma coisa martelava as tábuas do soalho.

Colei minhas costas à parede, estendi a mão para a maçaneta e olhei para Angie e Bubba. Os dois fizeram que sim com a cabeça. Uma rã gigante coaxou em algum lugar do pântano. O vento parou de soprar, e as árvores estavam imóveis e negras.

Girei a maçaneta, escancarei a porta e Angie exclamou "Meu Deus!".

Bubba disse "Uau!" em tom de admiração, se não de terror, e abaixou a espingarda.

Quando Angie abaixou o 38, entrei na cabana e olhei para dentro. Levei um ou dois segundos para me dar conta do que estava vendo, porque a coisa era indigesta demais e a visão me repugnava.

Miles Lovell, sentado no chão, estava amarrado ao motor de uma bomba no meio da cabana. Ele estava preso por um grosso fio elétrico que lhe envolvia a cintura e estava amarrado às suas costas.

A mordaça em sua boca estava escura do sangue que lhe vazava pelos cantos dos lábios e escorria pelo queixo.

Braços e pernas estavam desamarrados, e os calcanhares martelavam as pranchas do soalho, enquanto ele se contorcia contra o bloco de metal.

Seus braços, porém, pendiam imóveis ao longo do corpo, e o homem que fizera aquilo não receara que Miles os usasse para se desamarrar, porque ele agora não tinha mãos.

Elas estavam no chão, à esquerda do motor silencioso. Cortadas logo acima dos pulsos, elas jaziam no soalho de madeira, colocadas cuidadosamente com as palmas para baixo. O homem loiro pusera torniquetes em ambos os cotos, e deixara o machado plantado na madeira entre as duas mãos.

Quando nos aproximamos de Lovell, seus olhos reviraram e o convulsivo martelar dos calcanhares nos pareceu provocado mais pelo choque que pela própria dor. Mesmo com os torniquetes, eu duvidava que pudesse sobreviver por mais tempo, e me obriguei a superar todo o horror daquela mutilação para tentar extrair-lhe algumas respostas antes que ele tombasse inconsciente ou sem vida.

Tirei-lhe a mordaça e pulei para trás quando uma porção de sangue vazou da boca e caiu em seu peito.

Angie disse: "Oh, não. Não é possível. Não acredito".

Meu estômago se contraiu diversas vezes, e uma espécie de zumbido se elevou em minha cabeça, acompanhado de uma sensação de calor.

Bubba disse "Uau" novamente, e desta vez tenho certeza de que o tom era de terror.

Miles, estando ou não em estado de choque, sobrevivendo ou não, não poderia responder às minhas perguntas.

Ele não poderia responder às perguntas de ninguém, por muito e muito tempo.

E, mesmo que sobrevivesse, não creio que houvesse motivo para ficar satisfeito.

Enquanto estávamos lá fora escondidos entre as árvores, contemplando a bruma que pairava sobre o pântano, e sua BMW o esperava à margem, Miles Lovell perdera não apenas as mãos, mas também a língua.

19

Três dias depois que Miles Lovell deu entrada na UTI, a dra. Diane Bourne entrou em sua casa em Admiral Hill e lá estávamos Angie, Bubba e eu preparando um jantar do Dia de Ação de Graças com muita antecedência.

O peru de seis quilos e meio estava a meu cargo, porque sou o único dos três que gosta de cozinhar. Angie vivia em restaurantes e Bubba só comia comida para viagem, mas eu cozinhava desde os doze anos de idade. Nada espetacular, notem bem — afinal de contas, não é por acaso que raramente se ouve a palavra "irlandês" e "cozinha" numa mesma frase —, mas consigo me virar bem no preparo de pratos à base de aves, de carne de boi e de massas, e sou capaz de grelhar qualquer tipo de peixe de que se tem notícia.

Então eu limpei, temperei, enfornei e reguei a ave, depois fiz o purê de batatas com cebola cortada em cubinhos, enquanto Angie preparava o recheio e a receita de vagens ao alho que ela encontrara no verso da etiqueta de uma sopa em lata. Bubba não tinha uma missão oficial, mas trouxera muita cerveja, vários saquinhos de batatas fritas e uma garrafa de vodca para seu uso pessoal, e quando se aproximou do gato persa azul de Diane Bourne, foi gentil o bastante para não matá-lo.

Como peru leva um certo tempo para assar, e não havia muito que fazer enquanto isso, Angie e eu aproveitamos para revirar tudo no primeiro andar da casa até encontrar alguma coisa especialmente interessante.

Miles Lovell entrou em estado de choque logo depois que chamamos a ambulância. Ele foi transportado ao hospital Jordan, de Plymouth, onde recebeu os primeiros socorros, antes de ser levado de helicóptero para o Hospital Geral de Massachusetts. Depois de passar nove horas no centro cirúrgico, foi encaminhado para a UTI. Não foi possível reimplantar as mãos, mas talvez lhe pudessem reimplantar a língua, se o homem loiro não a tivesse levado e jogado no pântano.

De minha parte, eu achava que o homem loiro a levara. Não sabia grande coisa sobre ele — não sabia seu nome nem ao menos tinha visto seu rosto —, mas eu começava a fazer uma idéia de quem poderia ser. Eu tinha certeza de que ele era o sujeito que Warren Martens vira no motel e deduzira que era o chefe. Ele destruíra Karen Nichols e agora destruíra Miles Lovell. Em vez de simplesmente matar suas vítimas, ele preferia deixá-las numa situação de desejar a morte.

Angie e eu descemos com o que tínhamos encontrado no quarto da dra. Bourne, e o termômetro de plástico saiu do peru exatamente na hora em que Diane Bourne entrou em casa.

"Isto é que eu chamo de sincronia", disse eu.

"Claro", disse Angie. "Nós damos duro, e ela é quem colhe os frutos."

Diane Bourne entrou na sala de jantar, separada da cozinha apenas por um pórtico aberto, e Bubba acenou para ela com três dedos da mão que segurava a garrafa de Absolut.

Bubba disse: "Quais são as novidades, mana?".

Diane Bourne deixou cair a bolsa de couro e abriu a boca como se fosse gritar.

Angie disse: "Calma, calma. Vamos devagar". Angie se abaixou no chão da cozinha e empurrou para a sala de jantar a fita de vídeo que encontráramos no quarto, que foi parar nos pés de Diane Bourne.

Ela olhou para a fita e fechou a boca.

Angie se aboletou no balcão da cozinha e acendeu um cigarro. "Me corrija se eu estiver errada, doutora: não é antiético fazer sexo com um paciente?"

Eu arquearia as sobrancelhas para a dra. Bourne, mas estava ocupado tirando a assadeira do forno.

"Puxa", disse Bubba. "Que cheirinho bom."

"Merda", disse eu.

"Que foi?"

"Alguém se lembrou do molho de mirtilo?"

Angie estalou os dedos e negou com a cabeça.

"Não que eu me importe muito com isso. E você, Ange?"

"Nunca me amarrei em molho de mirtilo", disse ela fitando a dra. Bourne.

"E você, Bubba?"

Ele arrotou. "Interfere na bebida."

Virei a cabeça. Diane Bourne estava paralisada na sala de jantar, ao lado da bolsa que caíra no chão e da fita de vídeo.

"E a doutora Bourne?", disse eu. "É chegada num molho de mirtilo?"

Ela sorveu o ar num hausto cheio e fechou os olhos enquanto expirava. "O que vocês estão fazendo aqui?"

Levantei a assadeira. "Cozinhando."

"Mexendo com a colher", disse Angie.

"Bebendo", disse Bubba, apontando a garrafa na direção da dra. Bourne. "Está servida?"

Diane Bourne balançou a cabeça e fechou os olhos novamente, com certeza esperando que tivéssemos sumido quando os reabrisse.

"O que vocês estão fazendo é invasão de domicílio. É crime doloso."

"Na verdade", disse eu, "a invasão em si é delito leve de vandalismo."

"Mas reconheço", disse Angie, "que isso de invadir é uma coisa muito errada."

"É muito ruim", concordou Bubba agitando várias vezes o indicador. "Ruim, ruim, ruim."

Pus a ave em cima do fogão. "Mas nós trouxemos comida."

"E batatas fritas", disse Bubba.

"Pois é", disse eu, virando-me para ele e balançando a cabeça. "Só as batatas fritas já compensariam essa coisa de invasão de domicílio."

Diane Bourne olhou para a fita entre seus pés e levantou a mão. "Que vamos fazer agora?"

Olhei para Bubba. Ele lançou um olhar embaraçado a Angie. Angie passou-o a Diane Bourne. Diane Bourne olhou para mim.

"Vamos comer", disse eu.

Diane Bourne até me ajudou a trinchar o peru e nos mostrou onde guardava os pratos e tigelas, evitando que desarrumássemos tudo se fôssemos procurar.

Quando nos sentamos todos à mesa de cobre batido, as cores tinham voltado às suas faces, e ela se serviu de uma taça de vinho branco e trouxe a garrafa para a mesa.

Como Bubba pegou para si as duas coxas e uma asa, só nos restou comer a carne branca. Passamos educadamente uns aos outros a tigela de vagens e de purê, e passamos manteiga nos pães com o dedinho levantado.

"Então", falei eu em voz alta para cobrir o barulho que Bubba fazia arrancando com os dentes um enorme pedaço de carne do osso do peru. "Ouvi dizer que anda precisando de uma secretária de meio período, doutora."

Ela tomou um gole de vinho. "Infelizmente, sim." Ela pegou um pedacinho de nada de peru e tomou mais um gole de vinho.

"A polícia a procurou?"

Ela fez que sim. "Pelo que sei, vocês deram meu nome para a polícia."

"Você lhes contou alguma coisa?"

"Eu disse que Miles era um ótimo empregado, mas que eu pouco sabia de sua vida privada."

"Ahn-ran", fez Angie, depois tomou um pouco de cerveja que tinha colocado numa das taças de vinho de Diane Bourne. "Você falou do telefonema que Lovell lhe deu cerca de uma hora antes de ser atacado?"

Diane Bourne nem piscou. Ela sorriu por trás da taça de vinho, aproximou-a delicadamente dos lábios e tomou um pequeno gole. "Não, a coisa me fugiu completamente da memória."

Bubba derramou um balde de molho no próprio prato, esvaziou metade do saleiro e falou: "Você é uma bêbada".

O rosto pálido de Diane Bourne ficou branco feito um lençol. "Por que você diz isso?"

Bubba apontou a garrafa de vinho. "Você é uma bêbada. Minha amiga, você está tomando aos pouquinhos, mas está bebendo de montão."

"Estou nervosa."

Bubba arreganhou os dentes. "É isso mesmo. É isso. Você é uma bêbada. Dá pra notar só de olhar." Ele tomou uma talagada da garrafa de Absolut e olhou para mim. "Prenda-a num quarto, compadre. Não dou trinta e seis horas para ela começar a gritar pela sua dose. Ela seria capaz de chupar o pau de um orangotango se ele lhe desse um drinque."

Fiquei observando Diane Bourne enquanto Bubba falava. A fita de vídeo não a abalara. O fato de termos conhecimento do telefonema não a abalara. Mesmo a nossa presença ali não a perturbara tanto. Mas as palavras de Bubba provocaram tremores em sua fina garganta e minúsculos espasmos nos dedos.

"Não se preocupe", disse Bubba, olhos fitos no próprio prato, garfo e faca suspensos sobre a carne como falcões prestes a se atirarem sobre suas presas. "Respeito uma mulher que gosta de beber. Tenho um certo respeito também por esse troço ninfo-lésbico que você faz nessa fita."

Bubba voltou a sua comida, e por alguns instantes

os únicos sons que se ouviam na sala eram os de Bubba mexendo na comida e devorando-a.

"Quanto à fita de vídeo...", disse eu.

Diane Bourne tirou os olhos de Bubba, voltou-os para mim e bebeu o resto do vinho da taça. Ela encheu mais meia taça e, quando se concentrou em mim, vi um orgulho insolente tomando o lugar da perturbação em que Bubba a lançara.

"Você está com raiva de mim, Patrick?"

"Não."

Ela comeu mais um nadinha de peru. "Mas eu achei que a morte de Karen Nichols era uma espécie de cruzada pessoal sua, Patrick."

Sorri. "É a clássica técnica de interrogatório, Diane. Parabéns."

"Que técnica?", disse ela de olhos bem abertos, o ar mais inocente do mundo.

"Usar o nome da pessoa o máximo possível. Com isso se pretende perturbá-la, forçar a intimidade."

"Sinto muito."

"Não, não sente."

"Ah, bem... talvez não, mas..."

"Doutora", disse Angie. "Na fita você está trepando com Karen Nichols e com Miles Lovell. Não quer nos explicar isso?"

Ela voltou a cabeça e fitou Angie com seu olhar calmo. "Isso a excitou, Angie?"

"Não especialmente, Diane."

"Isso a enojou?"

"Não especialmente, Diane."

Bubba levantou os olhos da segunda coxa do peru. "Aquele troço me deu um tesão do caralho, amiga. Não se esqueça disso."

Ela fingiu não ouvir, novamente vi um ligeiro tremor percorrer-lhe a garganta. "Ora, vamos, Angie, você não tem nenhum desejo latente de ter uma experiência sexual com uma mulher?"

Angie tomou um pouco de cerveja. "Se eu tivesse, doutora, eu ia pegar uma mulher com um corpo um pouco melhor. Pode me chamar de leviana."

"Sim", disse Bubba. "Você está precisando de um pouco de carne nesses ossos, doutora."

Diane Bourne voltou a olhar para mim, mas desta vez ela estava menos calma, menos segura. "E você, Patrick, gostou de assistir?"

"Duas mulheres e um cara?"

Ela fez que sim.

Dei de ombros. "Pra mim, o problema é a iluminação. Pra falar a verdade quando vejo filmes pornô espero uma produção mais caprichada."

"Sem contar o fator cu peludo", lembrou Bubba.

"Boa tacada, rapaz", disse eu, sorrindo para Diane Bourne. "Lovell tem o cu peludo. Não somos muito chegados nisso. Mas me diga uma coisa, doutora, quem fez o vídeo?"

Ela tomou mais um pouco de vinho. Diante de suas tentativas de invasão da nossa psique, nós nos tornamos mais loquazes. Com apenas um de nós, talvez ela conseguisse fazer alguns progressos. Os três juntos, porém, podíamos superar os irmãos Marx, Os Três Patetas e Neil Simon.

"Doutora?", disse eu.

"O vídeo estava num tripé. Nós é que fizemos o vídeo."

Neguei com a cabeça. "Sinto muito. Essa não cola. Há quatro ângulos diferentes na fita, e não acredito que algum de vocês tenha se levantado para mudar o tripé de lugar."

"Talvez nós..."

"Há também uma sombra", disse Angie. "A sombra de um homem, Diane, projetada na parede do lado leste, durante as preliminares."

Diane Bourne fechou a boca e estendeu a mão ao copo.

"A gente pode acabar com você, Diane", disse eu. "E você sabe disso. Portanto, pare de tentar nos enrolar. Quem fez o vídeo? O cara loiro?"

Ela levantou os olhos vivamente, e logo os abaixou.

"Quem é ele?", disse eu. "Sabemos que ele mutilou Lovell. Sabemos que tem cerca de um metro e noventa, pesa uns oitenta quilos, que se veste bem e anda assobiando. Ele foi visto no motel Holly Martens em companhia de Karen Nichols e Lovell. Se voltarmos lá para fazer algumas perguntas, tenho certeza de que vamos descobrir que você também andou por lá. O que precisamos saber agora é o nome dele."

Ela balançou a cabeça.

"Você não está em condição de negociar, Diane."

Novo sacudir de cabeça, mais um gole de vinho. "Não falarei sobre esse homem em nenhuma hipótese."

"Você não tem escolha."

"Sim, tenho, Patrick. Ah, sim, eu tenho. Pode não ser uma escolha fácil, mas é uma escolha. E não farei nada que possa contrariar esse homem. Jamais. E se a polícia me interrogar eu vou jurar que ele nem existe." Com a mão trêmula, ela esvaziou o resto da garrafa em sua taça. "Você não tem idéia do que esse homem é capaz."

"Claro que temos", disse eu. "Fomos nós que encontramos Lovell."

"Aquilo foi uma coisa de momento", disse ela com um riso amargo. "Você precisa ver do que ele é capaz quando tem tempo para planejar."

"Como no caso de Karen Nichols?", disse Angie. "É disso que ele é capaz?"

Os lábios de Diane Bourne se arquearam num ricto amargo quando se voltou para Angie. "Karen era fraca. Da próxima vez ele vai escolher uma pessoa forte. Para aumentar o desafio." Dessa vez ela fez acompanhar suas palavras de um sorriso frio, de desprezo, que Angie apagou de sua cara com uma tremenda bofetada.

A taça de vinho se espatifou no prato do peru, e uma

marca vermelha em forma de um steak de salmão escureceu a maçã do rosto de Diane Bourne, estendendo-se até a orelha esquerda.

"Diabo", disse eu. "Vamos ser obrigados a jogar o resto fora."

"Não nos tome por quem não somos, sua piranha", disse Angie. "Não pense que só porque é mulher vamos deixar de apelar para a agressão física."

"Muito física", disse Bubba.

Diane Bourne contemplou os cacos de vidro espalhados sobre os pedaços de carne e o vinho que escorria para o fundo da travessa de cobre batido.

Ela apontou Bubba com o polegar. "*Ele* seria capaz de me torturar, talvez até me violentar. Mas você não teria estômago para isso, Patrick."

"Ora, para essa coisa de estômago, nada como um passeio ao ar livre", respondi. "Basta voltar quando tudo estiver acabado."

Ela suspirou e se recostou na cadeira. "Bem, você vai ter de fazer isso, porque não vou trair esse homem."

"Por medo ou por amor?"

"Pelos dois. Ele inspira os dois, Patrick. Como todos os seres de valor."

"Você acabou como psiquiatra", disse eu. "Você sabe disso, não é?"

Ela negou com um gesto de cabeça. "Acho que não. Se divulgarem a fita, eu processo vocês três por invasão de domicílio."

Angie riu.

Diane Bourne lhe lançou um olhar impassível. "Vocês invadiram a minha casa."

"Você vai ter dificuldade em explicar isto", disse Angie passando a mão em cima da mesa.

"Senhor policial, eles estavam *cozinhando!*", disse eu.

"Untando o assado!", disse Angie.

"E como reagiu, minha senhora?"

"Eu ajudei a trinchar", disse Angie. "E, naturalmente, mostrei-lhes meu serviço de porcelana."

"Você pegou que pedaço? Uma coxa ou carne branca?"

Diane Bourne baixou a cabeça e balançou-a.

"É sua última chance", disse eu.

Ela tornou a balançar a cabeça, que mantinha abaixada.

Afastei minha cadeira da mesa e peguei a fita. "Vamos fazer cópias e enviá-las para todos os psiquiatras e psicólogos que aparecem nas Páginas Amarelas."

"E para a mídia", disse Angie.

"Puxa, é mesmo", disse eu. "Eles vão pirar."

Ela levantou para nós os olhos cheios de lágrimas e, quando voltou a falar, sua voz tremia. "Vocês destruiriam minha carreira?"

"Vocês destruíram a vida dela", disse eu. "Você viu essa fita? Você olhou nos olhos dela, Diane? Não existe nada além de ódio por si mesma. Vocês é que fizeram isso. Você, Miles e o sujeito loiro."

"Foi uma experiência", disse ela com a voz embargada. "Foi só uma idéia. Eu não sabia que ela ia se matar."

"Mas ela se matou", disse eu. "E o sujeito loiro sabia, não é?"

Ela confirmou com um gesto de cabeça.

"Diga-me o nome dele."

Ela balançou a cabeça com tal vigor que as lágrimas caíram na mesa.

"Ou diz o nome dele ou dá adeus a sua reputação e a sua carreira", disse eu brandindo a fita embaixo do seu nariz.

Ela continuou balançando a cabeça, agora mais devagar, mas sem parar.

Pegamos nossas coisas na cozinha, tiramos da geladeira o resto de nossas cervejas. Bubba achou um saco plástico no qual jogou o resto do recheio e do purê; num outro saco, ele pôs o resto do peru.

"O que você está fazendo?", disse eu. "Isso aí está cheio de cacos de vidro."

Ele me olhou como se eu fosse um autista. "Eu vou levar."

214

Voltamos para a sala de jantar. Diane Bourne contemplava a própria imagem no cobre polido, cotovelos apoiados na mesa, apertando a fronte com as mãos.

Quando chegamos ao vestíbulo, ela disse: "Você não vai querer que ele entre em sua vida".

Voltei-me e fitei seus olhos vazios. De repente ela pareceu ter o dobro da idade, e eu a imaginei num asilo dali a quarenta anos, sozinha, repassando amargamente, dia após dia, as lembranças tristes e sombrias.

"Isso é problema meu", falei.

"Ele vai destruir você. Ou alguém que você ama. Só por prazer."

"Diga o nome dele, doutora."

Ela acendeu um cigarro, soprou a fumaça ruidosamente, balançou a cabeça, lábios crispados e sem cor.

Fiz menção de sair, mas Angie me impediu. Imóvel, toda a atenção concentrada em Diane Bourne, ela levantou um dedo devagar.

"Você é um gelo", disse Angie. "Não é mesmo, doutora?"

Os olhos claros de Diane Bourne acompanhavam as evoluções da fumaça do cigarro.

"Você encarna uma força tranqüila, aristocrática." Angie apoiou as mãos no encosto da cadeira, inclinou-se ligeiramente sobre a mesa. "Você nunca perde a pose e nunca deixa transparecer suas emoções."

Diane Bourne deu outra tragada no cigarro. Era como ver uma estátua fumando. Era como se não estivéssemos mais na sala.

Angie disse: "Mas uma vez você se traiu, não foi?".

Diane Bourne piscou os olhos.

Angie olhou para mim. "No consultório dela, lembra? Da primeira vez que falamos com ela."

Diane Bourne quis jogar a cinza no cinzeiro, mas errou a mão.

"E não foi quando falou sobre Karen", continuou Angie. "Nem quando falou sobre Miles. Você se lembra, Diane?"

Diane Bourne levantou os olhos avermelhados, cheios de fúria.

"Foi quando você falou de Wesley Dawe."

Diane Bourne temperou a garganta. "Fora daqui, porra!"

Angie sorriu. "Wesley Dawe, o cara que matou a irmãzinha, que..."

"Ele não a matou", disse ela. "Entenda isto: Wesley nem estava perto dela. Mas ele foi responsabilizado. Ele foi..."

"É ele, não é?", disse Angie, abrindo um largo sorriso. "É ele que você está querendo proteger. É ele o sujeito que estava lá no pântano. Wesley Dawe."

Ela não disse nada. Simplesmente ficou olhando a fumaça que saía devagar de sua boca.

"Por que ele quis destruir Karen?"

Ela balançou a cabeça. "Tem o nome dele, senhor Kenzie. Só isso. E ele já sabe quem são vocês." Ela virou a cabeça e me fitou com seus olhos claros e tristes. "E ele não gosta de você, Patrick. Ele acha que você é um intrometido e que devia ter se afastado do caso quando ficou provado que Karen se matou." Ela estendeu a mão. "Minha fita, por favor."

"Não."

Ela abaixou o braço. "Eu dei o que vocês queriam."

Angie balançou a cabeça. "Eu arranquei de você. É diferente."

Eu disse: "Você, que conhece bem a alma humana, doutora, procure sondar a própria alma por um instante. O que é mais importante para você: sua reputação ou sua carreira?".

"Não vejo em que..."

"Escolha."

Mandíbula duramente crispada, falou entre os dentes cerrados. "Minha reputação."

Balancei a cabeça. "Você pode salvá-la."

A tensão de sua mandíbula relaxou e seus olhos se

encheram de perplexidade enquanto ela dava mais uma longa tragada no cigarro. "Qual é o truque?"

"Sua carreira acabou."

"Você não pode destruir minha carreira."

"Não sou eu quem vai destruí-la. É você."

Ela se pôs a rir, mas era um riso nervoso. "Não se superestime, senhor Kenzie. Não tenho a menor intenção de..."

"Você vai fechar seu consultório amanhã", disse eu. "Você vai passar todos os seus clientes para outros psiquiatras, e nunca mais vai clinicar neste estado."

Ela soltou um sonoro "Ah!", mas desta vez num tom mais inseguro.

"Você vai fazer isso, doutora, e salvar sua reputação. Talvez você possa escrever livros, trabalhar num talk-show. Mas nunca mais vai trabalhar diretamente com um paciente."

"Senão?"

Mostrei-lhe a fita. "Senão esta fita vai começar a circular em tudo quanto é festa."

Então nós fomos embora. Quando abríamos a porta, Angie disse: "Diga a Wesley que vamos atrás dele".

"Ele já sabe", disse ela. "Ele já sabe."

217

20

Caía uma chuva fina nas ruas banhadas de sol na tarde em que me encontrei com Vanessa Moore num café de Back Bay. Ela me ligara e marcara o encontro para discutirmos o caso de Tony Traverna. Vanessa era a advogada de Tony T.; a última vez que nos encontramos foi quando ele tentou escapar da justiça, estando em liberdade condicional, e eu compareci como testemunha de acusação. Vanessa me interrogara da mesma forma como fazia amor — com uma paixão contida e unhas afiadas.

Acho que poderia ter recusado o convite de Vanessa, mas já se passara uma semana desde a noite em que cozináramos para Diane Bourne, e naquela semana parecia que tínhamos dado quatro passos para trás. Wesley Dawe não existia. Ele não aparecia nem nos arquivos do recenseamento nem no cadastro de motoristas do Departamento de Trânsito. Tampouco tinha cartão de crédito ou conta bancária na cidade de Boston e no estado de Massachusetts. Meio desesperada, Angie terminou por descobrir que não havia ninguém com esse nome em New Hampshire, Maine ou Vermont.

Voltamos ao consultório da dra. Diane Bourne, mas pelo visto ela tinha levado nossa advertência a sério. O consultório estava fechado. Sua casa, como logo percebemos, estava abandonada. Passou-se uma semana sem que ela fosse à casa, e uma busca rápida revelou que ela levara roupas apenas para uma semana, depois do que teria de lavá-las ou comprar outras.

Os Dawe tinham ido pescar. Descobri isso, literalmente, quando me apresentei como um dos pacientes do médico e me disseram que eles estavam em sua residência de verão em Cape Breton, Nova Escócia.

Ficamos sem a colaboração de Angie quando a Sallis & Salk a integrou numa equipe de guarda-costas encarregada de fazer dia e noite a segurança de um melífluo comerciante de diamantes sul-africano, enquanto ele fazia seja lá o que melífluos comerciantes de diamantes fazem quando vêm à nossa pequena aldeia.

E Bubba voltou a fazer seja lá o que ele faz quando não está fora do país comprando coisas que podem mandar a Costa Leste pelos ares.

Então fiquei um pouco à deriva, e sem um caso para investigar, ao que parecia, quando encontrei Vanessa instalada no pátio na frente do restaurante, sob um grande guarda-sol Cinzano; a chuva que caía nas pedras do calçamento salpicava-lhe os tornozelos, mas poupava o resto do corpo e a mesa de ferro batido.

"Olá", disse eu. Inclinei-me para beijar-lhe a face e ela me passou a mão no torso.

"Oi." Enquanto me sentava reparei no brilho divertido de seus olhos, como uma marca de nascença, uma espécie de vivacidade significando que tudo estava à sua disposição, para que ela desfrutasse. Bastava escolher o que lhe apetecesse.

"Como vai?"

"Estou bem, Patrick. Você está molhado", disse ela secando a mão num guardanapo.

Revirei os olhos e levantei as mãos bem alto. A chuva viera de repente, quando eu estava saindo do carro, caída de uma brecha numa nuvem solitária num céu límpido.

"Não estou reclamando", disse ela. "Nada é mais atraente num homem bonito de camisa branca que um pouco de chuva."

Dei um risinho. O problema com Vanessa era que,

mesmo quando você antevia o ataque, não tinha meios de se defender. Ela partia direto para cima de você, passava através de você. E era o caso de perguntar como fora possível imaginar que se tinha alguma chance de se proteger.

Ainda que tivéssemos chegado à conclusão, alguns meses antes, de que o componente sexual de nossa relação tinha acabado, naquele dia ela parecia ter mudado de idéia. E quando Vanessa mudava de idéia, o resto do mundo também mudava para acompanhá-la.

Era isso ou então ela estava a fim de me excitar e me largar ali quando eu tentasse a sorte, o que lhe daria um prazer muito maior que o do próprio sexo. Com ela, a gente nunca sabe. E eu sabia por experiência própria que, com ela, a única maneira de evitar riscos era não fazer seu jogo.

"Então", disse eu. "Por que você acha que posso ajudá-la no caso de Tony T.?"

Ela pegou um pedaço de abacaxi de seu prato de frutas, jogou-o na boca, mastigou-o até reduzi-lo a uma pasta, e só então falou.

"Minha defesa está um pouco fraca", disse ela.

"Como assim?", disse eu. "Do tipo 'Meritíssimo, ele é um idiota, portanto deixe-o ir embora'?"

A ponta de sua língua roçou de leve os dentes da arcada superior. "Não, Patrick. Não. Eu estava pensando mais em algo como 'Meritíssimo, meu cliente acredita piamente estar sendo ameaçado de morte pelos membros da máfia russa, e seus atos foram motivados por esse medo'."

"A máfia russa?"

Ela fez que sim.

Eu ri.

Ela não. "Ele está realmente aterrorizado, Patrick."

"Por quê?"

"Em seu último roubo, ele errou de cofre."

"E o cofre pertencia a um membro da máfia?"

Ela fez que sim.

Tentei entender a lógica de seu raciocínio. "Quer dizer que ele ficou tão apavorado que fugiu da cidade e foi para o Maine?"

Ela confirmou mais uma vez.

"Isso pode explicar por que não compareceu ao tribunal. Mas quanto ao resto?"

"Começo pelos alicerces, Patrick. Só preciso me desvencilhar do delito de fuga. A partir daí vou poder construir uma defesa. Veja, ele cruzou as fronteiras do estado novamente. A coisa cai no âmbito federal. Se eu conseguir derrubar as acusações federais, a parte estadual vai pelo mesmo caminho."

"E você quer que eu..."

Ela enxugou uma gotinha de chuva da têmpora e me deu um riso tão duro que se podia enfiar um prego nele. Ela se debruçou sobre a mesa. "Ah, Patrick, há muitas coisas que você poderia fazer por mim, mas em relação ao Anthony Traverna, só preciso que você confirme, sob juramento, seu medo dos russos."

"Mas eu nem sabia que ele tinha isso."

"Mas talvez, em retrospecto, você se lembre do quanto ele estava assustado quando você o trouxe de volta do Maine."

Ela espetou uma uva com o garfo e se pôs a sugá-la.

Naquela tarde ela estava com uma saia preta básica, blusinha de alça vermelho-escura bem justa e sandália preta. Seu longo cabelo castanho estava preso num rabo-de-cavalo, e ela trocara as lentes de contato por finíssimos óculos de armação vermelha. E ainda assim, certamente eu teria sucumbido à sua forte sensualidade, se já não estivesse acostumado com ela.

"Vanessa", disse eu.

Ela espetou outra uva, apoiou o cotovelo na mesa, deixou a uva a um centímetro da boca e olhou para mim. "Sim?"

"Você sabe que o promotor vai me convocar."

"Bem, na verdade, como se trata de um delito federal, a convocação virá da procuradoria geral."
"Ótimo. Mas eles vão me convocar."
"É verdade."
"O que lhe permitirá me interrogar no tribunal."
"É verdade."
"Então por que quis se encontrar comigo hoje?"

Ela ficou olhando a uva, mas ainda sem comê-la. "Se eu lhe disser que Tony estava com medo? Quer dizer... aterrorizado. E que acredito quando ele diz que sua cabeça está a prêmio?"

"Eu a aconselharia a fazer arrestar os bens dele e se concentrar em outros assuntos de seu interesse."

Ela sorriu. "Que frieza, Patrick. Mas você sabe que é verdade."

"Eu sei. Mas sei também que isso, por si só, não justificaria minha presença aqui."

"É verdade", disse ela. Um rápido movimento com a língua fez desaparecer a uva do garfo. Ela mastigou, engoliu e tomou um gole de água mineral. "A propósito, Clarence está com saudade de você."

Clarence era o cachorro de Vanessa, um labrador chocolate que lhe dera na cabeça comprar de repente, seis meses antes, e que ela não tinha a mínima idéia de como criar. Se você dizia "Clarence, senta", ele saía correndo. Se você dizia, "Aqui", ele fazia cocô no tapete. Apesar disso, ele tinha algo de simpático. Talvez a inocência de seus olhos, o desejo de agradar que se lia em suas pupilas castanhas mesmo quando fazia xixi no pé da gente.

"Como ele está?", perguntei. "Já aprendeu a fazer cocô no lugar certo?"

Vanessa aproximou bem o polegar do indicador. "Falta pouco, muito pouco."

"Comeu mais algum sapato seu?"

Ela balançou a cabeça. "Eu os guardo numa prateleira alta. Além disso, ultimamente ele tem se interessado mais pela lingerie. Outro dia ele vomitou um sutiã que tinha desaparecido."

"Pelo menos ele o devolveu."

Ela sorriu e espetou outro pedaço de fruta. "Lembra aquela manhã nas Bermudas em que acordamos com a chuva?"

Eu lembrava.

"Era um tremendo aguaceiro, as janelas vibravam, e a gente nem conseguia ver o mar do quarto."

"E ficamos na cama o dia inteiro tomando vinho e bagunçando os lençóis", apressei-me a acrescentar, tentando acelerar um pouco mais aquilo.

"Nós os queimamos", corrigiu ela. "E quebramos a poltrona."

"Depois recebi a fatura", disse eu. "Eu me lembro, Vanessa."

Ela cortou um pedacinho da fatia de melancia e pôs na boca. "Agora está chovendo."

Olhei as pequenas poças na calçada, lágrimas estriadas de ouro pela luz do sol.

"Vai passar", eu disse.

Outro risinho seco. Ela tomou mais um pouco de água mineral e se levantou. "Vou ao banheiro. Aproveite o tempo para refrescar a memória, Patrick. Lembre-se da garrafa de Chardonnay. Tenho mais algumas em casa."

Ela entrou no restaurante e fiz um esforço para não olhar para ela, pois sabia que, vendo sua pele nua, não seria fácil esquecer o que as roupas escondiam, o vinho branco que lhe escorreu no torso nu, nas Bermudas, quando ela se deitou de costas nos lençóis brancos, derramou metade da garrafa no corpo e me perguntou se eu não estava com um pouquinho de sede.

Terminei olhando, como sabia que faria, mas então minha visão foi bloqueada pelo corpo de um homem que saiu do restaurante para o pátio e pôs a mão no encosto da cadeira de Vanessa.

Alto, magro, cabelos castanhos. Ele me deu um sorriso distante quando segurou o encosto da cadeira de Vanessa, parecendo querer levá-la para dentro do restaurante.

"O que você está fazendo?", perguntei.

"Preciso desta cadeira", disse ele.

Olhei em volta e vi dezenas de cadeiras desocupadas no pátio e mais umas vinte dentro do restaurante.

"Ela está reservada."

O homem abaixou os olhos para a cadeira. "Está reservada? Esta cadeira está reservada?"

"Está, sim", repeti.

Ele estava muito bem vestido — calça de linho bege, mocassins Gucci, casaco preto sobre camiseta branca. O relógio era um Movado, e as mãos pareciam absolutamente virgens do contato com sujeira ou com trabalho.

"Tem certeza?", perguntou ele, ainda olhando para a cadeira. "Ouvi dizer que esta cadeira está sobrando."

"Não está. Está vendo o prato de comida na frente dela? Ela está reservada. Acredite."

Quando ele me olhou, tive a impressão de ver um estranho brilho febril nos frios olhos azuis. "Quer dizer que posso levá-la, certo?"

Levantei-me. "Não, você não pode levar. Ela está reservada."

Com um gesto, o homem indicou o pátio. "Há muitas outras. Pegue uma delas. Vou levar esta. Ela não vai notar a diferença."

"Pegue uma delas você", disse eu.

"Eu quero esta." Ele falava compassado, com cuidado, como se tentasse explicar a uma criança uma coisa que esta não conseguia entender. "Vou levar esta, tudo bem?"

Dei um passo em sua direção. "Não. Ela está reservada."

"Ouvi dizer que não."

"Você ouviu errado."

Ele olhou para a cadeira novamente e balançou a cabeça. "Bom, se você diz, está dito."

Ele levantou a mão à guisa de desculpas, esboçou um sorriso contrito e entrou no restaurante no momento em que Vanessa voltava para o pátio, cruzando com ele.

Ela o olhou por cima do ombro. "É amigo seu?"

"Não."

Ela notou um pequeno respingo de chuva em sua cadeira. "Por que minha cadeira está molhada?"

"É uma longa história."

Ela franziu o cenho intrigada, pôs a cadeira de lado, pegou outra da mesa mais próxima e sentou-se no lugar onde estava antes.

Por entre a pequena multidão de fregueses, vi o sujeito sentar-se ao balcão e sorrir para mim quando Vanessa estava trazendo a outra cadeira para a nossa mesa. O sorriso parecia dizer que afinal de contas a cadeira não estava reservada mesmo — e então ele nos deu as costas.

Quando a chuva recomeçou, a parte de dentro do restaurante se encheu e perdi de vista o sujeito que estava no balcão. Quando olhei o salão novamente, ele tinha ido embora.

Vanessa e eu continuamos na parte externa, bebendo água mineral e beliscando umas frutas, enquanto eu molhava o pescoço e a coluna.

Retomamos o papo inocente quando ela voltou do banheiro — o medo de Tony T., o boato de que o procurador assistente de Middlesex guardava bolinhas de naftalina e calcinhas cuidadosamente dobradas no fundo de sua pasta, quão ridículo era viver numa cidade que se dizia amante dos esportes mas era incapaz de lembrar nomes como os de Mo Vaughn ou Curtis Martin.

Mas aquela conversa mole não conseguia esconder a força de nosso desejo, os ecos da rebentação e o aguaceiro nas Bermudas, os sons roucos e abafados de nossas vozes no quarto, o cheiro de uvas em nossa pele.

"Então", disse Vanessa depois de um silêncio cheio de subentendidos. "Chardonnay comigo ou não?"

Eu podia estar morrendo de desejo, mas então me

obriguei a encarar o depois, o trajeto estéril descendo as escadas e indo até o carro, o eco vazio de nossos embates amorosos zumbindo em minha cabeça.

"Hoje não", disse eu.

"A proposta não é por tempo indeterminado."

"Sei disso."

Ela soltou um suspiro e passou por cima do ombro o cartão de crédito à garçonete que acabara de sair para o pátio.

"Arrumou uma garota, Patrick?", perguntou ela quando a garçonete entrou.

Fiquei calado.

"Uma boa e robusta mulher não muito dispendiosa, que não lhe criará problemas? Que cozinhará e lavará para você, rirá de suas gracinhas e nunca olhará para outro homem?"

"Claro", disse eu. "Isso mesmo."

"Ah", fez Vanessa balançando a cabeça. A garçonete voltou com a conta e o cartão de crédito. Vanessa assinou, passou-lhe o recibo com um gesto rápido que em si já era uma dispensa. "Mas estou curiosa, Patrick."

Resisti ao impulso de ceder a sua forte atração carnal.

"Por favor, me conte. Essa sua nova mulher também conhece aquelas nossas pequenas perversões? Sabe, aquela coisas que fizemos com..."

"Vanessa."

"Ahn?"

"Não existe uma nova mulher. Simplesmente não estou interessado."

Ela pôs a mão no peito. "Em mim?"

Fiz que sim.

"É mesmo?" Ela estendeu a mão para a chuva, apanhou uns poucos pingos, inclinou a cabeça para trás e molhou a garganta com a água. "Quero ouvir você dizer isso."

"Acabei de dizer."

"Diga a frase inteira", disse ela abaixando a cabeça e notando a perturbação que seu olhar me causava.

Eu me mexi na cadeira, tentei escapar daquela situação. Como não me ocorreu nada, falei rápido e rasteiro: "Não estou interessado em você, Vanessa".

A solidão do outro pode se revelar chocante quando posta a nu de forma repentina.

Seu rosto se tomou de uma expressão de total desamparo, e senti no mais profundo de mim o gélido vazio de seu belo apartamento, a dor que sentia quando, às três da manhã, se encontrava só, depois da partida do amante, diante de seus manuais de direito, dos blocos de anotações empilhados na mesa da sala de jantar, caneta na mão, as fotos de uma Vanessa muito mais jovem fitando-a do consolo da lareira como fantasmas de uma vida não vivida. De repente percebi nela uma fome insaciada que nada tinha a ver com seu apetite sexual, mas antes refletia a força dos desejos reprimidos de seus outros eus.

Naquele momento, seus traços se tornaram espectrais, sua beleza desapareceu, e seu rosto exibia a expressão de abandono de alguém que tivesse caído de joelhos sob o peso da chuva.

"Vá se foder, Patrick", disse ela sorrindo, mas os lábios se crisparam levemente nos cantos. "Entendeu?"

"Entendi", disse eu.

"Eu só quero..." Ela se pôs de pé, dedos crispados sobre a alça da bolsa. "Eu só quero... que você se foda."

Ela saiu do restaurante e eu fiquei onde estava, virei minha cadeira e a vi avançar pela rua sob a garoa, a bolsa balançando e batendo no quadril, os passos desprovidos de todo encanto.

Por que — fiquei me perguntando — tudo tem de acabar em tanta confusão?

Meu celular tocou, tirei-o do bolso da camisa, limpei a condensação de vapor da superfície e perdi Vanessa em meio à multidão.

"Alô."

"Alô", disse a voz do homem. "Agora posso considerar que a cadeira está livre?"

21

Virei-me em minha cadeira, busquei com o olhar o homem de cabelo castanho. Ele não estava em nenhuma mesa. Tanto quanto pude ver, ele não estava no balcão.

"Quem está falando?", perguntei.

"Que triste cena de rompimento, Pat. Por um instante, achei que ela ia jogar a bebida na sua cara."

Ele sabia meu nome.

Voltei-me novamente na cadeira, olhei para a calçada procurando alguém com um celular.

"Você tem razão", disse eu. "A cadeira está desocupada. Venha buscá-la."

Sua voz tinha o mesmo tom doce e monocórdico de quando ele quisera pegar a cadeira. "Aquela advogada tem lábios incríveis. Incríveis. E não acho que sejam siliconados. Que me diz?"

"É verdade", disse eu vasculhando o outro lado da rua. "São belos lábios. Volte para pegar a cadeira."

"E ela lhe pede, Pat — *ela* pede a *você* — que enfie o pau entre aqueles lábios, e você diz que *não*? Você é *gay*?"

"Claro", disse eu. "Volte e venha acabar comigo por causa disso. Pegue a cadeira."

Forcei a vista para olhar através da chuva as janelas do outro lado da rua.

"E ela pagou a conta", disse ele, naquele seu tom monótono como um sussurro num quarto escuro. "Ela pagou a conta, queria chupar você, deve ter lá seus seis ou sete milhões de dólares — é verdade que os peitos são siliconados, mas ora, ninguém é perfeito —, e você ainda diz não. Meus parabéns. Você é mais forte do que eu."

Um homem com um boné de beisebol na cabeça e de guarda-chuva aberto veio andando em meio à neblina em minha direção, celular no ouvido, passos lentos e confiantes.

"Eu diria que ela é dessas que gritam. Montes de 'Oh, meu Deus' e 'Mais forte, mais forte'."

Fiquei calado. O homem com boné de beisebol ainda estava longe demais para que eu lhe visse a cara, mas estava se aproximando.

"Posso ser franco com você, Pat? Um mulheraço como aquele aparece tão raramente que se eu estivesse em seu lugar — e não estou, veja bem, mas se eu estivesse — eu iria com ela para aquele apartamento em Exeter, e vou ser franco com você, Pat, eu ia foder com ela até o sangue lhe escorrer pelas coxas."

Senti uma sensação de frio glacial que nada tinha a ver com a água da chuva que me escorria por trás das orelhas.

"É mesmo?", disse eu.

O homem com boné de beisebol estava perto o bastante para que eu visse sua boca e seus lábios se moverem enquanto se aproximava.

O sujeito que estava ao telefone silenciou, mas ouvi do outro lado da linha um caminhão mudando de marcha, o tamborilar da chuva na capota de um carro.

"...e não posso *fazer* isso, Melvin, porque você bloqueou metade de minha grana nas contas no exterior." O homem com o boné de beisebol passou por mim, e percebi que ele tinha pelo menos o dobro da idade do sujeito do pátio.

Levantei-me procurando olhar a rua até onde a vista alcançasse.

"Pat", disse o cara do telefone.

"Sim?"

"Sua vida está prestes a ficar..." Ele fez uma pausa, e eu ouvi sua respiração.
"Minha vida está prestes a ficar o quê?", disse eu.
Ele estalou os lábios. "Interessante."
E desligou.
Debrucei-me sobre a grade que separava o pátio da rua, depois me postei na calçada por algum tempo. Fiquei com a cabeça e o peito expostos à chuva, enquanto as pessoas se desviavam de mim, vez por outra me dando um esbarrão. Finalmente percebi que não adiantava nada ficar ali parado. O sujeito podia estar em qualquer lugar. Podia ter ligado de um município vizinho. O caminhão que eu ouvira ao telefone trocando de marcha não se encontrava nas proximidades, senão eu teria ouvido de onde eu estava.

Mas ele estava perto o bastante para saber quando Vanessa saíra e ligar logo depois de sua partida repentina.

Então... não, ele não estava em outro município. Ele estava aqui em Back Bay. Mas, mesmo assim, havia muito chão entre nós.

Recomecei a andar, os olhos vasculhando as ruas para tentar localizá-lo. Disquei o número de Vanessa, e quando ela atendeu eu disse: "Não desligue".

"Está bem."
Ela desligou.
Rangi os dentes e apertei o botão de rediscagem.
"Vanessa, por favor, ouça por um segundo. Alguém acaba de ameaçá-la."
"O quê?"
"Sabe o sujeito que você pensou ser meu amigo, que estava no pátio do restaurante?"
"Sim...", disse ela devagar, e eu ouvi o latido de Clarence ao fundo.
"Ele ligou para mim quando você saiu. Eu não o conheço de modo algum, Vanessa, mas ele sabia meu nome, sua profissão e deixou bem claro que sabe onde você mora."

Ela deu um daqueles risinhos secos. "E deixe-me ver... você tem de vir aqui para me proteger? Puxa vida, Patrick, não precisamos desse tipo de jogo. Se você queria trepar comigo, devia ter dito sim no pátio."

"Não, Vanessa. Quero que você vá para um hotel agora. E me mande a conta."

O riso se transformou numa risada cínica. "Porque um psicopata sabe onde eu moro?"

"Esse psicopata não é como a média dos que a gente conhece."

Entrei na Hereford e avancei em direção à Commonwealth Avenue. A chuva diminuíra, mas a névoa aumentara, transformando o ar numa fumegante sopa de cebola.

"Eu sou advogada, Patrick! Espere na linha — Clarence, quieto! Quieto agora! Desculpe", disse ela, desta vez dirigindo-se a mim. "Onde eu estava? Ah, sim. Você sabe quantos bandidos, psicopatas e degenerados de todos os tipos me ameaçaram quando não consegui livrá-los da cadeia? Você está falando sério, Patrick?"

"Esse caso pode ser um pouco diferente."

"Ouça, a acreditar num carcereiro da Cedar Junction, Karl Kroft — que não consegui livrar das garras da justiça num processo por assassinato e estupro qualificados — fez uma lista negra, literalmente, em sua cela. E antes..."

"Vanessa..."

"E antes que a apagassem, Patrick, e pusessem o querido Karl sob vigilância durante vinte e quatro horas, meu amigo carcereiro viu a lista. Ele disse que meu nome era o primeiro. *Antes* do da ex-mulher de Karl, que ele já tinha tentado matar com um serrote."

Enxuguei meus olhos encharcados, lamentando não estar de chapéu. "Vanessa, escute só um instante. Acho que esse..."

"Moro num edifício com porteiros e segurança vinte e quatro horas, Patrick. Você viu como é difícil entrar. Tenho seis fechaduras na porta da frente, e mesmo que alguém conseguisse chegar às minhas janelas no décimo quarto andar, elas são impenetráveis. Eu tenho gás lacrimogêneo, Patrick. Tenho uma pistola paralisante. E se nada disso funcionar, tenho sempre à mão um revólver de verdade, totalmente carregado."

"Escute. Aquele cara que encontraram no pântano, na semana passada, com a língua e as mãos decepadas. Ele era..."

Ela elevou a voz. "E se alguém conseguir passar por tudo isso, então, Patrick, dane-se, pode acabar comigo. Porra, terá feito por merecer."

"Entendo, mas..."

"Já basta, querido. Boa sorte com seu último psicopata."

Ela desligou. Apertei o telefone na mão enquanto cruzava a alameda da Commonwealth Avenue, um grande relvado ladeado de ébanos, com muitos bancos pequenos e estátuas grandes, que passa pelo centro da avenida, entre as pistas que vão no sentido leste e no sentido oeste.

Warren Martens dissera que o amigo de Miles Lovell se vestia num estilo negligente chique. Que alguma coisa nele sugeria autoridade, ou pelo menos um complexo de superioridade.

Isso descrevia à perfeição o sujeito do restaurante.

Wesley Dawe, pensei. Será que aquele sujeito era Wesley Dawe? Wesley era loiro, mas o peso e a altura coincidiam, e tintura para cabelo é barata e fácil de achar.

Meu carro estava estacionado quatro quarteirões adiante da Commonwealth. A chuva, embora fraca, era contínua, e a neblina estava se adensando. Cheguei à conclusão de que, fosse quem fosse o sujeito, ele queria me impressionar — por motivos próprios ou mandado por alguém —, fazendo-me saber que me conhecia, e que a recíproca não era verdadeira, o que me tornava vulnerável e o fazia parecer onipotente.

Mas eu já fora provocado por muita gente do ramo — mafiosos, policiais, bandidos, e em certa ocasião dois autênticos *serial killers* —, portanto já ia longe o dia em que uma voz incorpórea do outro lado da linha me causava tremores e boca seca. Não obstante, aquilo me deixou cheio de dúvidas e indagações, o que certamente era o objetivo da jogada.

Meu celular tocou. Parei embaixo de uma árvore, e ele soou pela segunda vez. Nem tremores nem boca seca. Apenas uma pequena aceleração do pulso. Atendi em meio ao terceiro toque.

"Alô."

"Olá, companheiro. Onde está você?"

Angie. Meu pulso desacelerou.

"Na Commonwealth Avenue, indo pegar o carro. E você?"

"Na frente da Bolsa de Diamantes."

"Está se divertindo com o seu comerciante de diamantes?"

"Ah, sim. Ele é ótimo. Quando não está dando em cima de mim, fica contando piadas racistas para os outros guarda-costas."

"Algumas garotas têm sorte."

"Pois é. Bem, só queria saber como vão as coisas. E também lhe dizer uma coisa, mas agora me fugiu."

"Isso é de grande ajuda pra mim."

"Não, está na ponta da língua, mas... Bem, mas ele está saindo do prédio. Ligo pra você quando me lembrar do que era."

"Ótimo."

"Certo. Câmbio e desligo." Ela desligou.

Afastei-me da árvore. Tinha dado quatro passos quando Angie se lembrou do que tinha esquecido e ligou novamente.

"Você se lembrou?", perguntei.

"Olá, Pat", disse o sujeito de cabelo castanho. "Está curtindo a chuva?"

Surgiu um coração extra em meu peito e começou a bater. "Estou adorando. E você?"

"Eu sempre gostei de chuva. Deixe-me perguntar-lhe uma coisa. Essa pessoa com quem você estava falando era a sua sócia?"

Eu atendera o telefonema anterior sob uma grande árvore no lado sul da alameda. Ele não podia ter-me visto se estivesse no lado norte. Sobravam o leste, o oeste e o sul.

"Eu não tenho sócia, Wesley", disse eu, olhando em direção sul. A calçada à minha frente se encontrava vazia, exceto por uma jovem que estava sendo puxada no concreto liso por três cachorrões.

"Ah!", exclamou ele. "Você foi muito rápido, Pat. Você é bom, cara. Ou foi só um golpe de sorte?"

"Um pouco dos dois, Wesley. Um pouco dos dois."

"Bem, estou muito orgulhoso de você, Pat."

Virei-me bem devagar para a direita e avistei-o em meio ao denso nevoeiro e à garoa.

Parado na esquina sudeste da Dartmouth com a Commonwealth, ele se cobrira com uma capa de chuva transparente com capuz. Quando nossos olhares se cruzaram, ele deu um largo sorriso e acenou para mim.

"Agora você está me vendo...", disse ele.

Ignorando o trânsito, desci da calçada. Os carros que avançaram pela Dartmouth quando o sinal abriu passaram por mim em velocidade. Um Karmann Ghia por pouco não me arrancou a rótula; buzinando ferozmente, ele guinou para a direita.

"Ooh", fez Wesley. "Passou bem perto. Cuidado, Pat. Cuidado."

Continuei a avançar ao longo da alameda em direção à Dartmouth, sem tirar os olhos de Wesley, que ia recuando devagar.

"Conheci um cara que foi atingido por um carro", disse Wesley pouco antes de desaparecer na esquina.

Disparei a correr e cheguei à Dartmouth. O trânsito continuava a enfumaçar a rua à minha frente, e os pneus assobiavam rodando na água da chuva. Wesley agora estava na entrada do calçadão paralelo à Commonwealth que vai do Public Garden ao Fens, um quilômetro e meio a oeste.

"O cara tropeçou e o pára-lama de um carro atingiu sua cabeça quando ele estava caído no chão. O lobo frontal do cara virou uma papa."

O sinal ficou amarelo, mas isso serviu apenas de pretexto para oito carros, nas duas pistas, acelerarem para passar no cruzamento.

Wesley me fez mais um aceno e desapareceu no calçadão.

"Tenha cuidado sempre, Pat. Sempre."

Pulei para a calçada quando um Volvo entrou na avenida. A mulher que ia ao volante olhou para mim, balançou a cabeça e avançou em velocidade pela pista.

Alcancei a calçada e continuei falando no celular, enquanto corria em direção à viela. "Wesley, você ainda não está aí, amigo?"

"Não sou seu amigo", ele sussurrou.

"Mas você falou que era."

"Eu menti."

Finalmente cheguei ao calçadão, escorreguei nas pedras do calçamento da entrada e terminei por me chocar contra uma caçamba cheia de lixo até as bordas. Um saco de papel molhado estourou dentro da caçamba, e um rato pulou do lixo e foi cair no chão do calçadão. Um gato que estava de tocaia embaixo da caçamba disparou atrás dele, e os dois percorreram a distância de um quarteirão em cerca de seis segundos. O gato era grande e esperto, e o rato também, e eu me perguntei qual dos dois tinha o controle na perseguição. Se tivesse de apostar, eu daria uma pequena vantagem ao rato.

"Você já brincou de rodeio?", perguntou Wesley.

"O quê?" Levantei os olhos para as escadas de incêndio gotejantes. Nada.

"Rodeio", sussurrou Wesley. "É uma brincadeira. Experimente uma noite dessas com Vanessa Moore. Você monta na mulher por trás, tipo cachorrinho. Está me entendendo?"

"Claro." Andei até o meio do calçadão, esquadrinhando através da névoa e da chuva fina os vãos das portas das mansões, as pequenas garagens e os recantos sombrios formados pelo encontro de dois edifícios, quando um era recuado e o outro não.

"Então você a agarra por trás e enfia o pau com toda a firmeza, o mais fundo que puder. A que profundidade iria, no seu caso, Pat?"

"Sou irlandês, Wesley. Você calcula."

"Então não vai muito fundo", disse ele num sussurro acompanhado de uma risadinha.

Estiquei o pescoço para examinar uma estranha série de pequenas sacadas de madeira que se projetavam da fachada de tijolos — como se cada uma servisse de telheiro para a de baixo. Olhei com atenção as fendas entre os sarrafos, procurando alguma forma que pudesse ser um pé.

"Bem, de qualquer forma", ele disse, "quando os dois estão bem coladinhos e encaixadinhos, você sussurra o nome de outra mulher no ouvido dela e segura firme quando a piranha enlouquecer."

Havia alguns jardins em terraços, mas eram altos demais para poder ver se tinha alguém lá em cima, e além disso nenhuma escada de incêndio ficava perto o bastante para facilitar o acesso a eles.

"Você acha que ia gostar da brincadeira, Pat?"

Devagar, fiz um giro de trezentos e sessenta graus, procurando relaxar os olhos e vasculhar todas as fachadas, tentando descobrir algum detalhe incongruente.

"Perguntei se você ia gostar da brincadeira, Pat."

"Não, Wes."

"Tanto pior. Ei, Pat?"

"O que é, Wes?"

"Dê outra olhada à direita."

Fiz um giro de cento e oitenta graus para a direita e o vi na outra ponta do calçadão, uma figura alta, enegrecida pela densa névoa, a mão segurando um telefone ao ouvido.

"O que me diz?", disse ele. "Vamos disputar uma corrida."

Disparamos a correr ao mesmo tempo. Ouvi o som de seus passos no cimento molhado, depois ele interrompeu a comunicação.

Quando cheguei à Clarendon Street, no fim do calçadão, ele desaparecera. As calçadas estavam cheias de gente fazendo compras, de turistas e de estudantes secundaristas. Vi homens com capa militar, capa amarela e trabalhadores da construção civil encharcados até os ossos. Vi o vapor subindo das grades dos bueiros e envolvendo os táxis que passavam por eles. Vi um menino de patins cair num estacionamento em Newbury. Mas não Wesley.

Havia apenas névoa e chuva.

22

Na manhã seguinte à do meu encontro com Wesley na chuva, recebi um telefonema de Bubba dizendo que eu o esperasse na frente de minha casa dentro de meia hora, pois ele vinha me pegar.

"Para onde vamos?"

"Vamos à casa de Stevie Zambuca."

Afastei-me da mesinha do telefone e respirei fundo. Stevie Zambuca? Por que diabos ele queria falar comigo? Eu não o conhecia. Achava que ele nunca tinha ouvido falar de mim. E eu esperava que as coisas continuassem nesse pé.

"Por quê?"

"Não sei. Ele ligou para mim e disse que fosse à casa dele com você."

"Ele me intimou."

"Vamos dizer que sim. Ele o intimou." Bubba desligou.

Voltei para a cozinha, sentei-me à mesa, tomei meu café e tentei respirar calmamente para evitar um ataque de pânico. Sim, Stevie Zambuca me dava medo, mas aquilo não tinha nada de estranho. Stevie Zambuca assustava quase todo mundo.

Stevie Zambuca, o "Furador", era o chefe de uma quadrilha de East Boston e Revere que, entre outras coisas, controlava a maioria das atividades de jogo, prostituição, drogas e roubo de carros em North Shore. Stevie era chamado de o "Furador" não porque andasse com um furador de gelo, porque fosse magro ou soubesse abrir fechaduras, mas porque era famoso por dar às suas vítimas a chance de escolher como queriam morrer.* Stevie entrava numa sala onde três ou quatro capangas seus seguravam um sujeito numa cadeira. Stevie colocava um machado e uma serra de arco na frente do sujeito e o mandava escolher. Machado ou serra. Faca ou espada. Garrote ou martelo. Se a vítima não conseguisse escolher, ou não o fizesse no tempo previsto, Stevie, segundo diziam, usava uma furadeira, sua arma preferida. Essa era uma das razões pelas quais os jornais às vezes o chamavam erroneamente de Stevie, o "Furadeira", o que, segundo diziam, não deixava de irritar um mafioso de Somerville, um sujeito chamado Frankie DiFalco que tinha um cacete tamanho-família.

Por uma fração de segundo me perguntei se o guarda-costas de Cody Falk, Leonard, tinha alguma coisa a ver com aquilo. Afinal de contas, tomei-o por um cara de North Shore. Mas foi só efeito do pânico. Se Leonard tivesse cacife bastante para fazer que Stevie Zambuca me chamasse à sua casa, não precisaria trabalhar como guarda-costas de Cody Falk.

Aquilo não fazia o menor sentido. Era Bubba quem freqüentava a máfia. Não eu.

Então por que Stevie Zambuca queria falar comigo? O que eu tinha feito? E como poderia desfazer? E rápido. Rapidíssimo. Para ontem, talvez.

Stevie Zambuca morava numa pequena casa sem graça de um andar, no fim de uma rua sem saída no alto de uma colina acima da Rodovia 1 e do aeroporto Logan, em East Boston. De lá avistava-se até o porto, se bem que eu duvide que ele se desse ao trabalho de olhar. Ste-

---

(*) Furador: em inglês, *pick*, palavra que significa não apenas furador de gelo, picareta, mas também *escolher* (to pick), entre outras coisas. (N. T.)

vie só precisava ver o aeroporto; metade da renda de seu bando vinha dali — sindicatos de bagagistas, sindicatos de transportadores, bagulhos que caíam de caminhões e de aviões e iam parar no colo de Stevie.

A casa tinha uma piscina elevada e um jardim cercado por uma grade. O quintal era maior, mas não muito, e havia tochas plantadas a cada três metros para iluminar aquela manhã azulada pelo denso nevoeiro e uma temperatura baixa que estava mais para outubro do que para agosto.

"Hoje é o *brunch* dele de sábado", disse Bubba quando saímos de seu Humvee e nos dirigimos à casa. "Ele faz um toda semana."

"Um *brunch* de mafioso", disse eu. "Que esquisito."

"Os coquetéis de laranja com champanhe são bons", disse Bubba. "Mas evite o canoli, se não quiser passar o resto do dia no banheiro."

Uma jovem de uns quinze anos com uma volumosa cabeleira negra, com reflexos alaranjados, que lhe cobria a fronte nos abriu a porta; seu rosto exprimia uma mistura de apatia adolescente, tipo "dane-se o mundo", com uma raiva reprimida que ela ainda não sabia contra quem lançar.

Então ela reconheceu Bubba, e seus lábios descorados esboçaram um sorriso tímido. "Olá, senhor Rogowski."

"Olá, Josephina. Belas mechas."

Ela tocou o cabelo nervosamente. "O laranja? Você gostou?"

"Está um arraso."

Josephina olhou para os próprios pés, cruzou os tornozelos e oscilou ligeiramente no vão da porta. "Meu pai detesta."

"Ora", disse Bubba. "Pai é pra isso mesmo."

Distraída, Josephina pôs uma mecha de cabelo na boca, continuou a balançar de leve o corpo enquanto Bubba lhe lançava um olhar franco e um largo sorriso.

Bubba, símbolo sexual. Agora não faltava mais nada.

"Seu pai está por aí?", perguntou Bubba.

"Ele está lá atrás...", disse Josephina como se perguntando a Bubba se tudo bem para ele.

"A gente acha ele", disse Bubba beijando-lhe o rosto. "Como está sua mãe?"

"Na minha cola", disse Josephina. "O tempo todo."

"É pra isso que as mães servem", disse Bubba. "É divertido ter quinze anos, hein?"

Josephina olhou para Bubba, e por um instante temi que ela lhe agarrasse o rosto ali mesmo e lhe plantasse um beijo nas beiçolas.

Em vez disso, ela girou nos calcanhares como uma dançarina e disse: "Tenho de ir", e saiu correndo da sala.

"Menina estranha", disse Bubba.

"Ela tem um xodó por você."

"Sem essa."

"Tem, sim, seu imbecil. Você é cego?"

"Pare com isso ou acabo com você."

"Oh", fiz eu. "Se é assim, deixa pra lá."

"Assim é melhor", disse Bubba enquanto avançávamos com dificuldade em meio à multidão que enchia a cozinha.

"Mas que ela tem, tem."

"Você é um homem morto."

"Mate-me mais tarde."

"Se sobrar alguma coisa depois que Stevie passar por cima de você."

"Obrigado", disse eu. "Você é legal."

A casa estava lotada. Para qualquer lado que se olhasse, via-se um mafioso, a mulher de um mafioso ou o filho de um mafioso. Era um verdadeiro festival de abrigos de veludo e casacos de moletom Champion, no caso dos homens, e de calças de náilon pretas e blusas espalhafatosas em amarelo-e-preto, roxo e preto ou branco e prata, para as mulheres. As crianças, em sua maioria, usavam camisetas de cores berrantes de equipes esportivas, todas muito grandes e muito folgadas, formando conjunto, de forma que um boné dos Cincinnati Bengals com listras pretas e vermelhas sempre combinava com a blusa e a calça.

O interior da casa era um dos mais feios que vi em minha vida. Da cozinha se desciam alguns degraus de mármore branco e se chegava a uma sala de estar forrada com um tapete de pêlos longos tão espesso que era impossível ver os sapatos de quem quer que fosse. Além disso, o tapete tinha finas estrias cor de pérola. O couro branco dos sofás e das poltronas contrastava brutalmente com as superfícies negras e brilhantes da mesa de centro, das mesinhas e do gigantesco móvel para som, televisão e vídeo. Na metade inferior das paredes, um revestimento plástico imitava a textura do interior de uma caverna, e a metade superior era forrada de papel de seda vermelho. Um bar todo em vidro espelhado, iluminado por lâmpadas de cento e cinqüenta watts, erguia-se no fundo daquela caverna negra e vermelha, pintado de preto para combinar com o móvel. Entre os retratos de Stevie e de sua família pendurados nas paredes, os Zambuca tinham colocado fotos emolduradas de seus italianos preferidos — John Travolta no papel de Tony Manero, Al Pacino no papel de Michael Corleone, Frank Sinatra, Dino, Sophia Loren, Vince Lombardi e, sabe-se lá por quê, Elvis. Imagino que, com seu cabelo negro e seu gosto duvidoso no trajar, o Rei fez jus ao título de membro honorário da confraria, o tipo do sujeito capaz de fazer um serviço para você, ficar de bico fechado e logo depois lhe preparar um bom sanduíche de lingüiça e pimentão.

Bubba apertou muitas mãos, beijou alguns rostos, mas não parou para conversar, e ninguém parecia estar muito interessado em conversar com ele. Mesmo numa sala cheia de assaltantes, ladrões de banco, *bookmakers* e assassinos, Bubba tinha o efeito de uma descarga elétrica, criando à sua volta uma atmosfera de ameaça e irrealidade. À sua aproximação, o sorriso dos homens vacilava ligeiramente, e os rostos femininos, veteranos de muitas cirurgias plásticas, traíam uma mistura de medo e excitação.

Quando atravessávamos o salão, uma mulher de meia-idade de cabelo loiro platinado e pele bronzeada artificialmente estendeu os braços exclamando: "Aaah, Bubba!".

Ele a levantou do chão para abraçá-la e deu-lhe um beijo tão sonoro quanto as suas exclamações.

Ele a recolocou delicadamente no tapete e disse: "Mira, como vai você, querida?".

"Estou ótima, ó grande!" A mulher se inclinou para trás, apoiou o cotovelo na mão enquanto dava uma tragada num cigarro branco tão comprido que podia ir bater em alguém lá na cozinha, caso ela se virasse de repente. Ela estava com uma blusa azul-brilhante, calça azul combinando e sandálias também azuis com saltos de uns dez centímetros. Seu rosto e seu corpo eram um milagre da medicina moderna — minúsculas cicatrizes que mal se podiam ver no ponto de encontro entre a maxila e a orelha, bunda e peitos empinados que fariam inveja a uma garota de dezoito anos, mãos de porcelana, lisas como as de uma boneca. "Onde você se escondeu? Já viu Josephina?"

Bubba respondeu à segunda pergunta. "Ela abriu a porta para nós. Ela está ótima."

"Ela me enche a paciência, isso sim", disse Mira, e sorriu em meio a uma baforada de fumaça. "Stevie quer interná-la num convento."

"Irmã Josephina?", perguntou Bubba arqueando uma sobrancelha.

A risada de Mira ecoou em toda a sala. "Não seria o máximo? Ha!"

De repente ela se voltou para mim, e uma sombra de desconfiança toldou-lhe os olhos brilhantes.

"Mira", disse Bubba. "Este é meu amigo Patrick. Stevie tem um assunto para tratar com ele."

Mira me estendeu uma mão aveludada. "Mira Zambuca. Prazer em conhecê-lo, Pat."

Odeio quando me chamam de Pat, mas resolvi omitir isso.

"Senhora Zambuca", disse eu. "O prazer é meu."

Mira não se mostrou nem um pouco feliz em ver um irlandês de cara pálida em sua sala, mas me deu um sorriso distante, como a dizer que toleraria minha presença, desde que eu mantivesse distância da prataria.

"Stevie está lá fora, cuidando do churrasco", disse ela inclinando a cabeça na direção das nuvens de fumaça por trás das portas de vidro que davam para o quintal. "Ele prepara uma vitela e uma lingüiça que todo mundo adora."

Principalmente para um *brunch*, pensei.

"Um arraso."

"Ah, obrigada, docinho. Você é um amor!" Ela se voltou, por pouco não incendiou os oito quilos de cabelo de outra mulher, que viu o perigo e se esquivou.

Bubba e eu abrimos caminho com dificuldade entre o resto da multidão em direção às portas que davam para o quintal. Fechamos a porta atrás de nós e abanamos as mãos para dissipar a fumaceira que vinha dos fundos.

Lá fora só tinha homens, e um enorme aparelho de som colocado no parapeito tocava Springsteen, outro membro honorário da tribo. Os caras que estavam ali, em sua maioria mais gordos que os lá de dentro, enchiam a boca de cheeseburgers e cachorros-quentes pesados de tanto pimentão, cebola e condimentos.

Um sujeito baixinho cuidava da churrasqueira, cabelo pretíssimo penteado de tal forma que lhe acrescentava uns bons sete centímetros na altura. Estava de calça jeans, tênis brancos e uma camiseta tendo às costas a inscrição O MELHOR PAI DO MUNDO. Resguardado por um avental quadriculado preto e vermelho, ele manejava uma espátula de aço diante de uma churrasqueira dupla entulhada de lingüiças, bistecas, asas de frango marinadas, salsichas alemãs, pimentões vermelhos e verdes, cebolas e pedacinhos de alho numa chapa de metal.

"Ei, Charlie", gritou o baixinho. "Você gosta de sua bisteca bem pretinha, não é?"

"Preta como Michael Jordan", respondeu um mar de banha, fazendo a homarada cair na gargalhada.

"Já tem umas pretas aqui." O baixinho balançou a cabeça, pegou um charuto de um cinzeiro ao lado da grelha e o pôs na boca.

"Stevie", disse Bubba.

O cara se voltou e sorriu com o charuto entre os dentes. "Olá, Rogowski! Ei, pessoal, olha o polaco aqui!"

Ouviram-se gritos de "Bubba!" e "Rogowski!", e "Grande!", e muitos homens deram tapinhas nas amplas costas de Bubba ou apertaram-lhe a mão, mas ninguém me deu a menor atenção, porque Stevie não o fizera. Era como se eu só passasse a existir quando ele decidisse.

"Aquela coisa da semana passada", disse Stevie Zambuca a Bubba. "Você teve algum problema?"

"Nenhum."

"Aquele sujeito que andava provocando? Ele não lhe deu dor de cabeça?"

"Negativo", repetiu Bubba.

"Ouvi dizer que o engravatado de Norfolk queria criar caso com você."

"Também ouvi dizer", disse Bubba.

"Quer uma mãozinha pra resolver isso?"

"Não, obrigado", disse Bubba.

"Tem certeza? É o mínimo que podemos fazer."

"Obrigado", disse Bubba, "mas a situação está sob controle."

Stevie Zambuca levantou os olhos da grelha e sorriu para Bubba. "Você nunca pede nada, Rogowski. Isso deixa as pessoas nervosas."

"Você também, Stevie?"

"Eu?", disse ele balançando a cabeça. "Não. Sou como você, da velha escola. É um troço que a maioria desses caras deveria aprender. Eu e você, Rogowski, somos praticamente tudo o que restou dos velhos tempos, e olhe que ainda não estamos tão velhos assim. Mas os outros?" Ele lançou um olhar por cima do ombro aos gordos do alpendre. "Eles ficam sonhando em assinar contratos com o cinema e vender idéias para livros."

Bubba olhou para os homens com completa indiferença. "Ouvi dizer que Freddy não está bem."

O gordo Freddy Constantine era o chefe da máfia naquela parte da cidade, mas corria o boato de que ele não iria muito longe. O candidato mais provável a sua sucessão naquele momento estava assando lingüiça na nossa frente.

Stevie confirmou com um gesto de cabeça. "Sua próstata inteira foi parar num saco de lixo do hospital Brigham and Women's. Ouvi dizer que o próximo vai ser o intestino."

"Muito ruim."

Stevie sacudiu os ombros. "Ora, é da natureza, certo? Você vive, você morre, as pessoas choram e depois se perguntam aonde vão comer." Stevie dispôs cinco bistecas numa travessa grande feito um escudo de gladiador, depois meia dúzia de lingüiças e pedaços de frango. Ele pôs a travessa no ombro e disse: "Ei, bando de comilões, isto aqui é pra vocês".

Bubba enfiou a mão no bolso do casaco e ficou olhando um dos gordões pegar a travessa da mão de Stevie e dirigir-se à mesa dos temperos.

Stevie fechou a tampa da churrasqueira, apoiou a espátula na bandeja da grelha e deu uma longa tragada no charuto.

"Bubba, vá conversar com o pessoal ou arranjar alguma coisa para comer. Eu e seu amigo vamos dar uma volta no jardim."

Bubba deu de ombros e não saiu do lugar.

Steve Zambuca estendeu a mão. "Kenzie, não é? Venha comigo."

Saímos do pequeno alpendre, passamos entre mesas brancas vazias e aspersores automáticos desligados e chegamos a uma mureta de tijolos que cercava o pequeno jardim onde cresciam dentes-de-leão e açafrões raquíticos.

Ao lado do jardim havia um balanço de madeira suspenso numa armação metálica e uma estaca que em outros tempos servira de suporte para a corda de um varal. Stevie Zambuca sentou no lado direito do balanço e bateu na madeira ao seu lado.

"Sente-se, Kenzie."

Eu me sentei.

Stevie recostou-se, deu uma longa tragada no charuto, soprou a fumaça ao mesmo tempo que levantava os pés do chão. Ele os manteve suspensos acima da grama por um momento e contemplou os tênis brancos como se eles o fascinassem.

"Você conhece Rogowski desde quando ele era um guri, não é?"

"Sim", disse eu.

"Ele sempre foi louco?"

Lancei um olhar a Bubba, que naquele instante atravessava o alpendre para ir preparar um sanduíche na mesa dos condimentos.

"Ele sempre seguiu as batidas do próprio tambor", disse eu.

Stevie Zambuca balançou a cabeça. "Me contaram a história toda", disse ele. "Viveu nas ruas desde que tinha... o quê? uns oito anos. Você e seus amigos lhe levavam comida, um troço assim. Então Morty Schwartz, o velho *bookmaker* judeu, o adotou e o criou até a sua morte."

Confirmei com um gesto de cabeça.

"Dizem que as únicas coisas que lhe importam são os cachorros, a neta de Vincent Patriso, o fantasma de Morty Schwartz, e você."

Vi Bubba sentando-se longe dos outros homens e se pondo a comer o sanduíche.

"Isso é verdade?", perguntou Stevie Zambuca.

"Acho que sim", disse eu.

Ele deu um tapinha em meu joelho. "Você se lembra de Jack Rouse?"

Jack Rouse fora o chefe da máfia irlandesa até a sua morte, alguns anos antes.

"Claro."

"Bem antes de morrer ele condenou você à morte. Uma condenação sem prazo determinado, Kenzie. E você sabe por que essa sentença não foi executada?"

Neguei com um gesto de cabeça.

Stevie Zambuca levantou o queixo em direção ao alpendre. "Rogowski. Ele invadiu um salão de jogos cheio de chefes da máfia e disse que, se acontecesse alguma coisa com você, ele ia sair às ruas armado até os dentes e matar todos os soldados da máfia até que alguém o matasse."

Bubba terminou de comer seu sanduíche e foi pegar o segundo, levando o prato de papel. Os homens que estavam perto da mesa de condimentos se afastaram e o deixaram sozinho. Bubba estava sempre sozinho. Era uma escolha sua, mas também o preço que ele tinha de pagar por ser diferente de seus congêneres.

"Isso é que é lealdade", disse Stevie Zambuca. "Tento incutir isso nos meus homens, mas não consigo. Eles só são leais na medida em que suas carteiras estão cheias. Sabe, lealdade é uma coisa que não se ensina. Não se pode incutir isso. É como tentar ensinar a amar. Não dá. Ou está em seu coração ou não está. Alguma vez você foi pego levando comida para ele?"

"Pelos meus pais?"

"Sim."

"Claro."

"E apanhou na bunda por causa disso?"

"Ah, sim", disse eu. "Muitas vezes."

"Mas você continuou roubando comida da mesa de sua família, certo?"

"Sim", disse eu.

"Por quê?"

Sacudi os ombros. "Bom, a gente simplesmente fazia isso. Éramos crianças."

"Está vendo? É isso o que estou querendo dizer. Isso se chama lealdade. Isso é amor, Kenzie. Não se pode pôr isso em ninguém. E tampouco", acrescentou ele com um suspiro, "se pode tirar."

Fiquei esperando. Eu tinha certeza de que agora ele estava chegando aonde queria chegar.

"Isso não se pode tirar", repetiu Stevie Zambuca. Ele se recostou e pôs o braço em meu ombro. "Bom, tem um sujeito que faz alguns trabalhos para nós. Uma espécie de terceirizado, se é que você me entende. Ele não é empregado da organização, mas nos fornece umas coisinhas de vez em quando. Está entendendo?"

"Acho que sim."

"Sabe, esse cara é importante para mim. Eu nem saberia lhe dizer o quanto."

Ele deu algumas baforadas, sempre com o braço em meu ombro, olhar perdido em seu pequeno jardim.

"Você está aborrecendo esse cara", disse ele finalmente. "Você está irritando o sujeito. E isso me irrita."

"Wesley", disse eu.

"Ah, essa porra desse nome? Isso não importa. Você sabe de que eu estou falando. E vou lhe dizer uma coisa: você vai parar com isso agora. Se ele resolver mijar em sua cabeça, você não deve nem ir pegar uma toalha. Você vai dizer 'Obrigado' e esperar para ver se ele quer mais alguma coisa de você."

"Esse cara", disse eu, "destruiu a vida de..."

"Cale essa boca", disse Stevie com voz calma, ao mesmo tempo que me apertava o ombro. "Estou pouco ligando para os seus problemas. A única coisa que interessa aqui são os meus problemas. Você está embaçando. Não estou pedindo que você pare. Estou mandando. Dê uma boa olhada naquele seu amigo ali, Kenzie."

Eu olhei. Bubba sentou-se novamente e mordeu o sanduíche.

"Ele é um excelente colaborador. Eu não gostaria de perder um cara como ele. Mas se eu souber que você anda incomodando o meu amigo, investigando, dizendo o nome dele a torto e a direito... Se eu ouvir qualquer uma dessas coisas, eu elimino seu amigo. Corto-lhe a cabeça e mando pelo correio para você. E depois eu mato você, Kenzie." Ele deu vários tapinhas em meu ombro. "Está claro?"

"Está claro", respondi.

Ele tirou o braço, soltou mais um baforada, inclinou-se para a frente, apoiando os cotovelos nos joelhos. "Está bem, então. Quando ele terminar de comer o sanduíche, você dá o fora de minha casa, irlandês sujo." Ele se levantou e começou a andar em direção ao alpendre. "E limpe os pés antes de entrar na casa. O tapete da sala de estar dá um puta trabalho para limpar."

23

Bubba mal sabe ler e escrever. Seus parcos conhecimentos nessa área servem-lhe apenas para decifrar manuais sobre armas e outros textos simples de instruções, desde que sejam acompanhados de diagramas. É capaz de ler seus recortes de jornais, mas leva meia hora e fica nervoso quando não consegue soletrar as palavras. Ele não tem a menor noção da complexa dinâmica que rege as relações humanas e é tão ignorante em matéria de política que no ano passado tive de lhe explicar a diferença entre a Câmara e o Senado. Ele anda tão por fora dos acontecimentos que pensa que Lewinsky é uma marca de cigarros.

Mas ele não é estúpido.

Houve gente que pensou — para seu azar, como depois viria a ficar claro — que ele era, e os esforços conjuntos de inúmeros policiais e promotores só conseguiram mandá-lo para a prisão duas vezes, em ambos os casos por infrações relacionadas com armas. As penas eram tão leves, se comparadas aos crimes que de fato cometera, que sua pena se assemelhava mais a férias do que a punição.

Bubba já deu a volta ao mundo algumas vezes e é capaz de lhe dizer onde encontrar a melhor vodca em aldeias da antiga União Soviética de que você nunca ouviu falar, onde encontrar um bordel limpo na África Ocidental e onde conseguir um bom cheesebúrguer no Laos. Em cima de inúmeras mesas espalhadas no depósito abandonado de três andares que ele chama de casa, Bubba construiu de memória, com palitos de picolé, maquetes de várias cidades que visitou; uma vez comparei a versão que ele fez de Beirute com um mapa da cidade, e vi na maquete de Bubba uma ruela que os cartógrafos tinham esquecido de indicar.

Mas é na sua capacidade de perscrutar as outras pessoas sem nem ao menos dar a impressão de tê-las notado que sua inteligência se mostra mais afiada e mais enervante. Bubba é capaz de farejar um policial disfarçado a um quilômetro de distância; ele detecta uma mentira num simples tremor de cílios; e sua habilidade para farejar uma emboscada é tão legendária que seus rivais desistiram de tentar, resignando-se a deixá-lo pegar sua fatia de bolo.

Bubba, como Morty Schwartz me disse pouco antes de morrer, é um animal. Morty dizia isso à guisa de elogio. Bubba tem reflexos impecáveis, um instinto infalível, uma espécie de concentração primal, e nenhuma dessas habilidades nunca é amenizada ou comprometida por algum escrúpulo. Se algum dia Bubba teve consciência ou sentimento de culpa, ele os deixou para lá na Polônia, assim como sua língua materna, quando tinha cinco anos de idade.

"Então, o que é que Stevie falou?", perguntou Bubba quando atravessávamos a Maverick Square, seguindo em direção ao túnel.

Eu tinha de ser cauteloso. Se Bubba desconfiasse que Stevie o estava usando contra mim, ele mataria Stevie e metade de seu bando, pouco ligando para as conseqüências.

"Não foi lá grande coisa."

Bubba balançou a cabeça. "Ele chamou você à casa dele só para jogar conversa fora?"

"Mais ou menos isso."

"Claro", disse Bubba.

Limpei a garganta. "Ele me disse que Wesley Dawe tem imunidades diplomáticas. Que devo manter distância."

Bubba abaixou o vidro da janela quando nos aproximamos das cabines do pedágio do Summer Tunnel. "Que diabo de importância pode ter um yuppie psicopata para Stevie Zambuca?"

"Pelo visto, muita."

Sabe-se lá como, Bubba conseguiu enfiar seu Hummer entre as cabines, passou três dólares ao funcionário e levantou o vidro enquanto nos juntávamos às oito filas de carros que tentavam se espremer em duas.

"Mas como?", disse ele, manobrando o imenso carro em meio à selva de metal como se fosse um mero abridor de cartas.

Sacudi os ombros enquanto entrávamos no túnel. "Wesley já mostrou que tem acesso aos arquivos de uma psiquiatra. Talvez tenha acesso a outros."

"E daí?"

"Daí", disse eu, "que com isso ele poderia ter acesso a informações confidenciais sobre juízes, policiais, empresários, e por aí vai."

"E o que é que você vai fazer?", perguntou Bubba.

"Cair fora", disse eu.

Ele voltou para mim o rosto banhado na luz amarela e doentia do túnel. "Você?"

"Sim", respondi. "Eu não sou bobo."

"Ahn", fez Bubba devagar, voltando a olhar para a frente.

"Vou deixar a poeira baixar", disse eu, odiando o leve tom de desespero que percebi em minha voz. "Vou tentar descobrir outra forma de chegar em Wesley."

"Não há outra forma", disse Bubba. "Ou você acaba com esse cara ou não acaba. Se você matar, Stevie vai imaginar que foi você, por mais que tente destruir as pistas."

"Você acha então que eu devo acabar com Wesley e entregar o resto de minha vida para Stevie Zambuca?"

"Posso falar com ele", disse Bubba. "Tentar convencê-lo."

"Não."

"Não?"

"É, não. Digamos que você fale com ele e ele não arrede pé quanto a isso. E aí como é que você fica? Pedir uma coisa que ele não vai dar."

"Nesse caso, eu acabo com a raça dele."

"E depois? Você mata um mafioso e todo mundo vai dizer 'tudo bem'?"

Bubba deu de ombros enquanto saíamos do túnel e entrávamos no North End. "Eu não vejo tão longe."

"Eu sim."

Ele sacudiu os ombros novamente, dessa vez com mais vigor. "Quer dizer que você vai simplesmente deixar pra lá."

"Sim. Você acha que tudo bem?"

"Ótimo", disse ele num tom de quem tomava distância. "Ótimo, cara. Como você quiser."

Ele não olhou para mim quando desci do carro. Manteve os olhos na estrada, balançando a cabeça levemente, como para acompanhar o ronco do motor.

Saí do Hummer e Bubba comentou, ainda com os olhos fitos na avenida. "Talvez você devesse sair."

"Sair de onde?"

"Sair desse ramo."

"E por quê?"

"O medo mata, cara. Você faz o favor de fechar a porta?"

Fechei a porta e fiquei olhando Bubba se afastar.

Quando ele chegou ao farol, pisou no freio e de repente vi o Hummer voltando de ré a toda a velocidade para o lugar onde eu estava. Olhei para a avenida e vi um Escort vermelho que vinha em rota de colisão com o Hummer. Por sorte a mulher que estava ao volante viu o carro de Bubba indo em sua direção. Ela guinou à esquerda, enfiou a mão na buzina e passou por ele buzinando feito uma louca, apontando-lhe o dedo médio, como era de esperar, de forma que por um instante o volante ficou solto.

Bubba retribuiu-lhe o cumprimento enquanto descia do Hummer e bateu a mão na capota.

"É por minha causa."

"O quê?"

"É por minha causa!", berrou ele. "Esse filho-da-puta está me usando, não é?"

"Não, ele..."

"Ele não pode ameaçar Angie, porque ela é bem relacionada."

"Bubba, foi a mim que ele ameaçou, certo?"

Ele jogou a cabeça para trás e gritou "Mentira!" para o céu. Depois abaixou a cabeça, contornou o carro e por um instante tive a impressão de que ia me esmurrar.

"Você", gritou ele agitando um dedo na minha cara. "Você não vai recuar. Você nunca recuou, Patrick. É por isso que passo metade de minha vida salvando a sua pele!"

"Bubba..."

"E eu não me importo!", rugiu ele.

Um bando de meninos dobrou a esquina, viu Bubba em pleno surto e atravessou a avenida em fila indiana.

"E nunca mais minta pra mim, porra", disse Bubba. "Não minta. Quando você ou ela mentem para mim, dói pra caralho. Me dá vontade de aleijar alguém. Qualquer um!" Ele esmurrou com tal força o próprio peito que, se o alvo fosse outra pessoa, o esterno dela ficaria aos cacos. "Stevie me ameaçou, não foi?"

"E se tiver ameaçado?"

Bubba se pôs a bracejar violentamente lançando perdigotos para todos os lados: "Eu vou matar o filho-da-puta. Eu vou arrancar-lhe as tripas e enforcá-lo com elas. Eu vou apertar a cabeça dele até...".

"Não", disse eu. "Você não percebe?"

"Não percebo o quê?"

"Aí é que está o truque. É isso que Wesley quer. Essa ameaça não veio de Stevie, e sim de Wesley. É assim que o filho-da-puta age."

Bubba inclinou o corpo e respirou fundo. Ele parecia um bloco de granito que ia ganhando vida pouco a pouco.

"Não estou entendendo mais nada", disse ele finalmente.

"Aposto", disse eu devagar, "como Wesley sabe das relações de Angie, sabe que a única maneira de me atingir é através de você. Digo-lhe que foi Wesley quem sugeriu a Stevie ameaçá-lo, sabendo que, na pior das hipóteses, você ia descobrir, pirar, e no final todos seríamos massacrados."

"Ahn", fez ele devagar. "O cara é esperto."

Uma viatura azul e branca parou ao nosso lado e o policial no banco do passageiro abaixou o vidro da janela.

"Está tudo bem aí, pessoal?" Ele me parecia vagamente familiar.

"Tudo ótimo", disse eu.

"Ei, você aí, grandalhão."

Bubba virou a cabeça e respondeu ao olhar do policial com uma careta.

"Você é Bubba Rogowski, não é?"

Bubba lançou um olhar à avenida.

"Matou alguém ultimamente, Bubba?"

"Faz umas duas ou três horas que não, comandante."

O policial deu uma risadinha. "Aquele Hummer é seu?"

Bubba fez que sim.

"Bom, estacione-o no lugar certo, senão lhe dou uma multa."

"Tudo bem", disse Bubba voltando-se para mim.

"Agora, Rogowski", disse o policial.

Bubba me deu um sorriso amargo, balançou a cabeça, passou pela radiopatrulha e entrou no Hummer sob o olhar satisfeito dos policiais, que estavam de dentes arreganhados. Bubba avançou com o carro e arranjou um lugar para estacionar uns cem metros adiante.

"Você sabe que seu amigo é um escroto?"

Dei de ombros.

"Se você não tiver cuidado, por contágio, pode virar um escroto também."

Foi aí que reconheci o policial. Mike Gourgouras, um pau-mandado de Stevie Zambuca, segundo diziam, enviado por ele para garantir que a mensagem fosse entendida.

"Você devia pensar em tomar distância de um sujeito como esse."

"Certo", disse eu, levantando a mão e sorrindo. "Bom conselho."

Gourgouras apertou os olhinhos escuros. "Você está tirando sarro da minha cara?"

"Não, senhor."

Ele abriu um sorriso. "Tenha cuidado com as companhias, senhor Kenzie." O vidro de sua janela subiu com um chiado e a radiopatrulha seguiu pela avenida, buzinou para Bubba, que vinha pela calçada em minha direção, e dobrou a esquina.

"Gente de Stevie", disse Bubba.

"Você notou?"

"Sim."

"Está mais calmo?"

Ele deu de ombros. "Um pouco, talvez."

"Tudo bem", disse eu. "Como vamos nos livrar de Stevie?"

"Angie."

"Ela não vai gostar de jogar essa cartada."

"Ela não tem escolha."

"Por que você acha isso?"

"Se a gente morrer, você imagina como a vida dela ia ficar chata? Porra, cara, ela era capaz de murchar e morrer."

Pois não é que ele tinha razão?

Liguei para a Sallis & Salk e fiquei sabendo que Angie não trabalhava mais lá.

"Por que não?", perguntei à pessoa que atendeu.

"Acho que houve um incidente."

"Que tipo de incidente?"

"Não tenho autorização para discutir isso."
"Bem, você pode me dizer se ela saiu ou foi demitida?"
"Não, não posso."
"Uau. Você não pode me dizer grande coisa, não é?"
"Posso lhe dizer que esta conversa telefônica acabou", disse ela, e desligou.

Liguei para a casa de Angie, atendeu a secretária eletrônica. Mas talvez ela estivesse em casa. Ela costuma desligar o telefone quando não está a fim de falar com ninguém.

"Incidente?", disse Bubba enquanto nos dirigíamos para South End. "Tipo um incidente internacional?"

Dei de ombros. "No caso de Angie, não seria de estranhar."

"Uau! Como deve ter sido isso?"

Como imaginei, ela estava em casa. Estava fazendo uma faxina em regra, esfregando o soalho com água e aguarrás, ouvindo o álbum *Horses* de Pattie Smith a todo o volume, de forma que tivemos de chamá-la por uma janela aberta em altos brados, porque ela não ouvia a campainha.

Ela abaixou o volume, abriu a porta para nós e disse: "O primeiro que puser o pé na sala é um homem morto".

Ela nos levou à cozinha e Bubba disse: "Que incidente?".

"Não foi nada", disse ela. "Eu já estava mesmo de saco cheio de trabalhar para eles. Eles usam as mulheres como peças de decoração. Eles nos acham sexy em terninhos Ann Taylor."

"E o incidente?", disse eu.

Ela deu um gritinho de frustração e abriu a geladeira.

"O comerciante de diamantes beliscou a minha bunda, entendeu?"

Ela jogou uma lata de Coca para mim, passou uma para Bubba, levou a sua para o balcão da cozinha e se encostou na máquina de lavar louças.

"Ele foi para o hospital?", perguntei.

Ela ergueu as sobrancelhas por trás de sua Coca e tomou um gole. "Não que fosse mesmo preciso, coitado. Só lhe dei um tapa na cara. Um tapinha. Com os dedos." Ela levantou a mão e nos mostrou as costas dos dedos. "Como eu ia saber que ele é hemofílico?"

"Foi o nariz?", perguntou Bubba.

Ela fez que sim. "Um tapinha."

"Ele vai processar você?"

Ela bufou. "Ele pode até tentar. Procurei minha médica e ela tirou uma foto da marca roxa."

"Ela fotografou sua bunda?", disse Bubba.

"Sim, Ruprecht, ela fotografou."

"Eu bem que podia ter me encarregado disso."

"Eu também."

"Oh, obrigada, rapazes. Vocês acham que agora devo desmaiar de emoção?"

"Precisamos que você ligue para seu vovô Vincent", disse Bubba bruscamente.

Angie quase deixou cair a Coca. "Vocês estão bêbados ou o quê?"

"Não", disse eu. "Infelizmente, estamos falando sério."

"Por quê?"

Nós lhe contamos.

"Como vocês conseguiram sobreviver até agora?", disse ela quando terminamos.

"É um mistério", disse eu.

"Stevie Zambuca", disse ela. "O pequeno assassino raivoso. Ele ainda tem aquele topete à la Frankie Avalon?"

Bubba confirmou.

Angie tomou um pouco de Coca. "Ele usa palmilhas."

"O quê?", disse Bubba.

"Pois é. Palmilhas. Nos sapatos. Ele as encomenda a um velho sapateiro de Lynn."

O avô de Angie, Vincent Patriso, em certa época chefiara a máfia do norte de Delaware. Ele sempre fora do tipo mais discreto. Seu nome nunca aparecia nos jornais, nunca foi chamado de *don* na imprensa séria. Tinha uma padaria e algumas lojas de roupas em Staten Island, mas as vendera alguns anos antes, e agora dividia seu tempo entre uma nova casa em Enfield, Nova Jersey, e uma na Flórida. Por isso Angie conhecia muito bem os soldados da máfia de Boston — na verdade, ela os conhecia muito mais do que seus próprios chefes.

Angie sentou-se no balcão da cozinha, terminou de tomar sua Coca, pôs uma perna em cima do balcão e apoiou o queixo no joelho.

"Ligar para meu avô", disse ela finalmente.

"A gente não queria pedir", disse Bubba. "Mas Patrick está morrendo de medo."

"Ah, está bom, ponha a culpa em mim."

"Ele veio para cá na maior choradeira", disse Bubba. "'Eu não quero morrer, eu não quero morrer', um troço muito constrangedor."

Angie virou o queixo de forma a apoiar o rosto no joelho e sorriu para ele. Ela fechou os olhos por um instante.

Bubba olhou para mim. Dei de ombros. Ele também.

Angie levantou a cabeça, abaixou a perna, deu um suspiro, passou os dedos nas têmporas e suspirou novamente.

"Durante todo o tempo em que estive casada com Phil e ele me batia, nunca liguei para meu avô. Quando você nos meteu em todas aquelas enrascadas terríveis, nunca recorri a ele." Ela levantou a blusinha de alças e mostrou a cicatriz enrugada de uma bala que lhe atravessara o intestino delgado. "Nem quando me aconteceu isto recorri ao meu avô."

"Certo", disse Bubba. "Mas isso é importante."

Angie tacou a lata de Coca vazia na testa dele.

Ela olhou para mim. "Stevie estava falando sério mesmo?"

"Seríssimo", disse eu. "Ele vai matar nós dois", acrescentei, apontando o polegar para Bubba. "Ele primeiro."

Bubba bufou.

Angie ficou nos olhando um tempão e sua expressão se abrandou.

"Bem, agora estou sem emprego. O que significa que não vou poder ficar neste apartamento por muito mais tempo. Não consigo segurar um namorado e não gosto de animais. Então, seus retardados, acho que só me restam vocês dois."

"Pare com isso", disse Bubba. "Já estou com a garganta apertada."

Ela desceu do balcão. "Tudo bem. Quem vai me levar para telefonar de um lugar seguro?"

Ela ligou de uma cabine do saguão do hotel Park Plaza. Para que ela ficasse bem à vontade, fiquei palmilhando os pavimentos de mármore, admirando os velhos elevadores com suas portas de cobre, os cinzeiros de cobre à esquerda das portas — e lamentei ter passado a época em que os homens usavam chapéus de feltro, bebiam uísque no almoço, riscavam palitos de fósforo na unha do polegar e chamavam os outros de "otários".

Para onde é que você foi, Burt Lancaster, e por que levou embora quase tudo o que havia de bom?

Ela desligou o telefone e veio andando em minha direção, totalmente deslocada — com sua blusinha branca surrada, short cinza, chinelos de dedo, de cara lavada e cheirando a aguarrás, em meio aos ornamentos de cobre, tapetes orientais vermelhos, pisos de mármore, roupas de seda, de linho ou de algodão da Malásia —, e no entanto bastou que ela me abrisse aquele seu sorriso para eu ter certeza de nunca ter visto alguém que lhe chegasse aos pés.

"Parece que você vai sobreviver", disse ela. "Ele só pediu que lhe desse o fim de semana, e que até lá você ficasse longe de Stevie."

"O que é que isso lhe custou?"

Ela deu de ombros e começou a andar em direção à saída. "Tenho de preparar para ele um prato de frango marinado da próxima vez que ele passar por aqui. Ah... e também tenho de me certificar de que Luca Brasi dorme com os peixes."

"Toda vez que você pensa ter saído...", disse eu.

"Eles me puxam de volta."

24

Na segunda-feira começamos a trabalhar a sério. Angie planejou passar o dia tentando entrar em contato com um amigo que trabalhava no Departamento da Receita de Pittsburgh, para ver se achava alguma pista financeira sobre Wesley Dawe, anterior ao seu desaparecimento. De sua parte, Bubba se propôs a buscar a mesma espécie de informação com um tipo que ele conhecera na Receita de Massachusetts, embora lembrasse vagamente que o sujeito estivera envolvido em negócios escusos.

Eu usei o computador do escritório para vasculhar todos os catálogos telefônicos e todas as bases de dados possíveis e imagináveis. Mas, por mais que digitasse e tornasse a digitar o nome *Wesley Dawe*, não estava conseguindo absolutamente nada.

O amigo de Angie na Receita a fez esperar no telefone a tarde inteira, Bubba não me telefonou nem deu mais notícias. Por fim, cansado de me chocar contra paredes, resolvi ir pesquisar os arquivos municipais em busca de Naomi Dawe.

Não havia nada de extraordinário em seu registro de nascimento e de óbito, mas de todo modo anotei todas as informações num caderno e meti-o no bolso de trás quando saí da prefeitura.

Mal, porém, pus o pé na praça adjacente, dois mastodontes de cabeça raspada, ambos com óculos de aviador, finas camisas havaianas e calças jeans, emparelharam comigo.

"Vamos dar um pequeno passeio", disse o cara da direita.

"Legal", disse eu. "Se formos para o parque, vocês me pagam um sorvete?"

"O cara é comediante", disse o sujeito da esquerda.

"Claro", disse o outro. "Ele se acha o porra do Jay Leno."

Cruzamos a praça em direção à Cambridge Street, e um bando de pombos levantou vôo na nossa frente. Percebi que os dois caras respiravam com dificuldade, como se não tivessem o hábito de fazer uma caminhada de vez em quando.

Estava quente, mas um suor mais frio que o normal me cobriu a testa quando vi o Lincoln rosa-escuro estacionado em fila dupla na Cambridge. Eu tinha visto o mesmo Lincoln na frente da casa de Zambuca no sábado anterior.

"Stevie está a fim de bater um papo?", disse eu. "Quanta gentileza."

"Você notou que a voz dele está um pouco trêmula?", disse o cara da direita.

"Quem sabe ele já não está achando a coisa tão engraçada", disse o outro cara, e, com uma rapidez e desenvoltura espantosas para um homem tão corpulento, enfiou a mão sob a minha camisa e tirou meu revólver.

"Não se preocupe", disse-me ele. "Vou guardá-lo em lugar seguro."

A porta traseira do Lincoln se abriu quando nos aproximamos e um jovem magro saiu do carro e segurou-a para eu entrar.

Se eu fizesse uma cena, os dois parrudos me dariam uns joelhaços e me enfiariam no carro de todo modo, mesmo em plena luz do dia.

Resolvi agir com elegância.

Entrei no carro, sentei no banco de trás ao lado de Stevie Zambuca, e seus capangas fecharam a porta.

O banco da frente estava vazio. Com certeza era nele que antes estavam meus dois seqüestradores.

Stevie Zambuca disse: "Algum dia, sabe, o velho vai morrer. Ele agora tem uns oitenta e quatro anos, certo?".
Fiz que sim.
"Pois no dia em que ele morrer pego um avião, vou ao funeral e, na volta, destruo você com uma barra de ferro, Kenzie. Pode se preparar para esse dia porque ele vai chegar."
"Tudo bem."
"Tudo bem?", disse ele com um sorriso. "Você se acha o máximo, não é?"
Fiquei calado.
"Bem, você não é. Mas por enquanto vou aceitar esse jogo." Ele jogou um saco de papel marrom em meu colo. "Tem oito mil dólares aí dentro. O cara me pagou dez mil para obrigar você a deixá-lo em paz."
"Quer dizer que você tem negócios com ele?"
"Não, foi só esta vez. Dez mil para que você saia da jogada. Nunca o tinha visto até sexta à noite. Ele procurou um dos meus homens e fez a proposta."
"Ele lhe sugeriu que usasse Bubba para me neutralizar?"
Stevie esfregou o queixo. "Na verdade, sim. Ele sabe muita coisa sobre você, Kenzie. Muita. E ele não gosta de você. De jeito nenhum. De jeito nenhum."
"Você tem idéia de onde ele mora, onde trabalha, esse tipo de coisa?"
Stevie balançou a cabeça. "Não. Um cara que conheço em Kansas City me garantiu que ele está limpo: ouviu dizer que não há nada contra ele."
"Kansas City?"
Stevie me encarou. "Kansas City. Qual é o problema?"
Dei de ombros. "É que me dá a impressão de que a coisa não se encaixa."
"Sei, bem... dane-se. Quando você o encontrar, dê-lhe os oito mil e diga a ele que fiquei com os outros dois mil por conta do aborrecimento."
"Como sabe que vou me encontrar com ele?"

"Ah, você vai ver, Kenzie. Ele pegou uma tremenda raiva de você. Ele repete o tempo todo que você 'interferiu'. E Vincent Patriso pode me obrigar a recuar, mas não pode fazer o mesmo com esse cara. Ele quer que você morra."

"Não. Ele quer que eu deseje morrer."

Stevie deu uma risadinha. "Talvez você tenha razão, Kenzie. Esse cara é esperto, fala muitíssimo bem, mas, mesmo com toda essa capacidade mental, o cara é doente, Kenzie. Pessoalmente acho que ele tem pedras na cabeça, com passarinhos voando à sua volta." Ele riu e pôs a mão em meu joelho. "E você o irritou. Não é o máximo?" Ele apertou um botão e a trava da porta se abriu. "A gente se vê depois, Kenzie."

"A gente se vê, Stevie."

Abri a porta e pisquei por causa do sol.

"Sim, você vai me ver", disse Stevie enquanto eu saía do carro. "Depois do funeral do velho. Bem de perto. E em tecnicólor."

Um dos parrudos me devolveu o revólver. "Vá com calma, comediante. Tente não atirar no próprio pé."

Meu celular tocou quando eu atravessava a praça da prefeitura em direção ao estacionamento onde tinha deixado o carro.

Eu sabia que era ele, mesmo antes de dizer "Olá".

"Pat, meu amigo. Como vai?"

"Vai-se indo. E você?"

"Vamos levando, meu amigo. Sabe de uma coisa, Pat?"

"Sim, Wes?"

"Quando você entrar no estacionamento, pode fazer o favor de subir para a cobertura?"

"Vamos nos encontrar, Wes?"

"Leve o envelope que don Guido lhe deu."

"Mas claro."

"Não vamos perder nosso tempo chamando a polícia, está bem, Pat? Não há nada que se possa alegar contra mim."

Ele desligou.

Esperei até me encontrar na escuridão do estacionamento, fora do alcance da vista de quem estivesse dentro ou na cobertura, e só então liguei para Angie.

"Quanto tempo você leva para chegar aqui em Haymarket?"

"Na velocidade em que eu dirijo?"

"Bem", respondi por ela, "uns cinco minutos. Vou estar na cobertura do estacionamento da New Sudbury. Você sabe qual é?"

"Sim."

Olhei em volta. "Preciso de uma foto desse cara, Ange."

"Na cobertura do estacionamento? Como vou poder fotografar? Todos os edifícios em volta são mais baixos."

Encontrei um mais alto. "O edifício da cooperativa dos antiquários, no fim da Friend Street. Suba na cobertura."

"Como?"

"Não sei. Mas, com exceção da maldita auto-estrada, não vejo outro lugar de onde você possa fotografar."

"Certo, certo. Estou indo."

Ela desligou e eu peguei a escadaria sombria, úmida e fedendo a mijo para subir os oito andares até a cobertura do estacionamento.

Encostado a uma parede, braços cruzados, ele contemplava a praça da prefeitura, Faneuil Hall e a abrupta irrupção das torres do centro financeiro, no cruzamento da Congress com a State. Por um instante pensei em empurrá-lo, dar-lhe uma rasteira e atirá-lo no vazio só para ouvi-lo gritar antes de se estatelar na rua lá embaixo. Com um pouco de sorte, sua morte seria dada como suicídio, e, se ele tivesse uma alma, ela ficaria perturbada com a ironia de sua situação no longo mergulho às profundas do inferno.

Ele se voltou para mim quando eu cheguei a uma distância de uns quinze metros. Ele sorriu.

"Tentadora, não?"

"O quê?"

"A idéia de me jogar lá embaixo."

"Um pouquinho."

"Mas a polícia logo ia descobrir que a última ligação do meu celular foi para o seu, localizar a fonte do sinal e concluir que você estava aqui no pedaço seis ou sete minutos antes de eu morrer."

"Seria deprimente", disse eu. "Claro." Saquei a arma da cintura. "De joelhos, Wes."

"Ora, vamos."

"Mãos atrás da cabeça, dedos entrelaçados."

Ele riu. "Senão o quê? Vai me matar?"

Agora eu estava a dez passos dele. "Não, mas vou arrebentar suas fuças com a coronha. É isso que você quer?"

Ele fez uma careta, olhou para a calça de linho e para o chão sujo em que pisava.

"Que tal eu ficar de pé com as mãos levantadas, enquanto você me revista?"

"Claro", disse eu. "Por que não?" Dei-lhe um pontapé atrás do joelho esquerdo e ele caiu no chão.

"Não devia ter feito isso!", disse ele, voltando para mim o rosto afogueado.

"Oooh!", fiz eu. "Wesley ficou com raiva."

"Você não sabe quanto."

"Ei, seu maluco, ponha a porra das mãos atrás da cabeça, tá?"

Ele pôs.

"Entrelace os dedos."

Ele obedeceu.

Passei a mão em seu peito, sob as fraldas da camisa de seda solta, pela cintura, entreperna, tornozelos. Ele estava de luvas de golfe pretas em pleno verão, mas elas eram justas e pequenas demais para esconder mesmo uma navalha, por isso não as tirei.

"O chato, Pat", disse ele enquanto eu o revistava, "é que mesmo passando a mão em meu corpo você não pode me tocar."

"Miles Lovell", disse eu. "David Wetterau."

"Você pode provar que eu estava no local de ambos os acidentes?"

Negativo. Filho-da-puta.

Eu disse: "Sua meia-irmã, Wesley".

"Ela se suicidou, pelo que ouvi dizer."

"Posso provar que você esteve no motel Holly Martens."

"Onde eu dei ajuda e amparo a minha irmã que sofria de depressão? É disso que está falando?"

Terminei de revistá-lo e recuei. Ele tinha razão. Eu não podia acusá-lo de nada.

Ele me olhou por cima do ombro. "Oh", disse ele. "Acabou?"

Ele desenlaçou os dedos e se pôs de pé, bateu a mão na sujeira dos joelhos — duas grandes manchas de asfalto derretido pelo sol, impressas para sempre no tecido de linho.

"Vou lhe mandar a conta", disse ele.

"Pode mandar."

Ele se encostou na parede, ficou me observando, e novamente senti o desejo irracional de jogá-lo lá embaixo. Só para ouvi-lo gritar.

Agora que o via de perto, eu percebia aquela mistura de poder e crueldade que ele parecia usar como uma capa sobre os ombros. Seu rosto era uma estranha mescla de ângulos fechados e de curvas plenas — maxila quadrada sob lábios vermelhos carnudos, pele tirante a marfim que parecia macia, quase pastosa, contrastando violentamente com as maçãs do rosto pronunciadas e as sobrancelhas. O cabelo estava loiro novamente e, combinado com os lábios carnudos e os olhos muito azuis, brilhando de maldade, davam-lhe um aspecto belicoso de ariano.

Enquanto eu o examinava, ele fazia o mesmo comigo, a cabeça ligeiramente inclinada para a direita, olhos semicerrados, um sorriso aflorando nos cantos da boca.

"Aquela sua sócia", disse ele, "é uma gostosona. Você já comeu?"

Era como se ele quisesse que eu o atirasse da cobertura.

"Aposto como comeu", disse ele olhando a cidade por sobre o ombro. "Você dispensa Vanessa Moore — com quem, aliás, cruzei no fórum um dia desses — e passa na faca a sócia gostosa e sabe Deus mais quem. Você é um verdadeiro garanhão, Pat."

Ele voltou a olhar para mim, e eu pus o revólver no coldre na parte de trás da cintura, para evitar atirar.

"Wes."

"Sim, Pat?"

"Não me chame de Pat."

"Oh", disse ele balançando a cabeça. "Encontrei um ponto fraco. É sempre interessante. Sabe, a gente só conhece as fraquezas das pessoas quando começa a futucar aqui e ali."

"Não se trata de fraqueza, mas de preferência."

"Claro", disse ele com um brilho nos olhos. "Você vive dizendo isso para si mesmo, Pat... ahn... rick."

Mesmo sem querer, eu ri. O cara não.

Um helicóptero da televisão, fazendo a cobertura do trânsito, sobrevoou o estacionamento, descreveu um círculo acima da auto-estrada cada vez mais congestionada naquela hora de pico, como eu podia ver no trecho à minha esquerda.

"Como eu detesto as mulheres", disse ele sem alterar a voz, os olhos acompanhando as evoluções do helicóptero. "Enquanto espécie, intelectualmente, eu as acho...", disse sacudindo os ombros, "... estúpidas. Mas fisicamente...", ele revirou os olhos. "Puxa, por pouco eu não caio de joelhos quando uma mulher deslumbrante passa perto de mim. É um paradoxo interessante, não?"

"Não", disse eu. "Você é um misógino, Wesley."

Ele deu uma risadinha. "Você quer dizer como Cody Falk?" Ele estalou a língua. "Eu não sairia de minha cama para violentar uma mulher. É uma coisa vulgar."

"Você prefere reduzir as pessoas a meras cascas, não é?"

Ele levantou as sobrancelhas.

"Como sua meia-irmã. Reduzi-la a nada, de modo que a única maneira de expressar todo o horror de sua vida é através do sexo."

Ele ergueu as sobrancelhas um pouco mais. "Ela gostava da coisa. Você está brincando? Puxa, Pat, ou que diabo de nome você tenha, você sabe muito bem que o que se busca com o sexo é a inconsciência do esquecimento. E não me venha com esse discurso politicamente correto sobre comunhão espiritual e fazer amor. Sexo é trepar. Sexo é regressão ao estado mais animalesco. O homem das cavernas. Egoísta. Uma coisa pré-histórica. A gente baba, a gente morde, a gente arranha e rosna feito bicho. As drogas, os acessórios, os chicotes, as correntes e os temperos que acrescentamos ao molho são meros complementos para intensificar — ou melhor, garantir que se atinja — a mesma coisa. O esquecimento. Um estado de regressão que nos faça recuar séculos e nos faça involuir. É foder, Pat. É esquecimento."

Bati palmas. "Tremendo discurso."

Ele fez uma mesura. "Gostou?"

"Você ensaiou."

"Claro, eu o aperfeiçoei ao longo dos anos."

"O problema, Wes, é..."

"Qual é o problema, Pat? Conte pra mim."

"Não se pode ensinar poesia a um computador. Você pode ensinar-lhe rima e métrica, mas ele não entende a beleza. O matiz. A essência. Você não entende o que é fazer amor. Isso não significa que uma dimensão superior — para além da trepada — não exista."

"É isso que você quer atingir quando fode com Vanessa Moore? Uma dimensão sexual superior? A espiritualidade inerente ao ato de fazer amor?"

"Não", disse eu. "Somos apenas parceiros sexuais."

Ele deu uma risadinha. "Você algum dia sentiu amor, Pat? Por uma mulher?"

"Claro."

"E chegou a atingir a dimensão espiritual de que falou?"

"Sim."

Ele balançou a cabeça. "E onde está ela agora? Ou era mais de uma? Quer dizer, se a porra da coisa era tão maravilhosa, tão espiritual, por que você não está agora com uma delas em vez de conversar comigo e de vez em quando enfiar o pau em Vanessa Moore?"

Não encontrei uma resposta. Ou pelo menos nenhuma que eu tivesse a fim de dar a Wesley.

Mas o argumento dele era de peso. Se o amor morre, se os relacionamentos se desgastam, se o que era fazer amor regride para mero sexo — será que existiu amor? Ou apenas um termo elevado com que pretendemos afastar o animal que existe em nós?

"Quando possuí a minha meia-irmã", disse Wesley, "isso a purificou. Foi sexo voluntário, consentido, Pat, posso lhe garantir. Ela gostou e encontrou a sua essência, seu verdadeiro eu." Ele me deu as costas, ficou olhando o helicóptero que descrevia um grande círculo por sobre a Broadway Bridge, voltando em seguida em nossa direção. "Mas, defrontando-se com seu verdadeiro eu, todas as ilusões em que ela se apoiava se estilhaçaram. E ela se estilhaçou. Isso a fez desmoronar. Poderia tê-la feito construir sua personalidade, se ela tivesse sido forte o bastante, corajosa o bastante, mas isso acabou com ela." Ele se voltou para mim novamente.

"Ou então isso foi obra sua", disse eu. "Pode-se dizer que Karen foi destruída por você, Wes."

Ele sacudiu os ombros. "Cada um de nós tem seu ponto de ruptura. Quando chegamos a ele, ou soçobramos ou nos reerguemos. Karen chegou ao seu."

"Com a sua ajuda."

"Pode ser. E se ela se reerguesse a partir daí, quem me garante que ela não seria uma pessoa mais feliz? Qual é o seu ponto de ruptura, Pat? Você já se perguntou que elementos de sua atual concepção de felicidade você suportaria perder sem se deixar reduzir a uma sombra do que você é? Quais seriam eles, hein? Sua família? Sua sócia? Seu carro? Seus amigos? Seu lar? Quanto tempo você levaria para voltar à condição de recém-nascido? Despido de todo o tipo de ornamento. E então — *então*, Pat — o que seria de você? O que você faria?"

"Antes ou depois de matar você?"

"Por que você me mataria?"

Levantei os braços, aproximei-me dele. "Puxa! Não sei, Wes. Quando se tira tudo de certos caras, eles terminam por achar que nada têm a perder."

"Claro, Pat, claro", disse ele pondo a mão no peito. "Mas você não acha que eu me preparei para circunstâncias como essas?"

"Como contratar Stevie Zambuca para dar cabo de mim?"

Ele abaixou a vista, olhou para o saco de papel em minha mão.

"Imagino que já não posso mais dispor dos serviços de Stevie."

Joguei o saco de papel aos seus pés. "É isso mesmo. A propósito, Stevie ficou com dois mil a título de indenização. Esses caras da máfia... você sabe como são, não?"

Ele balançou a cabeça. "Patrick, Patrick, espero que você tenha entendido que eu estava falando apenas em termos hipotéticos. Eu não tenho nenhuma animosidade contra você."

"Ótimo. Pena que eu não possa dizer o mesmo, Wes."

Ele abaixou a cabeça até ela tocar no peito. "Patrick, você nunca vai querer jogar xadrez comigo."

Dei-lhe um piparote no queixo com a mão direita.

Quando ele levantou a cabeça, a crueldade satisfeita de seus olhos fora substituída por uma raiva crua.

"Ah, vou, Wes. Vou, sim."

"Sabe de uma coisa, Pat? Pode ficar com esse dinheiro." Seus dentes rangiam, e o rosto de repente se cobriu de suor. "Pegue esse dinheiro e esqueça que eu existo. Não estou a fim de pelejar com você agora."

"Mas eu sim, Wes. Muito a fim."
Ele riu. "Pegue o dinheiro, companheiro."
Respondi a seu riso com o meu. "Eu pensei que você podia me destruir, cara. O que foi que aconteceu?"
A fria maldade brilhou novamente em seus olhos azuis. "Eu posso, Pat. É só uma questão de tempo."
"Uma questão de tempo? Wes, meu caro, tempo eu tenho de sobra. Eu limpei todo o campo para enfrentar você."
Ele contraiu as mandíbulas, franziu os lábios e balançou a cabeça várias vezes, como a refletir consigo mesmo.
"Está bem", disse ele. "Está bem."
Olhei para a minha esquerda e vi um Honda parado na auto-estrada, pisca-alerta ligado, capô levantado, uns cinqüenta metros acima de nós. Os outros carros buzinavam e alguns mostravam o dedo enquanto Angie, cabeça sob o capô, mexia em alguns cabos e tirava fotos de mim e de Wesley com uma câmera apoiada na tampa do filtro de óleo.
Wesley levantou a cabeça e me estendeu a mão enluvada, com um brilho homicida nos olhos.
"Então você quer guerra?", perguntou ele.
Apertei a sua mão. "Quero, sim", disse eu. "Não tenha dúvida."

25

"Então, onde você estacionou seu carro, Wes?", perguntei-lhe depois que saímos da cobertura e estávamos descendo as escadas.

"Não foi no estacionamento, Pat. Seu carro está no sexto andar, não é?"

Chegamos ao patamar do sexto andar. Wesley se afastou um pouco de mim. Hesitei um pouco à porta.

"Seu andar", disse ele.

"Sim."

"Está pensando em ficar um pouco mais comigo?"

"Sim, Wes. Isso me passou pela cabeça."

Ele balançou a cabeça, esfregou o queixo, e algumas partes de seu corpo se moveram numa súbita e indistinta explosão de velocidade. Um de seus tênis acertou meu queixo, atirando-me para dentro do estacionamento.

Cambaleei entre dois carros, levei a mão ao revólver, tirei-o do coldre tentando apontar para ele, e ele caiu em cima de mim novamente. Tive a impressão de receber seis socos e seis pontapés em uns quatro segundos. Meu revólver ricocheteou no chão com grande ruído e sumiu embaixo de um carro.

"Você só me revistou na cobertura porque eu deixei, Pat."

Caí de quatro e ele me chutou o estômago.

"Você está vivo agora porque eu estou permitindo. Mas não sei, não... acho que estou mudando de idéia."

Ele se preparou para dar outro chute. Pelo canto do

olho, vi seu tornozelo flexionar, o pé levantar do chão. Levei um pontapé nas costelas e agarrei-lhe o tornozelo.

Ouvi o barulho de um carro saindo do quinto pavimento e entrando na rampa de acesso ao sexto, o silencioso avariado fazendo barulho, e Wesley também ouviu.

Ele me chutou o peito com o pé livre, e eu soltei seu tornozelo.

Luzes de faróis projetaram-se na parede do fundo da rampa.

"A gente se vê, Pat."

Seus passos ressoaram na escadaria de metal, e eu tentei me pôr de pé, mas meu corpo resolveu virar e ficar deitado de costas no momento em que o carro freou, cantando os pneus.

"Meu Deus", exclamou uma mulher saindo do banco do passageiro. "Oh, meu Deus."

O sujeito que estava ao volante também saiu e apoiou a mão na capota do carro. "Amigo, você está bem?"

Levantei o indicador quando os pés da mulher se aproximaram. "Só um segundo, está bem?", disse eu, sacando o celular e ligando para Angie.

"Sim?"

"Ele deve sair da garagem a qualquer momento. Você está vendo o cara?"

"O quê? Não. Espere. Lá está ele." Eu ouvia buzinas do outro lado da linha.

"Você está vendo um Mustang preto em algum lugar perto dele?"

"Sim. Wesley está indo na direção dele."

"Anote o número da placa, Angie."

"Certo, capitão. Câmbio e desligo."

Desliguei e levantei os olhos para as pessoas à minha frente. Os dois estavam de camiseta preta da banda Metallica.

Eu disse: "A banda Metallica vai tocar hoje à noite no Fleet Center?".

"Ahn? Sim."

"Eu pensei que eles tinham se separado."

"Não." O sujeito empalideceu como se eu acabasse de lhe anunciar um dos sinais do apocalipse. "Não, não, não."

Pus o celular no bolso e levantei as mãos. "Vocês me dão uma mãozinha?"

Eles se aproximaram de mim, tomaram posição e seguraram minhas mãos.

"Devagar", disse eu.

Eles me puseram de pé, o estacionamento começou a girar à minha volta, e de repente, em minha cabeça, a luz me pareceu viscosa. Apalpei as costelas, a parte superior do tórax, os ombros e finalmente o queixo. Pelo visto, nada se quebrara. Mas tudo doía. E muito.

"Quer que chamemos a segurança?", disse o cara.

Encostei-me num carro estacionado, passei a língua em cada um dos dentes. "Não, está tudo bem. Mas vocês podem se afastar um pouco, por favor?"

"Por quê?"

"Porque eu vou vomitar."

Eles se moveram com a mesma rapidez de Wesley.

"Será que entendi bem?", disse Bubba enquanto passava um chumaço de algodão embebido em álcool no ferimento de minha testa. "Você deixou um sujeito parecido com Niles Crane dar uma surra em você?"

"Ahn-ran", consegui dizer, com um saco de gelo do tamanho de uma bola de futebol encostado no queixo inchado.

"Não sei, não...", disse Bubba a Angie. "Você acha que a gente ainda deve andar com ele?"

Angie levantou os olhos das fotos de Wesley que ela mandara revelar num laboratório FotoFast, enquanto Bubba verificava se eu tinha fraturas ou distensões, apalpava minhas costelas machucadas, limpava os ferimentos e esfoladuras provocados pelo chão do estacionamento e pelo anel da mão direita de Wesley. Digam o que quiserem da inteligência (ou da falta de) de Bubba, mas ele é um tremendo médico militar. Além disso, suas drogas são melhores.

Angie sorriu. "Você está se tornando um verdadeiro trambolho."

"Ah", fiz eu. "Que belo cabelo."

Angie levou a mão aos lados da cabeça e fechou a cara.

O telefone sem fio que estava perto de seu braço tocou e ela atendeu.

"Olá, Devin", disse ela depois de um instante. "Ahn?" Ela olhou para mim. "O queixo dele está parecendo uma toranja cor-de-rosa, mas no mais acho que ele está bem. Ahn? Claro." Ela abaixou o fone. "Devin quer saber quando você virou uma mulherzinha."

"O cara luta kung fu", disse eu entre dentes cerrados, "judô ou alguma merda dessas e dá uns puta pontapés de arrancar a cabeça."

Ela revirou os olhos. "O que você disse?", disse ela no fone. "Ah, certo." E para mim: "Devin está perguntando por que você não atirou nele".

"Boa pergunta", disse Bubba.

"Eu *tentei*", disse eu.

"Ele tentou", disse ela a Devin. Ela ficou escutando ao telefone, balançou a cabeça e me disse: "Devin disse para na próxima vez você tentar com mais convicção".

Respondi com um sorriso amargo.

"Ele está pensando seriamente em seu conselho", disse ela a Devin. "E as placas?" Depois de ouvir por um instante: "Certo, obrigada. Sim, logo a gente faz isso. Certo. Até logo".

Ela desligou. "As placas foram roubadas de um Mercury Cougar na noite passada."

"Na noite passada", disse eu.

Ela fez que sim. "Acho que nosso Wesley se prepara para qualquer eventualidade."

"E levanta a perna feito uma corista!", disse Bubba.

Recostei-me na cadeira e, com a mão livre, fiz um gesto de encorajamento. "Vamos logo com isso. Acabem com todo o estoque de piadinhas. Vamos."

"Você está brincando?", disse Angie. "De jeito nenhum."

"A gente vai passar meses explorando isso", disse Bubba.

O amigo de Bubba da Receita estadual fora acusado no ano anterior de diversas fraudes e afastado, por isso não tinha acesso aos arquivos. Angie deu mais sorte, recebeu um telefonema de seu contato na Receita federal e se pôs a fazer anotações enquanto ouvia, repetindo o tempo todo "Hum-rum, hum-rum", enquanto eu afagava meu queixo inchado e Bubba enchia de pimenta de caiena um monte de balas de ponta oca.

"Pare com isso", disse eu.

"O quê? Estou entediado."

"Ultimamente você só vive entediado."

"É só olhar com quem eu tenho andado."

Angie desligou o telefone e me sorriu da mesa onde estava. "Nós o pegamos."

"Wesley?"

Ela fez que sim. "Pagou impostos de 1984 a 1989, quando desapareceu."

"Certo."

"Espere que agora vem o melhor. Adivinha onde ele trabalhava?"

"Não tenho a mínima idéia."

Enquanto punha mais pimenta numa bala, Bubba falou: "Em hospitais".

Angie atirou a caneta na cabeça dele. "Você está me atropelando novamente."

"Foi só um chute, não enche", disse Bubba, franzindo o cenho e voltando a suas balas.

"Hospitais psiquiátricos?", perguntei.

Angie fez que sim. "Entre outros. Ele trabalhou um

verão no McLean, um ano no Brigham and Women's. Um ano no Hospital Geral de Massachusetts. Seis meses no Beth Israel. Pelo visto, ele não era muito chegado em trabalho, mas o pai lhe arranjava outros empregos."

"Que trabalho ele fazia?"

Bubba levantou a cabeça, abriu a boca, percebeu o olhar de Angie e abaixou a cabeça novamente.

"Cuidava dos pacientes", disse Angie. "Depois passou a trabalhar nos arquivos."

Sentei-me à mesa, examinei as anotações que fizera no arquivo municipal. "Onde ele estava trabalhando em 1989?"

Angie consultou suas anotações. "No Brigham and Women's. Na seção de Arquivo."

Balancei a cabeça e levantei minhas anotações para que ela as visse.

"'Naomi Dawe'", ela leu. "'Nascida no Brigham and Women's, em 11 de dezembro de 1985. Morreu no Brigham and Women's em 17 de novembro de 1989.'"

Larguei minhas anotações, levantei-me e fui para a cozinha.

"Aonde você vai?"

"Dar um telefonema."

"Para quem?"

"Para uma ex-namorada", respondi.

"Estamos trabalhando", disse Bubba, "e ele só pensa em dar uma."

Encontrei-me com Grace Cole na Francis Street, em Brookline, bem no meio do bairro onde ficava o Longwood Hospital. Tinha parado de chover, nós margeamos a Francis, atravessamos a Brookline Avenue em direção ao rio.

"Você não está nada bem", disse ela, inclinando a cabeça e olhando meu queixo. "Pelo visto, continua no mesmo trabalho."

280

"E você está estupenda", disse eu.

Ela sorriu. "Você continua igual."

"Só estou sendo franco. E Mae, como está?"

Mae era a filha de Grace. Três anos antes, a violência de minha vida as obrigara a aceitar a proteção do FBI, quase pusera por água abaixo a residência em cirurgia de Grace e destruíra o que restava de nossa relação. Na época Mae tinha quatro anos. Ela era uma menina inteligente e bonita, e gostava de assistir aos irmãos Marx comigo. Eu não conseguia pensar nela sem sentir um estranho aperto no coração.

"Ela está bem. Está no segundo ano na escola e vai bem. Gosta de matemática, odeia os meninos. Vi você na televisão no ano passado, quando mataram aqueles homens na pedreira Quincy. Você estava no meio de um monte de gente."

"Hum."

Os salgueiros que ladeavam o rio gotejavam, e o próprio leito do rio adquirira um tom cinza-metálico depois daquela chuva sem graça.

"Continua se metendo com gente perigosa?", perguntou Grace, apontando para o meu queixo e para os machucados em minha testa.

"Eu? Não, caí no banheiro."

"Numa banheira cheia de pedras?"

Sorri e balancei a cabeça.

Nós nos afastamos para dar passagem a uma dupla de *joggers* — pernas latejando, bochechas enfunadas, criando à sua volta uma atmosfera carregada.

Nossos cotovelos se roçaram quando retomamos a marcha, e Grace disse: "Aceitei um emprego em Houston. Mudo para lá dentro de duas semanas".

"Houston?", disse eu.

"Conhece?"

Fiz que sim. "Grande", disse eu. "Quente. Industrial."

"Eles têm o que há de mais avançado em tecnologia médica", disse Grace.

"Parabéns", disse eu. "Falo de coração."

Grace mordeu o lábio inferior olhando os carros que circulavam nas pistas molhadas e brilhantes. "Quase liguei para você umas mil vezes."

"O que a impediu?"

Ela sacudiu os ombros levemente, olhos fitos na estrada. "Aquela imagem de você perto dos cadáveres na pedreira, acho."

Não sabendo o que dizer, limitei-me a acompanhar o seu olhar.

"Você está com alguém?"

"Na verdade, não."

Ela me olhou nos olhos e sorriu. "Mas você tem alguém em vista?"

"Sim, tenho", respondi. "E você?"

Ela olhou em direção ao hospital. "Sim, um colega médico. Não sei se a mudança para Houston vai atrapalhar. É impressionante o que isso exige de nós."

"Como assim?"

Ela fez um gesto em direção à estrada, depois abaixou a mão. "Ah, sabe, você se esforça para preservar uma carreira, um relacionamento, calculando as próprias escolhas. Então seu caminho está traçado. Para o bem ou para o mal, é a sua vida."

Grace em Houston. Grace não mais na cidade. Fazia quase três anos que eu não conversava com ela, mas era reconfortante saber que ela estava por ali. Dali a um mês não estaria mais ali. Eu me perguntava se iria sentir a sua falta como um buraquinho no tecido da paisagem da cidade.

Grace enfiou a mão na bolsa. "Aqui está o que você pediu. Não vi nada estranho. A menina morreu afogada. A água que estava em seus pulmões era a da lagoa. O tempo que levou para morrer está de acordo com o de uma menina de sua idade que caiu na água gelada e foi levada às pressas para o hospital."

"Ela morreu em casa?"

Ela negou com a cabeça. "Na sala de operações. O pai conseguiu reanimá-la no local do acidente, fez o coração voltar a bater. Mas era tarde demais."

"Você o conhece?"

"Christopher Dawe?" Ela negou com a cabeça. "Só a sua reputação."

"E qual é sua reputação?"

"Cirurgião brilhante, homem esquisito." Ela me passou a pasta de papel manilha, olhou para o rio, depois para a rua. "Então, tudo bem, bem... Ouça... eu... tenho de ir. Gostei de ver você."

"Eu a acompanho."

Ela pôs a mão em meu peito. "Eu lhe agradeceria se não o fizesse."

Olhei em seus olhos e vi um certo pesar e talvez uma espécie de inquietação quanto à incerteza de seu futuro, a sensação de que se erguiam muralhas entre nós.

"Nós nos amávamos, não é?", disse ela.

"Sim, claro que sim."

"Uma pena, não é?"

Parado à beira do rio, eu a vi afastar-se com sua calça azul e jaleco branco, o cabelo loiro-acinzentado impregnado da umidade do ar.

Eu amava Angie. Com certeza sempre a amei. Mas uma parte de mim ainda amava Grace Cole. Um fantasma meu ainda vivia aqueles dias em que nós partilhávamos a cama e falávamos do futuro. Mas o amor que sentíamos e as pessoas que então éramos havia muito não existiam, colocados numa caixa como aquelas velhas fotografias e cartas que a gente nunca relê.

Quando ela desapareceu em meio aos funcionários e aos edifícios do hospital, eu me surpreendi concordando com ela. Foi uma pena. Uma grande pena.

Quando voltei ao apartamento, Bubba tinha posto suas balas em caixas brancas empilhadas ao lado da cadeira. Ele e Angie jogavam War II na mesa da sala de jantar, tomando um pouco de vodca e ouvindo Muddy Waters no meu aparelho de som.

Bubba não é um bom jogador. Ele se frustra e termina por atirar o tabuleiro no colo da gente, mas no caso do War II ele é duro de vencer. Talvez por causa de todas aquelas bombas. Ele as coloca nos lugares onde menos se espera, e conduz seus efetivos como se fossem verdadeiros camicases, fazendo-os marchar para a morte certa com um sorriso satisfeito em seu rosto de bebê.

Esperei até que Bubba tomasse a bandeira de Angie, estudei o registro de entrada da mãe de Naomi Dawe na maternidade, a certidão de nascimento e a de óbito da menina, e não descobri nada de anormal.

Bubba gritou "Rá! Agora, mulher, me leve até suas filhas", e Angie meteu a mão no tabuleiro e atirou os peões no chão.

"Puxa, você não sabe perder."

"Eu sou competitiva", disse Angie inclinando-se para apanhar os peões. "É diferente."

Bubba revirou os olhos e olhou para os papéis que espalhei na mesa. Ele se levantou da cadeira, espreguiçou-se e olhou por cima do meu ombro. "O que é isso?"

"Documentos referentes a Naomi Dawe, retirados do arquivo do hospital", disse eu. "A entrada da mãe na maternidade. Nascimento da filha. Óbito da filha."

Ele olhou os documentos. "Isso aí não faz sentido."

"Claro que faz. O que é que está pegando?"

A pergunta me valeu um tapa na parte de trás da cabeça. "Como é que ela pode ter dois tipos sangüíneos?"

Do outro lado da mesa, Angie levantou a cabeça. "O quê?"

Bubba apontou para o registro de nascimento de Naomi, depois para o de óbito. "Ela é O negativo neste."

Olhei para o atestado de óbito. "E B positivo neste."

Angie veio para nosso lado da mesa. "O que é que vocês estão dizendo?"

Nós lhe mostramos.

"Que diabo pode significar isso?", perguntei.

Bubba bufou. "Significa só uma coisa. A criança que nasceu nesse dia", disse ele pondo o dedo no registro de nascimento, "não é a mesma que morreu nesse dia", completou ele pondo o dedo no atestado de óbito. "Puxa, às vezes vocês cochilam, hein?..."

26

"É ela", disse eu quando Siobhan apareceu na rua dos Dawe, a cabeça e o corpo pequenos abaixados como se temesse uma chuva de granizo.

"Oi", disse eu quando ela passou pelo Porsche.

"Olá", respondeu ela sem demonstrar a menor surpresa em me ver ali.

"Precisamos ver os Dawe."

Ela balançou a cabeça. "Ele falou em pedir um mandado contra você."

"Conversa", disse eu. "Eu não fiz nada."

"Por enquanto", disse ela.

"Por enquanto. Pelo que sei, eles estão na Nova Escócia. Preciso do endereço."

"E por que eu haveria de ajudar você?"

"Porque eles tratam você como uma criada."

"Mas é o que eu sou."

"Isso é o seu trabalho", disse eu. "Não o que você é."

Ela balançou a cabeça, pensando consigo mesma, e olhou para Angie. "Você é a sócia dele?"

Angie estendeu a mão e se apresentou. Siobhan a apertou e disse: "Bem, eles não estão na Nova Escócia".

"Não?"

Ela negou com um gesto de cabeça. "Eles estão aí mesmo, na casa."

"Eles não chegaram a viajar?"

"Eles viajaram", disse ela olhando para a casa por sobre o ombro. "E voltaram. Sugiro que sua sócia, bonita como é, toque a campainha, e que você trate de ficar invisível."

"Obrigado", disse eu.

"Não me agradeça. Só me façam o favor de não matá-los. Preciso do emprego."

Ela abaixou a cabeça, encolheu o corpo e se afastou.

"Essa aí é dura", disse Angie.

"Gosto do sotaque dela."

Angie repetiu as palavras de Siobhan com um sorriso.

Estacionamos um pouco adiante na rua, viemos andando em direção à casa dos Dawe. Subimos rapidamente a rampinha de acesso, torcendo para que ninguém estivesse olhando pela janela, porque nossa única alternativa era seguir em frente esperando que eles não me vissem, se trancassem em casa e chamassem a polícia de Weston.

Chegamos à porta da frente e me pus à direita, enquanto Angie abria a porta de tela e tocava a campainha.

Daí a um minuto a porta da frente se abriu, e ouvi Christopher Dawe dizer: "Sim?".

"Doutor Dawe?", perguntou Angie.

"Em que posso ajudá-la, senhorita?"

"Meu nome é Angela Gennaro. Vim aqui para conversar sobre sua filha."

"Karen? Oh, meu Deus, você é jornalista? Foi uma tragédia que se abateu..."

"Naomi", disse Angie. "Não Karen."

Apareci na porta e surpreendi o olhar de Christopher Dawe. Estava de boca aberta, o rosto branco feito papel, afagando o cavanhaque com a mão trêmula.

"Olá", disse eu. "Lembra de mim?"

Christopher Dawe nos levou a uma pequena varanda nos fundos da casa que dava para uma grande piscina, um extenso gramado e uma pequena lagoa para além das árvores. Ele fez uma careta quando nos sentamos à sua frente.

Em seguida pôs a mão no rosto e ficou olhando para nós por entre os dedos. Quando ele começou a falar, parecia não ter dormido durante a última semana. "Minha mulher está no clube. Quanto vocês querem?"

"Ah, uma fortuna", disse eu. "Quanto você tem?"

"Quer dizer", disse ele, "que vocês estão trabalhando com Wesley."

Angie negou com a cabeça. "Contra ele. Totalmente contra ele", disse Angie apontando meu queixo inchado.

Christopher Dawe tirou a mão dos olhos. "Foi Wesley quem lhe fez isso?"

Acenei que sim.

"Wesley", ele disse.

"Pelo visto, ele conhece bem artes marciais."

Ele examinou meu rosto. "Como é que ele fez isso, senhor Kenzie?"

"O queixo, acho que foi com um chute giratório, mas não tenho certeza, porque ele se movia muito rápido. Depois ele deu uma de David Carradine e me massacrou."

"Meu filho não sabe caratê."

"Faz quanto tempo que o senhor não o vê?", perguntou Angie.

"Dez anos."

"Suponhamos que ele tenha tomado umas lições", falei. "Bom, voltando a Naomi..."

Christopher Dawe levantou a mão. "Espere um pouco. Diga-me como ele se movimenta."

"Como ele se movimenta?"

Ele fez um gesto com as mãos. "Como ele se movimenta. Como anda, por exemplo."

"Com muita leveza", disse Angie. "Quase como se deslizasse."

Christopher Dawe abriu a boca, cobriu-a em seguida com os dedos, espantado.

"O que foi?", disse Angie.

"Meu filho", disse Christopher Dawe, "nasceu com uma perna uns cinco centímetros menor que a outra. Há muitas maneiras de descrever o andar de meu filho, mas leveza definitivamente não é uma delas."

Angie tirou da bolsa uma foto que mostrava Wesley e a mim na cobertura do estacionamento. Ela a passou ao doutor Dawe. "Este é Wesley Dawe."

O doutor Dawe olhou para a foto e a apoiou na mesinha de centro entre nós.

"Esse homem", disse Christopher Dawe, "não é o meu filho."

Vista por entre as árvores, do pórtico, a lagoa onde Naomi Dawe morreu parecia uma poça azul condenada a se evaporar por efeito do calor, a desaparecer sob nossos olhos, tragada pela terra, sendo substituída por um atoleiro escuro. Parecia insignificante demais para ter tirado uma vida.

Desviei os olhos da tela de proteção contra insetos e olhei para a foto em cima da mesinha de centro. "Então quem é esse sujeito?"

"Não tenho a menor idéia."

Bati o indicador na foto. "Tem certeza?"

"Estamos falando de meu filho", disse Christopher Dawe.

"Já se passaram dez anos."

"*Meu* filho", disse ele. "Eles se parecem muito pouco. Talvez o queixo, mas é só."

Levantei as mãos, voltei ao anteparo de tela, fiquei olhando a imagem ondulante da casa refletida na piscina.

"Há quanto tempo ele o chantageia?"

"Cinco anos."

"Mas faz dez anos que foi embora."

Ele confirmou com um gesto de cabeça. "Nos primeiros cinco anos, ele viveu de um fundo. Quando o fundo acabou, ele entrou em contato comigo."

"Como?"

"Ele me telefonou."

"O senhor reconheceu a voz dele?"

Ele deu de ombros. "Ele sussurrava. Mas falava de coisas — recordações de infância — que só Wesley conhecia. Ele me ordenou que lhe enviasse pelo correio, a cada duas semanas, dez mil dólares em dinheiro vivo. Os endereços para os quais eu enviava mudavam o tempo todo. Às vezes eram caixas postais, às vezes hotéis, vez por outra endereços de ruas. Diferentes cidades, grandes ou pequenas, diferentes estados."

"Havia alguma constante?", perguntei.

"A quantia em dinheiro. Durante quatro anos, dez mil dólares a cada duas semanas, e as caixas de correio para onde eu devia postar o dinheiro eram todas em Back Bay. Fora daí, nunca."

"O senhor disse que a coisa manteve essa regularidade por quatro anos", disse Angie. "O que aconteceu no ano passado?"

Ele falou com voz rouca: "Ele resolveu que queria metade".

"Metade de sua fortuna?"

Ele confirmou com um gesto de cabeça.

"E qual seria o montante, doutor?"

"Não acho que seja necessário dizer-lhe a quanto monta a fortuna de minha família, senhor Kenzie."

"Doutor, tenho documentos do hospital que mostram claramente que a menina que se afogou em sua lagoa não é aquela que sua esposa deu à luz. O senhor tem de me dizer tudo o que eu quiser saber."

Ele suspirou. "Seis milhões e setecentos mil, aproximadamente. Um patrimônio cujas bases foram lançadas noventa e seis anos atrás por meu avô, quando ele chegou a estas paragens e..."

Interrompi-o com um gesto. Eu estava me lixando para a história de sua família, para sua vocação épica.

"Isso sem contar os bens imóveis?"

Ele confirmou. "Seis ponto sete em ações, títulos, títulos de crédito negociáveis, títulos do Tesouro e reservas em dinheiro."

"E Wesley — ou o pretenso Wesley, o intermediário, ou seja lá o que ele for — pediu a metade."

"Sim. Disse que nunca mais iria nos incomodar."

"O senhor acreditou nele?"

"Não. Ele achava que eu não tinha escolha senão concordar. Infelizmente, acontece que não aceitei. Eu achei que tinha uma opção." Ele suspirou. "Nós sentimos que tínhamos uma escolha. Minha mulher e eu. Nós o desafiamos a cumprir sua ameaça, senhor Kenzie, senhorita Gennaro. Decidimos não pagar nada a ele, nem mais um centavo. Se ele quisesse procurar a polícia, ele podia, mas de todo modo não conseguiria nada. Fosse como fosse, estávamos cansados de nos esconder e cansados de pagar."

"Como Wesley reagiu?", perguntou Angie.

"Ele riu", disse Christopher Dawe. "Ele disse, palavras dele: 'Dinheiro não é o único bem que posso arrancar de vocês'." Dawe balançou a cabeça. "Achei que ele se referisse a esta casa, à casa de campo, antigüidades e obras de arte, mas não era o caso."

"Karen", disse Angie.

Christopher Dawe concordou com um gesto cansado. "Karen", sussurrou ele. "Nós não suspeitamos de nada até quase o final. Ela sempre fora..." Ele levantou a mão procurando a palavra.

"Fraca?", disse eu.

"Fraca", concordou ele. "E então a vida dela começou a degringolar. O que aconteceu com David foi um acidente, e achamos que ela simplesmente não se mostrou forte o bastante para suportar. Odiei seu fracasso. Desprezei-a. Quanto mais ela afundava em seus problemas, mais desprezo eu sentia."

"E quando ela os procurou para pedir ajuda?"

"Ela estava usando drogas. Ela agia como uma prostituta. Ela..." Ele levou as mãos à cabeça. "Como podíamos saber que Wesley estava por trás daquilo? Quem iria imaginar que alguém pode querer levar outra pessoa à loucura? A própria irmã? Como? Como podíamos saber?"

Ele tirou as mãos da cabeça, cobriu o rosto com elas, olhou para mim através dos dedos.

"Naomi", disse Angie. "Foi trocada ao nascer."

Ele fez um gesto confirmando.

"Por quê?"

Ele abaixou as mãos. "Ela sofria de uma anomalia cardíaca chamada truncus arteriosus. Não que alguém tivesse identificado o problema na sala de parto, mas ela era minha filha, e eu mesmo a examinei. Descobri um sopro e fiz mais alguns exames. Naquela época, não se operava truncus arteriosus. Mesmo hoje em dia, muitas vezes é fatal."

"Então o senhor trocou sua filha", disse Angie. "Por um modelo melhor?"

"Garanto-lhe que não foi uma decisão fácil", disse ele de olhos bem abertos. "Sofri terrivelmente. Mas, uma vez que a idéia se firmou, eu... Vocês não têm filhos. Tenho certeza. Vocês não têm idéia de como é difícil criar uma criança saudável, quanto mais uma com uma doença fatal. A mãe, a mãe natural da criança que troquei, sofreu uma hemorragia e morreu durante o parto, na ambulância. A criança não tinha parentes. Era como se Deus estivesse me dizendo — ou antes, me ordenando — que o fizesse. Então eu fiz."

"Como?", perguntei.

Ele esboçou um sorriso trêmulo. "O senhor vai ficar consternado de saber como foi simples. Sou um cardiologista de renome, de fama internacional. Nenhuma enfermeira ou interno iria questionar minha presença numa maternidade, ainda mais porque minha mulher acabara de dar à luz." Ele sacudiu os ombros. "Eu troquei as plaquinhas no berçário."

"E os arquivos do computador", disse eu.

Ele confirmou com a cabeça. "Mas eu me esqueci do registro de entrada de minha mulher no hospital."

292

"E...", principiou Angie, mas logo fez uma pausa: tremores de uma cólera contida corriam-lhe sob a pele, e ela cerrava o punho sob a mesa. "... quando sua verdadeira filha foi adotada, o que teriam sentido os pais adotivos quando ela morreu?"

"Ela sobreviveu", disse ele calmamente, lágrimas escorrendo-lhe pelas faces, sob as mãos. "Ela foi adotada por uma família de Brookline. Ela se chama..." sua voz ficou embargada. "... Alexandra. Tem treze anos, e eu soube que é atendida por um cardiologista do Beth Israel que parece ter feito milagres, porque Alexandra nada, joga voleibol, corre, anda de bicicleta." As lágrimas agora escorriam abundantes mas silenciosas, como a chuva de uma nuvem de verão. "Ela não morreu afogada numa lagoa gelada, sabe? Ela não morreu. Ela está viva."

Ele levantou o queixo e abriu um sorriso radioso enquanto as lágrimas lhe entravam na boca. "Irônico, não, senhor Kenzie, senhorita Gennaro? É uma monumental ironia, não acham?"

Angie balançou a cabeça. "Com o devido respeito, doutor Dawe, isso me parece antes uma forma de justiça."

Ele aquiesceu com uma expressão amarga, enxugou as lágrimas e se pôs de pé.

Ficamos olhando para ele, e terminamos também por nos levantar.

Ele nos conduziu até o vestíbulo e, como fizéramos da primeira vez que estive lá, paramos diante do painel em memória de sua filha. Desta vez, porém, Christopher Dawe não procurou se esquivar, voltou-se para o painel de fotografias, enfiou as mãos nos bolsos e olhou as fotos uma a uma, mexendo a cabeça de forma quase imperceptível.

Examinei com atenção aquelas em que Wesley aparecia e concluí que, exceto pela altura e pelo cabelo loiro, ele pouco tinha em comum com o homem que pensei ser ele. O jovem Wesley daquelas fotos tinha olhos pequenos, lábios de desenho impreciso e traços que pareciam apagados pelo peso do gênio e da psicose.

"Algumas manhãs antes de morrer", disse Christopher Dawe, "Naomi veio até a cozinha e perguntou o que os médicos faziam. Eu disse que eles curavam as pessoas doentes. Ela me perguntou por que as pessoas ficam doentes. Será que Deus as castiga por serem más? Eu disse que não. 'Então por quê?'" O doutor Dawe nos olhou por cima do ombro, e nos deu um sorriso apagado. "Eu não soube o que responder. Embatuquei. Fiquei sorrindo feito um idiota, e ainda exibia aquele sorriso quando sua mãe a chamou e ela saiu correndo da sala." Ele se voltou novamente para as fotografias da menininha de cabelo preto. "Eu me pergunto se foi nisso que ela pensou quando seus pulmões se encheram de água — que tinha feito alguma coisa ruim, e Deus a estava castigando."

Ele inspirou ruidosamente pelas narinas, e por um instante os seus ombros se retesaram.

"Ele raramente liga. Normalmente escreve. Quando liga, sussurra. Talvez não seja meu filho."

"Talvez", disse eu.

"Não vou lhe dar nem um centavo mais. Já disse a ele. Já lhe disse que não me restou nada com que pudesse me ameaçar."

"Como ele reagiu?"

"Ele desligou." O doutor Dawe deu as costas às fotos. "Acho que logo ele virá atrás de Carrie."

"E o que o senhor pretende fazer?"

Ele sacudiu os ombros. "Agüentar firme. Ver até onde podemos suportar. Sabe, ainda se lhe déssemos dinheiro, ele iria nos destruir de todo modo. Acho que ele está embriagado com o poder que parece ter. Acho que ele agiria da mesma forma, ainda que não houvesse dinheiro em jogo. Esse homem — seja lá quem for, meu filho, amigo de meu filho, seqüestrador de meu filho, quem quer que seja — vê nisso o sentido de sua vida, acho." Ele nos deu um sorriso morto, desalentado. "E tira disso uma grande satisfação."

27

As informações sobre Wesley, ou sobre o homem que se passava por Wesley, combinavam muito bem com o caráter do próprio Wesley: apareciam em flashes fugazes e desapareciam. Durante três dias nós trabalhamos no escritório do campanário e em meu apartamento tentando encontrar nas anotações, fotografias e transcrições apressadas das entrevistas que fizemos algum elemento palpável que nos permitisse descobrir a verdadeira identidade do sujeito. Recorrendo a contatos no Departamento de Trânsito, no DPB, e até a agentes do FBI e do Departamento de Justiça com quem colaborei no passado, fizemos circular as fotos de Wesley em todos os computadores ligados a todas as organizações de polícia criminal, inclusive a Interpol, mas sem o menor resultado.

"Seja lá quem for esse sujeito", disse Neal Ryerson, do Departamento de Justiça, "ele é ainda mais discreto que D. B. Cooper."

Graças a Ryerson, conseguimos também uma lista dos proprietários de todos os Mustang Shelby GT-500 conversíveis modelo 68 ainda existentes nos Estados Unidos. Três estavam registrados em nome de proprietários em Massachusetts. Eram uma mulher e dois homens. Fazendo-se passar por jornalista de uma revista sobre automóveis, Angie visitou os três em suas casas. Nenhum deles era Wesley.

Diabo, Wesley nem ao menos era Wesley.

Lembrei do que Stevie Zambuca dissera sobre Wesley ter morado em Kansas City, mas, segundo nossa lista, ninguém em K. C. tinha um Shelby 68.

"Qual a coisa mais estranha?", perguntou Angie na manhã de sexta-feira, apontando a montanha de papéis na mesa da minha sala de jantar. "O que é que mais o incomoda nessa coisa toda?"

"Não sei", disse eu. "Tudo?"

Angie fez uma careta, tomou um gole de seu copinho de café da Dunkin' Donuts. Ela pegou a lista que os Dawe tinham feito de memória dos endereços para onde tinham mandado o dinheiro quinzenalmente.

"Essa coisa me aborrece", disse ela.

"Certo", disse eu balançando a cabeça. "A mim também."

"Em vez de tentar achar Wesley, talvez devêssemos nos concentrar no dinheiro."

"Muito bem. Mas aposto como esses endereços não vão levar a nada. Aposto como se trata de casas em que — Wesley sabia — não havia ninguém para receber a correspondência; bastava esperar o carteiro deixar a encomenda na entrada e ir embora, para ele ir recolher."

"É possível", disse ela. "Mas e se um dos endereços for de alguém que conhece Wesley, ou seja lá quem for esse sujeito?"

"Então, vai valer a pena o esforço. Tem razão."

Ela pôs a lista bem à sua frente. "A maioria das remessas destinava-se a endereços nesta região. Brookline uma vez, Newton duas, Norwell uma vez, Swampscott, Manchester-by-the-Sea..."

O telefone tocou e eu atendi. "Alô."

"Patrick", disse Vanessa Moore.

"O que está acontecendo, Vanessa?"

Angie olhou para mim e revirou os olhos.

"Acho que você tinha razão", disse Vanessa.

"A respeito de quê?"

"Do cara do restaurante."

"O que tem ele?"

"Acho que ele está tentando me fazer mal."

* * *

Ela estava com o nariz quebrado, e o olho esquerdo tinha uma mancha marrom-amarelada, com uma faixa escura embaixo. O cabelo estava despenteado, com pontas duplas e desgrenhado, e sob o olho são havia uma bolsa tão escura quanto o machucado do outro. Sua tez de marfim estava acinzentada e sem vida. Fumava um cigarro atrás do outro, embora tivesse dito que parara de fumar havia cinco anos e que não sentia falta.

"Que dia é hoje?", disse ela. "Sexta-feira?"

"Sim."

"Uma semana", disse ela. "Minha vida desmoronou em uma semana."

"O que aconteceu com seu rosto, Vanessa?", perguntei enquanto caminhávamos lado a lado.

Ela se voltou para mim. "Está bonito, não?" Ela balançou a cabeça e o cabelo desgrenhado se derramou em seu rosto. "Eu não vi o sujeito que fez isso. Não o vi." Ela deu um puxão na correia que trazia na mão. "Vamos, Clarence. Vamos."

Estávamos em Cambridge, margeando o rio Charles. Duas vezes por semana, Vanessa dava aulas de direito na Radcliffe. Eu já estava de namoro com ela quando lhe ofereceram o emprego, e a princípio estranhei o fato de ter aceitado. O salário pago pela Radcliffe não cobria nem as despesas com a lavagem a seco de suas roupas, e ela já estava cheia de trabalho. Apesar disso, ela aceitou imediatamente. Não obstante todas as suas outras atividades, era como se aquelas aulas de meio período respondessem a um desejo que ela não saberia exprimir claramente. Além disso, ela conseguiu que lhe permitissem levar Clarence consigo e que aquilo fosse visto como uma excentricidade de um espírito brilhante.

Quando terminou a aula, seguimos pela Brattle, atravessamos o rio para deixar Clarence correr um pouco no gramado. Vanessa ficou calada por um bom tempo, fumando sem parar.

Quando entramos na pista de cooper, seguindo em direção oeste, ela finalmente começou a falar. Avançamos muito devagar porque Clarence parava para cheirar cada árvore e cada galho caído, e para lamber cada copinho de café e cada lata de refrigerante. Vendo que ele estava preso, os esquilos começaram a desafiá-lo, aproximando-se dele mais do que normalmente fariam, e sou capaz de jurar que um deles sorriu quando Clarence deu-lhe uma investida, sendo detido brutalmente pela correia. Clarence caiu de barriga no chão e cobriu os olhos com as patas, parecendo sentir-se humilhado.

Agora, porém, tínhamos deixado os esquilos para trás, e ele simplesmente se deixava arrastar, comendo grama feito um bezerro, e Vanessa já perdia a paciência.

"Clarence", berrava ela, "aqui!"

Clarence olhava para ela, parecia entender a ordem, então começava a andar para o lado contrário.

Vanessa segurava a correia com firmeza e parecia disposta a puxar com uma força capaz de decapitar o desgraçado.

"Clarence", disse eu no tom firme, sem alteração de voz, que eu ouvira inúmeras vezes Bubba usar com seus cães, e em seguida dei um assobio. "Ei, garoto. Pare de ficar zanzando."

Clarence veio correndo em nossa direção e se pôs a andar na frente de Vanessa balançando o rabinho feito uma prostituta parisiense na comemoração do 14 de Julho.

"Por que ele obedece a você?", disse Vanessa.

"Ele sente a tensão em sua voz. Isso o deixa nervoso."

"Ah, bem, tenho motivos para ficar nervosa. Mas ele é um cachorro, caramba! Que motivos teria para ficar tenso? O medo de não poder tirar a sesta?"

Pus a mão em sua nuca, massageei com os dedos os músculos e tendões. Eles estavam duros e nodosos feito o tronco de uma árvore.

Vanessa expirou demoradamente. "Obrigada."

Massageei-lhe o pescoço um pouco mais, percebi que ele começava a relaxar. "Quer que eu continue?"

"O mais que você puder."

"Está indo."

Ela esboçou um sorriso. "Você daria um bom amigo, Patrick. Não é mesmo?"

"Eu sou seu amigo", disse eu, sem muita certeza sobre a verdade daquilo, mas às vezes o fato de dizer alguma coisa lança uma semente que permite que venha a se tornar verdade.

"Ótimo", disse ela. "Estou precisando de um."

"Podemos voltar a falar do sujeito que a agrediu?"

Sua nuca encheu-se novamente de nós.

"Bem, eu me dirigia à entrada de um café. Pelo visto, ele estava esperando do outro lado da porta. A porta era de vidro fumê. Ele podia ver o que estava fora, mas eu não podia ver lá dentro. Quando cheguei à porta, ele a abriu violentamente, atingindo meu rosto. Então ele simplesmente saltou por cima de mim, que estava caída na calçada, e foi embora."

"Houve testemunhas?"

"Dentro do café, sim. Duas pessoas disseram ter visto um sujeito alto e magro, com um boné de beisebol e óculos ray-ban. Elas discordaram quanto à idade que o homem teria, mas não sobre o tipo de óculos que usava. Segundo elas, o sujeito ficou junto à porta, examinando um folheto que trazia na mão."

"Eles disseram mais alguma coisa sobre o cara?"

"Sim. Ele estava usando luvas que se usam para dirigir. Pretas. Em pleno verão, o cara está de luvas, e ninguém desconfia de nada. Meu Deus."

Ela parou para acender o terceiro cigarro do passeio. Clarence viu naquilo um sinal de que podia sair do caminho novamente e lá se foi cheirar o monte de cocô de outro cachorro. Talvez seja esse aspecto pitoresco de sua personalidade a principal razão pela qual nunca tive um cachorro. Mais uns trinta segundos, e Clarence iria comê-lo.

Estalei os dedos. Ele olhou para mim com aquele olhar meio confuso, meio culpado que é para mim o traço mais característico de sua espécie.

"Sai daí", disse eu, recorrendo mais uma vez à lembrança do tom de voz de Bubba.

Clarence virou a cabeça com tristeza, depois se pôs em marcha, e nós continuamos o passeio.

Era mais um daqueles dias sombrios de agosto, úmido e viscoso, sem ser especialmente quente. O sol estava escondido em algum ponto por trás de nuvens cor de ardósia e a temperatura andava por volta dos vinte e cinco graus. Os ciclistas, os corredores e as pessoas que iam a passos rápidos pareciam evoluir em torno de nós através de uma fina e transparente teia de aranha.

Aquela parte da pista era pontilhada de pequenos túneis de cerca de vinte metros de comprimento por cinco de largura, que serviam de base às pontes usadas como via de acesso ao passeio pelos que vinham a pé da Soldiers Field Road/Storrow Drive. Atravessar aqueles túneis, abaixando o corpo um pouquinho, era como andar numa casinha de brinquedo. Eu me sentia grande demais e meio idiota.

"Roubaram meu carro", disse Vanessa.

"Quando?"

"Domingo à noite. Nem consigo acreditar que foi há apenas uma semana. Você quer que eu lhe conte o que aconteceu entre segunda e quinta-feira?"

"Não quero outra coisa."

"Na segunda à noite", disse ela, "alguém conseguiu entrar no edifício onde moro e desligar a chave geral do subsolo. O edifício ficou sem eletricidade por dez minutos. Isso não traz grandes problemas, a menos que seu radiorrelógio seja elétrico e não toque de manhã, fazendo com que você chegue com um atraso de uma hora e quinze minutos para a abertura de um julgamento por assassinato." Ela soluçou de leve, procurou controlar o choro, e enxugou os olhos com as costas das mãos.

"Na noite de terça-feira cheguei em casa e ouvi uma série de gravações pornográficas na minha secretária eletrônica."

"Com certeza era voz de homem."

Ela negou com um gesto de cabeça. "Não. A pessoa que ligou encostou o fone em uma televisão sintonizada em canal de filmes pornográficos. Um monte de gemidos e 'Tome isto, sua piranha' e 'Esporre na minha cara', coisas desse tipo." Ela atirou o cigarro na areia úmida à esquerda do caminho. "Em condições normais, eu acho que teria simplesmente apagado a mensagem, mas eu começava a sentir o estômago embrulhado, ainda mais que havia ao todo vinte mensagens."

"Vinte?", disse eu.

"Sim. Vinte gravações diferentes de filmes pornográficos. Na quarta-feira", ela disse com um longo suspiro, "alguém roubou minha carteira de dentro de minha bolsa quando eu almoçava no pátio interno do edifício da Justiça Federal." Ela bateu de leve na bolsa que levava a tiracolo. "Só me restou dinheiro vivo e os poucos cartões de crédito que resolvi guardar numa gaveta, porque faziam muito volume na carteira."

Clarence, que estava à minha esquerda, parou bruscamente, a cabeça ligeiramente levantada e virada para a esquerda.

Vanessa parou, cansada demais para puxá-lo, e eu parei também.

"Os cartões de crédito foram usados antes que você notasse o seu desaparecimento?"

Ela confirmou. "Na loja de caça e pesca de Peabody. Um homem — os putos dos empregados se lembram de que era um homem, mas não notaram que o sujeito estava usando o cartão de crédito de uma mulher — comprou vários rolos de cordas e uma faca de caça."

Cerca de cento e cinqüenta metros adiante de nós, três adolescentes de patins emergiram em velocidade de um túnel, os pés movimentando-se rapidamente para a frente e para trás na frente uns dos outros, corpos abaixados, braços acompanhando os movimentos dos pés. Eles riam e davam a impressão de que faziam brincadeiras e provocavam uns aos outros.

"Na quinta-feira", disse Vanessa, "fui atingida pela porta. Tive de voltar para o fórum com um saco de gelo no nariz e solicitar a suspensão da audiência até segunda-feira."

Um saco de gelo, pensei, tocando meu queixo com cuidado. Wesley devia patentear esses seus truques.

"Esta manhã", disse Vanessa, "comecei a receber telefonemas sobre cartas que não chegaram ao destino."

Clarence soltou um latido fraco, cabeça ainda inclinada, o corpo uma massa retesada.

"O que você disse?", disse eu, desviando os olhos de Clarence e fitando Vanessa intensamente, meu corpo começando a tremer à idéia de descobrir uma conexão que Angie e eu até então não tínhamos percebido.

"Eu disse que algumas de minhas cartas não chegaram aos destinatários. Bom, o fato em si não tem lá grande importância, mas somado a todo o resto..."

Saímos do caminho quando os adolescente se aproximaram, os patins silvando no asfalto, e mantive um olho em Clarence e o outro em Vanessa, pois o cão era useiro e vezeiro em disparar de repente atrás de qualquer coisa que se deslocasse mais rápido que ele.

"Sua correspondência não chegou?", disse eu.

Clarence latiu, mas não para os meninos de patins; seu focinho levantado apontava para mais longe, em direção ao túnel.

"Não."

"Onde você a postou?"

"Na caixa de correio em frente ao meu edifício."

"Em Back Bay", disse eu, espantado de ter levado tanto tempo para ver o óbvio.

Dois dos meninos passaram zunindo por nós, e então eu vi o cotovelo do terceiro se erguer. Puxei Vanessa para perto de mim e vi um sorriso triunfante do menino no momento em que abaixava a mão e agarrava a alça da bolsa de Vanessa.

A velocidade do menino, a força de seu impulso e a forma desajeitada como puxara o corpo de Vanessa em minha direção fizeram com que perdêssemos o equilíbrio numa confusão de braços e pernas se entrechocando. Quando a bolsa foi arrancada do ombro de Vanessa, ela instintivamente tentou segurá-la; seu braço foi puxado violentamente para trás no momento em que eu avançava o pé para passar uma rasteira no menino, tudo isso numa fração de segundo antes que Vanessa fosse impulsionada para a frente novamente, chocando-se contra mim e fazendo-me cair de costas.

Os patins do menino ergueram-se do chão e voaram por cima de meus dedos estendidos em sua direção, enquanto Vanessa batia o quadril no chão e o abdome contra meu joelho, largando a correia de Clarence. Seu gemido de dor foi interrompido pela súbita expiração forçada, e o menino voltou a cabeça para olhar para mim no momento em que os patins voltavam ao chão. Ele riu.

Vanessa afastou o corpo do meu.

"Você está bem?"

"Estou sem fôlego", disse ela a custo.

"Foi o impacto. Fique aqui, eu volto logo."

Ela balançou a cabeça, esforçando-se para recuperar o fôlego, e eu parti atrás do menino.

Ele já alcançara os outros dois, e tinham uns vinte metros de vantagem sobre mim quando comecei a correr atrás deles. Cada vez que eu avançava dez metros, eles aumentavam a vantagem em mais cinco. Eu corria a toda a velocidade, e sou muito rápido no início de uma corrida, mas estava perdendo terreno cada vez mais quando eles chegaram a uma reta sem túneis.

Sempre correndo, peguei uma pedra no chão, avancei mais quatro passos e mirei as costas do menino que estava com a bolsa de Vanessa. Atirei a pedra usando todo o peso do corpo, os pés erguendo-se do chão como Ripken fazendo um lançamento da terceira para a primeira base.

A pedra atingiu o menino entre as omoplatas, e ele dobrou o corpo para a frente como se tivesse levado um soco no estômago. Seu corpo desengonçado pendeu para a esquerda, e um dos patins ergueu-se do chão. Ele ainda agitou os braços desesperado, segurava a bolsa de Vanessa na mão esquerda, depois desabou no chão. Seu corpo mergulhou para a frente, a cabeça aproximando-se velozmente do pavimento, as mãos tardas demais para aparar a queda, a bolsa rodando no ar e finalmente indo cair na grama, enquanto ele dava três cambalhotas no ar, terminando por se esborrachar no asfalto.

Seus amigos olharam para trás assustados e aceleraram. Eles chegaram a uma curva e desapareceram bem na hora em que eu alcançava o acrobata.

Apesar de estar com joelheiras e cotoveleiras, ele parecia ter sido atirado de um avião. Braços, pernas e queixo estavam em carne viva, uma massa sangrenta de arranhões e contusões. Ele rolou o corpo deitando-se de costas, e dei graças a Deus ao ver que ele era mais velho do que eu imaginara — tinha pelo menos vinte anos.

Peguei a bolsa de Vanessa, e ele falou: "Estou sangrando pelo corpo todo, seu filho-da-puta".

Achei na grama um estojo de pó, um molho de chaves e uma caixa de pastilhas, mas afora isso o conteúdo da bolsa de Vanessa parecia intacto. No fundo havia notas presas num clipe de prata e cartões de crédito envoltos num elástico, além de cigarros, isqueiro e estojo de maquiagem.

"Você está sangrando?", disse eu. "Nossa!"

O rapaz tentou se sentar, depois desistiu e deixou-se cair para trás.

Meu celular tocou.

"Deve ser ele", disse o rapaz, ofegante.

O ar estava carregado de umidade, mas minha impressão era a de que minha espinha se transformara em gelo-seco.

"O quê?"

"O cara que deu cem dólares para a gente tirar você da jogada. Ele disse que ia ligar." O rapaz fechou os olhos e expirou ruidosamente, por causa da dor.

Tirei o telefone do bolso da calça e olhei para a curva em que eu tinha deixado Vanessa. Foda-se o rapaz, pensei. Ele não poderia me dizer nada.

Disparei a correr enquanto punha o celular no ouvido.

"Wesley."

Ouvi resfôlegos, ruídos de mastigação e a voz de Wesley ecoando ao fundo como se ele estivesse num banheiro.

"Ah, cãozinho bonzinho. Isso. É isso aí, garoto. Sim. Humm. Come, companheiro."

"Wesley."

"Não lhe dão comida em casa?", disse Wesley ao fundo, enquanto a frenética mastigação de Clarence continuava.

Virei a curva, vi Vanessa se pondo de pé, costas voltadas para o túnel, cinqüenta metros mais adiante, onde eu via o vulto escuro de um cão pequeno e um homem alto inclinado sobre ele, a mão abaixo do focinho.

"Wesley!", gritei.

O homem que estava no túnel endireitou o corpo. Vanessa se voltou, olhou em direção ao túnel no mesmo instante em que eu ouvia a voz de Wesley ao telefone.

"Adoro esses apitos de ultra-som para cães, Pat. A gente não ouve porra nenhuma, mas esses bichos ficam enlouquecidos."

"Wesley, escute..."

"A gente nunca sabe o que vai fazer uma mulher desmoronar, Pat. A graça toda está em experimentar."

Ele desligou e o homem desapareceu no interior do túnel.

Alcancei Vanessa, apontei para seu rosto tomado de espanto. "Fique aí, está ouvindo?"

Ela tentou me seguir. "Patrick?", disse ela, levando a mão ao quadril e fazendo uma careta, mas ainda tentando correr.

"Fique aí!", berrei eu, ouvindo o tom de desespero em minha voz, enquanto corria para a frente, o tronco voltado para trás, olhando em sua direção.

"Não, o que é que você..."

"Não dê mais um passo, porra!", disse eu, jogando brutalmente a bolsa no chão. Ela foi cair a seus pés, derramando o conteúdo. Ela tentou pegar o prendedor com as notas. Quando ela se abaixou, eu me obriguei a correr ainda mais rápido.

Mas, ao me aproximar do túnel, não pude me impedir de ir mais devagar. Senti uma coisa me crescer dentro do peito, subir até a garganta e ficar ali entalada, queimando, antes mesmo que eu o visse.

Clarence emergiu da penumbra e, cambaleante, avançou em minha direção. Seus olhos tristes de labrador agora estavam cheios de medo e perturbação.

"Aqui, garoto", disse eu baixinho, caindo de joelhos e sentindo as lágrimas toldando-me os olhos.

Ele avançou mais alguns passos, as pernas trêmulas, sentou-se no chão e ficou me olhando por baixo das pálpebras que teimavam em se fechar. Ele parecia estar querendo me perguntar alguma coisa.

"Ei", sussurrei. "Ei, meu velho. Está tudo bem, está tudo bem."

Forcei-me a não desviar os olhos da dor que se estampava na face, da insistente indagação.

Ele abaixou a cabeça devagar e vomitou um jorro preto retinto.

"Oh, meu Deus", disse eu num sussurro rouco quase sem sentir.

Andei de gatinhas até ele, e quando toquei sua cabeça, senti que estava em brasa, febril. Ofegante, ele se deitou de lado. Deitei-me ao seu lado, e ele ficou me olhando enquanto eu lhe afagava a trêmula caixa torácica e a fronte suada e febril.

"Ei", sussurrei quando ele revirou os olhos. "Ei, você não está sozinho, Clarence. Ouviu? Você não está sozinho."

A boca se escancarou como se ele fosse bocejar, e um tremor percorreu-lhe o corpo das patas à cabeça em brasa.

"Puta que pariu", disse eu quando ele morreu. "Puta que pariu."

28

"Quero queimá-lo vivo", eu disse a Angie pelo celular. "Quero passar fogo nos joelhos dele."
"Acalme-se."
Eu estava sentado na sala de espera da clínica veterinária, para onde Vanessa pediu que levasse Clarence. Eu levara o corpo inerte e o colocara numa fria mesa de metal. Depois, tendo visto no olhar de Vanessa o desejo de que eu saísse, voltei para a sala de espera.
"Quero arrancar a cabeça dele e mijar em seu pescoço."
"Você está falando como Bubba."
"Estou me sentindo como Bubba. Quero vê-lo morto, Ange. Quero que ele suma. Quero acabar com isso agora."
"Então *pense*", disse ela. "Não dê uma de troglodita comigo. Pense. Onde está ele? Como podemos encontrá-lo? Verifiquei as casas da lista. Ele não está..."
"Ele é carteiro", disse eu.
"O quê?"
"Ele é carteiro", repeti. "Daqui mesmo, de Back Bay."
"Você está brincando."
"Não. Wetterau morava em Back Bay. Karen estava sempre na casa dele. Segundo a pessoa que dividia um apartamento com ela, Karen só ia em casa para pegar roupa e correspondência."
"Você quer dizer então que ele *enviou* a correspondência dela...", disse Angie.
"Do bairro de Wetterau. Em Back Bay. O doutor Dawe

também postava todas as suas remessas em caixas de correio de Back Bay. Os endereços de destino não interessam, porque a correspondência era interceptada antes mesmo de lá chegar. Vanessa mora em Back Bay. De repente sua correspondência parou de chegar aos destinatários. Nós superestimamos esse bundão. Ele não está movendo mundos e fundos para espalhar o caos na correspondência das pessoas. Ele a rouba na fonte."

"Um diabo dum carteiro."

A porta do consultório se abriu, e eu vi Vanessa encostar-se no batente, ouvindo alguma coisa que o veterinário lhe dizia.

"Tenho de ir", disse eu a Angie. "Até daqui a pouco."

Rosto pálido e machucado, Vanessa saiu do consultório a passos duros de autômato.

"Estricnina", disse ela quando me aproximei. "Injetada em pedações de carne de boi de primeira. Foi assim que ele matou meu cachorro, segundo o veterinário."

Tentei pôr a mão em seu ombro, mas ela se esquivou.

"Estricnina", repetiu ela, dirigindo-se à saída. "Ele envenenou meu cachorro."

"Falta pouco, Vanessa", disse eu quando saímos. "Logo vou pegá-lo." Ela parou nos degraus de pedra, olhou para mim com um sorriso espectral — aéreo e irreal. "Que bom para você, Patrick, porque não tenho mais nada que ele possa me tirar. Diga isso a ele da próxima vez que vocês conversarem, está bem? Não me restou nada."

"Um carteiro", disse Bubba.

"Pense no seguinte", disse eu. "Nós o consideramos onipotente, mas na verdade seu poder é limitado. Ele só tinha acesso aos arquivos médicos via Diane Bourne e Miles Lovell e à correspondência das pessoas que moram em Back Bay. Isso significa que ele trabalha no serviço de triagem do correio central — e nesse caso ele teria de revirar várias centenas e milhares de cartas para encontrar as que lhe interessavam — ou..."

"Ele entrega as cartas nessa área", disse Bubba.

Neguei com a cabeça. "Não, pois assim ele teria de ficar mexendo na correspondência em público. A coisa não funcionaria."

"Ele dirige uma caminhonete", disse Angie.

"Uma caminhonete... Ele sai numa caminhonete recolhendo a correspondência das caixas de correio azuis e pondo cartas nas caixas verdes. É isso mesmo. É isso o que ele faz."

"Odeio carteiros", disse Bubba.

"Só porque eles odeiam seus cachorros", disse Angie.

"Talvez esteja na hora de ensinar os cachorros a odiá-los também."

Bubba balançou a cabeça. "Ele envenenou o cachorro?"

Balancei a cabeça, confirmando. "Eu já vi seres humanos morrerem, mas mesmo assim aquilo me pegou."

"Os seres humanos não são capazes de amar como os cachorros", disse Bubba. "Os cachorros, sabe?", disse ele num tom quase de ternura que eu nunca ouvira nele. "A única coisa que eles sabem fazer, quando você os trata bem, é amar você."

Angie estendeu o braço e bateu de leve em sua mão, e ele lhe respondeu com aquele seu sorriso brando e enternecedor.

Então ele se voltou para mim, e o sorriso se transformou numa máscara de perversidade: "Ah, rapaz, rapaz. Você tem idéia de quantas coisas podemos fazer para foder com esse cara?".

Ele levantou a mão e eu bati nela com a minha. "Umas mil", disse eu. "Só para começar."

Você pode ficar sentado numa das mais belas ruas do país, e se a contemplar por muito tempo ela começa a lhe parecer feia. Angie e eu ficamos sentados por duas horas dentro do carro na Beacon Street, a meio caminho entre a Exeter e a Fairfield, as caixas do correio cinqüenta metros à nossa direita, e durante esse tempo pude apreciar à vontade os casarões de sombrias fachadas cinzentas e os negros gradis de ferro batido sob os caixilhos brancos e brilhantes das janelas dos sótãos. Aspirei deliciado os perfumes estivais da flora exuberante e admirei a forma como os grossos pingos de chuva gotejavam das árvores e retiniam nas calçadas como moedas. Eu seria capaz de dizer quantos edifícios tinham jardins suspensos e quantos tinham apenas jardineiras junto às janelas — edifícios ocupados por homens e mulheres de negócios, jogadores de tênis, atletas, donos de animais e artistas que se precipitavam porta afora com camisas manchadas de tinta, para logo voltarem com sacolas cheias de pincéis de pêlos de marta.

Infelizmente, depois de uns vinte minutos aquilo começou a me cansar.

Um carteiro passou por nós vestido numa capa de chuva, a sacola de correspondências sacolejando e batendo na coxa. "Ao diabo com isso. Vamos sair e perguntar a ele."

"Claro", disse eu. "Não há o menor risco de ele ir contar para Wesley que andam perguntando por ele."

O carteiro subiu alguns degraus escorregadios com todo o cuidado, chegou ao patamar da escada, pôs a sacola à sua frente e ficou mexendo dentro dela.

"O nome dele não é Wesley", lembrou-me Angie.

"É o único nome que temos até agora", disse eu. "Você sabe o quanto odeio mudanças."

Angie tamborilou com os dedos no painel do carro e disse: "Merda, odeio esperar", pôs a cabeça para fora do carro e deixou a chuva cair em seu rosto.

Vê-la assim com o corpo inclinado, as pernas de lado e as costas arqueadas me trouxe recordações da época em que éramos amantes e me provocou a sensação de que o carro era quatro vezes menor. Virei a cabeça e fiquei olhando a rua através do pára-brisa.

Ela pôs a cabeça para dentro e disse: "Quando foi a última vez que tivemos um dia de sol?".

"Em julho", disse eu.

"Na época do El Niño?"

"Aquecimento global."

"Ou conseqüência de um novo deslocamento da calota polar", disse ela.

"Ou o sinal anunciador de um dilúvio bíblico. O negócio é pegar a arca."

"Se você fosse Noé e Deus lhe desse a possibilidade de escolher, o que você levaria?"

"Na arca?"

"*Sí.*"

"Um videocassete e todos os meus filmes dos irmãos Marx. E acho que não conseguiria sobreviver por muito tempo sem meus CDs dos Stones e do Nirvana."

"Trata-se de uma *arca*", disse ela. Onde você iria conseguir eletricidade no fim do mundo?"

"Geradores portáteis não estarão disponíveis?"

Ela balançou a cabeça.

"Merda", disse eu. "Então não sei se queria estar vivo."

"Estou falando de pessoas", disse ela num tom de cansaço. "Quem você levaria?"

"Ah, *pessoas*", disse eu. "Você devia ter explicado isso. Sem as fitas dos irmãos Marx e as músicas? Bom, então teria de ser gente divertida e festeira."

"Claro."

"Vamos ver", disse eu. "Chris Rock para me fazer rir. Shirley Manson para cantar..."

"Jagger não?"

Balancei a cabeça vigorosamente. "Nem pensar. Ele é atraente demais. Ele acabaria com minhas chances com as gatas."

"Ah, então teria mulheres?"

"Tem de ter", disse eu.

"E você seria o único homem?"

"Eu teria de dividir?", perguntei, franzindo o cenho.

"Homens...", disse ela balançando a cabeça.

"Qual é o problema? A arca é minha. Eu que construí o diabo da embarcação."

"Pelo que vi de seus talentos de marceneiro, ela não vai conseguir nem sair do porto", disse ela com uma risadinha, virando-se no banco. "E quanto a mim? E quanto a Bubba e Devin, Oscar, Richie e Sherilynn? Você iria deixar que nos afogássemos para ficar brincando de Robinson Crusoé com as gatas?"

Voltei-me e percebi o brilho malicioso e alegre em seus olhos. Cá estávamos nós enfiados naquele carro, numa missão de vigilância chatíssima, falando abobrinhas de vez em quando, e de repente senti que estava retomando o gosto pelo trabalho.

"Não imaginei que você quisesse vir", disse eu.

"Eu iria me afogar?"

"Então", disse eu, mexendo-me no banco, levantando uma perna do piso do carro, e nossos joelhos se tocaram. "Você quer dizer que se eu fosse um dos últimos caras do planeta..."

Ela riu. "Mesmo assim você não teria a menor chance comigo."

Mas ela não se afastou ao dizer isso. Ao contrário, aproximou um pouco mais a cabeça.

E então tive a impressão de sentir um súbito sopro de ar fresco em meu peito, que tudo limpou à sua passagem — tudo o que lá se prendera e me maltratava desde que Angie fora embora de meu apartamento carregando suas últimas malas.

A alegria fugiu de seus olhos, dando lugar a alguma coisa mais calorosa, porém mais instável e incerta.

"Sinto muito", disse eu.

"Sente o quê?"

"Sobre o que aconteceu naquele bosque, no ano passado. O que aconteceu com aquela menina.

Ela me olhou os olhos. "Já não tenho certeza de que eu tinha razão."

"Como assim?"

"Talvez ninguém tenha o direito de se tomar por Deus. Veja o caso dos Dawe."

Sorri.

"Qual é a graça?"

"É que...", comecei, tomando os dedos de sua mão direita na minha. Ela piscou, mas não os retirou. "É que nos últimos nove meses me inclinei a ver as coisas mais do seu ponto de vista. Talvez *tenha sido* um erro, afinal de contas. Talvez devêssemos tê-la deixado onde estava. Aos cinco anos de idade, ela finalmente estava feliz."

Ela deu de ombros, afagou a minha mão. "Nunca poderemos ter certeza, não é?"

"Quanto a Amanda McCready?"

"Quanto a nada. Às vezes fico me perguntando se quando estivermos velhos, de cabelo grisalho, finalmente vamos nos reconciliar com aquilo que fizemos, com todas as nossas escolhas, ou ficaremos lamentando as coisas que poderíamos ter feito e não fizemos."

Fiquei imóvel, olhos fitos nos dela, esperando que ela terminasse de me sondar e de ler em meu rosto as respostas que procurava.

Ela inclinou a cabeça levemente, e seus lábios se entreabriram.

E uma caminhonete branca do Correio avançou sob a chuva à minha esquerda, passou devagar à nossa frente, ligou o pisca-alerta e estacionou em fila dupla na frente das caixas de correio, cinqüenta metros adiante.

Angie se afastou e eu virei o corpo para a frente.

Um homem de capa de chuva branca com capuz por cima do uniforme azul e branco do Correio saiu do lado direito da caminhonete. Estava com uma caixa de plástico branco na mão, protegida da chuva por um saco de lixo pregado na parte de cima com fita adesiva. O homem aproximou-se das caixas de correio, colocou o engradado a seus pés, e abriu a verde com uma chave.

314

Quase todo o rosto estava encoberto pela chuva e pelo capuz, mas quando ele começou a tirar a correspondência para pôr na caixa de correio, consegui ver seus lábios — grossos, vermelhos e cruéis.

"É ele", disse eu.

"Tem certeza?"

Fiz que sim. "Cem por cento. É Wesley."

"Ou o Artista que Se Faz Passar por Wesley, como gosto de chamá-lo."

"Isso porque você precisa de atendimento psiquiátrico."

Enquanto eu o olhava encher a caixa verde, seu colega desceu as escadas de uma casa com fachada de arenito pardo e o chamou. O colega foi a seu encontro junto às caixas de correio. Eles trocaram algumas palavras, levantaram a cabeça e deram uma gargalhada.

Eles ainda ficaram de papo mais um minuto, e então Wesley lhe fez um aceno, entrou na caminhonete e partiu.

Abri a porta do carro, deixando o grito de surpresa de Angie para trás, e corri pela calçada, mão levantada, gritando "Espere! Espere!". A caminhonete de Wesley chegou ao sinal verde na Fairfield e seguiu em frente, entrou na fila da esquerda para entrar em Gloucester.

O outro carteiro olhou para mim apertando os olhos quando me aproximei dele.

"Perdeu o ônibus, amigo?"

Curvei o corpo para a frente como para tomar fôlego. "Não, aquela caminhonete."

Ele estendeu a mão. "Eu levo."

"O quê?"

"Sua carta. Você está querendo enviar alguma coisa, certo?"

"Ahn? Não", disse eu. Com um gesto de cabeça, indiquei a final da Beacon Street no instante em que Wesley entrava em Gloucester. "Vi vocês dois conversando aqui, e acho que ele é meu antigo colega de quarto. Faz dez anos que não o vejo."

"Scott?"

Scott.

"Sim", disse eu. "Scottie Simon!", disse eu batendo palmas como se estivesse muito contente.

O carteiro balançou a cabeça. "Sinto muito, amigo."

"O quê?"

"Aquele não é seu companheiro."

"Era, sim", disse eu. "Aquele homem era Scott Simon, não há dúvida. Eu o reconheceria até no fim do mundo."

O carteiro bufou. "Sem querer ofender, meu senhor, mas precisa consultar um oftalmologista. O nome dele é Scott Pearse, e nunca ninguém o chama de Scottie."

"Diabo", disse eu tentando parecer decepcionado enquanto meu corpo vibrava como se percorrido por uma corrente elétrica.

Scott Pearse.

Te peguei, Scott. Diabo, eu te peguei.

Você queria brincar? Bem, o jogo de esconde-esconde acabou. Vamos começar a jogar a sério, seu filho-da-puta.

29

Passei a semana na cola de Scott Pearse — seguindo-o no caminho para o trabalho toda manhã, e de volta para casa toda noite. Angie o seguia durante o dia enquanto eu dormia. Eu o deixava quando ele pegava a caminhonete na garagem na A Street, e voltava a segui-lo quando ele saía do centro de triagem, margeando o Fort Point Channel depois de sua última coleta de correspondência do dia. Sua rotina, pelo menos naquela semana, foi de uma monotonia exasperante.

De manhã ele saía da A Street, a caminhonete carregada de grandes pacotes, que ele tinha de distribuir nas caixas verdes de Back Bay, das quais eram retirados e entregues de porta em porta pelos carteiros que trabalhavam a pé. Segundo Angie, depois de uma refeição no meio da tarde, ele saía novamente, agora com a caminhonete vazia, e ia recolhendo a correspondência das caixas azuis. Terminado esse trabalho, ele entregava a correspondência no serviço de triagem e ia embora.

Ele tomava uma única dose de uísque toda noite com seus colegas carteiros no Celtic Arms, na Otis Street. Sempre ia embora depois de tomar um único drinque, por mais que os colegas tentassem obrigá-lo a ficar um pouco mais, e sempre deixava dez dólares por conta do Laphroaig e da gorjeta.

Então ele pegava a Summer Street e seguia a Atlantic até a Congress, onde dobrava à direita. Cinco minutos depois já estava em seu loft da Sleeper Street, permanecia lá e apagava as luzes para dormir às onze e meia.

Tive de fazer um esforço para me acostumar a pensar nele como sendo Scott, e não Wesley. O nome Wesley combinava bem com ele: aristocrático, pretensioso e frio. Scott parecia muito insignificante, estilo classe média. Wesley é o nome do cara que você conheceu na faculdade, era capitão do time de golfe e não gostava de pretos em suas festas. Scott é o sujeito que andava de camiseta justa e bermuda de cores berrantes, organizava torneios esportivos e vomitava no banco de trás de seu carro.

Mas depois de algum tempo observando-o agir mais como um Scott do que como um Wesley — vendo televisão sozinho, lendo numa poltrona reclinável de couro sob um abajur regulável no meio de seu loft, tirando comida pronta do freezer e esquentando-a no microondas, comendo no balcão da cozinha —, eu terminei por me acostumar com a idéia de Scott. Scott, o Sinistro. Scott, o Escroto. Scott, o Homem Marcado para Morrer.

Na primeira noite em que o segui, descobri uma escada de incêndio com acesso para o telhado atrás do edifício fronteiro ao seu. Seu loft ficava no quarto andar, dois andares abaixo do meu posto de observação, e Scott Pearse só colocara cortinas nas janelas do quarto e do banheiro. Assim, eu podia ver claramente a espaçosa sala de estar, a cozinha, a copa, as fotografias em preto-e-branco emolduradas penduradas nas paredes. Eram fotos de paisagens geladas, árvores desfolhadas e rios congelados que serpenteavam sob moinhos, uma imensa caçamba de lixo em primeiro plano tendo ao fundo, bem longe, a torre Eiffel, Veneza em dezembro, Praga numa noite escura e chuvosa.

Enquanto eu movia o binóculo de uma para outra, me vinha a certeza de que o próprio Scott Pearse tirara aquelas fotos. Todas foram feitas com grande cuidado quanto à composição, todas tinham uma beleza impessoal, clínica, e eram todas frias como a morte.

Em todas as noites em que o observei, ele nunca fez uma coisa fora do comum, e isso só por si já começou a me parecer estranho. Talvez do quarto ele fizesse ligações para Diane Bourne ou outros comparsas seus, escolhesse a próxima vítima ou planejasse a próxima ofensiva contra Vanessa Moore ou contra alguém que me fosse caro. Talvez mantivesse alguém amarrado à coluna de sua cama. Pode ser também que, quando eu imaginava que tinha ido dormir, ele ficasse lendo relatórios psiquiátricos e correspondência roubada. Pode ser. Mas não enquanto eu o estava observando.

Angie constatara esse mesmo comportamento nos dias em que lhe coube vigiá-lo. Pearse nunca se demorava na caminhonete o bastante para ter tempo de violar nenhuma correspondência que recolhera na segunda metade de seu turno de trabalho.

"Ele age de forma irrepreensível", comentou Angie.

Felizmente, não se podia dizer o mesmo de nós, e a única feliz ironia daquela semana foi que Angie conseguiu o número do telefone de Pearse violando a caixa de correspondência dele, na Sleeper Street, e examinando a conta telefônica.

Mas, fora isso, nada. Sua vida começou a me parecer impenetrável.

Conseguir entrar no loft estava fora de questão. Não havia meio de instalar microfones ali. Toda noite, ao entrar, Scott Pearse desligava um alarme atrás da porta da frente. Havia câmeras de vídeo nos cantos superiores do loft, que eram ligadas automaticamente — era o que eu desconfiava — na ocorrência de qualquer movimento. Ainda que conseguíssemos superar todos esses obstáculos, eu não tinha dúvidas de que Scott Pearse providenciara outros esquemas de defesa que eu não podia ver — planos de emergência para o caso de falha dos outros planos de emergência.

Eu estava começando a me perguntar, enquanto ficava no teto noite após noite, lutando contra o sono, sem vê-lo fazer nada de nada, se não era ele quem nos observava. Se ele não sabia que o tínhamos descoberto. Não era muito provável, mas na verdade bastaria uma frase do carteiro que abordei na rua para pô-lo de sobreaviso. Alguma coisa como: "*Ei, Scott, um cara pensou que você era um antigo colega de quarto dele, mas eu o convenci de que você não era*".

Certa noite Scott Pearse foi até a janela. Bebericando o seu uísque, ele olhou para a rua lá embaixo, levantou a cabeça e olhou diretamente em minha direção. Mas não era para mim que ele olhava. Numa sala fortemente iluminada, em meio à escuridão circundante, a única coisa que ele podia ver era seu próprio reflexo.

Ele devia estar fascinado com a própria imagem, porém, porque ficou olhando em minha direção por longo tempo. Então levantou o copo, como se fazendo um brinde, e sorriu.

Providenciamos a saída de Vanessa do apartamento à noite. Nós a fizemos descer pelo elevador de serviço, atravessar o corredor reservado ao pessoal da manutenção, sair por uma porta que dava para uma ruela atrás do edifício e finalmente entrar na van de Bubba. Vanessa, ao contrário da maioria das mulheres que entrassem numa van e deparassem com Bubba dentro dela, não pestanejou, não se deixou perturbar nem procurou ficar o mais longe possível dele. Ela se sentou no banco entre o assento do motorista e as portas de trás e acendeu um cigarro.

"Ruprecht Rogowski", disse ela. "Certo?"

Bubba reprimiu um bocejo com o punho. "Ninguém me chama de Ruprecht."

Ela estendeu a mão no momento em que Angie dava a partida no carro. "Desculpe. Então o chamo de Bubba?"

Ele fez que sim com a cabeça.

"O que você está fazendo no meio de toda esta confusão, Bubba?"

"O cara matou um cachorro. Eu gosto de cachorros."

Ele se inclinou para a frente, os cotovelos apoiados nos joelhos. "Deixe-me perguntar-lhe uma coisa: você se incomoda de ficar confinada com um débil mental que sofre do que eles chamam de 'tendências anti-sociais'?"

Ela sorriu. "Você sabe o que é que faço para ganhar a vida?"

"Claro", disse Bubba. "Você conseguiu tirar meu amigo Nelson Ferrare da cadeia."

"Como está o senhor Ferrare?"

"Na mesma", disse Bubba.

Naquele mesmo instante, o citado Nelson estava tomando o meu lugar no telhado do edifício fronteiro ao de Scott Pearse. Ele acabara de voltar de Atlantic City, onde se apaixonara por uma garçonete que correspondeu ao seu amor até o dinheiro dele acabar. Agora ele estava de volta à cidade, disposto a fazer qualquer coisa em troca de um pouco de dinheiro para voltar para a sua garçonete e ficar sem dinheiro novamente.

"Ele ainda se apaixona por todas as mulheres que encontra?", perguntou Vanessa.

"Sim", disse Bubba passando a mão no queixo. "Para que tudo fique bem claro, vou lhe dizer qual é o programa: vou ficar grudado em você feito um chato."

"Feito um chato", disse Vanessa. "Que simpático."

"Você vai dormir na minha casa", disse Bubba, "comer comigo, beber comigo, e eu irei com você ao fórum. Enquanto o carteiro não for abatido, você nunca vai ficar fora das minhas vistas. Vá se acostumando com isso."

"Mal posso esperar", disse Vanessa, depois se virou no banco e se dirigiu a mim. "Patrick?"

Voltei-me no banco ao lado do motorista e olhei para ela. "Sim?"

"Você decidiu não cuidar da minha segurança pessoalmente?"

"Nós tivemos um relacionamento. Isso significa que estou envolvido emocionalmente. Isso faz de mim o pior candidato para esse trabalho."

Ela lançou um olhar furtivo a Angie, que estava entrando na Storrow Drive. "Muito envolvido, hein?", disse ela. "Claro."

"Scott Pearse", disse Devin na noite seguinte no Nash's Pub, na Dorchester Avenue, "nasceu nas Filipinas de pais militares baseados em Subic Bay. Cresceu rodando pelo mundo." Ele abriu seu caderno de anotações e folheou-o até encontrar a página que procurava. "Alemanha Oriental, Coréia do Norte, Arábia Saudita, Cuba, Alasca, Geórgia e finalmente Kansas."

"Kansas?", disse Angie. "Missouri não?"

"Kansas", repetiu Devin.

Oscar Lee, o parceiro de Devin, cantarolou: "*Surrender, Dorothy, surrender*".

Angie olhou para ele, semicerrou os olhos e balançou a cabeça.

Oscar deu de ombros, pegou o charuto apagado do cinzeiro e o acendeu novamente.

"O pai era coronel", disse Devin. "Coronel Ryan Pearse, do Serviço de Inteligência do Exército, missão secreta." Ele olhou para Oscar. "Mas nós temos nossas fontes de informação."

Oscar olhou para mim e apontou o charuto para o parceiro. "Já notou que o branquinho ali sempre diz 'nós' quando se refere a mim e a minhas fontes?"

"É uma questão de raça", disse Devin.

Oscar bateu a cinza do charuto. "O coronel Pearse trabalhava nas Ops Psi."

"Em quê?"

"Nas Operações Psicológicas", disse Oscar. "O cara que é pago para bolar novas formas de tortura contra o inimigo, difundir informações estratégicas falsas e ferrar com a cabeça das pessoas."

"Scott era filho único?"

"Sim", disse Devin. "A mãe se divorciou do pai quando o filho tinha oito anos, mudou-se para um conjunto habitacional de baixo padrão em Lawrence. Seguiram-se mandados contra o pai. Ela o levou aos tribunais algumas vezes, e aí é que a coisa começa a ficar engraçada. A mulher acusa o pai de Scott de usar técnicas psicológicas contra ela, fodendo com sua cabeça, tentando fazer com que todos pensem que enlouqueceu. Mas ela não tem provas. Finalmente o pai consegue suspender os mandados, consegue autorização para encontrar-se com Scott duas vezes por mês, e um dia o menino, à época com uns onze anos, chega em casa e encontra a mamãe no sofá da sala com os pulsos cortados."

"Suicídio", disse Angie.

"Sim", disse Oscar. "O menino vai morar com o pai na base, ingressa nas Forças Especiais quando completa dezoito anos, consegue uma DH depois..."

"Uma o quê?"

"Desmobilização honrosa", disse Oscar, "depois de ter servido no Panamá no conflito-relâmpago que houve por lá em 1989. E isso me deixou curioso."

"Por quê?"

"Bem", disse Oscar, "esses caras das Forças Especiais são militares de carreira. Eles não servem uns poucos anos e simplesmente dão o fora, como um recruta qualquer. Eles visam a CIA ou o Pentágono. Além do mais, Pearse devia ter voltado do Panamá coberto de glória: ele participara de uma batalha de verdade, entende?"

"Mas?", disse Angie.

"Mas não foi o que aconteceu", disse Oscar. "Então eu liguei para outro informante meu" — disse ele lançando um olhar a Devin —, "e ele andou fuçando e descobriu que o amiguinho de vocês, Pearse, foi expulso."

"Por quê?"

"A unidade do tenente Pearse, sob seu comando imediato, atingiu o alvo errado. Ele quase foi submetido à corte marcial por ter dado as ordens. Afinal, Scott devia ter amigos influentes, porque ele e sua unidade saíram com o equivalente militar de uma indenização por rescisão de contrato de trabalho. Mais as honrarias, mas nada de Pentágono ou de CIA para aqueles caras."

"Que alvo?", disse Angie.

"Eles deviam invadir um edifício que se supunha abrigar membros da polícia secreta de Noriega. Em vez disso, invadiram um edifício próximo."

"E aí?"

"Eles acabaram com um bordel às seis da manhã. Metralharam todos que estavam lá. Dois clientes, ambos panamenhos, e cinco prostitutas. Disseram que o amiguinho de vocês meteu a baioneta nos cadáveres das mulheres antes de incendiarem o bordel. Isso é tudo boato, note bem, mas é o que minha fonte lembra de ter ouvido."

"E o Exército não abriu um processo", disse Angie.

Oscar olhou para Angie como se ela estivesse bêbada. "Isso aconteceu no Panamá, já esqueceu? Lá mataram nove vezes mais civis que militares, e tudo para capturar um traficante de drogas que tinha tido ligações com a CIA durante a gestão de um presidente que dirigira a CIA. A história já era suspeita demais para eles se arriscarem a chamar ainda mais a atenção. A regra de combate é simples — se houver fotógrafos ou gente da imprensa por perto, tudo bem: você fez, você paga. Mas, se não, se você acerta o cara errado ou a aldeia errada?" Ele deu de ombros. "Essas coisas acontecem. Ponha fogo em tudo e vá embora em marcha acelerada."

"Cinco mulheres", disse Angie.

"Oh, não foi ele quem matou as cinco", disse Oscar. "Entrou o grupo todo e abriu fogo. Nove caras disparando dez balas por segundo."

"Não, ele não matou todas as mulheres", disse Angie. "Ele só quis se assegurar de que estavam todas mortas."

"Com uma baioneta", acrescentei.

"Bem, é verdade", disse Devin acendendo um cigarro. "Se só existisse gente boa no mundo, a gente perdia o emprego. De qualquer modo, Scott Pearse dá baixa, volta para os Estados Unidos, fica morando com o pai, já reformado, durante uns poucos anos, então o pai morre do coração. Alguns meses depois, Scott ganha um prêmio na loteria."

"Como assim?"

"Ele ganhou o prêmio da loteria do estado do Kansas."

"Conversa."

Ele balançou a cabeça e levantou a mão. "Juro pela minha mãe. A boa notícia é que ele acertou os seis números sorteados, e o prêmio era de um milhão e duzentos. A má notícia é que houve mais oito acertadores. Então ele recebeu a parte que lhe coube, uns oitenta e oito mil depois de descontado o imposto de renda, e comprou um Shelby preto GT-500 68 numa loja de carros antigos, apareceu em Boston no verão de 1992 e prestou o exame para o Correio. E daí em diante, pelo que sabemos, ele se comportou como um cidadão exemplar."

Oscar fitou a caneca e o copinho vazios, depois falou para o parceiro: "Tomamos mais uma?".

Devin balançou a cabeça vigorosamente. "É por conta deles."

"Ótimo!", exclamou Oscar acenando para o garçom e fazendo um gesto circular com o dedo para pedir outra rodada.

O garçom ficou todo contente. Claro que só podia estar contente. Quando a despesa era por minha conta, Oscar e Devin só bebiam o que havia de melhor. E entornavam tudo feito água. E pediam mais e mais.

Quando recebi a conta, me perguntei quem tinha lucrado mais naquela noitada. E se eu não estourara o limite do cartão de crédito. E por que eu não podia ter amigos normais que tomam chá.

"Vocês querem saber como o Serviço Postal dos Estados Unidos responde às reclamações sobre os muitos objetos postais que não chegam ao destino?", perguntou-nos Vanessa Moore.

"Por favor, conte-nos", disse Angie.

Estávamos no primeiro andar do depósito de Bubba, que lhe serve de moradia. A primeira terça parte do piso é minada com explosivos porque... bem, porque Bubba é doido de pedra, mas ele se dispôs a desativá-los enquanto Vanessa estivesse lá.

Vanessa bebericava café no balcão que começa na máquina de *pinball* e termina na cesta de basquetebol. Ela acabara de tomar um banho, e seu cabelo ainda estava molhado. Vestia uma blusa preta, calça jeans rasgada, pés descalços, e apertava um colar de prata entre os dedos enquanto girava devagar a banqueta de um lado para outro.

"O correio responde a sua queixa primeiro reconhecendo que às vezes a correspondência se perde. Como se não soubéssemos. Quando eu disse que dez cartas, enviadas para dez destinatários, não chegaram ao destino, eles me aconselharam a procurar o Centro de Distribuição, embora não soubessem se ia adiantar alguma coisa. O Centro de Distribuição informou que iria mandar um investigador interrogar meus *vizinhos*, para ver se tinham alguma coisa a ver com aquilo. Eu disse: 'Eu mesma pus a carta na caixa do correio'. Eles me responderam que se eu lhes desse uma lista dos endereços dos destinatários, eles mandariam alguém interrogar os vizinhos destes."

"Você só pode estar brincando", disse Angie.

Ela arregalou os olhos e balançou a cabeça. "Era puro Kafka. Quando eu disse 'Por que vocês não investigam o mensageiro ou o motorista que faz o percurso?', eles disseram 'Quando ficar provado que ninguém mais está envolvido...'. Aí eu: 'Você está me dizendo que quando se perde uma correspondência a presunção de culpa é contra qualquer um, *menos* contra a pessoa encarregada de entregá-la?'."

"Conte a eles qual foi a resposta que lhe deram", disse Bubba chegando à cozinha e às proximidades do balcão, vindo de algum lugar nos fundos.

Ela sorriu para ele e olhou para nós. "Eles disseram: 'Então, quer fazer o favor de nos passar a lista de seus vizinhos, minha senhora?'."

Bubba foi à geladeira, abriu o freezer e tirou uma garrafa de vodca. Quando ele fez isso, notei que o cabelo acima de sua nuca estava úmido.

"Que bosta de correio", disse Vanessa ao terminar o café. "E eles não entendem por que todo mundo está preferindo e-mails, Federal Express, e pagar as contas pelo computador."

"Mas o selo custa apenas trinta e três centavos", disse Angie.

Vanessa girou na banqueta do balcão enquanto Bubba se aproximava com a garrafa de vodca.

"Deve ter uns copos perto de seus joelhos", disse-lhe ele.

Vanessa abaixou os olhos e mexeu sob o balcão.

Bubba, garrafa de vodca suspensa na mão, ficou observando o jeito como o cabelo molhado de Vanessa se derramava pelo pescoço, depois olhou para mim. Em seguida olhou para o balcão, enquanto Vanessa colocava quatro copinhos sobre o tampo de madeira.

Olhei para Angie. Ela estava observando os dois com os lábios ligeiramente entreabertos, um tanto perplexa.

"Acho que vou passar fogo nesse cara, e ponto final", disse Bubba enquanto Vanessa enchia os copinhos de vodca.

"O quê?", disse eu.

"Não", disse Vanessa. "Já falamos sobre isso."

"É mesmo?", disse Bubba. Em seguida tomou sua dose de um gole, pôs o copo no balcão, e Vanessa encheu-o novamente.

"Sim", disse Vanessa devagar. "Se eu tiver conhecimento de que alguém vai cometer um crime, sou obrigada, por juramento, a informar a polícia."

"Ah, bom", disse Bubba tomando a segunda dose. "Então esqueça."

"Seja bonzinho", disse Vanessa.
"Tá bom, tá bom."
Angie olhou para mim apertando os olhos. Resisti à tentação de pular do banco e sair correndo aos berros.
"Vocês querem ficar para jantar?", perguntou Vanessa.
Angie levantou-se sem jeito e sua bolsa foi parar no chão. "Não, nós... já estamos indo. Nós já jantamos. Então..."
Levantei-me. "Então, nós estamos..."
"De saída?", disse Vanessa.
"Isso mesmo", disse Angie apanhando a bolsa do chão. "Temos de ir."
"Vocês nem tocaram na bebida", disse Bubba.
"Você bebe por nós", disse eu, percebendo que Angie já estava na porta.
"Certo", disse Bubba tomando mais uma dose.
"Você tem limão aí?", perguntou Vanessa a Bubba. "Estou a fim de tomar uma tequila."
"Acho que posso arrumar alguns."
Cheguei à porta, olhei para trás e lancei um último olhar aos dois. A imponente silhueta de Bubba inclinava-se sobre a geladeira, e o corpo delgado de Vanessa, pousado sobre a banqueta do balcão, parecia ondular graciosamente em sua direção como uma voluta de fumaça.
"Até logo", gritou ela, olhos fitos em Bubba.
"Até", disse eu. E dei o fora dali como se perseguido por mil demônios.

Angie desandou a rir logo que saímos do depósito de Bubba. Era uma espécie de riso nervoso, compulsivo, quase como se estivesse drogada, que a forçava a dobrar o corpo e a dominou desde o buraco na cerca até o parquinho vizinho.
Ela conseguiu se controlar quando encostou no trepa-trepa, o olhar voltado para os grossos vidros das janelas de Bubba. Então enxugou os olhos e deu um longo suspiro, interrompido ainda por um ou outro riso.

"Meu Deus, meu Deus. *Sua* advogada e Bubba. Meu Deus. Não dá para acreditar."

Encostei-me nas barras de ferro ao lado dela. "Ela não é *minha* nada."

"Agora não é mais", disse ela. "Depois dele, ela não vai servir para homens normais."

"Ele é quase analfabeto, Ange."

"É verdade. Mas o cara é bem-dotado, Patrick", disse ela, arreganhando os dentes. "Está entendendo?"

"Você diz por experiência própria?"

Ela desandou a rir. "Bem que você queria, não é?"

"Então, como você sabe?"

"Os homens são capazes de dizer o tamanho do sutiã de uma mulher, mesmo que ela esteja com três suéteres e um casaco. Você acha que nós, mulheres, somos diferentes?"

"Ah", disse eu, o pensamento ainda no balcão de Bubba, Vanessa girando lentamente o banco, Bubba olhando seu cabelo derramando-se no pescoço.

"Bubba e Vanessa", disse Angie, "de mãos dadas."

"Puxa vida, pare com isso, tá?"

Ela apoiou a cabeça no trepa-trepa e virou-a para mim. "Está com ciúme?"

"Não."

"Nem um pouquinho?"

"Nem um nadinha."

"Mentiroso."

Voltei a cabeça para a direita e nossos narizes quase se tocaram. Ficamos calados por algum tempo, deixando-nos ficar encostados no trepa-trepa, nossas faces pressionadas contra as barras de metal, olhos nos olhos, enquanto o ar noturno acariciava a nossa pele. Ao longe, por trás de Angie, a lua cheia erguia-se no céu escuro.

"Você detesta meu cabelo assim?", sussurrou Angie.

"Não, só que..."

"Está curto demais?", disse ela sorrindo.

"Sim. Mas eu não amo você por causa do cabelo."

Ela mexeu um pouquinho o corpo, enfiou o ombro entre as barras de metal.

"Por que você me ama?"

Dei uma risadinha. "Você quer que eu lhe enumere todas as razões?"

Ela não disse nada, apenas ficou me olhando.

"Eu amo você, Ange, porque... não sei. Porque eu sempre amei. Porque você me faz rir. Muito. Porque..."

"O quê?"

Enfiei o ombro entre as grades, como ela fizera, pus a mão em seu quadril. "Porque desde que você me deixou passei a sonhar que você está dormindo ao meu lado. Eu acordo e ainda sinto o seu perfume, ainda estou meio dormindo, mas não tenho consciência disso, então eu estendo a mão para tocá-la, alcanço seu travesseiro, mas você não está ali. E eu fico lá deitado, às cinco da manhã, os passarinhos cantando lá fora, você não está ali e seu perfume vai sumindo pouco a pouco. Ele desaparece e apenas..." Limpei a garganta "Apenas eu estou ali. E lençóis brancos. Lençóis brancos e os desgraçados dos passarinhos, e isso dói, e a única coisa que posso fazer é fechar os olhos, deixar-me ficar ali, desejando não ter tanta vontade de morrer."

Seu rosto estava plácido, mas os olhos tinham um brilho de uma fina camada de vidro. "Isso não é legal", disse ela, passando a mão nos olhos.

"Nada é", disse eu. "Você quer dizer que entre nós as coisas não funcionam?"

Ela levantou a mão.

Eu disse: "E o que é que funciona, Ange?".

Ela abaixou a cabeça, ficou assim por longo tempo e por fim sussurrou: "Nada".

"Eu sei", disse eu com voz rouca.

Ela riu por entre lágrimas e enxugou os olhos novamente. "Eu também odeio as cinco da manhã, Patrick." Ela levantou a cabeça e me deu um sorriso com os lábios trêmulos. "Odeio tanto, tanto."

"É mesmo?"

"Sim. Sabe o cara com quem eu estava dormindo?"

"Trey", disse eu.

"Você fala como se o nome dele fosse um palavrão."

"O que tem ele?"

"Eu transava com ele, mas não queria que ele me abraçasse depois, sabe? Sabe quando eu me virava de costas para você e você passava um braço por trás do meu pescoço e outro no meu peito... Eu nunca aceitaria que outro fizesse isso."

A única resposta que me ocorreu foi: "Que bom".

"Senti falta de você", sussurrou ela.

"Senti falta de você."

"Sou cheia de luxos", disse ela. "Sou rabugenta, mal-humorada, odeio lavar roupa e não gosto de cozinhar."

"Eu sei", disse eu. "É verdade."

"Ei", disse ela. "Você também não é nenhuma perfeição, meu velho."

"Mas eu sei cozinhar", respondi.

Ela estendeu a mão e acariciou os pêlos de meu rosto — mais espessos que uma sombra, mais finos que uma barba — que mantive durante três anos para esconder as cicatrizes que Gerry Glynn me fez com uma navalha.

Ela passou e repassou o polegar, bem devagar, nos pêlos, apalpando delicadamente a carne devastada por baixo deles. Não são cicatrizes muito grandes, mas elas estão no meu rosto, e sou vaidoso.

"Posso barbear você esta noite?", ela perguntou.

"Uma vez você me disse que assim eu ficava mais sexy."

Ela sorriu. "Fica, sim, mas isso não é você."

Refleti sobre aquilo. Fazia três anos que eu usava aquele arremedo de barba. Três anos escondendo os ferimentos que recebi na pior noite de minha vida. Três anos escondendo do mundo meus defeitos e minha vergonha.

"Você quer me fazer a barba?", perguntei por fim.

Ela se inclinou para me beijar. "Entre outras coisas."

30

Angie me acordou às cinco da manhã, as mãos quentes no meu rosto recém-barbeado, sua língua abrindo a minha boca, enquanto afastava com os pés a massa confusa de lençóis e cobria o meu corpo, tanto quanto possível, com o seu.
"Você ouviu os passarinhos?", perguntou ela.
"Não", respondi, ainda sonolento.
"Eu também não."

Enquanto nos deixávamos ficar na cama, meu corpo enroscado no seu, a luz da manhã insinuando-se no quarto lentamente, eu disse: "Ele sabe que nós o estamos vigiando".
"Scott Pearse", disse ela. "Sim, também tenho essa impressão. Uma semana inteira na cola dele, e ele nem mesmo pára a caminhonete para tomar um café. Se ele anda violando a correspondência de alguém, não é em seu percurso." Ela virou o corpo em meus braços, e o roçar de sua pele na minha tinha o efeito de uma descarga elétrica. "Ele é esperto. Vai esperar que a gente se canse."
Tirei um fio de cabelo preso em seus cílios.
"É seu?", perguntou ela.
"Sim", eu disse atirando-o longe da cama. "Mas ele deu a entender que o tempo era uma coisa decisiva. Foi por isso que quis me encontrar na cobertura do estacionamento e tentou me comprar ou me intimidar — porque ele está pressionado pelo tempo."

"Certo", disse Angie. "Mas podemos imaginar que isso era quando ele pensava ter um acordo com os Dawe. Agora que o acordo se desfez, por que..."

"Quem disse que o acordo se desfez?"

"Christopher Dawe. Meu Deus, Pearse destruiu a filha deles. Depois disso eles não vão pagar mais nada. Ele já não tem como pressioná-los."

"Mas até Christopher Dawe imagina que ele pode voltar-se contra eles. Pode tentar destruir Carrie como destruiu Karen."

"Mas o que ele ganha com isso?"

"Não é só uma questão de ganhar alguma coisa", disse eu. "Acho que Christopher Dawe estava certo quanto a isso. Acho que é uma questão de princípios para Pearse. Ele considerava o dinheiro que extorquia como seu e não vai abrir mão disso."

Angie passou as costas dos dedos em meu abdome e em meu peito. "Mas como ele pode atingir Carrie Dawe? Se ela fazia terapia, duvido que fosse com a mesma terapeuta da filha. Assim sendo, ele não pode recorrer aos serviços de Diane Bourne. Os Dawe não moram na cidade, por isso ele não pode violar sua correspondência."

Apoiei-me no cotovelo. "É verdade que seu método habitual é invadir a privacidade de alguém via um psiquiatra e uma área postal. Mas isso é apenas o que está à mão, os pauzinhos que ele pode mexer com facilidade. Seu pai era especialista em foder com a cabeça das pessoas. Ele mesmo era das Forças Especiais."

"E daí?"

"Daí que eu acho que ele está sempre preparado. E, mais que isso, está sempre pronto para improvisar. E sempre trabalha com base em informações confidenciais. Isso está na base de tudo o que ele é e de tudo o que faz. Ele soube descobrir as pessoas certas de quem comprar informações sobre nós. Descobriu que eu prezo Bubba e usou isso contra mim. Descobriu que você é intocável por causa do seu avô. E, como não pôde me atingir através de Bubba, foi atrás de Vanessa. Ele não é todo-poderoso, mas é muito inteligente."

"Certo. E as informações que ele tem sobre os Dawe vieram de Wesley."

"Claro, mas essas informações são muito antigas. Mesmo que Wesley ainda esteja na jogada, financiando Pearse — vá saber —, suas informações são de dez anos atrás."

"Tem razão."

"Pearse precisaria de alguém que conhecesse bem os Dawe e os conhecesse agora. Alguém bastante próximo do médico. A melhor amiga da esposa. Ou uma..."

Lancei-lhe um olhar, ela ergueu o corpo apoiando-se nos dois cotovelos e dissemos juntos:

"Uma empregada".

Siobhan Mulrooney entrou no estacionamento da estação de Weston às seis da tarde, uma sacola de viagem ao ombro, cabeça baixa, andando depressa. Quando passou pelo Honda de Angie e me viu sentado no capô, acelerou o passo.

"Ei, Siobhan", disse eu, apertando o queixo entre o polegar e o indicador. "O que acha do meu novo visual?"

Ela me olhou por sobre o ombro e parou. "Não o reconheci, senhor Kenzie." Ela apontou para as longas cicatrizes róseas ao longo do meu queixo. "O senhor tem cicatrizes."

"Pois é", disse eu, descendo do capô. "Fui atacado por um homem, há alguns anos."

"Por quê?", disse ela, contraindo levemente os ombros à minha aproximação, como se quisesse fugir na direção oposta.

"Eu descobri que ele não era quem parecia ser. Isso o deixou furioso."

"Ele tentou matá-lo, não é?"

"Sim. Tentou matá-la também", disse eu, apontando

para Angie, que estava perto da escada de acesso à estação.

Siobhan olhou para ela, depois para mim. "Sujeito ruim, hein?"

"De onde você é, Siobhan?"

"Da Irlanda, claro."

"Do Norte, certo?"

Ela confirmou.

"A Terra dos Problemas", eu disse, carregando meu sotaque na última palavra.

Siobhan abaixou a cabeça quando cheguei perto dela. "Não brinque com isso, senhor Kenzie."

"Você perdeu parentes, não é?"

Ela olhou para mim e vi que seus olhinhos estavam ainda menores e mais escuros por causa da raiva. "Sim, gerações de parentes."

Sorri. "Eu também. Acho que foi o pai do avô do meu avô paterno que foi executado em Donegal em 1798, quando os franceses nos fizeram pagar o pato. Quanto ao meu avô materno — o pai da mamãe", disse eu com uma piscadela, "ele foi encontrado no celeiro de pernas quebradas, garganta cortada e a língua partida ao meio."

"Quer dizer que ele era um traidor, não era?", disse ela, o rosto crispado numa expressão de desafio.

"Ele era alcagüete", disse eu. "Sim. Ou então os orangistas fizeram isso para que se pensasse que ele era. Numa guerra como essa, sabe como é, às vezes as pessoas morrem e não se sabe ao certo por quê, até encontrá-las no outro mundo. Em outras épocas, as pessoas morrem sem motivo, porque o sangue esquentou, porque quanto maior o caos, mais fácil ficar impune. Ouvi dizer que lá a coisa ferveu mesmo foi depois do cessar-fogo. Todo mundo se atirando a assassinatos por vingança. Você sabia, Siobhan, que morreu mais gente na África do Sul nos dois anos que se seguiram ao fim do apartheid do que na época em que ele existia? O mesmo aconteceu na Iugoslávia, depois dos comunistas. Quer dizer, o fascismo não presta, mas mantém todo mundo na linha. Quando ele acaba, todos os rancores represados explodem. Muita gente morre por coisas de que já nem se lembram."

"Está querendo me dizer alguma coisa, senhor Kenzie?"

Balancei a cabeça. "São só coisas que me vieram à cabeça, Siobhan. Mas diga-me uma coisa: por que você deixou a velha Irlanda?"

Ela levantou a cabeça. "O senhor gosta da pobreza, senhor Kenzie? Gosta de perder metade de seus ganhos para o governo? Gosta de tempo eternamente frio e chuvoso?"

"Não vou dizer que sim", disse eu sacudindo os ombros. "Só que muitos partem do Norte e nem podem voltar, porque tem muita gente esperando que voltem para acabar com eles logo que descerem do navio. É o seu caso?"

"Quer saber se tem alguém me esperando para me fazer mal?"

"Sim."

"Não", ela disse, olhos fitos no chão, balançando a cabeça como se para melhor se convencer do que estava dizendo. "Não, eu não."

"Siobhan, pode me dizer quando Pearse vai atacar os Dawe? E talvez como ele planeja fazer isso?"

Ela se afastou de mim devagar, com um estranho meio sorriso no rosto pequeno. "Ah, não, senhor Kenzie. Tenha um bom dia, está bem?"

"Você não disse 'Quem é Pearse?'", disse eu.

"Quem é Pearse?", disse ela. "Agora está satisfeito?", perguntou, voltando-se e dirigindo-se à escada, a mochila de viagem balançando ao ombro.

Angie se afastou para deixá-la subir os degraus.

Esperei até que ela chegasse ao patamar do meio da escadaria.

"Como está o seu visto de permanência, Siobhan?"

Ela ficou como que paralisada, de costas para nós.

"Você conseguiu obter prorrogação de sua licença de trabalho? Porque ouvi dizer que o serviço de imigração está fazendo marcação cerrada contra os irlandeses. Principalmente nesta cidade. E é um troço chato, porque quem vai pintar as casas quando os mandarem de volta?"

Ela temperou a garganta e falou, ainda de costas para nós: "Vocês não fariam isso".

"Faríamos, sim", disse Angie.

"Vocês não podem fazer isso."

"Podemos, sim", disse eu. "Você tem de nos ajudar, Siobhan."

Ela fez um meio giro, olhou para mim do patamar. "E se eu não ajudar?"

"Eu ligo para um amigo meu da Imigração e você vai comemorar o Dia do Trabalho na velha cidade de Belfast."

31

"Ele recolhe informações sobre todo mundo", disse Siobhan. "Ele tem um dossiê sobre mim, sobre o senhor, e também sobre a senhorita Gennaro."

"Que contêm esses dossiês?", perguntou Angie.

"A rotina diária de cada um. Os pontos fracos. Oh...", disse ela abanando com a mão a fumaça do próprio cigarro, "... e muito mais. Tudo o que ele consegue descobrir sobre a vida das pessoas." Ela apontou o cigarro para Angie. "Ele ficou muito feliz quando ficou sabendo da morte de seu marido. Ele achou que tinha a senhora na mão."

"Como assim?"

"Achou que tinha os meios para destruir a senhora. Os meios para acabar com sua vida. Todo mundo tem alguma coisa que não consegue enfrentar. Mas aí ele descobriu que a senhora tem uns parentes muito poderosos, não é?"

Angie confirmou com um gesto de cabeça.

"Pois bem, naquele dia, o melhor a fazer era ficar longe de Scott Pearse, pode acreditar."

"Coitadinho", eu disse. "Deixe-me perguntar uma coisa: por que você quis conversar comigo da primeira vez que visitei os Dawe?"

"Para afastá-lo dele, senhor Kenzie."

"Foi por isso que você me fez ir atrás de Cody Falk."

Ela confirmou.

"Pearse achava que eu ia matá-lo e esquecer o caso?"

"Era uma coisa que bem podia acontecer, não acha?", disse ela olhando para a xícara de café.

"Diane Bourne é sua única fonte de relatórios psiquiátricos?", perguntei.

Siobhan balançou a cabeça. "Ele tem um comparsa que trabalha nos arquivos do Hospital McLean, em Belmont. Pode imaginar quantas pessoas são atendidas por ano no McLean, senhor Kenzie?"

O McLean era um dos maiores hospitais psiquiátricos do estado. Ele se encarregava de todas as internações, voluntárias e involuntárias, dispunha de alas abertas e fechadas, tratava todo tipo de distúrbio, desde dependência de drogas, inclusive álcool, até síndrome de fadiga crônica, esquizofrenia dissociativa paranóide com tendência a violência. O McLean tinha mais de trezentos leitos e uma média de três mil admissões por ano.

Siobhan reclinou-se no encosto do banco e passou os dedos cansados no cabelo curto. Nós tínhamos saído da estação e enfrentamos os engarrafamentos até Waltham, e lá paramos num restaurante da cadeia IHOP na Main Street. Às cinco e meia da tarde havia no estabelecimento apenas alguns clientes, e depois que pedimos um bule de café normal e um de café descafeinado, a garçonete mal-humorada ficou feliz em nos esquecer, deixando-nos entregues a nós mesmos.

"Como Pearse recruta seus colaboradores?", perguntou Angie.

Siobhan nos deu um riso mordaz. "Ele tem muito carisma, não acham?"

Angie deu de ombros. "Nunca o vi de perto", disse Angie.

"Então acredite no que digo", disse Siobhan. "O homem enxerga dentro de sua alma."

Fiz um esforço para não revirar os olhos.

"Ele se mostra seu amigo", disse Siobhan. "Depois seduz você, descobre seus pontos fracos — todas as suas falhas — e então tem você nas mãos. E aí você não tem escolha: faz o que ele manda ou é destruído por ele."

"E por que Karen?", disse eu. "Quer dizer, eu sei que

ele queria castigar os Dawe, mas, mesmo para um sujeito perverso como Pearse, a coisa me parece muito exagerada."

Siobhan levantou a xícara, mas não tomou o café. "Vocês ainda não perceberam?"

Eu e Angie negamos com a cabeça.

"Vocês estão me decepcionando, juro por Deus."

"Puxa", disse eu. "Essa doeu."

"A possibilidade de ter acesso a informações confidenciais, só isso."

"Isso já sabemos, Siobhan. Por que você acha que a procuramos?"

Ela balançou a cabeça. "Ah, eu... É fácil chegar até mim. Um pedaço de conversa aqui, uma olhada num extrato bancário ali. Scott despreza essas limitações."

"Então", disse Angie acendendo um cigarro, "Scott está querendo metade da fortuna dos Dawe..." Ela percebeu alguma coisa na expressão do rosto de Siobhan que a fez interromper-se no meio da frase. "Não, metade não seria bastante, não é, Siobhan? Ele quer toda a fortuna."

O gesto de confirmação de Siobhan foi quase imperceptível.

"Ele destruiu Karen porque ela era a herdeira."

Outro gesto apenas esboçado.

Angie deu uma tragada no cigarro e ficou olhando para ele. "Mas espere um pouco... Ele não conseguiria isso apenas fazendo-se passar por Wesley. Mesmo que os Dawe morressem e as circunstâncias não despertassem suspeitas, eles não deixariam sua fortuna para um filho que não vêem há dez anos. E, ainda que o fizessem, essa sua estratégia de fazer-se passar por Wesley não o levaria muito longe. Ele não conseguiria enganar os administradores dos bens do casal."

Siobhan olhou para ela com toda a atenção.

"Mas", disse Angie, agora falando bem devagar, "se ele destruir Christopher Dawe, mesmo assim ele não ganha nada."

Siobhan usou um fósforo de Angie para acender seu cigarro.

"A menos", disse Angie, "que ele tenha achado um meio de chegar a Carrie Dawe."

O nome saiu de sua boca e pareceu cair na mesa tão pesadamente quanto um prato.

"É isso mesmo", disse Angie. "Não é? Ele e Carrie estão mancomunados."

Siobhan jogou a cinza no cinzeiro. "Não, por um instante a senhora esteve bem perto de matar a charada."

"Então..."

"Ela o conhece pelo nome de Timothy McGoldrick", disse Siobhan. "Eles foram amantes durante dezoito meses. Ela nem imagina que ele é o mesmo sujeito que destruiu Karen e quer destruir seu marido."

"Merda", disse eu. "Tínhamos uma foto dele, outro dia, quando fomos à casa dos Dawe, mas ela não estava lá."

Angie bateu o salto do sapato no soalho de madeira. "Devíamos ter ido ao diabo do clube de campo com a foto."

Os olhos minúsculos de Siobhan aumentaram de volume. "Vocês têm uma foto dele?"

Fiz que sim. "Várias."

"Oh, ele não vai gostar disso. Ele não vai gostar nada disso."

Fingi estremecer e mostrei-lhe os dedos trêmulos. "Oooh."

Ela fechou a cara. "O senhor não tem idéia de como ele fica quando está com raiva."

Debrucei-me sobre a mesa. "Deixe-me dizer-lhe uma coisa, Siobhan. Estou cagando e andando para a raiva dele. Estou cagando para o carisma dele. Não estou nem aí se ele pode ler a sua alma e a minha e tem ligação direta com Deus. Ele é um psicopata? É, sim. Ele é um filho-da-puta das Forças Especiais que dá chutes giratórios e pode arrancar sua cabeça do pescoço? Sorte dele. Ele destruiu uma mulher que nunca quis nada na vida além de ser feliz e ter um Camry. Ele transformou um cara num vegetal só por diversão, cortou as mãos e a língua de outro cara. E envenenou um cachorro, um cachorro do qual, por sinal, eu gostava. Muito. Você quer ver o que é raiva?"

Siobhan pressionara os ombros e a cabeça tanto quanto pôde na imitação de couro do encosto do banco em que estava sentada. Ela olhou nervosamente para Angie.

Angie sorriu. "Demora um bocado, mas quando ele se enfurece, minha filha..." Ela balançou a cabeça. "Pode levar as crianças para fora da cidade, porque Main Street vai explodir."

Siobhan voltou os olhos para mim. "Ele é mais esperto do que o senhor", sussurrou ela.

Balancei a cabeça. "Ele tinha a vantagem de dispor de informações confidenciais. Agora eu também tenho essas informações. Agora entrei na vida dele", disse eu. "E vou ficar até o fim."

Ela balançou a cabeça. "O senhor não tem idéia..." Ela abaixou os olhos, continuando a balançar a cabeça.

"Não tem idéia de quê?", perguntou Angie.

Ela levantou os olhos e parou de balançar a cabeça. "Do que estão enfrentando, daquilo em que estão se metendo."

"Então conte-nos."

"Ah, não, obrigada." Ela meteu os cigarros na bolsa. "Eu lhes revelei o que julguei necessário. Espero que não me entreguem para o Serviço de Imigração. E desejo boa sorte a vocês, embora duvide que isso adiante alguma coisa."

Ela se levantou e pôs a bolsa a tiracolo.

"Por que Pearse foi tão implacável com Karen?", perguntei.

Ela olhou para mim. "Eu já lhe disse. Ela era a única herdeira."

"Isso dá para entender. Mas por que simplesmente não fazê-la morrer num acidente? Por que destruí-la pouco a pouco?"

"É o método dele."

"Isso não é um método", disse eu. "Isso é ódio. Por que ele a odiava tanto?"

Ela estendeu os braços, parecendo irritar-se. "Ele não a odiava. Ele mal a conhecia até Miles apresentar um ao outro três meses antes de ela morrer."

"Então por que ele lhe fez o que fez?"

Ela bateu a mão na coxa. "Eu já lhe disse. É o método dele."

"Essa explicação não convence."

"Pois eu não tenho outra."

"Você está mentindo", disse eu. "Tem muita coisa nessa história que não cola, Siobhan."

Ela revirou os olhos e soltou um longo suspiro. "Bem esse é o problema de nós, criminosos, não é senhor Kenzie? Não se pode confiar muito em nós."

Ela se voltou para a porta.

"Aonde você vai?", perguntei.

"Tenho um amigo em Canton. Vou ficar com ele por algum tempo."

"Quem nos garante que você não vai agora mesmo se encontrar com Pearse?"

Ela deu um sorriso estranho. "Como não peguei o trem de Boston, agora eles sabem que vocês chegaram até mim. Eu sou o elo fraco da corrente, não é mesmo? E Pearse não gosta de elos fracos." Ela se inclinou para a mochila, levantou-a do chão. "Não precisam se preocupar. Ninguém sabe desse meu amigo de Canton, exceto vocês dois. Terei pelo menos uma semana antes que alguém vá atrás de mim, e nessa altura espero que vocês tenham matado uns aos outros." Ela piscou os olhos inexpressivos. "Agora tenham um bom dia, está bem?"

Ela andou até a porta, e Angie disse: "Siobhan".

"Sim?", disse ela segurando a maçaneta.

"Onde está o verdadeiro Wesley?", perguntou Angie.

"Não sei", respondeu ela sem olhar para nós.

"Onde você acha que pode estar?"

"Morto", respondeu ela, ainda evitando olhar para nós.
"Por quê?"
Ela deu de ombros. "Ele já não servia para nada, não é? Em se tratando de Scott, mais cedo ou mais tarde todos nós chegamos a essa mesma situação."
Ela abriu a porta, passou pelo estacionamento e andou até o ponto de ônibus na Main sem olhar para trás. Fez apenas um movimento vigoroso de cabeça, como se estivesse ao mesmo tempo pesarosa e estonteada pelas escolhas que a tinham levado até ali.
"Ela disse 'eles'", falou Angie. "Você notou? 'Agora eles sabem que vocês chegaram até mim.'"
"Notei", disse eu.

As feições de Carrie Dawe se decompuseram, como se seu rosto tivesse sido atingido por um machado.
Ela não chorou. Ela não gritou, nem fez escândalo, nem se moveu ao olhar a foto de Pearse na mesinha de centro à sua frente. Seu rosto simplesmente se crispou e ela ficou um pouco ofegante.
Christopher Dawe ainda estava no hospital, e a grande casa vazia nos parecia fria e desolada.
"Você o conhece como Timothy McGoldrick, não é?", disse Angie.
Carrie Dawe confirmou com um gesto de cabeça.
"Em que ele trabalha?"
"Ele é..." Ela engoliu em seco, levantou os olhos da foto e encolheu-se no sofá. "Ele disse que era piloto da TWA. Diabo, nós nos conhecemos num aeroporto. Vi sua carteira de identidade, além de um ou dois horários de vôo. Ele dizia morar em Chicago. Tudo fazia sentido. Ele tinha um leve sotaque do Meio-Oeste."
"Você quer matá-lo", disse eu.
Ela olhou para mim, olhos arregalados, depois abaixou a cabeça.
"Claro que quer", disse eu. "Há alguma arma nesta casa?"

Ela continuou de cabeça baixa.

"Há alguma arma nesta casa?", repeti.

"Não", disse ela em tom calmo.

"Mas você tem acesso a uma", disse eu.

Ela fez que sim. "Temos uma casa em New Hampshire. Para as temporadas de esqui. Lá nós temos duas."

"Que armas?"

"O quê?"

"Que tipo de arma?"

"Um revólver e um rifle. Às vezes Christopher caça no final do outono."

Angie pôs a mão sobre a de Carrie Dawe. "Se você o matar, a vitória ainda será dele."

Carrie Dawe riu. "Como assim?"

"Você arruína sua vida e a de seu marido. Quase toda a fortuna de vocês vai parar nas mãos de seus advogados."

Ela riu novamente, mas dessa vez as lágrimas lhe escorriam pelas faces. "E o que é que posso fazer?"

"Há anos", disse Angie baixinho, afagando a mão de Carrie, "ele se pôs a maquinar a destruição dessa família. Não permita que ele consiga. Por favor, olhe para mim."

Carrie voltou a cabeça, lambeu algumas lágrimas que lhe escorriam pelos cantos da boca.

"Eu perdi meu marido", disse Angie. "Da mesma forma como você perdeu o seu. Violentamente. Você teve uma segunda chance, mas pôs tudo a perder."

A expressão no rosto de Carrie Dawe era de puro choque.

"Mas nem tudo está perdido", disse Angie. "Você pode criar uma terceira chance a partir da segunda. Não deixe que ele lhe tire isso."

Por uns bons dois minutos, todos ficamos calados. Fiquei olhando as duas mulheres se darem as mãos e se fitarem, ouvindo o tiquetaque do relógio no consolo da lareira envolta em sombras.

"Vocês vão lhe fazer mal?", disse Carrie Dawe.

"Sim", disse Angie.
"Muito mal mesmo?", perguntou Carrie.
"Nós vamos enterrá-lo", disse Angie.
Ela balançou a cabeça, mexeu-se no sofá, inclinou-se para a frente e pôs a outra mão na de Angie.
"Que posso fazer para ajudá-los?", perguntou.

Enquanto avançávamos pela Sleeper Street para assumir o posto de Nelson Ferrare no teto, eu disse: "Nós o vigiamos por uma semana. Qual é o ponto fraco dele?".
"As mulheres", disse Angie. "O ódio dele parece tão patológico..."
"Não", disse eu. "Não quero ir tão longe. O que é que o torna vulnerável agora? Onde estão as brechas em sua armadura?"
"O fato de Carrie Dawe saber que ele e Timothy McGoldrick são a mesma pessoa."
Balancei a cabeça. "Primeira brecha."
"O que mais?", ela perguntou.
"A maioria de suas janelas não tem cortina."
"Certo."
"Você o estava vigiando durante o dia. Você notou alguma coisa especial?"
Ela pensou um pouco. "Não. Espere... notei, sim."
"O quê?"
"Ele deixa o motor ligado."
"Quando ele pára a caminhonete?"
Ela balançou a cabeça e sorriu. "E as chaves na ignição."
Quando estávamos para sair da Mass Pike, olhei pelo retrovisor, fiz meia-volta e tomei a direção contrária.
"O que você está fazendo?", perguntou Angie.
"Vamos primeiro dar uma passada na casa de Bubba."
Ela se inclinou para a frente para examinar a faixa de luz amarela no teto do túnel. "Quer dizer que você tem um plano."

"Tenho, sim."

"Bom?"

"Ainda precisa de uma burilada. Mas acho que é eficaz."

"Que precise ser burilado, tudo bem", disse ela. "Mas ele é engenhoso?"

Abri um sorriso. "Acho que dá para dizer que sim."

"Assim é que é bom", disse ela.

Bubba veio nos receber à porta enrolado numa toalha e com cara de poucos amigos.

O tórax de Bubba, da cintura até a concavidade do pescoço, apresenta-se como uma placa escura e rósea de tecido cicatricial em forma de caudas de lagosta e sulcos vermelhos menores, de largura e comprimento de dedos de criança, espalhando-se sobre o fundo róseo como lesmas. As caudas de lagosta são queimaduras; as lesmas são cicatrizes de estilhaços. Aquelas marcas ele as trouxe de Beirute. Ele lá estava com os marines no dia em que um homem-bomba passou pelos portões de seu acampamento. A guarda não atirou porque em seus rifles havia cartuchos de festim. Bubba passou oito meses num hospital libanês, ao cabo dos quais recebeu uma medalha e foi dispensado. Ele vendeu a medalha, sumiu por mais dezoito meses; quando voltou para Boston, em fins de 1985, já tinha contatos nos meios de traficantes de armas que outros, antes dele, em vão tinham tentado estabelecer ao custo da própria vida. Voltou com marcas no peito que pareciam a representação topográfica dos Urais. Recusava-se terminantemente a falar sobre a noite da explosão e demonstrava tal falta de medo que deixava as pessoas ainda mais nervosas do que antes de sua viagem ao Líbano.

"O que é?", disse ele.

"Também estamos contentes em ver você. Deixe-nos entrar."

"Por quê?"

"Precisamos de material."
"Que tipo de material?"
"Material ilegal."
"Deixa de brincadeira."
"É sério."
"Bubba", disse Angie, "nós já percebemos o que está havendo entre você e a senhorita Moore, por isso, ande, deixe-nos entrar."
Bubba fechou a cara e esticou o lábio inferior. Ele se afastou para que passássemos, nós entramos e demos com Vanessa Moore vestida com uma camisa de malha de hóquei e nada mais, deitada num sofá vermelho no meio do depósito, uma taça de champanhe na barriga plana feito uma tábua, assistindo a *9½ semanas de amor* na tevê de cinqüenta polegadas de Bubba. Quando chegamos à porta, ela apertou o botão pause do controle remoto, congelando Mickey Rourke e Kim Basinger em plena atividade, encostados num muro de uma ruela, os corpos encharcados por uma chuva iluminada por uma luz azulada.
"Olá", disse ela.
"Olá. Não se preocupe conosco."
Ela pegou um punhado de amendoins de uma tigela sobre a mesinha de centro e os jogou na boca. "Tudo bem."
"Nessinha", disse Bubba, "temos de tratar de uns negócios."
Angie deu uma olhada para mim e articulou só com os lábios "Nessinha?".
"Negócios ilegais?"
Bubba olhou para mim por cima do ombro. Balancei a cabeça vigorosamente, confirmando.
"Sim", disse Bubba.
"Tudo bem." Ela fez menção de se levantar do sofá.
"Não, não", disse Bubba. "Fique aí. Nós vamos sair. De qualquer jeito vamos ter de ir lá para cima."
"Melhor assim", disse ela deitando-se novamente no

sofá e acionando o controle remoto. Mickey e Kim recomeçaram a ofegar ao som de rock de sintetizador de quinta categoria dos anos 80.

"Sabe, eu nunca vi esse filme", disse Angie enquanto Bubba nos conduzia ao segundo andar.

"Até que Mickey não está tão gordo nesse filme", eu disse.

"E tem a Kim com aquelas meias brancas", disse Bubba.

"E tem a Kim com aquelas meias brancas", repeti eu.

"Sendo aplaudida de pé por essa dupla de tarados", disse Angie. "Que consagração."

"Escutem", disse Bubba, acendendo a luz do segundo andar para que Angie pudesse escolher a arma de sua preferência. "Você não está chateado comigo porque... como dizer... porque estou trepando com Vanessa?"

Levei a mão à boca para disfarçar um sorriso, olhei para um engradado de granadas aberto. "Ah, não, cara. Não tem problema nenhum."

Bubba disse: "Porque já faz um tempão que eu não tenho... uma...".

"Namorada?"

"Sim, uma namorada firme."

"Desde os tempos de escola", eu disse. "A última foi Stacie Hamner, certo?"

Ele negou com um gesto de cabeça. "Em 1984, tive uma na Chechênia."

"Eu não soube."

"Eu nunca lhe falei", disse ele sacudindo os ombros.

"É verdade."

Ele pôs a mão em meu ombro e se inclinou em minha direção. "Quer dizer que está tudo bem?"

"Tudo bem", disse eu. "E com Vanessa? Tudo bem?"

Ele confirmou com um gesto de cabeça. "Foi ela quem me disse que você não ia se importar."

"É mesmo?"

"Sim. Disse que vocês dois nunca ligaram muito um para o outro. Vocês estavam só se exercitando."

"Ahn", fiz eu quando nos aproximamos de Angie. "Exercitando."

Angie tirou um rifle de um engradado de madeira e apoiou a coronha no quadril. A ponta do cano ficava acima de sua cabeça. A arma era tão maciça e tão pesada que parecia impossível que ela a segurasse sem cambalear para o lado.

"Você tem uma mira telescópica para este bebê?"

"Tenho, sim", disse Bubba. "E quanto à munição?"

"Quanto maior, melhor."

Bubba voltou a cabeça e me lançou um olhar impassível. "Engraçado. É isso o que Vanessa diz."

Postados no telhado do edifício fronteiro ao de Scott Pearse, esperávamos a ligação telefônica. Intrigado com o rifle, Nelson ficou conosco.

Às dez em ponto, o telefone de Pearse tocou, e nós o vimos atravessar a sala de estar, pegar o fone de um aparelho de um suporte fixo a uma coluna no meio da sala. Ele sorriu ao ouvir a voz do outro lado, recostou-se preguiçosamente na coluna e prendeu o fone entre o pescoço e o ombro.

Seu sorriso foi desaparecendo aos poucos, e aos poucos sua fisionomia se alterou, deformada por uma careta hedionda. Ele levantou as mãos como se seu interlocutor pudesse vê-lo e começou a falar rapidamente, o corpo curvado numa atitude de súplica.

Então Carrie Dawe deve ter desligado, porque Scott Pearse afastou o fone do ouvido e ficou a contemplá-lo por um instante. Ele soltou um grito e começou a bater o fone contra a coluna até restarem apenas fragmentos de plástico em volta de um bocal balançando na ponta do fio.

"Puxa", disse Angie. "Tomara que ele tenha outro aparelho."

Tirei do bolso o celular que trouxera da casa de Bubba. "Quanto quer apostar como ele vai quebrar o outro também quando eu tiver falado com ele?"

Disquei o número de Scott Pearse.

Antes de apertar a tecla "enviar", Nelson apontou para o rifle e disse: "Ei, Angie, quer que eu me encarregue disso?".

"Por quê?"

"O coice desse troço em seu ombro é capaz de atirar você longe." Ele apontou para mim com o polegar. "Por que não deixa para ele?"

"Ele não tem pontaria."

"Mesmo com essa mira telescópica?"

"Ele é muito ruim mesmo."

Nelson estendeu as duas mãos. "Terei todo o prazer."

Angie olhou para a coronha do rifle, depois para o próprio ombro e finalmente balançou a cabeça, assentindo. Ela passou o rifle a Nelson e lhe disse o que pretendíamos.

Nelson deu de ombros. "Certo. Mas por que não matá-lo logo de vez?"

"Em primeiro lugar", disse Angie, "porque não somos assassinos."

"E em segundo?", perguntou Nelson.

"Porque matá-lo seria pouco, em vista do que ele merece."

Apertei o botão de enviar do celular e o telefone de Scott tocou do outro lado da linha.

Pearse, que estava com a cabeça encostada na coluna, levantou-a devagar, voltou a cabeça como se não estivesse bem certo do que estava ouvindo. Então ele se dirigiu ao balcão da cozinha e pegou um celular que estava sobre ele.

"Alô".

"Scottie", disse eu. "O que está havendo?"

"Eu estava me perguntando quanto tempo você levaria para me ligar, Pat."

"Não está surpreso?"

"De você ter descoberto minha identidade? Não esperava outra coisa, Pat. Você está me vigiando agora."
"É possível."
Ele deu uma risadinha. "Também já tinha notado. Não que eu soubesse exatamente como você estava operando. Quer dizer, você não é tão ruim nisso, mas eu tinha a impressão de estar sendo observado."
"Você é um cara intuitivo, Scott. Impressionante."
"Você não imagina quanto."
"Foi a sua intuição que o mandou matar cinco mulheres a baioneta no Panamá?"
Ele ficou vagando pela sala, cabeça baixa, coçando o lado do pescoço com o indicador, um sorriso torto deformando-lhe o rosto.
"Bem", sussurrou ele ao telefone, "você ganhou mais uns pontos por conta desse dever de casa, Pat. Muito bem."
Ele parou de sorrir, mas passou a se coçar um pouco mais depressa.
"Então, Pat, qual é seu plano, amigo?"
"Eu não sou seu amigo", disse eu.
"Puxa, que chato. Qual é seu plano, seu filho-da-puta?"
Eu sorri. "Está nervosinho, Scott?"
No loft, ele pôs a mão na testa, passou-a no cabelo, olhou as janelas, chutou um pedaço de plástico preto que estava no chão.
"Eu sou paciente", disse ele finalmente. "Você vai terminar se cansando de me ver não fazer nada."
"É o que minha sócia me disse."
"Ela tem razão."
"Você me desculpe, mas tenho outro ponto de vista, Scottie."
"É mesmo?"
"Claro. Quanto tempo você acha que Carrie Dawe vai levar para descobrir quem é o piloto Tim McGoldrick e que você foi o responsável pela morte da filha dela?"
Scott ficou calado. Ouvi do outro lado da linha um

assobio baixo como o som de uma chaleira no momento em que a água começa a ferver.

"Você pode me responder, Scottie?", perguntei. "Estou curioso."

Scott Pearse afastou-se bruscamente da coluna e se pôs a cruzar a passos largos o soalho de madeira clara e brilhante. Aproximou-se dos janelões e contemplou o próprio reflexo, levantou os olhos para ver o que só podia ser, do ponto em que se encontrava, a borda quase indistinta do telhado em que estávamos.

"Você tem uma irmã que mora em Seattle, seu puto. Ela, o marido e..."

"...os filhos. Sim, Scott, ela acabou de sair em férias", disse eu. "Por minha conta. Mandei-lhes as passagens segunda-feira passada, babaca. Eles viajaram hoje de manhã."

"Mas um dia ela volta." Ele olhou diretamente para o telhado, e de lá dava para ver os tendões de seu pescoço retesando-se sob a pele.

"Mas nessa altura, Scottie, tudo estará acabado."

"Não é tão fácil me abalar, Pat."

"Claro que você está abalado, Scottie. Um sujeito que enfia a baioneta em mulheres agonizantes entra em surto facilmente. Então, prepare-se, Scott, você vai começar a surtar."

Scott Pearse olhou desafiadoramente pela vidraça e disse: "Escute...", e eu desliguei o telefone.

Ele olhou para o fone em sua mão, absolutamente perplexo, suponho, pelo fato de duas pessoas terem ousado desligar na cara dele na mesma noite.

Fiz um sinal com a cabeça para Nelson.

Scott Pearse agarrou o telefone com as duas mãos, levantou-o acima da cabeça, e a janela ao lado dele explodiu com os quatro balaços que Nelson atirou.

Pearse se jogou no soalho, deixando o telefone cair da mão.

Nelson atirou mais três vezes, e a janela e a vidraça

bem à frente de Pearse explodiram numa cascata, como gelo derramando-se da comporta de descarga de um caminhão.

Pearse rolou o corpo para a esquerda e se agachou.

"Só tenha cuidado de não atingi-lo", eu disse a Nelson.

Nelson balançou a cabeça e fez vários disparos no chão, a poucos centímetros dos pés de Pearse, enquanto ele fugia desesperado no soalho de madeira clara. Ele pulou feito um gato por cima do balcão e foi se refugiar na cozinha.

Nelson olhou para mim.

Angie levantou os olhos do scanner da polícia que pegou emprestado de Bubba quando o alarme de Scott Pearse soou, quebrando o silêncio da noite de verão. "Bem, temos uns dois minutos e trinta segundos."

Bati no ombro de Nelson. "Quanto de estrago você pode fazer em exatamente um minuto?"

Nelson sorriu. "Um bocado, meu velho."

"Manda ver, então."

Primeiro acabou com que restava das vidraças, depois começou a atirar nas lâmpadas. Depois dos disparos de Nelson, a luminária Tiffany de vidro fumê acima do balcão ficou parecendo um pacote daquelas balas Life Savers socado num coquetel de cereja. As lâmpadas fluorescentes que iluminavam a cozinha e a sala de estar ficaram reduzidas a esqueletos de plástico branco dos quais pendiam fragmentos de vidro. As câmeras de vídeo explodiram num verdadeiro festival de faíscas vermelhas e azuis provocadas por curtos-circuitos. Nelson transformou o soalho num mar de estilhaços, os sofás e poltronas reclináveis em montes de estofo branco. A geladeira ficou tão furada de balas que a maior parte da comida já estaria estragada antes de os policiais terminarem de escrever seus relatórios.

"Um minuto", gritou Angie. "Vamos embora."

Nelson olhou por sobre o ombro a pilha brilhante de cápsulas de metal. "Quem carregou o rifle?"

"Bubba."

Ele balançou a cabeça, num gesto de aprovação. "Então está tudo limpo."

Saímos de nosso posto de observação e descemos pela escada de incêndio a toda a velocidade. Nelson jogou o rifle para mim, entrou no seu Camaro e saiu disparado da ruela sem uma palavra.

Ao entrarmos no jipe, já ouvíamos ao longe as sirenes soando na Congress, perto do cais, no outro lado da zona portuária.

Saí da ruela, virei à direita para pegar a Congress, atravessei o porto e entramos na cidade propriamente dita. Entrei à direita no sinal amarelo, peguei a Atlantic Avenue, diminuí a velocidade para passar para a pista da esquerda, fazer meia-volta e seguir em direção sul. Senti meu coração voltando ao ritmo normal quando entramos na auto-estrada.

Quando estávamos descendo a rampa, apertei o botão de rediscagem, depois o de enviar.

Scott Pearse atendeu com um "O quê?" rouco. Ouvi ao fundo as sirenes se calarem abruptamente quando chegaram ao edifício.

"Bem, é assim que eu vejo as coisas, Scott. Primeiro, o telefone que estou usando é clonado. Não vai adiantar tentar localizar o sinal. E, se você me acusar de ter redecorado o seu apartamento, eu o acuso de extorquir os Dawe. Você está entendendo?"

"Eu vou matar você."

"Que medo. Só para deixar tudo bem claro, Scott, isso foi só para começar. Gostaria de saber o que temos para você amanhã?"

"Me conta", disse ele.

"Não", eu disse. "Espere e verá, está bem?"

"Você não pode fazer isso comigo. Comigo não. Comigo não!" Sua voz elevou-se acima do barulho das fortes batidas em sua porta. Dava para ouvir ao telefone. "Comigo não, porra!"

"Eu já comecei, Scott. Sabe que horas são?"
"O quê?"
"É hora-de-olhar-para-trás, Scottie. Tenha uma boa noite."

Quando desliguei, a polícia já estava chutando a porta.

32

Na manhã seguinte, quando Scott Pearse estava depositando a correspondência numa caixa de correio na esquina da Marlboro com a Clarendon, Bubba entrou na caminhonete e foi embora com ela.

Pearse só percebeu quando Bubba dobrou na Clarendon. Quando ele largou a mala postal e começou a correr atrás da caminhonete, Bubba já estava na Commonwealth pisando fundo no acelerador.

Angie parou seu Honda perto da caixa de correio. Eu abri a porta do passageiro, peguei a mala postal na calçada e voltei para o carro.

Pearse ainda estava na esquina da Clarendon com a Commonwealth, de costas para nós, quando partimos.

"O que será que ele vai fazer no fim do dia?", disse Angie entrando em Berklee para seguir em direção à Storrow Drive.

"Espero que faça alguma coisa estúpida."

"Estúpida pode significar sangrenta."

Virei-me no banco e joguei a mala postal na parte de trás do carro. "O cara já mostrou que, quando tem tempo para planejar, a coisa termina em banho de sangue do mesmo jeito. Não quero lhe dar tempo para pensar. Quero que reaja impulsivamente."

"Então", disse Angie, "o próximo vai ser o carro?"

"Hmm..."

"Eu sei que é clássico, Patrick. Eu entendo."

"Ele é *o* clássico", disse eu. "Talvez o carro mais extraordinário fabricado na América."

Ela pôs a mão em minha perna. "Você disse que não íamos ter dó."

Soltei um suspiro, olhei através do pára-brisa os carros da Storrow Drive. Nenhum deles, mesmo os mais escandalosamente caros, podia se comparar ao Shelby 68.

"Certo", disse eu. "Vamos ser malvados."

Ele o deixava num estacionamento da A Street, no Southie, a uns quatrocentos metros de seu loft. Nelson vira Scott pegá-lo certa noite, sem nenhum motivo especial, simplesmente para dar uma volta na região portuária e levá-lo de novo ao estacionamento. Conheço um monte de caras assim, que vão visitar o próprio carro no estacionamento como se ele fosse um bichinho de estimação num hotel para animais. Então sentem pena do bichinho, tão sozinho, tiram a capa de proteção e o levam a um passeio de alguns minutos.

Para falar a verdade, eu sou um desses. Angie costumava dizer que essa criancice passa com o tempo. Mais recentemente, ela confessou ter desistido de esperar que isso acontecesse.

Pegamos um tíquete na entrada do estacionamento, subimos dois pisos e estacionamos ao lado do Shelby, o qual, mesmo coberto por uma grossa capa de proteção, era facilmente reconhecível. Angie me deu um tapinha nas costas para me encorajar e desceu ao térreo pelas escadas para manter o funcionário ocupado com um mapa da cidade, uma cara de turista desorientada e uma camisetinha preta curta que não chegava à cintura de sua calça jeans.

Tirei a capa do carro e perdi o fôlego. O Mustang Shelby GT-500 preto 68 é para os carros americanos o que Shakespeare é para a literatura, e os irmãos Marx são para a comédia — quer dizer: tudo o que veio antes era, em retrospecto, café pequeno, e tudo o que veio depois jamais conseguiu chegar ao nível de perfeição a que se chegou em um breve período de tempo.

Enfiei-me debaixo do carro antes que perdesse a coragem, passei a mão sob o chassi, entre o bloco do motor e o painel corta-fogo, e fiquei tateando bem uns três minutos até localizar o receptor do alarme. Eu o arranquei com um puxão, saí de debaixo do carro e abri a porta do motorista com uma alavanca. Entrei no carro, abri o capô e fui para a frente admirar o motor. Olhei hipnotizado para a palavra COBRA estampada em aço na tampa do filtro e também no tanque de óleo, fascinado com a impressão de poder concentrado que emanava do reluzente motor 428.

Sob o capô sentia-se um cheiro de coisa limpa, como se o motor, o radiador, o comando de transmissão e a tubulação tivessem acabado de sair da linha de montagem. Cheirava como se tivesse sido objeto de cuidados que beiravam a obsessão. Scott Pearse, independentemente de seus sentimentos para com a humanidade, amava aquele carro.

"Desculpe-me", disse eu ao motor.

Então fui pegar o açúcar, a calda de chocolate e o arroz no porta-malas do carro de Angie.

Depois de colocarmos o conteúdo da mala postal de Pearse numa caixa do correio do nosso bairro, voltamos para o escritório. Liguei para Devin e lhe pedi que me passasse quaisquer informações sobre Timothy McGoldrick; em compensação, ele me extorquiu dois ingressos para o jogo Patriotics versus Jets, que se realizaria em outubro, a título de taxa de serviço.

"Ora, vamos", disse eu. "Tenho cadeira cativa há treze anos, desde a época em que eles eram desconhecidos. Não queira me tirar esse jogo."

"Como se soletra o sobrenome?"

"Dev, o jogo vai ser numa noite de segunda-feira."

"É M-A-C ou só M-C?"

"É a segunda opção", disse eu. "Você enche."

"Ei, li nos jornais hoje de manhã que alguém metralhou o loft de um sujeito na Sleeper Street. O nome da vítima me soou familiar. Por acaso você sabe alguma coisa sobre isso?"

"Pats versus Jets", disse eu devagar.

"Puta clássico!", gritou Devin. "Puta clássico! Você continua tendo lugares bons?"

"Sim."

"Ótimo. Logo a gente se fala", disse ele, e desligou.

Recostei-me na cadeira e apoiei os pés na janela do campanário.

Angie sorriu para mim de sua escrivaninha. Atrás dela, sobre o arquivo, um velho aparelho de televisão preto-e-branco transmitia um programa de auditório. Um monte de gente batia palmas, uns poucos pulavam, mas aquilo nos deixava indiferentes. O som do aparelho pifara fazia anos, mas não sei por que achávamos reconfortante deixá-lo ligado quando estávamos no escritório.

"Não estamos ganhando nada com esse caso", disse ela.

"Não."

"Você acaba de destruir um carro que sempre sonhou tocar."

"Hum-hum."

"E abriu mão de dois ingressos para a maior partida de futebol do ano."

"É mais ou menos isso", concordei.

"Você vai começar a chorar?"

"Estou fazendo o possível para evitar."

"Porque homem que é homem não chora?"

Balancei a cabeça. "Receio que, se começar, não vou conseguir parar."

Enquanto almoçávamos Angie imprimia um texto com um apanhado geral do caso. Atrás dela, a televisão silenciosa transmitia um seriado em que todos estavam muito bem vestidos e pareciam gritar um bocado. Angie sempre teve um talento narrativo que nunca possuí, provavelmente porque ela lê nas horas vagas, ao passo que eu assisto a filmes antigos e jogo um bocado de videogolfe.

Ela trabalhou a partir das anotações sobre meu primeiro encontro com Karen Nichols, a farsa de Scott Pearse fazendo-se passar por Wesley Dawe, a mutilação de Miles Lovell, o desaparecimento de Diane Bourne, a troca de bebês catorze anos antes, que resultaria na morte da menina roubada pelos Dawe, fazendo com que Pearse entrasse na vida deles, recapitulando as etapas até o início de nosso ataque frontal contra ele — formulado, naturalmente, em termos vagos como "início da exploração das fraquezas do indivíduo, tais como as observamos".

"E aqui é que está o meu problema", disse Angie, me passando a última página.

Sob a rubrica *Prognóstico*, ela escreveu: "O indivíduo parece não ter opções viáveis para perseguir os Dawe ou extorquir-lhes dinheiro. O indivíduo perdeu todo o seu cacife quando C. Dawe descobriu que ele se fez passar por T. McGoldrick. Explorar as fraquezas do indivíduo, embora emocionalmente gratificante, parece não levar a nenhum resultado conclusivo".

"Conclusivo?", disse eu.

"Gostou do termo?"

"E Bubba ainda me acusa de ficar exibindo conhecimentos acadêmicos."

"Falando sério", ela disse, largando seu sanduíche de peru no papel parafinado ao lado do mata-borrão de sua escrivaninha. "Que motivos ele teria para continuar a perseguir os Dawe? Nós acabamos com todos os seus recursos." Ela olhou para o relógio atrás de sua cabeça. "A esta altura, ele deve estar suspenso ou demitido por ter perdido a caminhonete e muitas correspondências. O carro dele está ferrado, o apartamento em frangalhos. Não lhe restou nada."

"Ele ainda tem uma carta na manga", disse eu.

"O quê?"

"Não sei. Mas ele é ex-militar. Ele gosta de jogar. Deve ter um recurso de emergência, um ás de reserva. Pode acreditar."

"Discordo. Acho que ele jogou todas as suas cartas."

"Deus te ouça."

Ela deu de ombros e mordeu o sanduíche.

"Quer dizer que você quer encerrar o caso?"

Ela fez que sim, engoliu o bocado de sanduíche e tomou um gole de Coca. "Ele está acabado. Acho que recebeu o castigo merecido. Não conseguimos trazer Karen de volta, mas bagunçamos um pouco o mundinho dele. Ele tinha alguns milhões ao alcance da mão, e nós arrancamos dele. Nós lhe demos o golpe de misericórdia. Acabou."

Refleti sobre isso. Não havia como não concordar. Os Dawe estavam plenamente dispostos a admitir a troca de bebês e agüentar as conseqüências. Carrie Dawe já estava imune ao charme de McGoldrick/Pearse. Pearse não podia dar-lhes uma pancada na cabeça e tomar o dinheiro. E eu tinha certeza de que ele não estava preparado para um ataque tão implacável de nossa parte nem imaginava o calibre de nosso revide quando nos tiram do sério.

Minha esperança era enfurecê-lo a tal ponto que ele terminasse por fazer alguma bobagem. Mas o quê? Vir atrás de mim, de Angie ou de Bubba? Não havia a mínima chance disso. Por mais furioso que estivesse, ele devia ter percebido isso. Matar Angie seria assinar a própria sentença de morte. Se me matasse, teria de se haver com Bubba e com minhas anotações sobre o caso. Quanto a Bubba, era o mesmo que atacar um carro blindado com uma pistola de esguicho. Ele até podia tentar, mas ia sair um bocado machucado e, mais uma vez: para quê?

Então, em princípio, eu tinha de concordar com Angie. Scott Pearse parecia não oferecer nenhum risco para ninguém.

E era isso o que me preocupava. É justamente quando você supõe que seu adversário está totalmente vulnerável que você, e não ele, se torna vulnerável.

"Só mais vinte e quatro horas", disse eu. "Você pode me conceder esse prazo?"

Ela revirou os olhos. "Tudo bem, Banacek, mas nem um segundo a mais."

Fiz uma mesura de agradecimento e o telefone tocou.

"Alô."

"Tu-na!",* gritou Devin. "Tu-na! Grande Pah-cells", disse ele, carregando no sotaque de Revere. "Para mim esse cara é quase como um Deus, só que mais esperto."

"Não mexa na ferida", disse eu. "Ela ainda está em carne viva."

"Timothy McGoldrick", disse Devin. "Tem um monte de caras com esse nome. Mas um deles se encaixa: nasceu em 1965, morreu em 1967. Tirou carta de motorista em 1994."

"Ele está morto, mas dirige."

"Belo truque, hein? Mora na Congress Street, número 1116."

Balancei a cabeça, estupefato com a ousadia de Pearse. Ele tinha um loft na Sleeper Street, número 25, e outra residência na Congress. Devia ser bem perto, mas se se considera que seu edifício na Sleeper Street também dava para a Congress, sendo ambos os endereços sob o mesmo teto, vê-se que era mais perto ainda.

"Você ainda está aí?"

"Sim."

"Não há nada contra esse cara. Ele está limpo."

"Exceto pelo fato de estar morto."

"Isso com certeza interessa ao Departamento de Recenseamento."

Ele desligou e eu liguei para os Dawe.

"Alô?", disse Carrie Dawe.

(*) Tuna, ou "The Big Tuna", apelido do famoso técnico de futebol americano Bill Parcells. (N. T.)

"Aqui é Patrick Kenzie", disse eu. "Seu marido está?"
"Não."
"Ótimo. Quando você se encontrava com McGoldrick, em que lugar era?"
"Por quê?"
"Por favor."
Ela suspirou. "Ele era sublocatário de um apartamento na Congress Street."
"Esquina com a Sleeper?"
"Sim. Como você..."
"Não se preocupe. Você voltou a pensar na arma que está em New Hampshire?"
"Estava pensando nela agora."
"Ele está acabado", disse eu. "Ele não pode lhe fazer mal."
"Ele já fez, senhor Kenzie. E também a minha filha. O que fazer? Perdoar?"
Ela desligou, e eu olhei para Angie. "Não estou gostando nada do estado de espírito de Carrie Dawe."
"Você acha que ela vai tentar matar Pearse?"
"É provável."
"O que você pretende fazer?"
"Dizer a Nelson que deixe Pearse de lado e fique de olho nos Dawe por algum tempo."
"Quanto você está pagando a Nelson?"
"Isso não importa."
"Ora, vamos."
"Cento e cinqüenta por dia", disse eu.
Seus olhos se arregalaram. "Você está pagando mil e cinqüenta dólares por semana?"
Dei de ombros. "É quanto ele cobra."
"Nós vamos quebrar."
Levantei o dedo. "Só mais um dia."
Ela abriu os braços. "Por quê?"
Atrás dela, na tevê, interromperam a série para uma transmissão ao vivo diretamente das margens do Mystic River.

Apontei para a televisão. "Por isso."

Ela voltou a cabeça e olhou para a tela da tevê, na qual se viam mergulhadores tirando da água um pequeno corpo e fazendo sinal para que as câmeras se afastassem.

"Merda", disse Angie.

Olhei para o pequeno rosto cinzento que se destacava contra as pedras molhadas, mas então os investigadores conseguiram tapar as câmeras com as mãos.

Siobhan. Agora ela nunca mais teria de se preocupar com um eventual retorno à Irlanda.

33

Na noite anterior, logo depois de cruzar com os carros da polícia, Nelson devia dar meia-volta, estacionar o carro alguns quarteirões mais adiante, na Congress Street, e ficar observando o edifício de Pearse, para ver se ele ia a algum lugar depois que a polícia fosse embora.

Desde que fizesse o serviço, eu não me importava de lhe pagar mil dólares por semana. Até que não era muito, para ficar informado dos movimentos de Pearse.

Mas era pagar demais para ele me dar um furo.

"Eu fiquei vigiando", disse Nelson quando consegui falar com ele ao telefone. "E agora também estou vigiando. Cara, eu estou grudado nesse cara como um carrapato."

"Diga-me o que aconteceu na noite passada."

"Os policiais o levaram para o Hotel Meridien. Ele saiu do carro da polícia, entrou no hotel, e os policiais foram embora. Ele sai do hotel, pega um táxi e volta para o edifício."

"Para o loft?"

"Acho que não. Mas ele foi para o edifício. Não sei exatamente onde."

"As luzes não estavam acesas? Não havia..."

"O diabo do edifício é do tamanho de um quarteirão, cara. Tem um lado que dá para a Sleeper Street, outro para a Congress e as duas ruelas. Como eu podia cobrir todos esses lugares?"

"Mas ele foi para lá e não botou o nariz pra fora."

"Sim. Até hoje de manhã, quando saiu para trabalhar.

Ele voltou há meia hora, parecendo estar chapado. Entrou no edifício e de lá não saiu."

"Ele conseguiu matar uma pessoa ontem à noite."

"Não é possível."

"Sinto muito, Nelson, mas deve haver outra saída que não conhecemos."

"Onde a vítima morava?"

"Ela estava em Canton e foi tirada do Mystic River esta tarde."

"Não é possível", repetiu ele, dessa vez com muito mais veemência. "Patrick, os policiais o liberaram aí pelas quatro da manhã. Ele foi trabalhar às sete. Como poderia ter saído do edifício sem que eu o visse, ir até Canton, matar alguém, levar a porra do corpo para o Mystic River e depois... o quê? Ele *voltou*, passou por mim novamente e se preparou para ir trabalhar? Assobiando enquanto fazia a barba e tudo o mais? Como poderia ter feito tudo isso?"

"Não é possível", disse eu.

"Claro que não. Não é. Ele já deve ter aprontado muitas, Patrick, mas nas últimas dez horas não fez coisa nenhuma."

Desliguei e cobri os olhos com as mãos.

"O que foi?", perguntou Angie.

Contei a ela.

"E Nelson tem certeza?", disse ela, quando terminei de contar.

Fiz que sim.

"Se não foi Pearse quem a matou, quem teria sido?"

Resisti ao impulso de enfiar a cabeça no tampo da escrivaninha. "Eu não sei."

"Carrie?"

Levantei uma sobrancelha. "Carrie, por quê?"

"Talvez ela tenha percebido que Siobhan estava trabalhando para Pearse."

"Como? Nós não lhe dissemos."

"Mas ela é uma mulher inteligente. Talvez ela..." Ela levantou as mãos, depois as abaixou. "Merda. Não sei."

Balancei a cabeça. "Não consigo imaginar isso. Carrie vai a Canton, mata Siobhan, leva-a até o Mystic e atira o corpo na água? Como iria carregar o corpo? A mulher é mais leve do que você. Diabo, e por que atravessaria toda a cidade para se livrar do corpo?"

"Talvez ela não a tenha matado em Canton. Talvez ela tenha marcado um encontro com Siobhan em outro lugar."

"Posso aceitar a hipótese de que alguém tenha feito isso, mas acho que esse alguém não poderia ser Carrie. Não estou dizendo que ela não poderia matá-la, porque podia, sim. Mas é a forma como se livrou do corpo que me deixa encafifado. É frio e metódico demais."

Angie recostou-se na cadeira, pegou o fone e apertou o botão de rediscagem.

"Olá", disse ela ao telefone. "Eu não tenho ingressos para o jogo do Patriotics, mas você pode me responder uma pergunta?"

Ela ouviu a resposta de Devin.

"Não, não é nada disso. A mulher que tiraram do Mystic... qual a causa de sua morte?" Ela balançou a cabeça. "Na parte de trás da cabeça? Certo. Por que o corpo logo subiu à superfície?" Ela balançou a cabeça várias vezes. "Obrigada, tá? Vou perguntar a Patrick sobre isso e volto a ligar para você." Ela sorriu e olhou para mim. "Sim, Dev, estamos juntos novamente." Ela cobriu o fone com a mão e me disse: "Ele quer saber por quanto tempo".

"Pelo menos até o baile do fim do ano", disse eu.

"Pelo menos até o baile do fim do ano. Sorte minha, hein? A gente se fala."

Ela desligou. "Siobhan foi achada com uma corda amarrada à cintura. Supõe-se que ela foi amarrada a alguma coisa pesada e jogada no fundo do rio, onde algum bicho roeu a corda e parte de seu quadril. Não era para o corpo emergir tão cedo."

Levantei-me bruscamente fazendo a cadeira bater contra a parede, fui à janela e olhei a avenida lá embaixo.

"Seja lá o que ele vá aprontar, a coisa não vai demorar muito."

"Mas nós chegamos à conclusão de que ele não poderia tê-la matado."

"Mas ele está por trás disso. Esse filho-da-puta está por trás de tudo."

Saímos do campanário, fomos para o meu apartamento e corremos para atender o telefone. Da mesma forma que naquela noite na praça da prefeitura, eu sabia que era ele, mesmo antes de atender.

"Essa foi muito boa", disse ele. "Fazer que eu fosse suspenso do trabalho. Ha, Patrick, ha-ha!"

"É meio chato, não?"

"Pegar uma suspensão?"

"Saber que alguém está ferrando você e que isso pode continuar por mais um tempo."

"Vejo a ironia de minha situação, Patrick. Pode acreditar. Mas tenho certeza de que um dia desses vou lembrar disso e morrer de rir."

"Ou talvez não."

"Pouco importa", disse ele calmamente. "Escute, vamos dizer que estamos empatados, certo? Você agora fica na sua e eu na minha."

"Claro, Scott", disse eu. "Está bem."

Por um minuto, ele não disse nada.

"Você ainda está aí?", perguntei.

"Sim. Francamente, Patrick, estou surpreso. Você está falando sério ou está tirando sarro da minha cara?"

"Estou falando sério", eu disse. "Estou perdendo dinheiro com essa história, e você não pode mais extorquir os Dawe. Estamos quites, não?"

"Se é assim, por que você acabou com meu apartamento, cara? Por que roubou minha caminhonete?"

"Para ter certeza de que você entendeu o meu recado."

Ele deu uma risadinha. "E entendi. Pode ter certeza.

Você foi fabuloso, meu chapa. Fabuloso. Deixe-me perguntar-lhe uma coisa... eu vou explodir da próxima vez que ligar o meu carro?", disse ele rindo.

Eu também ri. "Por que está dizendo isso, Scott?"

"Bem", disse ele alegremente, "você ferrou minha casa, meu emprego. Imagino que da próxima vez vai ser o meu carro."

"Você não vai explodir quando ligar o motor, Scott."

"Não?"

"Não. Mas tenho certeza de que nunca mais vai conseguir ligá-lo."

Ele caiu na gargalhada. "Você fodeu com o meu carro?"

"Sinto muito lhe dizer, mas sim."

"Meu Deus!" Ele se pôs a rir ainda mais alto, ficou nisso bem um minuto, depois o acesso foi se reduzindo a uma série de risadinhas esparsas. "Açúcar no tanque de gasolina, ácido no motor?", perguntou ele. "Esse tipo de coisa?"

"Açúcar, sim. Ácido não."

"Então, o quê?" Dava para perceber seu sorriso congelado. "Você deve ser do tipo inventivo."

"Calda de chocolate", disse eu. "E cerca de meio quilo de arroz integral."

Ele soltou uma gargalhada. "No motor?"

"Ahn-ran."

"Você o deixou ligado um pouquinho, seu demente filho-da-puta?"

"Quando fui embora, ele estava ligado", disse eu. "Não parecia estar muito bem, mas estava funcionando."

"Uuuh!", exclamou ele. "Quer dizer então, Patrick, que você acabou com um motor que levei anos para reconstruir. E... e... você acabou com o tanque de gasolina, os filtros, quer dizer, tudo, menos o interior do carro."

"Sim, Scott."

"Eu poderia..." Ele deu uma risadinha. "Eu poderia matar você agora, cara. Quer dizer, usando só as mãos."

"Eu já imaginava isso. Scott?"

"Sim?"

"Você ainda não deu por terminada sua história com os Dawe, não é?"

"Você fodeu o meu carro", disse ele baixinho.

"Sim ou não?"

"Tenho de desligar, Patrick."

"Qual é seu plano B?", perguntei.

"Eu me disponho a perdoar a suspensão e até a destruição de meu loft, mas o carro vai levar algum tempo. Eu lhe comunico a minha decisão."

"Que pretende usar contra eles?"

"Como assim?"

"O que pretende fazer contra eles?"

"Contra os Dawe", disse eu. "Que pretende fazer contra eles, Scott?"

"Pensei que tínhamos concordado em ficar cada um na sua, Patrick. Era assim que eu pretendia encerrar esta ligação — com o compromisso de nunca mais nos vermos."

"Desde que você deixe os Dawe em paz."

"Ah, tudo bem."

"Mas você não consegue fazer isso, não é, Scott?"

Ele soltou um suspiro leve, delicado. "Você parece não ser um mau jogador de xadrez, Patrick. Confere?"

"Não. Eu nunca consegui pegar o jeito da coisa."

"Por que não?"

"Um amigo meu acha que é porque sou bom na tática, mas não consigo ver o tabuleiro como um todo."

"Ahn", fez Pearse. "É o que eu imagino também."

E desligou.

Olhei para Angie enquanto punha o fone no gancho.

"Patrick", disse ela com um leve movimento de cabeça.

"Sim?"

"Talvez seja melhor você passar um tempo sem atender o telefone."

Resolvemos deixar Nelson montando guarda na casa de Scott enquanto Angie e eu íamos vigiar a casa dos Dawe, postando-nos a meia quadra de distância.

Vigiamos a casa até tarde da noite, e fomos embora bem depois que as luzes da casa se apagaram e as de segurança, na parte externa, se acenderam.

De volta ao meu apartamento, deitei-me na cama para esperar que Angie saísse do banho. Tentei resistir ao sono, à dor de músculos contraídos pelos muitos dias e noites passados em carros ou no telhado, e ao sussurro de uma vozinha num canto do cérebro a me dizer que eu esquecera um detalhe, que Pearse estava muitos passos na minha frente.

Minhas pálpebras se fecharam, eu as abri, ouvi o chuveiro ligado, imaginei o corpo de Angie sob a ducha e resolvi levantar-me da cama. Deixar de ficar só imaginando coisas que eu podia vivenciar.

Mas meu corpo não se mexeu, meus olhos se fecharam novamente e a cama parecia ondular suavemente embaixo de mim como se eu estivesse numa balsa, flutuando nas mansas águas de um lago.

Não cheguei a ouvir o chuveiro desligar. Não ouvi Angie deitar ao meu lado e apagar a luz.

"É por aqui", diz meu filho tomando minha mão e me puxando para fora da cidade. Clarence nos acompanhava saltitante, ofegando levemente. Logo o sol vai nascer, e a cidade banha-se numa luz azul-metálica. Descemos da calçada ainda de mãos dadas, enquanto o mundo se tinge de vermelho e se cobre de névoa.

Estamos no pântano de mirtilos, e por um instante — dando-me conta de que estou sonhando — sinto que é impossível descer de uma calçada no centro da cidade e ir parar em Plymouth, mas então eu penso "é um sonho e nos sonhos essas coisas acontecem. Você não tem um filho, e no entanto ele está aqui, Clarence está morto, mas no sonho está vivo".

Então me deixo levar. O fog da manhã é denso e branco, e Clarence late em algum lugar à nossa frente, perdido no fog, enquanto meu filho e eu saímos do aterro fofo e seguimos pelo tablado. Nossos passos ecoam nas pranchas enquanto avançamos, imersos na névoa branca. Avisto ao longe os contornos da cabana, que a cada passo vai ficando mais visível.

Clarence late novamente, mas ele está perdido em meio à névoa.

Meu filho diz: "Devia dar para ouvir".

"O quê?"

"É grande", diz ele. "Quatro mais dois mais oito é igual a catorze."

"É, sim."

Nossos passos deviam nos levar para mais perto da cabana, mas não levam. Ela se encontra a vinte metros, mergulhada na bruma, e nós andamos depressa, mas ela continua distante.

"Catorze é muito", diz meu filho. "Devia dar para ouvir. Principalmente daqui."

"Sim."

"Devia dar para ouvir. Então por que não se ouve?"

"Não sei."

Meu filho me passa um mapa da região. Está aberto na página que mostra este lugar, um ponto indicando um pântano de mirtilos rodeado de floresta por todos os lados, exceto aquele por onde viemos.

Deixei cair o mapa na bruma. Ouvi alguma coisa, mas logo esqueci o que era.

Meu filho diz: "Gosto de fio dental. Gosto de senti-lo passando entre os dentes".

"É legal", digo-lhe enquanto sinto as pranchas vibrarem e ouço um barulho à nossa frente. Avança em velocidade pela bruma, aproximando-se. "Seus dentes vão ficar ótimos."

"Com a língua cortada, ele não pode falar", diz ele.

"Não, seria muito difícil", digo eu.

O barulho aumenta. A cabana é engolida pela bruma branca. Não consigo enxergar as pranchas sob meus pés. Não consigo ver meus pés.
"*Ela disse 'eles'.*"
"*Quem?*"
Ele balança a cabeça. "*Não 'ele', mas 'eles'.*"
"*É verdade.*"
"*Mamãe não está na cabana, está?*"
"*Não. Mamãe é esperta demais para isso.*"
Aperto os olhos tentando ver através da névoa. Quero ver o que provoca esse ruído surdo.
"*Catorze*", *diz meu filho, e quando me volto para olhar para ele, a cabeça de Scott Pearse está sobre seu corpo pequeno. Ele exibe um sorriso cínico em meio à bruma.* "*Catorze devia fazer um barulho dos diabos, seu estúpido.*"
Agora o barulho está mais próximo, quase em cima de mim. Perscruto a névoa e vejo um vulto negro pairando no ar, braços estendidos, vindo velozmente em minha direção, varando a bruma de algodão-doce.
"*Sou mais esperto que você*", *diz a criatura Scott Pearse/meu filho.*
E um rosto contorcido irrompe de entre a bruma a cento e cinqüenta por hora — rosnando, sorrindo e arquejando, dentes à mostra.
É o rosto de Karen Nichols, depois é Angie abraçada ao corpo nu de Vanessa Moore, depois Siobhan com pele e olhos descorados, e finalmente Clarence, que me atinge o peito com as quatro patas, derrubando-me no chão, e eu deveria cair sobre as pranchas de madeira, mas elas sumiram, e eu caio na bruma e começo a sufocar.

Sento-me na cama.
"Durma de novo", murmura Angie, rosto colado no travesseiro.
"Pearse não pegou o carro para ir ao pântano de mirtilos", disse eu.

"É mesmo", disse ela ainda com a cabeça no travesseiro. "Ele não tem mais carro."

"Ele foi andando", disse eu. "De sua casa."

"Você ainda está sonhando", disse ela.

"Não, agora estou acordado."

Ela levantou ligeiramente a cabeça, olhou para mim com olhos sonolentos. "Pode-se esperar até de manhã?"

"Claro."

Ela tombou novamente no travesseiro e fechou os olhos.

"Ele tem uma casa", disse eu baixinho no escuro. "Em Plymouth."

34

"Estamos indo para Plymouth", disse Angie quando entramos na Rodovia 3 na bifurcação de Braintree, "porque seu filho falou com você num sonho?"

"Bem, ele não é meu filho. Quer dizer, no sonho ele é, mas no sonho Clarence está vivo, ambos sabemos que Clarence está morto, e além disso não se pode descer de uma calçada no centro da cidade e ir parar em Plymouth, e mesmo que se pudesse..."

"Chega", disse ela levantando a mão. "Já entendi tudo. Esse garoto que é e não é seu filho balbuciou umas bobagens sobre quatro mais dois mais oito igual a catorze e..."

"Ele não *balbuciou*", disse eu.

"... e essa bobajada lhe lembrou o que mais?"

"Quatro-dois-oito", disse eu. "O motor do Shelby."

"Oh, meu Deus!", exclamou ela. "Esse carro de novo? É só um *carro*, Patrick. Você entendeu bem? Ele não pode beijá-lo, cozinhar para você, pôr você na cama nem segurar sua mão."

"Sim, Irmã Angela, a Pragmática. Sei muito bem disso. Um quatro-dois-oito foi o mais poderoso motor de sua época. Capaz de deixar para trás qualquer outro veículo e..."

"Não vejo aonde você quer..."

"... ele faz um barulhão quando você o liga. Você acha que este Porsche faz barulho? Comparado com ele, o quatro-dois-oito é uma verdadeira bomba."

Ela bateu a mão no painel do carro. "E daí?"

"Naquela noite você ouviu alguma coisa no pântano que parecesse com o som de um motor? Com um grande e excelente motor? Ora, vamos. Eu estudei o mapa antes de começar a seguir Lovell. Só havia um caminho para chegar lá. O que nós pegamos. A estrada mais próxima do lado para onde Pearse foi fica a três quilômetros através da mata."

"Quer dizer então que ele andou."

"No escuro?"

"Claro."

"Por quê?", disse eu. "Àquela altura ele não podia imaginar que estávamos seguindo Lovell. Por que ele não estacionou na clareira onde estacionamos? E ainda que ele *desconfiasse*, havia um acesso à estrada uma centena de metros a leste. Então por que tomar a direção norte?"

"Será porque ele gosta de andar? Não sei."

"Porque ele mora lá."

Ela pôs os pés descalços sobre o painel de instrumentos e bateu a mão na própria fronte. "Essa é a intuição mais besta que você já teve."

"Claro", disse eu. "Fique reclamando. Isso ajuda muito."

"E olhe que você já teve umas intuições bem estúpidas."

"Você prefere engolir o que disse com vinho ou com cerveja?"

Ela enfiou a cabeça entre os joelhos. "Se você estiver errado, pode esquecer isso. Vai ficar comendo merda até o fim do milênio."

"Ainda bem que ele já está bem próximo", disse eu.

A parede de Coletoria de Plymouth era quase toda tomada por um mapa. O funcionário atrás do balcão, longe de ser o tipo magricela, careca e de óculos que se espera encontrar numa coletoria de impostos, era alto, bem constituído, loiro e, a julgar pelos olhares furtivos de Angie, o que as mulheres chamam de "um gato."

Certamente não tinha um pingo de massa cinzenta. Devia haver uma lei proibindo esses caras de se afastarem da praia.

Levamos alguns minutos para localizar o pântano onde fomos parar quando seguimos Lovell. Plymouth é totalmente tomada por pântanos de mirtilos. O que não é nada bom para quem não suporta o cheiro de mirtilo. Bom, porém, para quem os cultiva.

Quando conseguimos encontrar o pântano certo, eu já tinha surpreendido por quatro vezes Gatão, o Garanhão dos Impostos, espiando os lugares em que os rasgões da calça moderninha de Angie mostravam um pouco mais que a parte de trás das coxas.

"Bunda-mole", disse eu baixinho.

"O quê?", disse Angie.

"Eu disse 'olhe'", falei, apontando o mapa. Ao norte do centro do pântano, a uma distância de uns quatrocentos metros, pelo que calculei, havia uma inscrição: LOTE #865.

Angie tirou os olhos do mapa e disse a Gatão: "Estamos interessados em comprar o lote oito-meia-cinco. Pode nos dizer a quem pertence?".

Gatão lhe deu um sorriso brilhante, deixando à mostra os dentes mais brancos que já vi, depois dos de David Hasselhoff. Facetas estéticas, pensei. Aposto como o puto colocou facetas nos dentes.

"Pois não", disse ele digitando febrilmente o teclado do computador. "É o oito-meia-cinco, certo?"

"Isso mesmo", disse Angie.

Examinei o lote no mapa. Não havia nada em volta. Não havia lote 866 nem lote 864. Nada em uns dez hectares, talvez mais.

"Terra Mal-Assombrada", comentou Gatão devagar, olhos fitos na tela do computador.

"Como assim?"

Ele levantou os olhos, surpreso, ao que parecia, de ter falado alto. "Ah, bem..." Ele sorriu um tanto embaraçado. "Quando éramos crianças, chamávamos esse lugar de 'Terra Mal-Assombrada'. Nós nos provocávamos para ver quem tinha coragem de entrar lá."

"Por quê?"

É uma longa história." Ele olhou para o teclado. "Veja, ao que parece ninguém sabe..."

"Mas...?", disse Angie debruçando-se no balcão.

Gatão sacudiu os ombros. "Ora, isso já faz mais de trinta anos. Caramba, nessa época eu ainda nem tinha nascido."

"Claro", disse eu. "Trinta anos."

Ele se debruçou no balcão, abaixou a voz e seus olhos brilharam como os de uma comadre prestes a contar uma bisbilhotice da grossa. "Na década de 50, dizia-se que o Exército tinha instalado um centro de pesquisas nessa área. Não era nada grande, segundo meus pais. Tinha apenas alguns andares, mas era ultra-secreto."

"Que tipo de pesquisa?"

"Com gente." Ele sufocou um riso nervoso com o punho. "Supunha-se que usavam os pacientes com problemas mentais e os retardados. Era isso que nos assustava quando crianças. Os fantasmas que vagavam pela Terra Mal-Assombrada eram os fantasmas de lunáticos." Ele levantou as mãos e recuou um passo. "Pode ser apenas uma história de fantasmas usada por nossos pais para nos manter longe do pântano."

Angie olhou para ele com seu sorriso mais lascivo. "Mas você sabe que não era bem isso, não é?"

Ele corou. "Bem, certa vez eu fui verificar."

"E aí?"

"E havia mesmo um edifício naquela área até 1964, quando então foi demolido ou incendiado. A área, que era propriedade do governo até 1995, foi vendida em leilão."

"Para quem?", perguntei.

Ele olhou para a tela do computador. "Bourne é a proprietária do lote 865. Diane Bourne."

* * *

A Biblioteca de Plymouth tinha um mapa fotográfico de todo o município. O mapa era relativamente recente, e a foto tinha sido tirada num dia sem nuvens, um ano antes. Estendemos o mapa na grande mesa da sala de referência para examiná-lo com uma lupa que a bibliotecária nos emprestara. Depois de uns dez minutos, encontramos o pântano de mirtilos. Procuramos descobrir o que havia alguns centímetros à direita, no mapa.

"Aqui não há nada", disse Angie.

Desloquei a lupa milimetricamente sobre a mancha verde e marrom. Não consegui ver nada que se parecesse com um telhado.

Levantei devagar a lupa, observando toda a área. "Será que localizamos o pântano certo?"

O dedo de Angie apareceu sob a lupa. "Sim. Olhe aqui a estrada de acesso. E aquilo ali parece ser a cabana. Aqui é a mata Myles Standish. É isso aí. Você vai ter que rever seus sonhos divinatórios."

"A proprietária desse lote é Diane Bourne", disse eu. "Quer me dizer que isso não significa nada?"

"O que estou dizendo é que aí não tem nenhuma edificação."

"Alguma coisa tem", disse eu. "Tem de haver."

Os mosquitos queriam nos comer. Era mais um dia quente e úmido. O calor criava nuvens de vapor na superfície do pântano, fazia apodrecer os mirtilos, que exalavam um tremendo mau cheiro. O sol nos feria feito a lâmina de uma navalha, os mosquitos sentiam o cheiro de nossa carne e vinham nos atacar.

Angie dava tantas palmadas nas panturrilhas tentando matar os pernilongos que era difícil distinguir as manchas vermelhas dos pernilongos das manchas devidas às palmadas.

Durante algum tempo tentei o truque zen de fingir que nem os notava, torcendo para que meu corpo não lhes interessasse. Depois de umas cem picadas, porém, mandei o zen à puta que o pariu. Confúcio nunca teve de agüentar noventa e oito por cento de umidade nem a temperatura de trinta e três graus. Caso contrário, teria cortado algumas cabeças e dito ao imperador que só continuava a lhe fornecer suas frasezinhas de efeito quando ele instalasse um sistema de ar-condicionado no palácio.

Deslocamo-nos com dificuldade por entre a densa vegetação da margem leste do pântano e olhamos pelo binóculo. Se o Scott Pearse das Forças Especiais e do massacre no bordel panamenho estivesse escondido naquelas matas, certamente ali haveria toda espécie de armadilhas explosivas que acabariam com minhas expectativas de usar Viagra no futuro.

Mas a única coisa que se via ali eram matas, espinheiros ressecados e quebradiços por causa do sol, bétulas mirradas e musgo friável, com a textura de amianto. Aquele era mesmo um lugar ingrato, malcheiroso e sufocante por causa do calor.

Vasculhei toda a área com o binóculo que Bubba comprara de um oficial da força de elite da Marinha dos Estados Unidos, e mesmo com toda a sua potência e tempo claro, não vi nenhuma edificação.

"Não agüento mais isto aqui", disse Angie matando outro mosquito a tapa.

"Você está vendo alguma coisa?"

"Nada."

"Focalize o chão."

"Por quê?"

"Pode ser uma construção subterrânea."

Ela deu mais um tapa. "Certo."

Passados mais cinco minutos, tínhamos perdido sangue por todos os poros e nada tínhamos encontrado além do terreno da mata, agulhas de pinheiros, esquilos e musgo.

"Mas fica aqui", disse eu no caminho de volta.

"Eu não vou estacionar aqui em missão de vigilância", disse ela.

"Não estou lhe pedindo isso."

Entramos no Porsche, e eu lancei um olhar demorado ao pântano e à mata.

"É aí que ele se esconde", disse eu.

"Então ele deve se esconder muito bem", disse Angie.

Liguei o carro, apoiei o cotovelo no volante e fiquei olhando as árvores.

"Ele me conhece."

"O quê?"

Olhei para a cabana no meio da cruz.

"Pearse me conhece. Ele tem o meu número."

"E você tem o dele", disse Angie.

"Mas sei muito menos sobre ele."

As árvores pareciam sussurrar. Pareciam gemer.

Não se aproximem, diziam elas. *Não se aproximem.*

"Ele sabia que eu acabaria descobrindo este lugar. Talvez não tão rápido como foi o caso, mas acabaria descobrindo."

"E daí?"

"Daí que ele deve ter tomado suas providências. E rápido. Seja lá o que está tramando... ou está prestes a acontecer, ou já está acontecendo."

Senti a mão de Angie na altura dos rins.

"Patrick, não deixe que ele se torne uma obsessão. É isso o que ele quer."

Contemplei as árvores, a cabana, depois o diabo daquele pântano enevoado.

"Tarde demais", disse eu.

"Que puta fotocópia vagabunda", disse Bubba, examinando a reprodução da vista aérea da zona do pântano.

"Foi a melhor que conseguimos fazer."

Ele balançou a cabeça. "Se eu tivesse de trabalhar

com documentos como este, minha carcaça teria ficado em Beirute."

"Por que você nunca fala sobre isso?", disse Vanessa, sentada no banco do bar, atrás dele.

"Sobre o quê?"

"Sobre Beirute."

Ele virou a cabeçorra e lhe sorriu. "Tudo escureceu, explodiu, perdi meu olfato por três anos. Pronto, agora já falei."

Ela lhe deu um tapinha no peito. "Sacana."

Ele deu uma risadinha e voltou os olhos novamente para a fotocópia. "Aqui tem algo errado."

"O quê?"

Ele levantou a lupa que tínhamos comprado, e mostrou um ponto no mapa. "Isto."

Angie e eu olhamos por cima de seu ombro. A única coisa que eu via era uma mancha verde, uma moita fotografada de uma altura de seiscentos metros.

"É uma moita", disse eu.

"Ah, não", disse Bubba. "Olhe novamente."

Nós olhamos.

"O que é?", perguntou Angie.

"É oval demais", disse ele. "Veja a parte de cima. É lisa. Lisa como a superfície desta lupa."

"E daí?", disse eu.

"Daí que as moitas não são assim, cretino. Senão não seriam moitas, certo?"

Olhei para Angie, ela olhou para mim. Os dois balançamos a cabeça, céticos.

Bubba bateu o indicador na área em questão. "Estão vendo? É uma curva perfeita, como a parte de cima de minha unha. Não é uma coisa da natureza. É obra de gente." Ele abaixou a lupa. "Quer saber o que eu acho? É uma antena parabólica."

"Uma antena parabólica."

Ele fez que sim e foi à geladeira. "Sim."

"E para que serviria? Para o caso de ataques aéreos?"

Ele tirou uma garrafa de Finlandia do freezer. "Improvável. Acho que é para eles assistirem televisão."

"Quem?"

"As pessoas que moram debaixo da mata, imbecil."

"Oh", fiz eu.

Ele cutucou o ombro de Vanessa Moore com a garrafa de vodca. "E você achava que ele era mais inteligente do que eu."

"Mais inteligente, não", disse Vanessa. "Disse que ele tinha mais lábia."

Bubba tomou um gole de vodca e arrotou. "Essa coisa de lábia é superestimada."

Vanessa sorriu. "E você é uma prova disso, *baby*. Pode acreditar."

"Ela me chama de 'baby'", disse Bubba, e tomou mais um gole da garrafa, piscando para mim.

"Você disse que ali havia uma espécie de hospício do Exército? Meu palpite é que ainda há um porão sob aquelas matas. E de grandes dimensões."

O telefone ao lado da geladeira tocou. Ele atendeu, prendeu-o entre o pescoço e o ombro e não disse nada. Um minuto depois, ele desligou.

"Nelson perdeu a pista de Pearse."

"O quê?"

Ele confirmou com um gesto de cabeça.

"Onde?", perguntei.

"Em Rowes Wharf. Sabe o hotel que tem lá? Pearse entrou nele e ficou perto do píer. Nelson ficou dentro do edifício, fazendo o tipo descansado, sem pressa. Pearse esperou até o último segundo e pulou no ferryboat que vai para o aeroporto."

"E por que Nelson não foi de carro esperá-lo no aeroporto?"

"Bem que ele tentou", disse Bubba batendo no relógio de pulso. "São cinco horas e hoje é sexta-feira, cara. Você já tentou pegar o túnel a esta hora? Quando Nelson chegou a Eastie, eram cinco e quarenta e cinco. O barco aportou às cinco e vinte. O cara fugiu."

Angie cobriu o rosto com as mãos e balançou a cabeça. "Você tinha razão, Patrick."
"Em relação a quê?"
"Ele já se lançou à ofensiva."

Passados quinze minutos, depois que liguei para Carrie Dawe, estávamos à porta do depósito de Bubba. Ele trouxe um saco de lona preto e jogou-o aos nossos pés.

Vanessa, tão pequena em comparação com o gigante Bubba, aproximou-se dele e pôs-lhe a mão no peito.

"Acha que é o momento de dizer 'tenha cuidado'?"

Ele apontou para nós com o polegar. "Não sei. Pergunte a eles."

Vanessa nos olhou por baixo do braço dele.

Fizemos que sim.

"Tenha cuidado", disse ela.

Bubba puxou um 38 do bolso e deu a ela. "A segurança acabou. Se alguém entrar por esta porta, atire. Várias vezes."

Ela olhou as marcas de sua maquiagem na testa dele, sob as pálpebras e nas maçãs do rosto.

"Pode me dar um beijo?"

"Na frente *deles*?", disse Bubba negando com um gesto de cabeça.

Angie bateu em meu braço. "Nós vamos ficar olhando para a porta."

Voltamo-nos para a porta e ficamos olhando a chapa de metal, as quatro fechaduras, a barra de aço reforçada.

Até hoje, não sei se eles se beijaram ou não.

Encontramos Christopher Dawe no lugar indicado por sua mulher.

Quando ele saiu do estacionamento da Brimmer Street ao volante de seu Bentley, nós o bloqueamos: Bubba pela frente, com sua van, e eu por trás, com meu Porsche.

"Que diabos vocês estão fazendo?", disse abaixando o vidro da janela enquanto eu me aproximava.

"Há uma mochila esportiva no seu porta-malas", disse eu. "Quanto tem dentro dela?"

"Vá pro inferno", disse ele, e o lábio inferior tremeu.

"Doutor", eu disse apoiando o braço no capô do carro e olhando para ele. "Sua mulher nos contou que o senhor recebeu um telefonema de Pearse. Quanto tem na mochila?"

"Afaste-se do meu carro."

"Doutor", disse eu. "Ele vai matá-lo. Não sei para onde quer ir nem o que pretende fazer, mas sei que não vai voltar."

"Vou, sim", disse ele, o lábio inferior tremendo ainda mais, e tendo nos olhos uma expressão de sobressalto.

"O que ele sabe sobre o senhor?", perguntei. "Doutor, por favor, ajude-me a dar um fim nisso."

Ele levantou o olhar para mim, ensaiando um gesto desafiador, mas foi derrotado. Mordeu o lábio inferior, o rosto estreito pareceu murchar, as lágrimas rolaram por seu rosto e os ombros começaram a sacudir convulsivamente.

"Não posso... não posso..." Seus ombros se sacudiam para cima e para baixo, para cima e para baixo, como se estivesse descendo uma corredeira, tendo perdido o remo. Ele sorveu o ar num hausto ruidoso e agudo. "Não posso agüentar nem mais *um segundo* dessa agonia." Sua boca formava um O lamentoso e suas faces se afoguearam, prestes a se encher de lágrimas.

Pus a mão em seu ombro. "O senhor não precisa fazer isso. Livre-se dessa carga, doutor. Eu a carrego para o senhor."

Ele fechou os olhos com força, balançou a cabeça repetidamente e as lágrimas mancharam-lhe o terno como uma chuva de vento.

Ajoelhei-me ao lado da porta. "Doutor", disse eu baixinho. "Ela está acompanhando tudo."

"Quem?", disse ele em voz alta, embora sufocada.

"Karen", disse eu. "Acredito piamente nisso. Olhe para mim."

Ele terminou por virar a cabeça ligeiramente, como se alguém a estivesse empurrando, abriu os olhos embaçados e fitou os meus.

"Ela está nos observando. Quero lhe fazer justiça."

"Você mal a conheceu."

Sustentei o seu olhar. "Eu mal conheço quem quer que seja."

Seus olhos se abriram, mas logo se fecharam de novo, terminando por se reduzir a duas fendas, das quais brotavam lágrimas continuamente.

"Wesley", disse ele.

"O que tem ele, doutor? O que tem ele?"

Ele bateu várias vezes no console do banco, no painel de instrumentos, no volante. Enfiou a mão no bolso interno do paletó e tirou um saco plástico. Quando ele o tirou do bolso, estava tão bem embrulhado que tinha a forma de um charuto. Mas então ele o levantou, o saco plástico se desenrolou, e quando vi o que havia dentro senti o calor da noite pesar na parte de trás de meu crânio.

Um dedo.

"É dele", disse Christopher Dawe. "De Wesley. Ele o enviou para mim esta tarde. Ele disse que... disse que... disse que, se eu não entregasse o dinheiro numa parada para descanso da Rodovia 3, da próxima vez me enviaria os testículos."

"Que parada?"

"Logo antes da saída Marshfield, em direção sul."

Olhei para o saco plástico. "Como o senhor sabe que é de seu filho?"

Ele gritou: "Ele é meu filho!".

Abaixei a cabeça por um instante, engoli em seco. "Está bem, mas como pode ter certeza?"

Ele esfregou o saco plástico em meu rosto. "Está vendo? Está vendo a cicatriz na articulação?"

Olhei. Mal se podia ver, mas não havia como negar: sobrepunha-se às dobras da articulação e tinha a forma de um minúsculo asterisco.

"Está vendo?"

"Sim."

"É a marca de uma chave Philips. Wesley caiu em minha oficina quando era criança. A chave entrou no nó do dedo e fraturou o osso." Ele bateu o saco plástico em meu rosto. "O dedo de meu filho, senhor Kenzie!"

Não procurei me esquivar do golpe. Sustentei seu olhar alucinado, esforçando-me para responder com um olhar calmo.

Depois de um momento, ele enrolou o saco plástico com todo o cuidado e o enfiou novamente no bolso do terno. Ele fungou, enxugou o rosto e ficou olhando a van de Bubba.

"Eu quero morrer", disse ele.

"É isso o que ele quer que o senhor sinta", disse eu.

"Então ele conseguiu."

"Por que não chamar a polícia?", disse eu, e ele começou a balançar a cabeça vigorosamente. "Por que não, doutor? O senhor está querendo se redimir do que fez com Naomi quando ela nasceu. Agora sabemos quem está por trás disso. Podemos agarrá-lo."

"E meu filho?", disse ele ainda balançando a cabeça.

"Pode ser que já esteja morto", disse eu.

"Ele é tudo o que me restou. Se eu o perder por ter chamado a polícia, eu morro, senhor Kenzie. Nada vai poder me segurar."

Senti as primeiras gotas de chuva na minha cabeça quando me agachei junto à porta do carro. Não era, porém, uma chuva refrescante. Era morna e oleosa como suor. Tive a impressão de que sujava meus cabelos.

"Deixe-me que eu o detenha", disse eu. "Dê-me a mochila do porta-malas que eu trago seu filho vivo."

Ele apoiou o braço no volante e se voltou para mim. "Por que eu lhe confiaria quinhentos mil dólares?"

"Quinhentos mil?", disse eu. "Ele só pediu isso?"

Ele confirmou. "Foi só o que consegui levantar num prazo tão curto."

"E isso não o fez desconfiar de nada?", perguntei. "O prazo curto, a disposição de aceitar menos do que exigira antes? Ele está num mato sem cachorro, doutor. Ele está queimando todos os cartuchos e procura reduzir as próprias perdas. Se for ao encontro dele, o senhor nunca mais vai ver sua casa, nem seu consultório, nem o interior deste carro. E Wesley também vai morrer."

Ele deixou a cabeça tombar no encosto do banco e fitou o teto do carro.

A chuva caiu mais forte, não mais em gotas, mas sob a forma de grossos cordões de água morna que escorriam para dentro de minha camisa.

"Confie em mim", disse eu.

"Por que o faria?", disse ele, sem deixar de fitar o teto.

"Porque...", disse eu enxugando as pálpebras molhadas de chuva.

Ele voltou a cabeça. "Porque o quê, senhor Kenzie?"

"Porque o senhor já pagou por seus pecados", disse eu.

"O quê?"

Pisquei por causa da chuva e balancei a cabeça. "O senhor pagou, doutor. Fez uma coisa terrível, mas aí a menina afundou no gelo, e primeiro seu filho, depois Pearse, o torturaram durante dez anos. Não sei se Deus considera que é bastante, mas para mim é. O senhor já cumpriu a sua pena. Já viveu o seu inferno."

Ele gemeu, descansou a cabeça no alto do encosto do banco e ficou a contemplar a água que escorria pelo pára-brisa.

"Nunca é bastante. Essa dor nunca vai acabar."

"Não", disse eu. "Mas ele sim. Pearse vai."

"Vai o quê?"

"Acabar, doutor."

Ele me fitou por um bom tempo.

Então balançou a cabeça, aquiescendo. Em seguida abriu o porta-luvas, apertou um botão, e o porta-malas se abriu.

"Pegue a mochila", disse ele. "Pague a dívida. Faça o que tem de fazer, seja lá o que for, mas traga meu filho para casa, está bem?"

"Claro."

Quando estava me levantando, ele pôs a mão em meu braço.

Eu me inclinei para a janela.

"Eu errei."

"Errou como?"

"Em relação a Karen", disse ele.

"Como assim?"

"Ela não era fraca. Ela era boa."

"Era, sim."

"Deve ser por isso que morreu."

Eu não disse nada.

"Talvez seja assim que Deus castiga os maus", disse ele.

"Como assim, doutor?"

Ele inclinou a cabeça para trás e fechou os olhos. "Ele nos deixa vivos."

35

Christopher Dawe foi ao encontro da mulher em sua casa, com instruções para fazer as malas e ir para um quarto no Four Seasons, onde eu iria encontrá-lo depois de tudo terminado.

"Faça o que fizer", eu disse antes que ele fosse embora, "não atenda nem o celular, nem o pager, nem o telefone de casa."

"Não sei se..."

Estendi a mão. "Passe-me."

"O quê?"

"O celular e o pager. Agora."

"Eu sou cirurgião. Eu..."

"Isso não interessa. Trata-se da vida de seu filho, não da de um estranho. O telefone e o pager, doutor."

Dawe não gostou nem um pouco, mas me passou os dois, e ficamos olhando enquanto ele se afastava.

"Essa história de parada na rodovia não me cheira bem", disse Bubba quando entrei em sua van. "Não consigo prever os truques dele. Prefiro Plymouth."

"Mas o esconderijo em Plymouth deve ter muitos dispositivos de segurança", disse Angie.

Ele balançou a cabeça, concordando. "Mas fáceis de prever. Eu saberia onde colocar os fios de detecção se tivesse de ficar lá por um longo período. Mas na rodovia..." Ele balançou a cabeça. "Não vejo como enfrentá-lo se ele resolver improvisar. É arriscado demais."

"Então vamos para Plymouth", disse eu.

"De volta ao pântano", disse Angie.
"De volta ao pântano."

O celular de Christopher Dawe tocou bem na hora em que saímos da auto-estrada, tomando a direção de Plymouth. Levei-o ao ouvido enquanto punha o carro em ponto morto atrás da van de Bubba, cujas lanternas traseiras acabavam de acender.

"Está atrasado, doutor."
"Scottie!", disse eu.
Silêncio.
Prendi o fone entre o ombro e o ouvido, engatei a primeira e dobrei à direita seguindo Bubba.
"Patrick", disse Scott Pearse finalmente.
"Eu sou como bronquite, não acha? Toda vez que você pensa que se livrou de mim, cá estou eu de volta."
"Essa é boa, Patrick. Conte ao doutor quando a aorta do filho dele chegar pelo correio. Tenho certeza de que ele vai dar umas boas gargalhadas."
"Estou com seu dinheiro, Scott. Você quer ficar com ele?"
"Você está com meu dinheiro."
"Sim."
Bubba pegou a estrada que, passando pela mata de Myles Standish, levava ao pântano.
"Que tipo de número de circo tenho de fazer para recuperá-lo, Pat?"
"Se me chamar de Pat outra vez, Scottie, eu toco fogo na grana."
"Está bem, Patrick. Que tenho de fazer?"
"Me dar o número de seu celular."
Ele me deu e eu o ditei para Angie, que o anotou no bloquinho preso ao porta-luvas por uma ventosa.
"Não vai acontecer nada esta noite, Scott, por isso vá para casa."
"Espere."

"E se tentar entrar em contato com os Dawe, nunca vai ver nem um centavo desse dinheiro, entendeu?"

"Sim, mas..."

Desliguei.

Angie viu as lanternas de Bubba tomarem uma estrada mais estreita.

"Como você sabe que ele não vai voltar para a Congress Street?"

"Porque se Wesley estiver preso em algum lugar, esse lugar é aqui. Pearse sabe que está perdendo o controle da situação. Ele vai voltar para ver o trunfo que lhe restou, para se sentir dono da situação novamente."

"Uau", fez ela. "Você quase dá a impressão de que acredita mesmo nisso."

"Não tenho quase nada", disse eu. "Mas tenho esperança."

Passamos pela clareira, avançamos mais uns quatrocentos metros, escondemos nossos carros entre as árvores e voltamos para a estrada de acesso ao pântano.

Pela primeira vez em pelo menos dez anos, Bubba não estava com sua capa militar. Estava todo de preto. Calça jeans preta, botas de combate pretas, camiseta de manga comprida preta, luvas pretas e um gorro de malha preto na cabeça. Por determinação dele, quando saímos para interceptar o doutor Dawe, tínhamos parado em meu apartamento para pegar roupas pretas, e nós as vestimos antes de esconder nossos carros.

Quando voltávamos para a estrada, Bubba disse: "Quando localizarmos a casa, vou na frente como batedor. É muito simples. Vocês ficam dez passos atrás de mim". Ele se voltou, olhou para nós e levantou um dedo. "Exatamente atrás de mim. Quando eu der um passo, vocês também dão. Se eu explodir ou tropeçar num fio, corram de volta pelo mesmo caminho por onde vieram. Nem pensem em tentar me carregar, entenderam?"

Aquele não era o Bubba que eu conhecia. Todos os traços de psicose pareciam ter desaparecido. Além de ter perdido aquele seu aspecto de canhão desgovernado, sua voz tinha mudado, adquirido entonações ligeiramente mais graves, e aquela sua aura de solidão e estranheza dera lugar a uma impressão de total confiança e desenvoltura.

Percebi que ali ele estava em casa. Estava em seu elemento. Ele era um guerreiro, fora convocado para a batalha e sabia que nascera para isso.

Enquanto o seguíamos pela estrada, vi o que os homens de Beirute devem ter visto — na hora da batalha, fosse quem fosse o oficial no comando, era Bubba que eles iriam seguir, era Bubba a quem iriam ouvir, porque só ele seria capaz de conduzi-los sob a metralha e trazê-los de volta para a segurança.

Era um líder nato, e perto dele John Wayne era um maricas.

Ele tirou o saco de lona das costas, pôs debaixo do braço e, continuando a andar, tirou uma M-16 de dentro e olhou para nós.

"Vocês têm certeza de que não querem uma dessas?"

Eu e Angie balançamos a cabeça, recusando. Uma M-16. Se eu disparasse um troço daqueles, acabaria rebentando o ombro.

"Acho que pistolas dão conta do recado", disse eu.

"Vocês têm pentes sobressalentes?"

Fiz que sim. "Quatro."

Ele olhou para Angie. "Carregadores?"

Ela fez que sim. "Três."

Angie olhou para mim e engoliu em seco. Eu sabia muito bem o que ela estava sentindo. Minha boca também estava começando a ficar seca.

Atravessamos as pranchas de madeira e passamos pela cabana.

Bubba disse: "Se a gente acha a casa e entra, o negócio é passar fogo em tudo o que se mexer. Sem fazer perguntas. Se não estiver acorrentado, não é um refém. Se não for um refém, é o inimigo, certo?"

"Ah, entendi", disse eu.

"Ange?" Ele voltou os olhos para ela.

"Certo."

Bubba parou e olhou para o rosto pálido e os olhos arregalados de Angie.

"Você está preparada para isso?", perguntou ele em tom suave.

Ela balançou a cabeça várias vezes, confirmando.

"Porque..."

"Deixe de ser sexista, Bubba. Não vai ser um combate corpo a corpo. Só tenho de apontar e atirar, e tenho uma pontaria melhor que a de vocês dois."

Bubba olhou para mim. "Você, em compensação..."

"Vocês têm razão", disse eu. "Vou voltar pra casa."

Ele sorriu. Angie sorriu. Eu sorri. No silêncio do bosque e na escuridão da noite, tive a impressão de que não teríamos oportunidade de sorrir durante um bom tempo.

"Está certo", disse Bubba. "Somos os três, então. Não se esqueçam, o único pecado num combate é a hesitação. Portanto, não hesitem."

Paramos na orla da mata e Bubba tirou a mochila dos ombros e depositou-a com todo o cuidado no chão. Ele a abriu e tirou três objetos quadrados munidos de correias para ajustar atrás da cabeça e grandes lentes na frente. Ele nos passou duas delas.

"Coloquem isso."

Fizemos o que ele mandou e o mundo ficou verde. As moitas escuras e as árvores ficaram cor de hortelã, os musgos, esmeralda, o ar, de um matiz verde-amarelado.

"Não precisam se apressar", disse Bubba. "Vão se acostumando com o equipamento."

Ele tirou um enorme binóculo infravermelho, levou aos olhos e começou a vasculhar a mata deslocando-o coisa de meio centímetro por vez.

Aquele verde tinha algo de agressivo, nauseante. Meu

45 dava a impressão de um atiçador quente encostado na parte baixa de minhas costas. A secura de minha boca chegara à garganta e parecia fechar minhas vias respiratórias. E, para ser franco, com aqueles volumosos óculos infravermelhos presos na cara eu me sentia um idiota. Sentia-me como um Power Ranger.

"Achei", disse Bubba.

"O quê?"

"Acompanhe meu dedo."

Ele levantou o braço e apontou. Olhei com atenção o ponto que ele indicara por entre cipoais e moitas e espinheiros até enxergar as janelas.

Eram duas. De repente elas pareciam nos fitar do chão do matagal como periscópios. Tinham pouco menos de meio metro de altura, mas ao vê-las surgir em meio àquele mundo verde era quase impossível entender por que não as tínhamos descoberto.

"Vocês não as poderiam ter visto à luz do dia", disse Bubba. "A menos que vissem a luz refletida nas vidraças. Tudo, menos os vidros, está pintado de verde, mesmo as ombreiras."

"Bem, obrigado por..."

Ele levantou o dedo para que eu me calasse e inclinou a cabeça. Trinta segundos depois, eu também ouvi o barulho do motor de um carro e pneus avançando pela estrada de acesso, vindo em nossa direção. Quando os pneus chapinharam na terra mole da clareira ao norte, Bubba bateu em nossos ombros e, depois de ter pegado a mochila, avançou ao longo da fileira de árvores à nossa esquerda, tendo o cuidado de abaixar o corpo. Enquanto o seguíamos, ouvimos a porta do carro abrir e fechar, depois o ranger de passos que seguiam em direção ao pântano.

Bubba desapareceu entre as árvores, e nós fomos na cola dele.

Um Scott Pearse verde começou a andar nas pranchas, e seus passos ressoavam na madeira enquanto ele avançava meio correndo, meio a passos rápidos. Ele passou pela cabana e começou a vir na direção do ponto em que estávamos. Ele parecia estar prestes a entrar na mata, quando de repente ficou imóvel.

Sua cabeça virou lentamente em nossa direção, e por um bom tempo pareceu me fitar diretamente nos olhos. Inclinou-se para melhor perscrutar o mato, levantou os braços como se para silenciar os mosquitos e o leve chapinhar dos frutos na água, fechou os olhos e se pôs a escutar.

Depois de um tempo que me pareceu coisa de um mês, ele abriu os olhos, balançou a cabeça, afastou os galhos à sua frente e penetrou na mata.

Voltei a cabeça, mas Bubba já não estava ao nosso lado, e eu não tinha ouvido o menor movimento. Ele estava uns dez metros adiante, agachado, mãos apoiadas nos joelhos, olhando Scott Pearse avançar na mata.

Voltei a cabeça para Pearse, vi-o parar cerca de dez metros antes das duas janelas e se abaixar no chão. Ele levantou o braço e vi que abrira um alçapão. Ele desceu pelo alçapão e fechou-o acima de sua cabeça.

De repente Bubba apareceu junto de nós novamente.

"Não sabemos se ele tem detectores de movimento, ou fios ligados a explosivos que ele aciona de dentro, mas talvez a gente tenha um minuto. Sigam-me. Não se afastem um milímetro de minhas pegadas."

Ele avançou novamente em direção ao pântano como o maior e mais lesto felino do mundo. Angie seguia dez passos atrás dele, e eu cinco passos atrás dela.

De repente ele se enfiou na mata, e nós atrás dele. Sem a menor hesitação, ele avançou em silêncio pelo mesmo caminho que Scott Pearse fizera.

Quando chegou à porta rente ao chão, acenou rapidamente para nós.

Nós o alcançamos, e de repente senti um fortíssimo desejo de ir mais devagar, de retroceder, de apertar os freios por um instante. Aquilo tudo estava acontecendo muito mais rápido do que eu poderia imaginar. E avançávamos velozmente, às cegas. Não tínhamos tempo nem de respirar.

"Mexeu, vocês atiram", sussurrou Bubba, e regulou o M-16 para disparos automáticos. "Continuem com os óculos infravermelhos, até vermos se tem luz lá dentro. Se tiver, não percam tempo tirando-os pela cabeça. Basta puxá-los para baixo e deixá-los pendurados no pescoço. Estão prontos?"

Eu disse "Ah...".

"Um-dois-três", disse Bubba.

"Meu Deus", disse Angie.

"Pare com isso", sussurrou Bubba asperamente. "Ou a gente entra ou se ferra. Agora. Não temos tempo."

Saquei o meu 45, destravei e enxuguei a mão em minha calça jeans.

"Vamos", disse Angie.

"Vamos", disse eu.

"Se nos separarmos a gente se encontra mais tarde."

Ele arreganhou os dentes e pôs a mão no puxador do alçapão.

"Estou tão contente", sussurrou ele.

Lancei um olhar perplexo a Angie, ela segurou com mais força a coronha do 38 para controlar o tremor, e Bubba abriu o alçapão.

Vimos uma escadaria de pedra branca, com quinze degraus que desciam abruptamente e terminavam diante de uma porta de aço.

Bubba se ajoelhou no topo da escada, apontou o M-16 e fez vários disparos contra os ângulos esquerdos da porta. As balas martelaram o aço e explodiram em fagulhas amarelas. O barulho era ensurdecedor.

As janelas à nossa frente se estilhaçaram, e eu vi canos de armas apontados para nós. Nós nos abaixamos, Bubba saltou para o pé da escada e, com um pontapé, arrancou dos gonzos estilhaçados a porta de aço.

Já sob o fogo dos disparos vindos das janelas, mergulhamos atrás de Bubba. Do outro lado da porta estendia-se um corredor de cimento de uns trinta metros de comprimento, com várias portas à direita e à esquerda.

O corredor estava bem iluminado, e eu tirei os óculos infravermelhos do rosto, deixando-os pendurados no pescoço. Angie fez o mesmo, e lá ficamos nós, tensos, aterrorizados, piscando à crua luz branca.

Uma mulher baixa apareceu a uma porta, uns dez metros à nossa frente, do lado direito. Tive tempo de notar que ela era magra, morena, e estava apontando um 38, antes que Bubba apertasse o gatilho de seu M-16 e seu peito desaparecesse num jorro vermelho.

O 38 caiu no corredor e ela desabou no vão da porta, morta antes de chegar ao chão.

"Avancem", disse Bubba.

Ele chutou a porta mais próxima, e demos com um gabinete vazio. Por via das dúvidas, Bubba jogou lá dentro uma bomba de gás lacrimogêneo antes de fechar a porta.

Entramos na sala em cujo vão estava o cadáver da mulher. Era um quarto, também vazio e pequeno.

Bubba cutucou a mulher com o pé. "Você a reconhece?"

Neguei com um gesto de cabeça, mas Angie disse: "É a mulher que aparece nas fotos com David Wetterau".

Dei outra olhada. Estava com a cabeça virada, os olhos revirados, o queixo cheio de sangue, mas Angie tinha razão. Era ela.

Bubba aproximou-se da porta do outro lado do corredor, abriu-a com um pontapé, e estava prestes a disparar quando desviei sua arma.

Um homem pálido, meio careca, estava sentado numa cadeira de metal. Seu pulso esquerdo estava amarrado fortemente ao braço da cadeira por uma grossa corda amarela, e ele tinha uma bola de tênis azul na boca à guisa de mordaça. Do pulso direito, que estava livre, pendiam alguns fios da corda amarela, como se o homem tivesse conseguido soltar o pulso antes de nós entrarmos. Tinha mais ou menos a minha idade, e faltava-lhe o indicador direito. A seus pés havia um rolo de fita isolante, mas suas pernas estavam livres.

"Wesley", disse eu.

Ele confirmou com a cabeça, olhos desvairados e cheios de terror.

"Vamos tirá-lo daqui", disse eu.

"Não", disse Bubba. "A situação não está sob controle. Só o tiramos daqui quando estiver."

Olhei para o poço da escada, a uma distância de apenas dez metros.

"Mas..."

"Estamos expostos", disse ele. "Não discuta as minhas ordens, porra!"

Wesley batia os saltos dos sapatos no chão, desesperado, balançando a cabeça, pedindo-me com os olhos que o soltasse e tirasse dali.

"Merda", disse eu.

Bubba voltou-se para olhar a porta seguinte, uns poucos metros adiante no corredor, à nossa direita.

Ele disse: "O.k. Vamos fazer isso seguindo as regras. Patrick, quero que você..."

A porta do fundo do corredor se abriu, e todos nos precipitamos em sua direção. Diane Bourne parecia levitar no corredor, mãos levantadas e pés fora do chão. Scott Pearse estava atrás dela, um braço cingindo-lhe a cintura, o outro apertando uma arma contra a sua nuca.

"Joguem as armas no chão", gritou Pearse. "Senão ela morre."

"E daí, porra?", disse Bubba apoiando a coronha do M-16 no ombro, para melhor apontar.

O corpo de Diane Bourne sacudia-se em espasmos violentos. "Por favor, por favor, por favor."

"Ponham as armas no chão!", gritou Pearse.

"Pearse", disse eu. "Você está acuado. Acabou."

"Isto não é uma negociação", berrou ele.

"Você tem toda a razão", gritou Bubba. "Vamos parar de conversa mole. Vou atirar através dela, certo?"

"Espere", a voz de Pearse estava tão trêmula como o corpo de Diane Bourne.

"Ah, não", disse Bubba.

Então Pearse abaixou a arma, Bubba fez uma pausa, e o braço de Pearse ergueu-se novamente, apontando diretamente para a testa de Angie.

"Ao menor movimento, senhorita Gennaro, eu estouro sua cabeça."

A voz de Pearse agora não tinha o mais leve tremor. A mão que segurava a arma mantinha-se firme enquanto ele avançava em nossa direção, o braço ainda cingindo a cintura de Diane, os pés dela erguidos do chão, usando o corpo dela como escudo.

Angie estava paralisada, o 38 imobilizado junto do corpo, olhos fitos no cano da pistola de Pearse.

"Alguém duvida que eu atire?"

"Porra", disse Bubba baixinho.

"Armas no chão, pessoal. Agora."

Angie largou a sua. Eu larguei a minha. Bubba nem se mexeu. Manteve a arma apontada para Pearse enquanto Pearse chegava a seis metros de nós.

"Rogowski", disse Pearse. "Largue a arma."

"Vá se foder."

O suor enegrecia o cabelo de Bubba, mas o M-16 não tremeu.

"Oh", disse Pearse. "O.k."

E atirou.

Joguei meu ombro contra o de Angie, senti uma espada de gelo ardente em meu peito, logo abaixo do ombro, tombei contra a parede de cimento e caí de joelhos no meio do corredor.

Pearse atirou novamente, mas o tiro atingiu a parede atrás de mim.

Bubba descarregou o M-16 e Diane Bourne desapareceu numa névoa vermelha, o corpo sacudindo-se como se tivesse recebido uma descarga elétrica.

Deitada de bruços, Angie se arrastou para pegar o

38. Tive a impressão de que o chão se erguia ao meu encontro e caí de costas.

Perto de mim, Bubba se chocou contra a ombreira da porta, largou o M-16 e levou a mão ao quadril.

Tentei me levantar do chão, mas não consegui.

Bubba agarrou Angie pelo cabelo e levou-a para a sala em que estava Wesley Dawe. Eu ouvia as balas explodindo à minha volta no piso de cimento, mas não conseguia levantar a cabeça para ver de onde partiam.

Virei a cabeça para a esquerda e levantei os olhos.

Bubba estava no vão da porta de Wesley, e seus olhos me fitaram com uma grande expressão de tristeza.

Então ele fechou a porta entre nós.

Os disparos cessaram. O corredor ficou em silêncio, salvo pelo barulho de passos aproximando-se.

Scott Pearse estava de pé ao meu lado e sorria. Ele tirou o carregador vazio de sua 9 milímetros e jogou-o no chão, perto da minha cabeça. Colocou outro carregador e pôs uma bala na câmara da arma. Suas roupas, pescoço e rosto estavam encharcados do sangue de Diane Bourne. Ele acenou para mim.

"Você está com um buraco no peito, Pat. Você não acha engraçado? Eu acho."

Tentei falar, mas a única coisa que saiu de minha boca foi um líquido morno.

"Merda", disse Scott Pearse. "Não morra logo, Pat. Quero que você me veja matar os seus amigos."

Ele se agachou ao meu lado. "Eles largaram todas as armas aqui. E não há como sair daquela sala." Ele me deu um tapinha no rosto. "Cara, você é rápido. Esperava que você pudesse ver sua piranhinha levar um tiro na cabeça, mas você está com pressa de morrer."

Meus olhos se desviaram dele, não porque eu quisesse, mas porque de repente pareceram deslizar como se estivessem montados em rolimãs bem azeitados, fora de meu controle.

Scott Pearse virou meu queixo, bateu em minha têmpora e os rolimãs voltaram meus olhos para ele.

"Não morra ainda, cara. Preciso saber onde está o meu dinheiro."

Balancei a cabeça ligeiramente. Sentia agulhadas ardentes do lado esquerdo do peito, logo abaixo da clavícula. Ia ficando cada vez mais quente e começava a queimar.

"Você gosta de fazer gracinhas, não é, Pat?" Ele bateu em meu rosto outra vez. "Você adora. Você vai morrer aqui, e mesmo em sua agonia quero que entenda uma coisa: você nunca conseguiu ter uma visão global do tabuleiro. Eu acho isso muito engraçado." Ele deu uma risadinha. "O dinheiro está em seu carro, com certeza estacionado aqui por perto. Eu vou encontrá-lo."

"Não", consegui dizer com dificuldade, embora não tivesse certeza de que o som tinha saído de minha boca.

"Sim", disse ele. "Me diverti um pouco com você aí, mas agora estou cansado. O.k. Vou matar sua piranha e o malucão. Já volto."

Ele se pôs de pé, voltou-se para a porta, e eu arrastei uma mão entorpecida pelo chão tentando ignorar a dor que me lancetava o peito.

Scott Pearse riu. "As armas estão a mais de um metro e meio de suas pernas, Pat. Mas continue tentando."

Rangi os dentes e gritei quando levantei a cabeça e as costas do chão, tentando me sentar. O sangue jorrou do buraco em meu peito e me banhou o colo.

Pearse inclinou a cabeça para mim e me apontou a arma. "Você tem espírito de equipe, Pat. Parabéns."

Olhei para ele e desejei que ele puxasse o gatilho.

"O.k.", disse ele baixinho, puxando o percussor. "Agora vou apagar você."

A porta se abriu atrás dele, Pearse se voltou e fez um disparo que atingiu a coxa de Bubba.

Mas Bubba não parou. Ele cobriu com a sua a mão de Pearse que segurava a arma, e com o outro braço apertou o peito dele por trás.

Pearse deu um grito gutural, tentou se desvencilhar de Bubba, mas ele apertou ainda mais e Pearse começou a sufocar, soltar pequenos gemidos agudos, enquanto via sua arma erguendo-se, contra a sua vontade, em direção ao lado de sua cabeça.

Ele tentou desviar a cabeça, mas Bubba recuou a sua e bateu com força a testa maciça na parte de trás da cabeça de Pearse, fazendo um barulho parecido com o do choque de bolas de bilhar.

Os olhos de Pearse giraram nas órbitas com o impacto.

"Não", gritou ele. "Não, não, não, não."

Bubba grunhia por causa do esforço, o sangue escorrendo pela perna enquanto Angie avançava cambaleante pelo corredor, de quatro, para pegar o 38.

Ela se ergueu num joelho, puxou o percussor e apontou para o peito de Pearse.

"Não faça isso, Ange!", gritou Bubba.

Angie ficou paralisada, o dedo em volta do gatilho.

"Você é meu, Scott", sussurrou Bubba no ouvido de Pearse. "Você é meu, queridinho."

"Por favor!", suplicou Pearse. "Espere! Não! Não faça isso! Espere! Por favor!"

Bubba grunhiu novamente, enfiou a boca da arma na têmpora de Pearse, e cobriu com seu dedo o dedo de Pearse que estava no gatilho.

"Não!"

Bubba disse: "Está se sentindo deprimido, isolado, quem sabe querendo se matar?".

"Não faça isso!" Com a mão livre, Pearse tentou bater na cabeça de Bubba.

"Bem, ligue para o CVV, mas não me peça nada, Pearse, porque estou me lixando para você."

Bubba meteu o joelho na espinha de Pearse, levantou-o do chão.

"Por favor!", disse Pearse, esperneando no ar, lágrimas escorrendo-lhe pelas faces.

"Sim, sim, claro, claro", disse Bubba.

"Oh, Deus!"

"Ei, seu bundão! Dê lembranças ao cachorro por mim, tá?", disse Bubba, e estourou os miolos de Scott Pearse.

36

Passei cinco semanas no hospital. A bala penetrou do lado esquerdo do meu peito, pouco abaixo da clavícula, e saiu pelas costas, e eu perdi mais de um litro e meio de sangue antes da chegada do resgate. Fiquei em coma durante quatro dias e acordei com tubos no peito, no pescoço, no braço, nas narinas, ligado a um respirador, com tanta sede que seria capaz de abrir mão de todas as minhas economias por um cubo de gelo.

Os Dawe, pelo visto, eram gente de influência, porque, um mês depois que resgatamos seu filho, as acusações de porte de armas ilegais que pesavam contra Bubba simplesmente desapareceram. Era como se a promotoria nos dissesse: é verdade que vocês invadiram o bunker de Plymouth com armas ilegais que dariam para invadir um país, mas trouxeram um jovem rico vivo. Assim, se não houve dano, não houve infração. Tenho certeza de que a promotoria agiria de forma diferente se soubesse que Pearse extorquira dinheiro dos Dawe ameaçando-os com provas de que tinham trocado um bebê, mas Pearse não estava lá para dar com a língua nos dentes, e nós que conhecíamos o segredo, resolvemos calar sobre o assunto.

Wesley Dawe veio me visitar. Ele me tomou a mão e, com lágrimas nos olhos, me agradeceu e contou que conhecera Pearse por intermédio de Diane Bourne, que além de ser sua terapeuta também tinha sido sua amante. Ela, a princípio, e depois Pearse, controlavam sua mente frágil pela manipulação psicológica, jogos de poder mentais ou sexuais, e pela administração de medicamentos de forma aleatória. Ele admitiu que a idéia de chantagear o pai tinha sido sua, mas Diane Bourne e Pearse levaram a coisa bem mais adiante, transformando-a em algo letal, quando passaram a se considerar donos da fortuna dos Dawe.

Em meados de 1998, eles o tomaram como refém, mantendo-o preso a uma cadeira ou a uma cama e ameaçando-o com um revólver.

Eu ainda não recuperara a fala. Perdi a voz quando um minúsculo fragmento da clavícula foi parar em meu pulmão esquerdo. Quando eu tentava falar naquelas primeiras semanas, só conseguia emitir um chiado fino, como uma chaleira, ou como o pato Donald ao perder a calma.

Mas, podendo ou não podendo falar, duvido que tivesse grande coisa a dizer a Wesley Dawe. Ele me deu uma forte impressão de ser uma pessoa melancólica e fraca, e eu não conseguia afastar a imagem de um rapazinho petulante a originar todos aqueles problemas — mal-intencionado ou não — simplesmente porque queria descarregar sua raiva. Sua meia-irmã estava morta. Eu não podia atribuir-lhe toda a culpa, mas também não sentia nem um pouco de vontade de perdoá-lo.

Quando veio me visitar pela segunda vez, fingi que estava dormindo. Ele enfiou um cheque assinado pelo pai debaixo do meu travesseiro, sussurrando: "Obrigado. Você me salvou", depois foi embora.

Como eu e Bubba ficamos internados por um tempo no Hospital Geral de Massachusetts, terminamos por iniciar nossa fisioterapia juntos — eu com meu braço inerte e ele com uma parte da bacia substituída por uma prótese de metal.

É uma sensação esquisita dever a vida a alguém. Faz que nos sintamos humildes, culpados e fracos, e nossa gratidão às vezes é tão imensa que é como uma bigorna amarrada ao coração.

"É como em Beirute", disse certa tarde Bubba, quando estávamos na hidroterapia. "O que passou, passou. Falar sobre isso não serve para nada."

"É possível."

"Porra, cara, você fez o mesmo por mim."

E, estando ali sentado, senti uma certeza reconfortante ao entender que ele certamente tinha razão, embora tenha cá as minhas dúvidas de que, com uma bala no quadril e outra na coxa, eu seria capaz de, como ele, enfrentar um sujeito como Scott Pearse.

"Você fez a mesma coisa por Angie", disse ele. "E faria por mim."

E balançou a cabeça, pensando consigo mesmo.

Eu disse: "Tudo bem. Você tem razão. Não vou mais agradecer a você".

"Nem falar mais sobre isso."

"Legal."

Ele balançou a cabeça. "Legal." Ele lançou um olhar às banheiras metálicas à sua volta. A minha era vizinha à sua, e havia mais cinco ou seis pessoas na sala, todas mergulhadas em água quente e borbulhante. "Sabe o que ia ser mesmo legal?", perguntou ele.

Balancei a cabeça.

"Um pouco de erva." Ele ergueu as sobrancelhas. "Não acha?"

"Claro."

Ele cutucou a professora de meia-idade da banheira ao lado da sua. "Sabe onde se pode arrumar um baseado, irmã?"

A mulher que Bubba matara a tiros logo que entramos no bunker foi identificada como Catherine Larve, antiga modelo de Kansas City, especializada em anúncios impressos para lojas de departamento do Meio-Oeste em fins da década de 1980 e início da de 1990. Não tinha antecedentes criminais, e pouco se sabia sobre sua vida desde que deixara Kansas City com a pessoa que os vizinhos supunham ser seu namorado — um bonito homem loiro que andava num Mustang Shelby 1968.

Bubba teve alta do hospital dez dias antes de mim. Vanessa foi buscá-lo, e antes mesmo de irem para o depósito passaram num abrigo da Sociedade Protetora de Animais para adotar um cachorro.

Os últimos dez dias no hospital foram os piores. O verão acabava e o outono começou a invadir meu horizonte do outro lado da janela, e a única coisa que eu podia fazer era ficar ali deitado ouvindo a mudança de estação refletida nas vozes das pessoas dez andares abaixo. E ficava me perguntando como soaria a voz de Karen Nichols naquela atmosfera mais fresca, se ela tivesse esperado que o calor acabasse e as folhas começassem a cair.

Subi as escadas de meu apartamento bem devagar, com um braço em volta do corpo de Angie. Na mão livre eu levava uma bola de tênis para trabalhar gradualmente os músculos do braço em fase de recuperação.

Todo o lado esquerdo de meu corpo ainda estava debilitado, esgotado, como se o sangue desse lado fosse ralo, e à noite eu sentia frio nessa região.

"Estamos em casa", disse Angie quando chegamos ao patamar da escada.

"Em casa?", disse eu. "Você quer dizer que minha casa é a nossa casa?"

"Nossa", disse ela.

Ela abriu a porta à nossa frente, e eu olhei o corredor diante de mim, que exalava um cheiro de terebintina recém-aplicada no assoalho. Senti o calor do corpo de Angie na minha mão sã. Vi minha boa poltrona La-Z-Boy esperando por mim na sala de estar. E eu sabia que, a menos que Angie as tivesse tomado, havia duas Becks geladas na geladeira.

Viver não é tão ruim assim, concluí. O segredo da felicidade está nas pequenas coisas. Na mobília ajustada às suas necessidades. Uma cerveja gelada num dia quente. Um morango perfeito. Os lábios dela.
"Cá estamos", disse eu.

O outono já estava bem avançado quando consegui levantar as mãos acima da cabeça e me espreguiçar, e certa tarde fui procurar meu casaco favorito, puído, rasgado, do tempo do curso secundário, que eu tinha jogado, com minha mão sã, na prateleira mais alta do closet do quarto, onde ele ficava escondido à sombra do lintel da porta. Eu o escondi porque Angie o detestava, dizia que com ele eu ficava parecendo um vagabundo, e eu tinha certeza de que ela alimentava o desejo de destruí-lo. Eu aprendera que não se devem negligenciar as ameaças que as mulheres fazem contra nossas roupas.

Minha mão afundou no algodão desbotado, e eu soltei um suspiro de satisfação quando o puxei e vários objetos caíram na minha cabeça junto com ele.

Um deles era uma fita cassete que eu pensava ter perdido, uma cópia pirata de Muddy Waters tocando ao vivo com Mick Jagger e os Red Devils. Outro era um livro que Angie me emprestara e que eu, tendo parado de ler depois de cinquenta páginas, tinha enfiado ali na esperança de que ela o esquecesse. O terceiro era um rolo de fita isolante que jogara ali no verão anterior, depois de usá-lo num fio elétrico, porque estava com preguiça de guardá-lo na caixa de ferramentas.

Peguei a fita cassete, joguei o livro de volta à escuridão e estendi a mão para pegar a fita isolante.

Mas não cheguei a tocar na fita isolante. Em vez disso, sentei-me no chão e fiquei a contemplá-la.

E finalmente tive uma visão do conjunto do tabuleiro.

37

"Senhor Kenzie", disse Wesley quando fui ao seu encontro na lagoa nos fundos da propriedade de seu pai. "Que prazer em vê-lo."
"Você a empurrou?", perguntei.
"O quê? Quem?"
"Naomi", disse eu.
Ele inclinou a cabeça para trás e deu um riso embaraçado. "De que o senhor está falando?"
"Ela foi buscar uma bola nessa lagoa", disse eu. "Essa é a história que se conta, não é? Mas como a bola foi parar lá? Foi você quem a jogou, Wes?"
Ele me deu um risinho estranho, penso que doloroso, solitário. Virou a cabeça e contemplou a lagoa. Seu olhar ficou distante. Enfiou as mãos nos bolsos e inclinou-se ligeiramente para trás, os ombros restesando-se, o corpo magro agitado por um leve tremor.
"Naomi jogou a bola", disse ele devagar. "Não sei por quê. Eu fui na frente dela." Ele inclinou a cabeça para a direita. "Por ali. Perdido em meus pensamentos, suponho, embora não consiga me lembrar em que estava pensando." Ele deu de ombros. "Fosse como fosse, o fato é que continuei andando, e minha irmã atirou a bola. Talvez ela tenha batido numa pedra. Talvez ela tenha jogado no gelo para ver o que aconteceria. Não importa por quê. A bola foi parar no gelo, e ela foi atrás. Ouvi seus passos no gelo, de repente, como se alguém, por um capricho, tivesse ligado uma trilha sonora. Num instante, eu

estava imerso em meus pensamentos, como sempre. No instante seguinte eu era capaz de ouvir um esquilo andando na grama congelada vinte passos adiante. Era capaz de ouvir a neve fundindo-se. E de ouvir os passos de Naomi no gelo. E voltei a cabeça a tempo de ver o gelo quebrar-se sob seus pés. Foi tão abafado, aquele som." Ele se voltou novamente para mim e ergueu uma sobrancelha. "A gente tenderia a pensar que não, não é? Mas o som era igual ao do papel-alumínio quando a gente amassa com a mão. E o rosto dela," acrescentou ele com um sorriso, "era a própria expressão da alegria. Que experiência nova haveria de ser! Ela não fez o menor barulho. Não gritou. Simplesmente caiu. E desapareceu."

Ele sacudiu os ombros novamente, apanhou uma pedra do chão e jogou-a bem alto, na direção da lagoa. Eu a vi erguer-se no sombrio ar outonal, indo por fim cair no meio da lagoa, provocando uns poucos respingos.

"Pois bem, não", disse ele. "Eu não matei minha irmã, senhor Kenzie. Eu simplesmente não cuidei dela como devia." Ele pôs as mãos nos bolsos novamente, inclinou o corpo ligeiramente para trás e me deu outro sorriso cheio de aflição.

"Mas eles o culparam", retruquei eu, indicando a varanda onde Christopher e Carrie Dawe tomavam o chá enquanto liam o jornal do domingo. "Não é verdade, Wesley?"

Ele franziu os lábios e balançou a cabeça fitando o chão.

Ele se voltou para a direita e começou a andar devagar à margem da lagoa, sob aquele sol de domingo de fim de outubro. Seus passos pareciam um tanto inseguros, e de repente percebi que havia algo de desajeitado no movimento de seu quadril direito. Olhei para seus pés, vi que a sola do sapato direito era bem mais grossa que a do esquerdo. Bem que Christopher Dawe me dissera que ele tinha nascido com uma perna mais curta que a outra.

"Não deve ser nada bom", disse eu.

"O quê?"

"Ser acusado da morte de sua irmãzinha, quando na verdade você não foi o responsável pelo que aconteceu."

Ele manteve a cabeça baixa, mas um sorriso estranho contraiu seus lábios finos. "O senhor tem um talento enorme para dizer o óbvio, senhor Kenzie."

"Cada um com os seus talentos, Wes."

"Quando eu tinha treze anos", disse ele, "vomitei meio litro de sangue. Meio litro. Não havia nada errado comigo. Era simplesmente 'nervos'. Aos quinze, tive uma úlcera péptica. Aos dezoito, me deram um diagnóstico de psicose maníaco-depressiva e uma leve esquizofrenia. O diagnóstico incomodou meu pai. Ele se sentiu humilhado. Ele tinha certeza de que, tratando-me com rigor — torturando-me ao máximo com seus jogos mentais e constantes comentários mordazes —, um belo dia eu acordaria uma pessoa muito mais forte." Ele deu uma risadinha. "Os pais... O senhor teve uma boa relação com o seu?"

"De modo algum, Wesley."

"Quiseram obrigá-lo a corresponder às expectativas deles? De tanto ser chamado de 'inútil', terminou por acreditar neles?"

"Ele me jogou no chão e me queimou com um ferro de passar roupa."

Wesley parou junto às árvores e olhou para mim. "Está falando sério?"

Fiz que sim. "Além disso, ele me mandou para o hospital por duas vezes, e toda semana me dizia que eu era um bosta. Ele era a maldade encarnada, Wesley."

"Meu Deus."

"Mas nem por isso eu levei minha irmã ao suicídio, para me vingar dele."

"O quê?", disse ele jogando a cabeça para trás e dando uma risadinha. "Essa agora."

"Eis o que acho que aconteceu", eu disse, arrancando um ramo de um galho a minha frente, que depois fiquei batendo em minha coxa, enquanto caminhávamos no outro extremo da lagoa, tomando em seguida o caminho de volta. "Acho que seu pai o responsabilizou pela morte de Naomi, e você — que na época devia ser um pobre farrapo humano — estava prestes a pirar de vez quando deu com as provas de que Naomi fora trocada por outra criança. E então, pela primeira vez, você viu uma oportunidade de se vingar de seu pai."

Ele assentiu, olhou para o pequeno coto do indicador da mão direita e deixou-a pender ao lado do corpo. "Confesso minha culpa. Mas você sabe disso há meses. Não vejo por que..."

"A meu ver", disse eu, "há dez anos você não passava de um pobre pirado com um armário cheio de pílulas e um cérebro de gênio, mas estourado. Então você se saiu com aquela manobra fácil para conseguir uma gorda mesada do papai, e durante algum tempo a coisa funcionou bem. Mas aí Pearse entrou na jogada."

Ele me respondeu com aquele seu balançar de cabeça deliberado, meio contemplativo, meio desdenhoso. "Talvez. E eu sucumbi ao seu..."

"Conversa. Ele é que sucumbiu ao seu fascínio, Wes. Era você quem estava por trás disso o tempo todo", disse eu. "Por trás de Pearse, de Diane Bourne, da morte de Karen..."

"Espera aí. Um minuto", disse ele estendendo as mãos.

"Você matou Siobhan. Só pode ter sido você. Pearse estava sendo vigiado, e nenhuma das mulheres do bunker tinha forças para carregar o corpo dela."

"Siobhan?" Ele balançou a cabeça. "Que Siobhan?"

"Você sabia que cedo ou tarde acabaríamos chegando ao seu bunker. Foi por isso que você quis nos enganar com aqueles quinhentos mil dólares. Sempre achei que era uma soma modesta demais. Eu me perguntava como Pearse podia aceitá-la. Mas ele aceitou. Porque você ordenou que ele aceitasse. Porque a certa altura, quando tudo se complicou, você percebeu que a única coisa melhor do que receber o dinheiro de que você se julgava o legítimo herdeiro era voltar a ser o legítimo herdeiro novamente. Você se reinventou, Wes, como vítima."

Seu sorriso embaraçado se alargou, ele parou à beira da lagoa e lançou um olhar à varanda dos fundos da casa. "Francamente não sei de onde tira as suas idéias, senhor Kenzie. É tudo coisa de sua imaginação."

"Quando chegamos à sala onde você estava, Wesley, a fita isolante estava junto aos seus pés. Isso significa que alguém pretendia amarrar seus pés, mas se esqueceu, o que me parece improvável, ou então você — você, Wesley — ouviu-nos chegar à porta, enfiou a bola de tênis na boca, pensou em amarrar os próprios pés, mas aí achou que podia não dar tempo, então optou por uma corda em um só pulso. Só um de seus pulsos estava amarrado, Wesley. E por quê? Porque uma pessoa não consegue amarrar ambos os pulsos em braços de cadeira opostos."

Ele ficou contemplando nossas imagens refletidas na lagoa. "Você acabou?"

"Pearse disse que eu não conseguia ter uma visão global do tabuleiro de xadrez, e ele tinha razão. Às vezes sou meio lento. Mas agora estou vendo tudo claramente, Wesley. Era você quem estava puxando os cordões o tempo todo."

Ele atirou uma pedra na minha imagem na água, meu rosto sumiu em meio às ondas.

"Ah", disse ele. "Isso faz tudo parecer muito maquiavélico. Raramente as coisas são assim."

"Assim como?"

"Tão simples." Ele jogou outra pedra na lagoa. "Deixe-me contar uma história. Um conto de fadas, se quiser chamar assim." Ele apanhou um punhado de pedrinhas e começou a jogá-las, uma a uma, no meio da lagoa. "Era uma vez um rei malvado, de uma família desequilibrada, que vivia com sua rainha perfeita, seu filho imperfeito e sua filha enteada imperfeita. Era uma casa fria. Mas então — oh, então, senhor Kenzie — o rei e sua rainha tiveram uma terceira criança. E ela era uma criatura extraordinária. Uma beleza. Na verdade, roubada de uma família de camponeses, mas fora isso não tinha nenhum defeito. O rei, a rainha, a princesa mais velha e até o príncipe fraco — meu Deus, todos amavam a criança. E por uns poucos anos maravilhosos, o reino floresceu. E o amor estava em todos os cantos do palácio. Os pecados foram esquecidos, as fraquezas desconsideradas, os rancores sepultados. Foi uma fase áurea." Sua voz sumiu, ele contemplou a lagoa e finalmente sacudiu os débeis ombros. "Então, num passeio com o príncipe — que a amava e a adorava —, ela seguiu um duende até o covil de um dragão. E ela morreu. E a princípio o príncipe se sentiu culpado, embora fosse bastante claro que ele nada poderia ter feito. Mas o rei não levou isso em conta! Oh, não. Ele responsabilizou o príncipe. A rainha fez o mesmo. Eles torturavam o príncipe com os seus silêncios, dias a fio, seguidos de olhares malévolos. Eles o consideravam culpado, era evidente. E a quem ele podia procurar, para chorar suas mágoas? Ora, à sua irmã de criação, naturalmente. Mas ela... ela... o repeliu. Ela o acusou. Oh, ela não chegou a dizer isso, mas na sua bendita ignorância — que não condenava nem perdoava — ela o magoou mais do que o rei e a rainha. Como se sabe, a princesa tinha de ir a bailes, a festas. Ela se escondia por trás de sua ignorância e fantasia para escamotear a morte da irmã e, fazendo isso, isolou o príncipe, deixando-o sozinho, perdido em seu desespero, em seu sentimento de culpa por não ter sido capaz de chegar a tempo ao covil do dragão."

"Uma história terrível", disse eu. "Mas eu odeio dramas históricos."

Ele me ignorou. "O príncipe amargou o exílio por muito tempo, e finalmente seu amante secreto, um xamã da corte de seu pai, apresentou-o a um bando de rebeldes que queriam derrubar o rei. Os planos deles tinham falhas, o príncipe bem sabia, mas ele se juntou ao grupo, e seu espírito atormentado começou a se curar. Ele fez planos alternativos para o caso de algo dar errado. Muitos planos." Ele jogou as últimas pedras na água e ficou olhando para mim enquanto apanhava mais algumas. "E o príncipe ficou forte, senhor Kenzie, muito forte."

"Forte o bastante para cortar o próprio dedo?"

Wesley sorriu. "Isto é um conto de fadas, senhor Kenzie. Não se preocupe com detalhes."

"Como se sentirá o príncipe quando uma pessoa forte lhe cortar a cabeça, Wesley?"

"Agora estou em casa", disse ele. "De volta ao meu lugar. Eu amadureci. Gozo do amor de meu pai e de minha madrasta. Sou feliz. Você é feliz, Patrick?"

Fiquei calado.

"Espero que sim. Preserve essa felicidade. Ela é rara. Pode acabar a qualquer momento. Se você sair por aí fazendo acusações sem provas isso pode afetar sua felicidade. Você pode acabar num tribunal, acuado por advogados que sabem tudo sobre o delito da difamação."

"Ah, é?", fiz eu.

Ele se voltou para mim, me deu aquele seu risinho débil. "Vá correndo para casa, Patrick. Seja bonzinho. Proteja-se, proteja as pessoas de quem você gosta, e prepare-se para a tragédia." Ele jogou outra pedra na minha imagem na água. "Ela sobrevém a todos nós."

Lancei um olhar à varanda onde Christopher Dawe folheava o jornal e Carrie Dawe lia um livro.

"Eles já pagaram pelo que fizeram", disse eu. "Não vou magoá-los só para atingir você."

"Como você é solícito e generoso", disse ele. "Já tinha ouvido dizer isso de você."

"Mas sabe de uma coisa, Wesley?"

"Sim, Patrick."

"Eles não são eternos."

"Não."

"Pense nisso. E eles são a única barreira entre mim e você."

Percebi uma ligeira perturbação em seu rosto, um tique quase imperceptível, um brilho fugaz que traía o medo.

Mas logo tudo isso sumiu.

"Fique longe de mim", sussurrou ele. "Fique longe, Patrick."

"Mais cedo ou mais tarde eles vão morrer." Virei-me de costas para a lagoa. "E nesse dia sua raça vai acabar."

Deixei-o ali e cruzei o extenso gramado em direção à espaçosa varanda.

Era um magnífico dia de outono. As árvores resplendiam. O cheiro da terra lembrava a época da colheita.

Mas o sol começava a perder o brilho, e o ar, ligeiramente frio à sombra das árvores, trazia um leve sinal de chuva.

AGRADECIMENTOS

Agradeço ao dr. Keith Ablow, por responder a minhas perguntas sobre psiquiatria; a Tom Corcoran, pelas informações precisas sobre o Shelby 68; a Chris e Julie Gleason, pelos esclarecimentos sobre literatura inglesa que, para minha vergonha, tive de pedir; ao detetive Michael Lawn, do Departamento de Polícia de Watertown, por me esclarecer sobre os procedimentos relativos à cena de um acidente; à doutora Laura Need, pelas informações sobre doenças cardiovasculares; a Emily Sperling, da Associação de Plantadores de Mirtilo de Cape Cod; a Paul e Maureen Welch, por me levarem a Plymouth; e a MM, por me esclarecer sobre os procedimentos do Serviço Postal dos Estados Unidos.

Agradeço também a Jessica Baumgardner, Eleanor Cox, Michael Murphy, Sharyn Rosenblum e a meu irmão Gerry pelo apoio que me deram em minhas viagens para Nova York.

E finalmente, como sempre, minha mais profunda gratidão a Claire Wachtel, Ann Rittenberg e Sheila, por terem lido as primeiras versões e não terem me poupado em seus comentários.

SÉRIE POLICIAL

Réquiem caribenho
  Brigitte Aubert

Bellini e a esfinge
Bellini e o demônio
Bellini e os espíritos
  Tony Bellotto

Os pecados dos pais
O ladrão que estudava Espinosa
Punhalada no escuro
O ladrão que pintava como Mondrian
Uma longa fila de homens mortos
Bilhete para o cemitério
O ladrão que achava que era Bogart
Quando nosso boteco fecha as portas
  Lawrence Block

O destino bate à sua porta
  James Cain

Post-mortem
Corpo de delito
Restos mortais
Desumano e degradante
Lavoura de corpos
Cemitério de indigentes
Causa mortis
Contágio criminoso
Foco inicial
Alerta negro
A última delegacia
Mosca-varejeira
  Patricia Cornwell

Edições perigosas
Impressões e provas
A promessa do livreiro
  John Dunning

Máscaras
Passado perfeito
  Leonardo Padura Fuentes

Tão pura, tão boa
Correntezas
  Frances Fyfield

O silêncio da chuva
Achados e perdidos
Vento sudoeste
Uma janela em Copacabana
Perseguido
Berenice procura
Espinosa sem saída
  Luiz Alfredo Garcia-Roza

Neutralidade suspeita
A noite do professor
Transferência mortal
Um lugar entre os vivos
  Jean-Pierre Gattégno

Continental Op
  Dashiell Hammett

O talentoso Ripley
Ripley subterrâneo
O jogo de Ripley
Ripley debaixo d'água
O garoto que seguiu Ripley
  Patricia Highsmith

Sala dos Homicídios
Morte no seminário
Uma certa justiça
Pecado original
A torre negra
Morte de um perito

O enigma de Sally
O farol
   P. D. James

Música fúnebre
   Morag Joss

Sexta-feira o rabino acordou tarde
Sábado o rabino passou fome
Domingo o rabino ficou em casa
Segunda-feira o rabino viajou
O dia em que o rabino foi embora
   Harry Kemelman

Um drink antes da guerra
Apelo às trevas
Sagrado
Gone, baby, gone
Sobre meninos e lobos
Paciente 67
Dança da chuva
   Dennis Lehane

Morte em terra estrangeira
Morte no Teatro La Fenice
Vestido para morrer
   Donna Leon

A tragédia Blackwell
   Ross Macdonald

É sempre noite
   Léo Malet

Assassinos sem rosto
Os cães de Riga
A leoa branca
O homem que sorria
   Henning Mankell

Os mares do Sul
O labirinto grego
O quinteto de Buenos Aires
O homem da minha vida
A Rosa de Alexandria
   Manuel Vázquez Montalbán

O diabo vestia azul
   Walter Mosley

Informações sobre a vítima
Vida pregressa
   Joaquim Nogueira

Revolução difícil
Preto no branco
   George Pelecanos

Morte nos búzios
   Reginaldo Prandi

A morte também freqüenta o Paraíso
   Lev Raphael

Serpente
A confraria do medo
A caixa vermelha
Cozinheiros demais
Milionários demais
Mulheres demais
Ser canalha
Aranhas de ouro
Clientes demais
   Rex Stout

Fuja logo e demore para voltar
O homem do avesso
O homem dos círculos azuis
   Fred Vargas

A noiva estava de preto
Casei-me com um morto
A dama fantasma
   Cornell Woolrich

ESTA OBRA FOI COMPOSTA PELO GRUPO DE CRIAÇÃO EM GARAMOND E IMPRESSA PELA GEOGRÁFICA EM OFSETE SOBRE PAPEL PAPERFECT DA SUZANO PAPEL E CELULOSE PARA A EDITORA SCHWARCZ EM DEZEMBRO DE 2006